阅读与写作专论

曹 丹 主编

哈尔滨工程大学出版社

Harbin Engineering University Press

内 容 简 介

本书是一本关于阅读和写作的综合性指导手册。在阅读部分,本书介绍了阅读的目标定位与功能,阅读的本质及规律,以及阅读的主体和客体。同时,本书也涵盖了阅读的过程和方法,包括阅读感知、阅读理解、阅读欣赏和阅读创造等方面的内容。在写作部分,本书深入剖析了写作的定位和作用,讲解了写作的特点与规律,以及写作的素质与能力。此外,本书也从写作过程入手,包括积累感知、构思谋篇、行文表达以及文章的修改和完善。最后,本书介绍了写作技法和不同文体的写作方法,如新闻文体写作、文学文体写作、议论文体写作和应用文体写作等。全书具有实用性、指导性、实践性等特点,对从事阅读和写作学习、研究或教学的同学、教师和专业人员均有重要价值。

本书适合应用型本科及高等职业学生教学使用,也可作为教师教学辅助参考用书。

图书在版编目(CIP)数据

阅读与写作专论 / 曹丹主编. —哈尔滨 :
哈尔滨工程大学出版社,2021.5
ISBN 978-7-5661-3046-4

Ⅰ. ①阅… Ⅱ. ①曹… Ⅲ. ①世界文学-文学欣赏 ②
汉语-写作 Ⅳ. ①I106 ②H15

中国版本图书馆 CIP 数据核字(2021)第 070959 号

阅读与写作专论
YUEDU YU XIEZUO ZHUANLUN

选题策划	夏飞洋
责任编辑	夏飞洋
封面设计	李海波

出版发行	哈尔滨工程大学出版社
社　　址	哈尔滨市南岗区南通大街 145 号
邮政编码	150001
发行电话	0451-82519328
传　　真	0451-82519699
经　　销	新华书店
印　　刷	哈尔滨午阳印刷有限公司
开　　本	787 mm×1092 mm　1/16
印　　张	17.75
字　　数	350 千字
版　　次	2021 年 5 月第 1 版
印　　次	2021 年 5 月第 1 次印刷
定　　价	48.00 元

http://www.hrbeupress.com
E-mail:heupress@ hrbeu.edu.cn

前　言

　　阅读与写作是人类文明发展历程中不可缺少的重要组成部分,一直以来在人类学习、交流和思考中扮演着重要的角色。随着时代的变迁和科技的不断发展,阅读与写作也在不断变化着,但它们的地位与价值却从未改变。

　　在当今信息爆炸的社会中,阅读成了人类获取知识、开阔视野的重要手段。对于每一个人来讲,阅读都是一个永无止境的学习过程。我们只有通过不断积累知识和经验,才能深度阅读、理解和掌握更复杂的知识。同时,阅读也可以帮助我们提高思考和表达能力,为我们的生活和工作创造更多的可能性。

　　本书分为十三章,分别介绍阅读和写作的概论、过程、方法、教学、技法、新闻文体写作、文学文体写作、议论文体写作、应用文体写作以及电脑写作等方面。其中,阅读方面包括阅读的目标定位与功能、本质及规律、主体和客体,阅读过程和阅读方法以及阅读教学;写作方面包括写作的定位与作用、特点与规律、素质与能力,以及写作过程和写作技法。

　　本书既涵盖了阅读与写作的基本理论知识,又注重实践操作。每个章节都有相关案例和练习,让读者更好地理解和掌握所学知识。此外,本书还介绍了电脑写作的相关内容,以适应现代社会的需求。

　　希望本书能够帮助读者更好地了解和掌握阅读和写作的技能,提高文化素养和综合能力。

　　在本书的编写过程中,编者参阅和借鉴了当今学者有关阅读和写作研究的著述以及优秀的教材,谨列各家书目于后,并在此诚挚致谢。

　　限于编者水平,加之时间紧迫,本书难免有疏漏之处,敬祈专家斧正,以利于今后修订完善。

编　者

2021 年 2 月

目　　录

第一章　阅读概论

第一节　阅读的目标定位与功能

阅读的目标定位是指读者在阅读前明确自己的阅读目的和关注点，以便更加高效地获取所需信息。如在信息检索时，要明确定位具体的关键词和信息来源，以便快速找到与自己需求相符的信息。

阅读的功能包括：获取信息、提高语言能力、发展智力、培养趣味、塑造人格。

阅读是人们获取信息、提高语言能力、发展智力、培养趣味和塑造人格的重要途径。

一、阅读的目标定位

阅读，是提升学生文化品格的很好途径。在目前学生的学习压力日益增大，自主阅读时间越来越少的情况下，如何才能高效地提升文化品格呢？我个人认为，阅读应当确立以下五个目标。

（一）接受的目标

阅读一篇文章，要有"接受"的目标，要搞清文章所说的内容，吸收其精华。吸收精华，应侧重于文化价值的接受，而不仅仅是对写作技巧、语言知识、文章知识的接纳。道理很简单，因为"写作技巧""语言知识""文章知识"都是很专业的，不能对所有读者起重要作用，而"文化价值"能对所有读者起重要作用。所谓"文化价值"，我的理解就是指对人、对社会能起永久的、积极促进作用的精神力量。如在《司马光砸缸》的故事中，司马光运用了逆向思维，救出了落水儿童，这就是故事所蕴含的"文化价值"，是最值得我们接受的精神财富。逆向思维，对每一个读者的一生都能起到积极的促进作用，因为这属于创新思维。

（二）拓展的目标

阅读一篇文章，要有"拓展"的目标，要在读懂一篇文章的基础上，再找与该文章相似或相反的文章加以阅读,以开阔视野、丰富经验、发现真理。阅读相似或相反的文章,容易做比较阅读。比较阅读,最容易发现真理。只孤立地阅读一篇文章,就容易陷入"一叶障目,不见泰山"的被动局面,也容易掉入"只知其一,不知其二"的狭隘井底。

扩展阅读不仅可以作为一种阅读方式,而且可以作为一种比较和分析的方法。在拓展阅读中,我们可以将古代、现代的相似或相反文章进行比较阅读,将中国、外国的相似或相反文章进行比较阅读,将大人物、小人物的相似或相反文章进行比较阅读。

在"古今阅读"中,我们可以发现古代与现代有许多相似之处,同时也存在着相反的地方。通过此类比较,我们可以更好地理解历史的演变,发现创新与继承的关系以及它们对社会的重要意义。

在"中外阅读"中,我们可以发现中国与外国的文化有很大不同,但也存在着共同的思想精神。通过此类比较,我们可以发掘人类共同的精神财富,了解各个国家和民族的宝贵财富,做到既不妄自菲薄,也不夜郎自大,既不盲目排外,也不崇洋媚外。

在"大小阅读"中,我们可以看到大人物和小人物各自的优劣之处,大人物和小人物都是独一无二的人。通过此类比较,我们能更好地理解人物的选择、态度和价值,了解人物对社会的不同贡献,做到尊重大人物,不迷信大人物,不轻视小人物,不推崇小人物。

(三)发现的目标

阅读一篇文章,要有"发现"的目标,要在阅读作品时有所发现,或发现作品的独到之处,或发现作品的不足之处,或发现真理。

以鲁迅的《狂人日记》为例。阅读这篇作品时,我们可以有"发现"的目标。首先,在阅读《狂人日记》时,可以发现鲁迅对传统文化和社会现实的批判。他通过主角狂人的视角,揭示了当时社会道德和风气的堕落,以及人们对已有习俗的追随和愚昧。这种深刻的社会洞察力,是作品的独到之处。其次,在阅读《狂人日记》时,还可以发现其中所体现的鲁迅的文学风格和艺术手法。作品中采用的主角自述的方式、真实的语言表达和细节刻画,都反映出鲁迅独特的文学风格和写作手法。这种独特性也是作品的独到之处。但是,阅读《狂人日记》也会发现其不足之处。例如,在描写狂人对父母的反感时,有些语言过于激烈,可能会让读者感到过于刻薄或过度。这也反映出作品在表达上可能存在的不足之处。

通过发现上述内容,我们可以更好地理解作品,剖析作品的真实含义,以及作者所要传达的观点和思想。同时,也可以深入了解鲁迅作为一位作家的风格和写作特点,开阔我们的文学视野。

要发现优点,就要尊重作品;要发现缺点,就不能迷信读物。

(四)创新的目标

阅读一篇文章,要有"创新"的目标,要在阅读时有所创新。一篇文章,它本身不是最佳的,读者可以创造出更好的。如毕淑敏的《孝心无价》讲了一个苦孩子的求学故事。主人公读完了大学,不顾家里的经济条件,坚持要读研究生,母亲只好去卖血。毕淑敏批评他是自私的孩子,认为他应该放弃学业。这篇文章被一位老师选为教学内容,老师问学生,是该上学,还是该弃学。学生议论纷纷,有的说要上学,上学可以赚更多钱,更好地报答母亲;有的说不上学,上学没钱,母亲年纪大了,卖血会影响身体的。双方僵持不下,谁也说服不了谁。这时一个学生说:"我有好办法了,他可以边打工边读书呀。"大家都为他的好主意热情鼓掌。这位同学真是聪明,他的办法既保护了儿子的利益,又保护了母亲的利益。文中的儿子只考虑了自己的利益,母亲只考虑了儿子的利益,毕淑敏只考虑了母亲的利益。这位同学的阅读,就是创新阅读,他创造出了比文章更好的解决困难的办法。一篇文章,它所表达的内容是能给人启迪的,读者可以以此为研究对象、为出发点、为基础,创造出新东西。朱自清的《荷塘月色》中有"波痕"一词,我们以此为研究对象,进行研究性、创造性阅读,就可以发现遣词造句的规律——小原则服从大原则。从"用词规范"小原则看,"波痕"是生造词语;从"用词要有美感"小原则看,"波痕"缺乏美感;从"用词要切合上下文要求"小原则看,"波痕"不及"波浪"贴切;但是从"用词要切合作品主旨"大原则看,"波痕"是淡淡的,最切合作品"淡淡的喜悦,淡淡的哀愁"的主旨。影响主旨的表达,则是大病;影响表达效果,则是小病。因此,小原则要服从大原则,这样的阅读才具有学术性,是极高境界的阅读。

(五)运用的目标

阅读一篇文章,要有"运用"的目标,要将从文章中学到的精华运用到实际生活和工作当中,做到理论联系实际,理论指导实践。否则,脑袋就会成为别人思想的跑马场,人就会成为"两脚书橱",就会成为《失街亭》的马谡。

运用可分为迁移性运用和创造性运用,前者是把前一学习活动获得的东西直接运用到后一实践中,后者是将前一学习活动获得的东西再创造后运用到后一实践活动中。鲁迅的《祝福》中的卫老婆子,她到鲁四老爷家介绍祥林嫂工作时的说服艺术,包括了"取信对方""赞扬对方""感动对方"和"打动对方",我们学习后,就可以直接运用到生活中。

阅读是一件令人身心愉悦的事情,但关键我们要掌握阅读的内涵。我们可以从以下三个方面来把握阅读的内涵。

阅读的内涵包括三个主要方面:理解、分析和欣赏。

1. 理解:阅读的首要任务是理解文本的内容。这包括对字词、句子、段落和整个文本的意义进行深入理解。理解不仅仅是解码文本,而是要理解作者的意图、观点和情感,以及文本所传达的信息。

2. 分析:在理解文本的基础上,我们需要进一步分析文本的结构、语言、修辞和主题。分析文本可以帮助我们深入理解作者的写作风格、技巧和观点,以及文本在特定文化或历史背景下的意义。

3. 欣赏:阅读的最高层次是欣赏。在这个阶段,我们不仅要理解文本的意义和作者的意图,还要对文本的美学价值进行感知和评价。欣赏阅读涉及对文本的审美体验,包括语言的美、结构的美、意境的美等。

二、阅读的目的

阅读是一种学习和娱乐的有效途径,可以帮助我们提高自身素质和能力。

阅读的目的决定着阅读的方向、方式与方法,使阅读行为呈现出不同的性质和形态。按不同的阅读目的,人们把阅读分为以下几种形态和类型。

(一)浏览性阅读

浏览性阅读,也称扫读,是指迅速阅读文本,快速获取其中的关键信息,而不是深入阅读每个细节。这种阅读技能通常用于阅读长篇杂志文章、学术论文、技术手册或其他需要从中获取特定信息的大量文字。

浏览性阅读的目的是更快地了解文本的主题和重要信息。在这种情况下,读者会快速扫描文本,并专注于标记或记下与他们的目的相关的任何关键信息。

相对于深度阅读而言,浏览性阅读需要更少的思考和注意力,但它可以使读者更高效地处理大量的信息。但随之而来的问题是,读者可能会错过一些细节或者理解不够准确。因此,在选择使用浏览性阅读技巧时,需要权衡其优缺点,并根据情况做出决策。

(二)学习性阅读

学习性阅读是指针对特定学科领域的文本进行深入思考和分析,以便获取新的知识和理解。学习性阅读是一种主动的学习方式,可以帮助学习者建立知识结构和提高识别、思考能力。

学习性阅读需要注意确定目标、寻找重点、深入思考、注重记忆以及提高阅读速度。

学习性阅读是一种基本的学习技能,对于提高学习效率和成绩有重要的作用。因此,学习者应该不断提高自己的阅读能力,增强对知识的理解和应用能力。学习性阅读包括圈点阅读法、列表阅读法、提纲阅读法、摘读阅读法、抄读阅读法、卡片阅读法、批注阅读法等。

1. 圈点阅读法,是在阅读时用符号在文句中圈点标画的阅读方法。它可以促进理解,加深记忆,提高效率。

2. 列表阅读法,是用表格形式来归纳内容要点的阅读方法。它简明醒目,条分缕析,便于对比和记忆。比如,在鲁迅的小说《祝福》中,祥林嫂在不同时期的外貌是作者着重描写的。在阅读时,用列表的方式把祥林嫂三次到鲁镇后的外貌、神情的变化列举出来,读者就容易把握住人物形象的悲剧性内涵。

3. 提纲阅读法,是通过列提纲图表掌握全文脉络的阅读方法。它能明晰地展示全文内容,纲举目张,层次分明。

4. 摘读阅读法,是阅读时摘录自己所需内容的阅读方法。它能及时记录读物中有价值的见解和资料,以便汲取养料,学以致用。在摘录时,要标明文章出自什么书刊,作者是谁,作者的国籍等。摘录正文时可择要点,不必面面俱到。

5. 抄读阅读法,是将重要内容手抄下来进行阅读和学习的方法。这种方法可以让学习者更深入地理解并记忆知识,同时也锻炼了笔记和手写能力。

6. 卡片阅读法,是将重要内容写在小卡片上,用来复习和回忆的方法。这种方法可以将学习内容分成小部分,让学习者更容易掌握和记忆。

7. 批注阅读法,是在书或文献上做出注释、思考或评价的方法。批注可以帮助学习者更深入地理解阅读内容,提高阅读效率和思考能力。

批注阅读法,是阅读时在读物旁做批注的阅读方法。"批注"就是写评语,做注释。它能加深理解,培养自学能力。批注时要注意:(1)位置要对应,内容要对应,阐发评析要有针对性;(2)语句简练,符号规范。

总之,以上各种阅读方法都有其适用场景和特点,学习者可以根据自己的实际情况选择和结合各种方法来提高阅读能力。

(三)欣赏性阅读

欣赏性阅读是指读者通过阅读文字、图片、音频、视频等形式的作品,从中获取愉悦、享受、安慰、启发等感受的一种阅读方式。与其他方式的阅读不同,欣赏性阅读注重读者的感受和情感共鸣,而非对知识和信息的积累。

欣赏性阅读可以是任何形式的作品,如文学作品、艺术品、音乐作品、电影等,不同的作品会带给读者不同的感受和体验。通过欣赏性阅读,读者可以排解压力、放松身心、陶冶情操、增长见识、提升自身审美品位等。

欣赏性阅读的核心是情感共鸣,只有在读者能够与作品产生共鸣时,才能真正地享受阅读的乐趣。因此,欣赏性阅读需要读者有一颗开放、敏感、细腻的心,积极接纳作品中的情感和思想,与作品进行情感上的交流。

欣赏性阅读是一种注重个人情感体验的阅读方式,不仅能够带给读者心灵上的愉悦,而且还能促进个人情感智慧的提升。它具有艺术审美的独特特点,主要表现在以下三个方面:

1. 对象和范围不同。一般阅读的对象非常广泛,可以包括各种类型的文学作品以及非文学作品。

2. 阅读的动机和目的不同。一般阅读受理智、功利的驱动,其目的和归宿在于认知。而欣赏性阅读则是出于审美的动机,被作品的艺术特性所吸引,其目的和旨归在于获得愉悦。

3. 阅读的心理机制不同。一般阅读是冷静、客观的,受理智的支配,主要表现为认知的功能,因此不需要其他心理功能的参与。而欣赏性阅读则依赖于读者各种心理机制的积极投入和参与,它是具有情感和审美的,需要读者的共同参与。例如,《水浒传》中鲁提辖三拳打死镇关西这一情节,作者绘声绘色,且随打的部位的不同,运用了不同的比喻:打在鼻子上,说是好像开了个油酱铺;打在眼际眉梢上,说是开了个彩帛铺;打在太阳穴上,则说好像开了个水陆道场……有声有味有情,诱发读者的各种心理功能,从视觉、嗅觉、听觉以及运动感觉上重建起感性的形象,在各种感觉器官的积极参与中,读者的想象、联想被充分调动起来,情感也油然而生,为鲁提辖的正义之拳而拍手称快。正是在各种心理机能的共同参与下,读者的身心得到极大的愉悦和满足,获得精神上的享受,这是从其他阅读活动中所无法获得的。

(四)研究性阅读

研究性阅读是一种深层次的阅读方式,旨在获得特定主题或领域的深度知识。这种阅读需要读者仔细、有目的地阅读相关的研究著作、期刊文章和论文等学术文献,以便深入了解专业领域的理论、方法和研究成果。

研究性阅读的好处在于让读者更全面地认识一个领域,从而更好地了解其发展历程、现状和未来趋势,同时也有助于读者掌握诸如文献综述、论文写作等学术技能。

研究性阅读需要读者具备批判性思维和信息筛选能力,避免盲目接受和随意引用文献资料。同时,研究性阅读也需要读者了解学术文献的阅读规范和引用格式,以便在后续的研究和论文写作中正确引用和使用文献。研究性阅读主要包括专题性阅读和评价性阅读。

专题性阅读是一种围绕特定主题进行的深入阅读方法,常用于论文写作和研究中。该方法要求目标专一、广泛搜集资料以及读后归纳整理、及时总结的特点。专题要集中而切实可行,具有科学价值和现实意义。在搜集资料时,读者应当了解过去的研究成果,以便与现有研究进行比较,了解新的研究成果,以明确现阶段已达到的研究状况,并寻找恰当的资料,以预示未来的研究方向。在读后归纳整理方面,应对阅读中搜集的众多材料进行条分缕析、整理归纳,观点来自材料,材料又能够说明观点。因此,整理归纳材料是专题性阅读的基本宗旨。

评价性阅读是一种要求较高的阅读方式,需要读者具备成熟的知识结构和独立思考的能力。评价读物不是一味地赞美或批评,而是要通过深刻而准确的剖析和评判来给出全面的评价。这种阅读方式锻炼和表现了阅读主体的综合能力,因此非常重要。

在进行评价性阅读时,需要对读物进行全面、深入的了解,不能孤立地去研究,必须联系作者的生平、时代背景等因素进行综合考察。同时,要对具体作品进行分析,抓住特点,解开疑点,深入思考,构建评价思路,有广度、有深度地进行剖析评判。

在评价标准的把握上,不同的人会对同一部作品产生不同的评价,这也是正常的现象。但是,在评价性阅读中,需要避免主观随意性,要用正确的世界观和科学的方法指导阅读,确保评价的客观性和准确性。

总之,评价性阅读对于提高阅读能力和扩展知识面非常有帮助。读者只有通过充分的了解和思考,才能给出准确而深刻的评价。

(五)创造性阅读

创造性阅读是指一种有创造性思维的阅读方式。在创造性阅读中,读者不是消极地、被动地接受作者所说的话,而是积极地去思考和联想。

创造性阅读强调了几个关键方面,包括主动思考、自由联想、独立思考和多元观点。创造性阅读的目的是通过阅读来提高人们的创造性思维和批判性思维,并培养人们的研究性目的。与一般阅读不同,创造性阅读更加注重站在思想制高点来提出问题、分析问题和解决问题,以达到更加深入和准确的理解。创造性阅读还应该具有带着疑问阅读的特点,通过搜寻各种阅读材料来找出对有关问题的解释或解决办法。带着疑问阅读,是创造性阅读的另一特点。打开一切新知和创造之门的钥匙是疑问。有疑,才能提出问题、发现问题、创造真理。没有大胆的怀疑精神,就不可能有发现和创造。

比较阅读是创造阅读常用的方法。选取观点不同或相似的几种读物进行对比分析,往往是分辨是非、解决问题的有效途径。这是一种充满生命活力和创造激情的阅读,既是最高级的阅读形式,也是最困难的阅读形式。

以上内容表明了阅读的不同阶段和层次,以及不同阅读目的所带来的收获与价值。从浏览性阅读到创造性阅读,每个层次都有其独特的目标和要求,需要读者不断提升自己的阅读能力和思维深度。每个读者需要根据自己的目的和兴趣选择适合自己的阅读方式和阅读材料,以实现对知识的深入理解和批判性思考。不同层次的阅读可以带给读者不同的收获和价值,而不同的阅读方式也可以让人们在不同的方面得到成长和提高。因此,我们应该坚持不断进步,提升自己的阅读能力和思维水平,不断实现阅读目标的升级和提高。

三、阅读是一种心理活动

(一)阅读是信息的吸收和加工

就过程而言,阅读是一种从书面语言中获得意义的心理过程,读者通过语言符号,获得信息和加工信息的心智过程。作为一种语言文化活动,阅读是一种由内而外的信息吸收的过程,其表现形式是:读者从认知语言符号开始,经过对字、词、句、段、篇的整体性感知、意读,领会其意义,从中掌握学习语言、认识世界的一种基础手段和方式。因此,从形式上看,阅读是读者对文章信息的译码活动。同时,阅读又是读者进行信息加工、信息创造的过程。在这个过程中,读者的既有知识和经验即"先在结构"起着关键性作用。因此,从本质上说,阅读是一种内潜性很强的观念性活动,是一种复杂的思维活动。一方面,读者从读物中汲取信息,在阅读中接受前人的思想和智能;另一方面,读者不断地向读物输出自己的思想、知识和经验,以自己的内心图式去同化或创造读物的内容。因此,阅读既是文章的"消费过程",也是文章的"再生产过程"。

(二)阅读是信息的储存和提取

对阅读信息的记忆是阅读的重要目的,没有记忆的阅读是无效的阅读。记忆的过程也是对信息进行重新编码的过程。在记忆过程中,把要记忆的信息分类组织并和过去的知识结合起来,形成新的信息网络。这个过程也是记忆的精细加工过程,它反映了读者已有的知识结构、个人经验和阅读心理模式。阅读一篇文章后,编写段落提纲、写阅读提要,就是对记忆材料进行组织联络。这种加工越精细,记忆的组织化程度越高,记忆就越长久牢固,而且为有效地提取信息创造了条件。因此,阅读时要注重理解和理顺文章的逻辑关系,对文章中的重点、细节和例证进行分类整理,并将其与已有知识联系起来,形成自己独特的知识网络。阅读后进行复述、拓展思路以及做笔记都是促进记忆加工和组织化的有效方法。此外,为了更好地记忆阅读材料,也可以采取反复复习的方法,通过不断地回顾、梳理和总结,进而巩固记忆,提高阅读的效果。

在进行阅读信息的提取时,读者需要具备一定的阅读技巧和能力。其中,关键词的提取是非常重要的。读者需要懂得识别文章中的关键词,并能够将这些关键词与自己的知识联系起来,形成一个完整的知识网络。此外,阅读速度也是影响信息提取效率的一个因素。虽然快速阅读可以提高阅读速度,但速度过快也容易导致信息提取不全面。因此,适当的阅读速度可以帮助读者有效地提取信息。在实际阅读中,读者可以运用不同的阅读策略和技巧,例如扫读、略读、深度阅读等,以便更好地识别和提取信息。同时,也可以通过划重点、做笔记等方式,加深对所阅读内容的理解和记忆,帮助提取有用信息。

综上所述,阅读信息提取是阅读中至关重要的一环,需要读者具备一定的阅读技巧和能力,并充分运用各种阅读策略和技巧。只有通过不断练习和提高,才能有效地搜集、整理、储存和应用阅读信息,提高自己的阅读素养。

(三)阅读是心理的调控

阅读是读者调动一切心理因素共同参与的复杂的心智活动。为了取得良好的阅读效果,需要读者自觉地进行有关心理因素的调节和控制。

1. 强化阅读的注意力。阅读是对文字符号所表述的意义信息进行搜寻、识别、理解的复杂心智行为,需要高度的注意力。如果不能进行积极的思维活动,就容易对读物中主要的意义信息视而不见,不能进行充分的联想、深入的思考和牢固的记忆,收不到好的阅读效果。因此,强化注意力是取得良好阅读效果的前提和保证。

2. 进行细致的观察。读物中的各类文章,都是作者经过深入细致的观察和缜密的思维而写成的,这给读者提供了丰富的观察经验和方法。阅读这些作品时,要进行细致的观察。例如,阅读朱自清的《荷塘月色》,就要细心体会和理解作者描写"月下荷塘"与"塘中月色"时观察点的变化以及实虚相映、五觉相通的细腻独特的观察、感受能力。细致观察不仅锻炼读者的观察力,而且是读者理解读物内容、展开丰富联想的重要条件。

3. 进行充分的联想。联想,是由一种事物想到另一种事物的心理活动。这种心理活动在阅读过程中是经常出现的。联想可以分为接近联想、相似联想、对比联想和因果联想等。在阅读中读者将读物的有关内容通过这些方式与自己头脑中储存的各种意象联系起来,产生丰富多样的联想。这些联想对于理解、认识和拓展读物的有关内容具有重要意义。

4. 促进积极的思考。阅读的过程就是思考的过程。只有进行积极的思考,才能深入理解作品的思想内容和表现形式。思考是贯穿阅读始终的重要心理活动,边读边思,读思结合是有效阅读的前提和保证。

总之,阅读过程是读者间接认识客观事物的一系列心理活动过程。读者要有效地理解、吸收作品中的意义信息,必须强化阅读的注意力、观察力、联想力以及思维能力。

四、阅读是一种智力技能

阅读是一种内潜很深的观念性活动,这种观念性活动的核心就是智力技能,它能够为我们带来很多好处。当我们阅读时,不仅可以获取知识和信息,还可以提高我们的思考能力和语感、扩展我们的词汇量、提高我们的专注力。通过阅读,我们可以更好地理解和分析复杂的概念和事物,增强我们的想象力和创造力。此外,阅读还可以帮助我们提高语言表达能力,使我们更有效地与他人交流和沟通。总之,阅读是一项重要的技能,对我们的个人发展和成功具有重要的影响。综合起来,阅读的智力技能表现在以下几个方面。

(一)对读物的选择

读物,作为一种精神产品,它不只是一个静态的概念,更是一个动态的概念。按接受美学的观点,读物不仅是作者创作的精神产品,也是等待读者消费的精神消费品。读物在没有进入读者视野之前,只具有潜在的信息势能,而不具有绝对的现实意义。阅读,作为一种有目的的行为,旨在通过读者与读物的关系而把握读物,实现阅读的目标和价值。因此,我们可以推断:任何可供阅读的读物都在等待着它的读者;任何读者都在寻找着他的读物。对读物的选择,不仅取决于读者的阅读目标、读物的性质,更取决于读者的知识结构、审美经验、智力水平等"先在结构"。读者的修养、阅历、水平、情趣决定着其对读物的选择方向与格调,调控着阅读智力活动的走向与质量。

(二)对文本意义的理解和构建

阅读的基本目的在于理解。理解和构建文本的意义是阅读智力活动的首要任务和中心环节。从读者的角度看,理解分为"再"和"重建"两个层面。以读者原有的认知结构去摄取读物的意义信息,以"再现"读物世界,这是阅读智力活动的基础,也是阅读理解的第一步。在此基础上,读者通过联想、想象,把已有的知识经验同阅读感知的新信息沟通起来,唤起相关的表象,激化再造想象,对读物蕴含的意义有了进一步认识,并通过分析、综合、概括、归纳、判断、推理等,建立起新的认知结构和情感模式,形成对读物内容和意义的重新建构。这是理解的第二层面,也是阅读智力活动的最重要的层面。

首先,构建意义从破译文本的语言符号系统开始。从字、词、句、段、篇、章、卷等各级语言单位逐层逐级地识别语言符号的意义,整体地把握其思想内容和结构形态,是理解文本意义,再现读物世界的第一步基础工作。其次,揭示文本的深层意义,从中领会它所蕴含的思想和情味,是理解、构建文本价值的重要阶段。比如,阅读朱自清的散文《背影》,最表浅的意义层次是父亲送子买橘,这是散文的话语行为层次;继而,我们可以看到其中蕴含的浓重的亲子思父之情,这是散文的非行为层次;再深入一步,我们还可以揣摩到在艰难世事中天伦至亲的酸苦况味,这是散文的总语义层次,也是文章的深层意义。三种不同层次的话语意义,是读者构建文本意义由浅入深的必经阶段。

(三)对自我的超越

阅读行为是人类充满智能活动的语言信息加工操作过程。读物一旦脱离了作者的手笔,就成为一个独立自主的存在,以一种新鲜而又陌生的样式出现在读者面前。读者要理解文本,首先,需要解析文本的语言系统,认识文本独具的体式和风貌,跨越自己与文本的距离。其次,作品一经发表,作者就失去了对文本的话语操控权,读者也无法从文本中得知作者的直接指向和真实意图,甚至无法知道自己理解得是否正确。因而,理解文本需要跨越读者与作者之间的距离。通过文本的语言系统、语义范围,理解和认识隐藏在话语表面之后的作者的真实意图、作品的深层意蕴。再次,还有一个重要问题是读者对自身的超越。一方面,在阅读理解的过程中,读者通过联想、想象,把已有的知识经验同阅读感知的体会联系起来,建立起新的阅读期待视野,逐渐疏远、超越了原有的"自我";另一方面,在阅读视野不断转换的过程中,旧的视野被打破,新的视野建立起来,从而使阅读进入高级阶段——创造性阅读的新领域。此种情形正如曾祥芹先生在《阅读学原理》中所概括:"通过阅读,读者的知识经验扩充了,这是自我在量度上的增加;读者的观点认识改变了,这是自我在本质上的提高;读者的思想感情升华了,这是自我在价值上的飞跃;读者的方法技巧迁移了,这是自我在能力上的练达。"总之,读者在阅读过程中,与原先的自我产生了距离,使他发现了一个自己从来没有意识到的新的内在世界。这不仅构成了文本解读的动力源,使文本永远处在不断变化、修正甚至再生产的过程中,而且重新塑造了读者的生命。通过阅读,读者实现了自我的不断超越,是阅读智力技能所达到的最高境地。

五、阅读的价值功能

阅读的价值功能主要包括:增加知识和理解力,提高语言能力、增加思考和判断能力、放松压力、丰富生活、启迪人性,提高集中注意力和记忆力、培养创造力,激发创造力、促进心理健康以及提高社交技能。这些功能不仅可以对个人的学习和生活产生积极影响，还能推动社会文化的进步和人类文明的发展。阅读是一项有益于身心健康和人际交往的重要活动。

（一）增加知识和理解力的功能

阅读具有增加知识和理解力的功能，主要是因为通过阅读，我们可以获得各种各样的信息和知识，包括历史事件、科学知识、文学作品、人文艺术等。阅读可以帮助我们了解事物的本质和内涵，拓宽我们的视野，增加我们对世界的认识和理解。同时，阅读还可以帮助我们梳理头绪，理顺思路，进一步深化对某一事物的认识和理解。通过阅读，我们可以掌握各种知识，形成自己的见解和思考，提高我们的分析和判断能力。因此，阅读被认为是提高知识和理解力的重要途径之一。阅读具有增加知识和理解力的功能，举例如下：

1. 阅读历史书籍可以增加对历史事件、人物和文化的了解。通过阅读《史记》《资治通鉴》等历史著作，读者可以深入了解中国历史和文化。

2. 阅读科技类书籍可以增加对科学知识的了解。通过阅读《原则》《黑客与画家》等科技类书籍，读者可以了解计算机、人工智能等技术的发展和应用。

3. 阅读文学作品可以增加对人类情感和思想的理解。通过阅读经典文学作品，如《红楼梦》《百年孤独》等，读者可以了解人类情感和思想的本质，进而提高共情和理解能力。

4. 阅读哲学、心理学等学科类书籍可以增加对思想深度和逻辑的了解。通过阅读《论语》《人类群星闪耀时》等书籍，读者可以了解各种哲学思想和学派的观点，提高逻辑和思辨能力。

通过以上例子可以看出，阅读不仅可以增加人们对各类知识的了解和掌握，还可以提高人们对各种事物的理解能力。

（二）提高语言能力、增加思考和判断能力的功能

阅读涉及多种复杂的语言和文章结构，在处理和理解这些信息的同时，读者需要运用词汇、语法、语境等多种语言能力。通过阅读，读者可以积累更为广泛、精确、丰富的词汇，提高理解和表达信息的能力。同时，阅读也可以帮助读者了解不同的思维方式和文化习惯，对于思考和判断问题也有很大帮助。通过阅读各种文学作品和学术论文，读者可以学习到不同的思考模式和思维方式，更好地理解和评价信息。此外，阅读还可以帮助读者提高推理能力和逻辑思维能力，从而增强对复杂问题的分析和解决能力。因此，阅读具有提高语言能力、增加思考和判断能力的功能。

读者通过阅读相关领域的书籍、学术论文等文献,可以学习特定领域的专业术语、技能和知识,提高专业词汇量和理解能力。例如,医学专业学生可以通过阅读医学课程书籍和相关领域的学术论文来提高对医学和医学术语的了解。

同时,经典文学和哲学作品也可以提高读者的思考和判断能力。经典文学作品常常涉及深刻的人性和社会问题,读者通过思考、讨论和解读作品,可以提高自己对于复杂人性问题的理解和分析能力。而哲学作品则更加注重思辨和推理能力的培养,例如通过阅读康德或黑格尔的哲学论著,读者可以培养批判性思维和推理能力。

总之,通过阅读不同领域的书籍、文章和其他文献,读者可以不断提升自己的语言能力、思考和判断能力,减少知识盲区,开阔眼界,培养批判和理性思维的能力。

(三)放松压力、丰富生活、启迪人性的功能

阅读具有放松压力、丰富生活、启迪人性的功能,主要有以下几个方面的原因:

1. 放松压力:阅读是一种放松身心的方式。在阅读的过程中,人们可以将注意力集中到书本上,从而忘却周围的喧嚣,消除心理压力,使情绪得以放松。

2. 丰富生活:阅读可以让人广泛了解世界,增加知识,拓宽视野。通过阅读,人们可以了解不同的历史、文化、人物、地理等,丰富自己的生活。

3. 启迪人性:阅读可以让人深入了解人性,感受生命的力量。在阅读中,人们可以接触到不同的人物形象,学习他们的行为方式、生活态度、内心感受等,从而悟出人生的哲理,启迪自己的人性。

(四)提高集中注意力和记忆力、培养创造力的功能

阅读具有提高集中注意力和记忆力、培养创造力的功能,主要有以下几个方面的原因:

1. 阅读需要集中注意力:当人们在阅读时,需要集中注意力,仔细理解文章中的内容,以便能够正确理解作者的意图。这种需要集中精力的阅读练习,可以帮助人们提高注意力和集中能力。

2. 阅读需要记忆:阅读的过程也需要人们进行记忆,因为我们需要记住文章中的关键词、句子和段落。如果能够经常阅读,就会逐渐提高我们的记忆能力,这将对我们在其他学习和生活方面有很大帮助。

3. 阅读可以培养创造力:阅读可以帮助人们拓宽视野,了解更多的知识,从而培养人们的创造力。经常阅读可以培养我们的想象力和创造力,提高我们解决问题的能力,这对于我们的职业生涯和日常生活都非常有帮助。

因此,阅读不仅是一种娱乐方式,更是一种能够帮助我们提高自身能力的重要方式。

(五)激发创造力、促进心理健康以及提高社交技能的功能

阅读具有激发创造力、促进心理健康以及提高社交技能的功能,主要有以下几个方面的原因:

1. 阅读可以激发创造力:阅读不仅能帮助我们了解更多的知识,还能提高我们的想象力,让我们体验到作者所描述的情境和场景。通过阅读,我们可以学习作者运用的文学技巧和表达方式,从而提高我们的文学素养和写作能力,进而激发我们的创造力。

2. 阅读有助于促进心理健康:通过阅读,我们可以感受到世界的美好和人类文明的智慧,从而缓解紧张和压力,提高自信和乐观。有研究表明,经常阅读能够减轻焦虑和抑郁症状,并增强心理健康。

3. 阅读有助于提高社交技能:阅读能让我们接触到不同的文化和人物,开阔我们的视野,进而提高我们的社交技能。通过了解不同的思维方式和人生经验,我们能够更好地理解他人,增进彼此的感情和沟通。

因此,经常阅读具有重要的教育功能,能够激发我们的创造力、促进心理健康和社交技能,使我们更加全面地发展自身素质。

第二节　阅读的本质及规律

一、阅读的本质

阅读的本质是利用语言文字进行交流和传递信息。人们通过阅读来获取新知识、丰富自己的思想和认识世界的方式,同时也可以通过阅读理解他人的思想和体验。阅读不仅仅是单纯的文字阅读,还包括图片、图表、音频、视频等多种形式的阅读方式。通过不断的阅读,人们可以提高自己的阅读理解能力、扩大自己的视野、培养自己的思维能力和判断力。阅读不仅仅是一种知识获取方式,更是一种生活方式。

(一)阅读是物质过程与精神过程的统一

阅读作为一种文化活动,既涉及物质层面的阅读物品,也涉及精神层面的认识和理解。在物质层面,阅读需要具备阅读材料和技术工具,如书籍、电子读物和阅

读器等;在精神层面,阅读需要读者具备阅读能力和素养,包括理解、思考、批判和创新等能力。

阅读的物质层面与精神层面的统一,体现在阅读中物质和精神的互动与融合。阅读者在阅读材料中获取信息、理解意义,同时也将个体经验、知识和情感投射到阅读中,形成自己的认知和体验。阅读是一种主体性的活动,需要读者利用自己的主观能动性去感悟、吸收和转化阅读材料,从而提升自身的文化素养和价值观念。因此,阅读的物质和精神层面的统一,为阅读提供了更广阔、更深刻的内涵。它不仅是一种知识获取和思想交流的方式,更是一种精神生活的体验和丰富。在当今信息时代,阅读依然是一种不可替代的文化活动,需要我们在日常生活中不断地加强和提升。

(二) 阅读是心理活动和生理活动的统一

阅读是一种心理和生理的过程,涉及大脑的各种神经和生理机制的复杂互动。阅读时,眼睛看到文字并将其转换成神经信号,然后信号经过许多神经途径传递到大脑,引起一系列的认知和心理过程,包括理解、记忆、思考、评价等。同时,阅读还会导致生理反应,如心率的变化、脑电波的变化、呼吸的变化等。

心理活动和生理活动互为因果关系,相互影响。当人们阅读时,心理活动会影响到生理活动,如思考的深度和复杂程度会影响到脑电波的变化。同时,生理活动也会影响到心理活动,如情绪的变化会影响到认知过程。

因此,阅读是心理活动和生理活动的统一,两者之间密切相关、相互影响,共同构成一个完整的阅读过程。

(三) 阅读是消费过程和生产过程的统一

阅读是一种复合性的行为,既可以是消费过程,又可以是生产过程。从消费的角度来看,阅读可以被视为一种娱乐和享受,读者可以从中获取知识、放松身心、获得快乐等。这是阅读的消费过程。

但是阅读也可以是生产过程,读者不仅是消费者,还是创作者。他们可以通过阅读获取文化信息和知识、灵感和启示,从而创作出自己的作品。这种阅读可以被视为一种生产工具,是一种有意义的知识获取和应用的过程。

因此,阅读既可以是消费过程,又可以是生产过程。它的消费和生产价值并存,这也是阅读如此重要和有意义的原因之一。

二、阅读的规律

规律是指事物内在的客观的本质联系及发展趋向。阅读规律就是阅读过程中读者和读物的本质联系及其发展的必然趋势。了解掌握阅读规律,可以使我们按科学的、系统的、逻辑顺序和自身阅读能力的发展,有效地开展读书活动,提高阅读效率,逐步形成系统的知识结构、熟练的阅读技巧。

从过程来看,阅读活动的过程表现为"文—意—物"的流程特点,与写作过程的"物—意—文"正好形成逆运转。具体地说,阅读的过程是从作品的语言文字出发,沿着句、段、章、篇依次前进,回环解释,整体辨识其体式,理解其情意;再跳出文外,深思作品的社会历史价值;最后将阅读汲取的精神营养,化为改造客观世界的自觉行动,达到阅读的终极目的。从此过程考察阅读的规律,可以分为以下几个方面:

(一)感言辨体,梳通文意

阅读是从感知语言符号系统开始的。刘勰说:"观文者披文以入情。"(《文心雕龙·知音》)表明阅读是先感知语言形式,后理解思想内容。"披文"是阅读活动的正式开端,通过认字、解词、析句、理章等"感言"的方式,理解文章的思想内容。需要注意的是,阅读中的"感言"是指对语言文字的整体识别认知,不是一个个的单词句段,它是对文字系统的一种直觉思维,是感性和理性相统一的一种悟性。通过对语言文字的整体感知,实现书面语言向内部语言的转化,提取有组织的意义、情感和信息。

阅读感言存在自身的规律,需遵循以下原则:

1. 从语境中确定意义

语境,即语言存在和运用的环境,包括口头语言的前后语和书面语言的上下文,以及言语的主客观环境因素。阅读语境指读物的言语环境,包括语言运用的时间、地点、人物、对象、场合、题旨、上下文等。书面语境既是最直接的阅读对象,又是最直接的阅读环境。

任何读物的语言符号都是一个有条理的组织系统,它们分别隶属于词语、句子、段落、章节、文篇、书本等不同的层阶,构成了书面语言不同的结构单位。因此,语境又可分为词语语境、句子语境、段落语境、章节语境、文篇语境、书本语境等不同的层阶。各级语言结构的含义直接取决于它所处的更大的语言环境,即从书本语境看文篇义,从文篇语境看章节义,从章节语境看段落义,从段落语境看句子义,从句子语境看词语义。坚持从整体到局部、"大而化之"的认知原则。

比如,从文篇语境看语句义:

鲁迅的《记念刘和珍君》一文中,第四部分的结尾句:"沉默啊,沉默啊!不在沉默中爆发,就在沉默中灭亡。"单看上文,以为仅仅表示作者对现实的哀痛,会把逻辑重音放在第一个"沉默啊"上。但联系下文,纵观全篇,贯通行文的感情线索,就能看出作者不仅表示哀痛之情,而且有唤起民众的呐喊之声。因此,会把逻辑和感情的重音放到第二个"沉默啊"和"不在沉默中爆发"上。这就是从文篇的语境中体会句子的含义。

又例,从书本语境看词语义:

曹雪芹的《林黛玉进贾府》一文中,作者曾假托后人以《西江月》二首词对贾宝玉进行评述。第一首词写道:"无故寻仇觅恨,有时似傻如狂。纵然生得好皮囊,腹内原来草莽。潦倒不通世务,愚顽怕读文章。行为偏僻性乖张,那管世人诽谤。"词中的"偏僻""乖张"作字面义,均属贬义。但如果紧扣上下文,从篇章、书本语境看,这首词实际是正文反作,明贬暗褒:"偏僻"应读作"独立不羁","乖张"应读作"不合世俗"。作者正是怀着喜爱和赞颂之情,刻画了作为封建叛逆者的代表——宝玉的形象。

又例如,从上下句语境看词语义:

古代诗词中有"天地寂寞,万物霜雪"这句话。单独看"天地寂寞",可以理解为寂寞无声、荒凉寂静。但结合下文的"万物霜雪"一句,"天地寂寞"的含义就不同了。因为"万物霜雪"强调了大自然已经进入了寒冷的冬季,万物皆在休眠中,这时的"天地寂寞"就带有一种安静、平和、宁静的美感,而非孤独、寂寥的感觉。这就是从上下句的语境中体会词语的含义。

2. "感言知义",运用主旨透视全篇

所谓"感言知义",不仅仅是理解表面上的形式和内容,更重要的是要通过思考和解释,深入挖掘其深层次的意义和内涵。这种过程不是单纯的线性思维,而是需要进行语言、思想和语言的回环解释,才能真正理顺感言的知义。

在理解感言知义的基础上,还需要回过头来对文句和表达方式进行揣摩和透视,才能更深入地理解它所传达的信息和情感。同时,我们也需要立足主旨,不离其宗,把握感言所要表达的核心思想和主题,从而更好地领悟和欣赏其内涵和美感。

以茅盾的散文《风景谈》为例,其主旨是讲述自然和人类之间的关系,强调人类的崇高精神和民族精神的价值和意义。通过对六幅画面的描绘和抒情议论的文句,散文表达了对自然美和人类文明的赞美和敬意,同时也强调了人类的意志力和创造力在不断改变和塑造着自己的命运和历史。这种深刻的思想和情感,不仅在形式上表现出来,更体现在每一个细节和情节之中,给读者带来了极富启迪性和震撼力的文学体验。

因此,理解和欣赏感言的知义,需要我们除了抓住表面的形式和内容之外,还需进行深层次的思考和透视,把握其核心思想和主题,体悟其情感内涵和文学价值。这样才能真正领略到感言所传达的美和哲理,获得思想和灵魂上的愉悦和启迪。

3. 调动经验汇兑语义

所谓调动经验汇兑语义，即联系读者的生活经验去理解文章中语句的意义。现代阅读学认为，阅读是读者和作者之间的"经验汇兑"的过程。读者的经验越多，兑换作者的经验也越多。读者的阅读经验包括来自书本的间接经验和来自实践的直接经验。二者对阅读感受的效果关系极大：遇到理智的文字需要调动理性认识，遇到情感的文字需要调动感性经验。有时需要用理性知识去化解形象的描绘，有时又需要借感性经验去阐释抽象的伦理。例如陶渊明在《五柳先生传》中自述："好读书，不求甚解，每有会意，便欣然忘食。"还有读李白的名诗："日照香炉生紫烟，遥看瀑布挂前川。飞流直下三千尺，疑是银河落九天。"既可以通过间接经验去理解、领会，也可以凭借直接经验去体察、领悟。

当阅读感受转化为体裁、风格的考察并扩展到篇章时，就进入了阅读辨体。需要注意的是，这里的"体"既指文类体裁，也指语体、风格等，具有丰富的意义和内涵。它是由一定的话语秩序所形成的文本体式，折射出作者独特的个性特征、感觉方式、体验方式、思维方式、精神结构和其他社会历史、文化精神。从表层看，文体承载着创作主体的一切条件和特点，同时也包括与文本相关的社会和人文内容。因此，文体既属于形式问题，又属于内容问题。不同的文体，由于其体裁、语体、风格的不同，其阅读目标、阅读思路、阅读方法迥然有别。阅读时必须善于辨识文章、文学等各类体裁的语体、风格的特征，掌握各类文体对结构、语言、技法的制约作用，因文司道，确定好相应的阅读策略。有关辨体的具体方式，我们将在以后的"文体论阅读"部分阐述。需要注意的是，辨体不能置于"感受"之前，必定在感受的基础上进行，并且不能单凭审题，而要通读全文，方能准确辨体。

（二）遵路理线，把握情意

阅读的基本目标是"情意得意"，即获取文本内容的情感和意义。无论是文学作品还是文章作品，情和意都是兼备的。文章注重思想性和实用性，而文学则注重情感性和审美性。在阅读中，如何把握文本的情意，确保"情意得意"呢？

文意以语言结构为单位，一篇文章或一本书的主旨，是由一系列的语言单位按"意脉"联结而成。换言之，文章的思路是作者结构文章的关键，也是读者理解文章的关键。叶圣陶先生在其著作《读文教学二十韵》中提道："作者思有路，遵路识斯真。作者胸有境，入境始与亲。"这说明，在文本解读中，读者要达到真正地理解，切实而透彻地把握文章的情意，必须要遵循作者的思维线路，进入文本的情境，弄清各部分之间的关系，归纳出文章的主旨。

作者的思维线路可以在文本中通过多种形式表现出来，读者可以根据不同的文体和结构线索来把握。从文章的内容方面看,文章文体一般为直接的科学反映,作者主要通过判断、推理、分析、综合等抽象思维形式反映事物的固有结构,并在层次上体现出高度的逻辑性。因此,读者的阅读过程基本上是一个理性接受的过程。思路较为平直,思维有轨有序,只要弄清语言结构,便可理解思想内容。

例如,在论文阅读中,论文的目的是探讨问题、表达研究成果。作者通常按照"提出问题、分析问题、解决问题"的结构顺序展开思路,读者也必须沿着此思维线路阅读:先在绪论中了解课题的意义、写作背景、研究状况等;接着在正文中了解作者的论点、论据、论证过程;最后,在结论部分检验作者是否圆满地回答了绪论中所提出的问题。读者应根据自己对文章的综合概括,形成对文章主旨的认识。

文学作品与文章不同,它是作者对生活间接的艺术反映。它注重情感信息的投入,注重人物形象的塑造和意境的营构,其内容是作者心营意造——想象、虚构的结果。因此,文学语言具有歧义性和暗示性,赋有高度的内涵和意蕴,这使阅读思路变得曲折。阅读文学作品,主要不是感知语言符号的构成意义和语法意义,而是要认识它的语境意义、情感意义、象征意味,穿越语言形式的外壳,抵达其深藏的内蕴。比如《红楼梦》是一部经典的文学作品,它描述了贾宝玉、林黛玉等人物的爱情、家庭纷争、梦幻境界等主题。小说中充满了复杂的人物关系、象征意味和文学形式,需要读者通过解读各种隐晦的细节和描写,感悟作者所要表达的思想和情感。例如在小说中,贾宝玉所爱的林黛玉在他的梦境中变成了蝴蝶,寓意着多少的柔弱和无奈。读者需要深入地理解它所隐喻的感情和人生的内涵,领略到这种艺术语言的深刻内蕴,从而充分感受到文学作品所独有的艺术魅力。

(三)运思及物,生发创意

运用读物中的信息,创造全新的思路和创意。现代阅读学认为,阅读不仅是理解和领悟文章信息的过程,更是一个创作和发掘思路的过程。读者通过运用阅读过程中得到的知识,与自己所了解的事物和经验相联系,创造出新的思路和创意。这种创造力远远超越了阅读本身,不仅能够为读者自身带来改变,而且对整个社会也有影响。

阅读的效果不仅取决于作者在文本中提供了什么信息以及信息的质量如何,而且还在于读者的运思及物、读以致用的创造能力。运思及物是一个重要的概念,它意味着运用读物的信息,与读者自身的经验和知识相结合,不断推陈出新,不断创造,从而产生令人耳目一新的思路和创意。换句话说,阅读不仅是了解和领悟文章信息,更是一个思维创新和实践创新的过程。

1.能入能出,知人论世

"能入能出"概括了"读书须知出入法"的原则,这是古人对于有效阅读的经验总结。宋代学者陈善在其《扪虱新话》中进一步解释了这个原则:"读书须知出入法。始当求所以入,终当求所以出。见得亲切,此是入书法;用得透脱,此是出书法。盖不能入得书,则不知古人用心处;不能出得书,则又死在言下。唯知出入,得尽读书之法也。"这里所说的"见得亲切",陈善认为读者在阅读过程中,既要注重"入书法",即要进入书中的世界与作者进行沟通交流,感同身受,也要注重"出书法",即要通过阅读获得灵感和思维启迪,勇于创新和应用,发挥自己的表达能力和实践能力。"见得亲切"是指读者能够通过阅读,与书中的情境、人物产生共情,感同身受,从而加深对书中内容的理解和领悟,同时也让读者更容易在阅读中获得精神上的满足;而"用得透脱"则是指读者能够通过对书中思想的理解和吸收,将其加工整合,在实践中得以体现。

如果读者仅仅只会"入书"而不能"出书",那么他将无法从书海中吸收到有效的信息或获取知识体验;如果读者只关注"出书法",不注重"入书法",那么他将失去与作者的交流机会,难以从中获得意义深远的体验或解放思想的效果。只有能够兼顾"入书法"和"出书法",才能够真正发挥阅读的作用,提升自身的思维和实践能力,实现个人自我价值的提升。

"知人论世"是对阅读"出入法"的进一步完善和拓展。孟子在《万章》中所提倡的"知人论世"不仅仅是对文本的解读和理解,更是将阅读延伸到作者和事物的背景上,对作者、时代和社会进行全面的分析考察。这种阅读方法不仅可以帮助我们更好地理解文本中的意义,还能让我们更深入地了解作者和当时的社会环境,从而拓展我们的思维和认知。鲁迅也进一步提出了论文最好顾及全篇以及作者所处的社会状态,这样才能真正将文本阐释透彻,达到心灵沟通的效果。只有这样,我们才能通过阅读加深对历史和现实的认识和理解。因此,读者在阅读时要深入思考,并通过全面分析来了解文本的背景和作者所要表达的文意。

2. 类化迁移,读以致用

阅读中的迁移,是指读者运用阅读所得的知识、技能和情感思想,来适应阅读或生活中的新情境,解决新问题的一种方法、手段。这种阅读迁移的要领,是联想触发,分析类化,即找准旧知识与新问题的联结点,恰当地将阅读心得应用到同类或异类的事物中去,完成顺应迁移或同化迁移,最终达到读以致用的阅读目的。

"迁移"是指学习对另一种学习的影响,阅读学习也不例外。对于读者来说,通过阅读获得的知识将会不断地发生正迁移,使得其知识量不断增值,能力和智力也随之提高。同时,读者已有的知识结构也是阅读迁移的前提和条件,因为增加新知识、解决新问题需要依赖读者已经掌握的知识数量和知识组织程度。因此,拥有更多知识的人能够更容易地获得新知识,具有更强的迁移能力。

另一方面,新的问题情境也是促使知识迁移的外动力因素,善于学习的人需要敏锐地发现新的问题情境并与自己原有的知识结构进行比较。只有找出已知和未知的差距,选择适当的解决问题的途径和方法,才能更好地实现知识的迁移。

阅读迁移的方式有多种,可以根据具体的文本情境来选择和应用。例如,在阅读文学作品时,常常采用"联想迁移"的方式:通过作品中的人物、事件来联想相关作品或现实中的人物、事件,从而产生深入的思考,带来"读以致用"的创造契机和条件。而阅读文章作品则主要是在学习其文理演绎的思维方法和严密的说理、论证逻辑中汲取思想的精华。在阅读过程中,读者还需要运用文本揭示的科学原理来指导或解决新情境中的问题。

第三节 阅读的主体和客体

阅读的本质和规律,包含着阅读主体和阅读客体相互作用的辩证统一关系。阅读的过程就是主客体交互作用、从客体到主体和从主体到客体的双向运动的审美掌握过程。一方面,读者通过对文本的解读建构把握世界,了解和建构自己;另一方面,文本的意义和价值只有通过读者的解读方能生成。因此,在阅读活动中,阅读主体和阅读客体是彼此沟通、相互依存、不可或缺的两个方面,是全部阅读活动的出发点。故此,分别对其做以探讨、综述。

一、阅读主体的构建

阅读主体构建的五个方面,包括阅读目的和任务的明确、阅读前的预备工作、全面而深入的阅读、阅读过程中的注记和总结以及反思和回顾。阅读前需要明确阅读的目的和任务,做好预备工作;在阅读过程中,需要全面深入理解文章的各个方面,进行注记和总结;完成阅读后,需要反思和回顾,总结阅读的收获和体会,以提高阅读效率和效果。

(一) 阅读目的和任务的明确

在阅读前,需要明确阅读的目的和任务,了解需要从文本中获取的信息和知识点,确保阅读的效果和效率。例如,在阅读教材时,需要明确该章节的主题和要点,了解其中包含的知识点和概念;在阅读新闻文章时,需要明确该文章的主题和背景,了解其中包含的事实和事件。

明确阅读的目的和任务有利于提高阅读的准确性和针对性,避免阅读零散无效;同时也有利于在阅读过程中更好地把握文章的重点和难点,提高阅读的效率。

假如我要阅读一篇长篇小说,如果明确阅读的目的和任务,比如是为了了解小说的主题、人物角色和情节发展,那么我就会在阅读中更加有针对性,关注和理解与这些方面有关的内容和情节,不会被无关的细节和描写分散注意力。同时,明确任务后,可以设定具体的阅读计划和目标,比如在阅读过程中标注和记录人物、情节等关键信息,提高阅读效率和准确性。

相反,如果没有明确阅读的目的和任务,我可能会在阅读中迷失方向,不知道该关注哪些内容,阅读效率就会降低。我也可能在阅读过程中遗漏重要信息,忽略文章或故事的主题,甚至导致阅读成果出现偏差。

因此,明确阅读的目的和任务可以避免阅读的盲目性和无效性,提高阅读的效率和准确性,帮助读者更好地掌握文章或故事的要点和核心内容。

(二)阅读前的预备工作

做好阅读前的预备工作是很有意义的,它能够帮助读者更好地理解文章或书本,提高阅读效率和取得收获。以下几点是做好阅读前的预备工作的主要意义。

(1)确定阅读目的和任务。通过确定阅读目的和任务,读者可以更加有针对性地进行阅读,把注意力集中在对自己最重要的信息上。

(2)准备阅读工具和材料。准备好合适的阅读工具和材料,如笔记本、荧光笔、字典、参考书等,可以帮助读者更方便地记录重要信息,查找不熟悉的单词和概念。

(3)研究背景知识。预备工作包括研究阅读内容的相关背景知识,如作者的生平和文化背景、文章或书本的历史背景等。这些知识可以帮助读者更深入地理解文章或书本内容,把握作者的文化背景和创作意图。

(4)确定阅读时间和地点。预备工作也包括确定阅读时间和地点,比如在哪个时间段阅读、需要安排多长时间、需要独处还是在安静的环境中阅读等等,这能帮助读者创造一个合适的阅读环境,提高阅读质量。

综上所述,预备工作可以为读者提供合适的阅读环境和条件,提高阅读效率,同时还能帮助读者更深入地理解文章或书本内容,获得更多的知识和体验。

(三)全面而深入的阅读

全面而深入的阅读对个人的成长和智力发展有重要的意义。以下几点可解释全面而深入的阅读的主要意义。

1.增加知识储备。阅读不同类型和主题的作品可以帮助读者获取不同领域的知识,开阔视野,了解与主题相关的理论知识和实践技巧。

2.提高思维能力。全面而深入的阅读可以启发读者的思维,锻炼读者的逻辑思维、批判性思维、创造性思维等各种思考方式。

3.培养情感智力。阅读可以使读者更好地理解人性、情感、人际交往等,从而帮助读者培养情感智力,促进情感成熟。

4.增强文化修养。深入的阅读可以让读者更好地了解世界和各种文化,提高其文化素养和修养,为其人生增添色彩和内涵。

5.培养审美能力。全面而深入的阅读可以培养读者的审美能力,从而使其更好地领略美的内涵和价值,提高艺术鉴赏能力。

综上所述,全面而深入的阅读对于个人的知识储备、思维能力、情感智力、文化修养和审美能力的提升有着非常积极的影响,因此,有必要通过全面而深入的阅读来丰富自己的阅历,提高对世界的认知能力。

(四)阅读过程中的注记和总结

注记和总结是非常重要的阅读技巧,能够帮助读者更好地理解和记忆阅读材料中的重要信息。注记可以采用多种形式,如高亮、写下关键词或概括要点等,有助于读者在阅读过程中更加集中注意力,抓住重点。通过注记,读者可以对文章内容进行标记和整理,便于后续查阅和复习。

总结则是在阅读完整个材料之后,将其核心内容进行概括和归纳。总结的过程是对阅读过程的一个反思和总结,能够帮助读者更好地理解和掌握所读材料的主要内容和观点。总结可以写成简洁的摘要,包括关键信息和知识点,从而让读者在日后需要回顾或与他人分享时能够更加清晰地表达自己的理解和观点。

注记和总结是读者在阅读过程中的有效工具,可以帮助读者更好地理解和记忆阅读材料中的重要信息。通过注记和总结,读者可以将散乱的知识点整理成有机的体系,提高阅读效果和学习效果。因此,我们鼓励读者在阅读时积极采用注记和总结的方法,使阅读更有针对性和深度,提升阅读体验和学习成果。

(五)阅读过程中的反思和回顾

反思和回顾是在阅读结束后对所读内容进行再次思考和总结的重要过程。通过反思,读者可以思考自己在阅读过程中的思考方式、阅读效果以及对所读内容的理解程度等方面。这样的反思可以帮助读者发现自己在阅读时的问题和不足,并寻求改进的方法。同时,反思也是对书中内容深度思考和理解的过程,读者可以借此机会对所读内容进行自己的思考和感想,形成自己的理解和见解。

回顾则是阅读结束后对书中内容进行总结和思考的过程。通过回顾,读者可以整理和归纳书中的关键信息和知识点,对所读内容进行深入思考和理解。回顾还可以帮助读者巩固记忆,加深对所读内容的理解和记忆。通过回顾,读者可以对所读内容的逻辑框架、观点和主题进行更深入的分析和理解,同时也可以对所读内容进行评价和思考。

反思和回顾是阅读后的重要环节,能够帮助读者更深入地理解和吸收所读内容。通过反思和回顾,读者可以发现自己的不足和问题,并加以改进,同时也能够深化对所读内容的理解和记忆。因此,我们鼓励读者在阅读结束后积极进行反思和回顾,提高阅读效果和学习成果。

二、阅读客体的把握

阅读客体的把握是指读者对所阅读的文本或事物的理解和掌握程度。要实现全面把握阅读客体,读者需要注意以下几点:全面理解读物本质,对读物引申意义良好的推断能力、有效的分析能力、批判性思维以及信息处理能力。通过以上几点,读者可以更全面深入地理解和掌握所阅读的文本或事物,提升阅读的效率和质量。阅读客体可以是任何形式的文本或事物,包括但不限于书籍、文章、新闻、电影、音乐、艺术品等。

(一)全面理解读物本质

全面理解读物本质是指通过深入阅读和思考,全面理解读物所涉及的内容、主题、背景等方面的能力。它是阅读的关键步骤,也是阅读的基础。在进行全面理解时,读者需要反复阅读,分析和解释不同的词语、句子、段落,以建立对读物的准确理解并获得准确的信息。此外,阅读时还需识别关键概念和细节,以建立连接和关联,帮助读者更好地理解整个文本的意义和目的。最终,全面理解读物本质的目的是使读者在短时间内掌握大量信息,并以此作为自身知识和技能的基础,为更深入地分析和思考打下基础。举例来说,当阅读一篇新闻报道时,如果只是简单地浏览头条和标题,可能会忽略报道的主题和背景。但是,如果读者通过全面理解整篇文章,阅读内容、内涵、主题和语言,就能够掌握更多的信息,并获取更深入的见解。在全面理解的过程中,读者可以识别新闻中的关键概念、人物和事件,以及它们与其他文本或事件之间的关联,从而为读者提供更广泛的上下文背景。这样,我们在对新闻源头和报道的背景有了充分的认识之后,就可以全面地评估其可信度和价值,同时了解新闻的重要性和可能的影响。因此,全面理解读物本质的作用是帮助读者更好地理解和评价文本,更准确地感知事物和世界。

(二)对读物引申意义良好的推断能力

对读物引申意义良好的推断能力对于我们理解文本至关重要。推断是指根据已有的信息推测出缺失的信息。在阅读过程中,读者需要不断地进行推断,才能真正理解作者想要表达的意思。如果读者缺乏推断能力,可能会错过文本中的重要细节和深层含义。

例如,当读者阅读小说时,作者可能会使用隐喻、比喻、暗示等表达方式,以此表达某些深层含义或刻画人物性格等。如果读者不能理解这些隐藏在语言背后的含义,就无法真正理解小说的内涵和主题。但如果读者具备良好的推断能力,就能够通过猜测和推断来揭示这些隐含的含义,从而更好地领会和欣赏小说的内涵。

总之,良好的推断能力对于深入理解读物的意义非常重要,它可以使读者更有效地获取阅读材料中的信息和知识,帮助读者更好地发掘读物背后的深层意义。

(三)有效的分析能力

要具有对读物有效的分析能力,首先,需要有批判性思维能力。批判性思维能力是指能够深入思考和评估已有信息的能力,包括判断、推理、评估和解决问题等。在阅读中,批判性思维能力可以帮助读者更有效地分析和评估读物中的各种信息,提升读者对读物的理解和认识。

其次,需要具备一定的知识积累和学习能力。对于不同类型的读物,读者需要有一定的相关知识作为基础,才能更好地理解其中的意义和内涵。而对于不熟悉的领域或主题,读者还需要有学习能力,快速获取和掌握相关知识,以帮助其更好地理解读物。

最后,需要注重细节和逻辑的分析能力。在阅读过程中,我们需要仔细观察和分析文本中的细节,了解作者表达的意图和内涵。同时,读者还需要有较强的逻辑思考能力,能够对文本中的信息进行归纳和推理,以深刻地理解读物中的含义和主旨。

对读物有效的分析能力对读者有着重要的意义,以下是几个例子:

1. 在工作中,我们需要通过各种报告和文件了解和掌握信息。对于这些读物有效的分析能力可以帮助读者更好地理解信息的来源、内容和意义,快速获取必要的信息,并且独立思考和推理,提高工作效率。

2. 在学习中,读者需要阅读各种教科书、论文和文章。对读物有效的分析能力可以帮助读者深入理解文本中的知识点、内涵和思想,提高学习效果和表达能力,以及创新能力。

3. 在生活中,读者需要通过各种媒体了解当前的新闻和热点话题。对读物有效的分析能力可以帮助读者理解新闻的意义和影响,批判地评估和分析新闻中的信息和观点,从而提高读者的社会和政治意识。

总之,对读物有效的分析能力可以帮助读者在不同领域和情境下更好地理解和处理信息,提高学习和工作效率,以及升华思想和社交素养。

第二章　阅读过程

阅读过程,是读者从读物中获取信息、处理信息、创造信息的心理过程。它发生在读者与读物的交互作用之中,是读者对读物的一种由简到繁、由低到高、由量变到质变的能动反应过程。在这个活动过程中,读者认知心理的总趋势,是从感知文本的外在形式入手,通过分析品味和文本发生同构感应,进而领悟和发现文本的内在意蕴和营构艺术,并在这种领悟和发现中不断地超越自己、超越读物,创造新的精神文化。从读者的阅读心理运行轨迹来看,阅读过程包括感知、理解、欣赏、创造等几个阶段。

第一节　阅读感知

一、感知的含义与作用

(一)感知的含义

感知,也称"直觉"或"初感",它是感觉和知觉的合称。作为阅读心理过程的第一阶段,它主要表现为读者对文本感性存在的整体直观的把握,所调动的是读者的审美直觉力,通过直觉直接观照到语言、韵律、结构形态等文本的外象,以直觉印象的心理形式,获得某种直接性的解读感受。感知的过程是从感知书面语言符号开始,经历由字而词、而句、而段、而篇的连续扩展过程。读者要从局部到整体,逐级去获取字、词、句、段等表层语意,然后通过整体感知,获得读物最初的鲜明印象,从而获得对文本的整体认识和把握。

(二)感知的作用

感知是文本解读的基础和前提。解读实践说明,通过捕捉初感来把握文本的营构特征和整体意义有很大的准确性。这是因为,初感往往是读者最新鲜、最完整、最富有鉴赏个性、原汁原味的艺术感受,也往往是读者所捕捉到的作品中最精彩、最动人的地方。因此,捕捉"初感"印象,在文学解读中具有不可忽视的重要意义,它是解读活动的初级阶段,是深入探寻作品底蕴和营构艺术的基础和前提。以下是一篇例文,说明捕捉"初感"印象在文学解读中的重要性。

在文学解读中,我们通常会有一种"初感"印象。这种印象不需经过思考和推敲,就能够在不知不觉中产生,是对作品最直接、最真实的反应。捕捉这种"初感"印象,对深入探寻作品底蕴和营构艺术具有不可忽视的重要意义。

以三毛的小说《撒哈拉的故事》为例,这个故事讲述了一个女孩与一匹骆驼的历险经历,并间接揭示了撒哈拉沙漠中的人文和自然环境。读者在阅读过程中,很可能会产生一种失落和孤独的感觉,这是因为小说中描绘了荒凉环境和人物命运的无奈,呈现了一种无声的悲怆。

如果我们能够捕捉到这种"初感"印象,就可以更深入地进入作品的内核中,进一步分析小说的营构艺术。比如,我们可以通过这种感受分析小说主题的内涵,深入挖掘作者的文化背景和人生经历,甚至完整地理解撒哈拉沙漠的自然和人文特色。

在文学解读中,捕捉"初感"印象是解读活动的初级阶段,但它恰是所有深刻剖析的基础和前提。每个人的"初感"印象可能不同,这也是文学作品的美妙之处。只有通过不同人对"初感"的不同体验,我们才能更全面地了解作品的内涵与艺术。因此,我们需要不断在文学解读中寻找和捕捉这种印象,以便更好地理解、欣赏作品。

二、感知的特征与方法

(一)感知的特征

任何艺术作品都是以整体形式出现在读者面前、在读者头脑中呈现出完整印象的。感知是指人对于外界刺激的感受和认知,而感知的特征包括感觉、注意、记忆、想象等。其中,感觉和想象是诗歌中运用最多的两种感知特征和方法,下面将从这两方面来分析。

1. 感觉特征的运用

李白的诗歌中充满了感觉上的描绘,通过饱满的形象描写以及细腻的情感表达,让读者能够直观地感受到他所经历的场景和情绪。例如,在《静夜思》中,李白描述了夜晚的宁静、月光的明亮以及自己内心的思绪纷飞,通过感觉的描写,读者可以身临其境地感受到这种安静与思索的氛围。

2. 想象的运用

李白的诗歌中常常运用丰富的想象来创造富有诗意的意象和情境。他通过想象力的发挥,使文中的描写神奇而奇特,构建了诗歌中的梦幻和超脱的氛围。例如,在《将进酒》中,李白通过饮酒与仙人相伴、翔天遨游等想象,构建了一个豪放奔放、不拘一格的境界,给人以无限遐想和无拘束的感觉。

总的来说,李白的诗歌中充斥着大量的感觉和想象的特征,通过生动的感觉描写和丰富的想象展示,他能够将读者带入一个超越现实的境界,让读者身临其境地感受到他的情感和思绪。

还有比较典型的作品,如马致远的《天净沙·秋思》:"枯藤老树昏鸦,小桥流水人家。古道西风瘦马,夕阳西下,断肠人在天涯。"诗中出现了十一个并列的直觉形象,这些形象的交汇融合构成了一幅独特的画面和境界,给人以无限的寂寥、凄迷和惆怅之感。读者通过整体感知,可以深刻地领略作者所要传达的情思、意境。

(二) 感知的方法

不同的文体,往往有不同的感知方法。就一般规律来说,读者可以从以下两个方面进行把握。

1. 注意了解和捕捉作品的主体形象

朱自清的《背影》是一篇以父亲为主体形象的散文,是作者纪念父亲的感人文字。在写作过程中,朱自清了解和捕捉作品的主体形象主要从以下几个方面展开。

第一,通过作者的自身经历和情感来了解和捕捉主体形象。朱自清的父亲在作者的心目中是一个勤劳朴实、温和亲切、深受人们爱戴的杰出人物,因此在文章中,作者主要通过自己的亲身经历和对父亲深刻的爱、感怀来展现主体形象。

第二,通过语言的描写和运用刻画主体形象。例如,在文章中,作者通过用"那人""那背影"等干净、清爽、简洁的字眼来描绘父亲的形象。这样的语言运用,既表达了作者内心的感情,也能形象地展现出父亲的形象特征。同时,作者还运用一系列色彩和形象的比喻,如"青山如黛,江水为绿,背影渐行渐远,直至于天际的灰白色",生动地表现出父亲渐行渐远的形象。

第三,描写细节突出主体形象的特征。作者在描写父亲的背影时,特别突出了他高大、挺拔、宽厚的身姿;风雪中,他的背似乎更加宽阔、坚实;父亲撑伞用力的动作、稳重的步伐等细节,既形象地展现了父亲的形象特点,也让人们更加深刻地理解作者恋慕父亲的心情。

总之,朱自清的《背影》通过作者自身的感受和情感、语言的描写和生动的细节等方面,了解和捕捉了作品的主体形象。这让整篇文字有了鲜明的特色和深刻的情感内涵,让读者记忆深刻、感怀不已。

2. 注意体会作品的感情基调

感情基调是作者在作品中蕴含的总体感情倾向,也是贯穿整个作品的主旋律。文学作品是通过情感打动人的,但情感的格调因人而异、因文而异。以诗歌为例,屈原的诗歌以忠君爱国为抒情主调:"亦余心之所善兮,虽九死其犹未悔";李白的诗抒发阔达豪迈的情感:"飞流直下三千尺,疑是银河落九天","仰天大笑出门去,我辈岂是蓬蒿人";李煜的《虞美人》抒发了无限悲怨之情:"问君能有几多愁,恰似一江春水向东流";徐志摩的诗歌则充满柔情:"最是那一低头的温柔,像一朵水莲花不胜凉风的娇羞……"这种贯穿整个诗歌的抒情主旋律,构成了作品的感情基调。在解读中把握这种感情基调,显然有助于整体地认识作品,感知作品的主体意境,从而理解作品的整体精神,把握作者艺术构思的匠心。

第二节　阅读理解

一、阅读理解的含义与特点

(一)理解的含义

理解,是文学解读过程的第二阶段,又称"品味"。它在文本解读活动中占有特殊的地位,是解读的核心。

理解是整体感知后的深化和升华,是对文本多层面的具体化的理性思考。如果说"感知"是对作品整体表相的认识,那么"理解"便是从作品的有机整体出发,披文入情,沿波讨源,深入到作品的深层世界,对作品的思想、语言、情节、情思、结构、艺术风格等各个层面进行具体化的品味和认知。其中,理解以领会读物的意义为核心。

那么,什么是读物的意义呢? 对此,以下有几种不同的看法。

1. 认为作者的本意就是读物的意义

理解作品的本质是准确地再现或还原作者的本意。孔子提出的"述而不作"的口号就是为此服务的,他主张只要把圣贤文章的本意清晰地"述"出来,就可以达到理解的标准。朱熹也认为,理解就是"说得出古人意思来",达到"如与古人对面说话彼此对答,无一言一字不相肯可"的目的。他反对个人主观见解的介入,认为:"个人对经典的解释只应该遵从圣贤的语意,通过汲取经文中贯穿的血脉,来加以解释,而不敢随意陈述自己的见解。"这意味着,在他们看来,作者的本意具有绝对权威,而读者必须带着"空白"的头脑去琢磨作者的本意。所谓"书读百遍,其义自见",就是指不断重复阅读作品,以期逐步理解或接近作者的本意。这种观点已经存在了很长时间,在我国传统语文教学中,强调以寻求作者本意为正确阅读和教学的主流思想。

2. 认为读者可以参与、建构作品所包含的种种意义

近年来,国内外理论界普遍认同的一种观点是,作品的意义是由作者和读者共同创造的。这种观点突破了传统阐释学的限制,赋予了理解标准鲜明的时代特征。它认为作品的意义并不等于作者的写作本意,作品一旦发表就拥有了独立生命,包含了多种可能的解释和意义。理解不是读者被动接受作者所赋予的意义,而是积极参与其中、主动探讨并发掘新的意义。读者在阅读时不是空白的,而是带着自己的"先入之见"(包括拥有的知识、能力、经验、修养等)去思考、联想和补充,从而为作品赋予新的意义。正如巴甫洛夫所言:"理解就是运用知识,利用已获得的知识去理解。"

3. "三重意义"说

当前我国阅读教学中的理解标准被称为"三重意义"说。根据目前教学选材的认真选定,所选读物意义可分为三类:作者意图、编者意图和教师意图。作者意图指读物所要表达的本意,是作者写作时企图达到的目的;编者意图则考虑选文的教学价值,包括教材的分量、知识点分布、单元组合等方面;教师意图则在作者意图和编者意图的基础上,根据教学需要进行教学设计和教学法加工制作,从而使课文成为提高学生阅读能力的"例子"。

当前阅读教学的理解标准遵循教材中的提示规定,所谓"正确理解",即达到或接近教学规定的要求,帮助教师展开阅读能力的训练。教师应引导学生在理解读物的过程中发挥想象力和创造力,使标准更为复杂和有意义。总而言之,以读物为基础,以读者的参与和建构为主导,共同制定合适的阅读理解标准。

从阅读理解的实践来看,我们可以将理解分为表层理解和深层理解。表层理解主要指读者对于读物字面和外在表现的理解。在阅读各种读物时,正确接受语言信息(如文字、词语和句子)、了解典故、修辞手法以及作品呈现的形态、结构、韵律和艺术手法等都是表层理解必备的要素。虽然表层理解属于浅层理解,但它却是深层理解的前提和基础,对于彻底理解作品的意义和内涵非常重要。

深层理解则强调对作品隐藏在深层世界中的意味的掌握和理解,以及对文本营构机制的运用。深层理解需要读者调动自身的知识结构、生活阅历和审美经验,去发现作品的艺术底蕴,通过这种发现获得审美性的自我观照。深层理解是阅读理解中的重要环节,它有助于读者深刻理解作品的主旨思想和作者所要表现的情感等。

总之,阅读理解需要同时掌握表层理解和深层理解。只有在掌握了表层理解的基础上,才能有意识地开展深层理解。通过对作品中各种线索的梳理和思考,读者能够理解文本所传递的含义,并在这个过程中获得知识、启示和快乐。

(二)理解的特点

1. 情感性

理解,不仅是认识活动,同时也是情感活动。文学解读的情感性最为突出。流动不已的生命现象和变幻无定的精神生态构成了文学多姿多彩的长河,也给文学解读带来了瑰丽的色彩。在文学解读中,读者往往会从中发现自己。文学解读的活动过程即读者情感的积极参与过程,文学解读的最终结果也要体现为一种情感的接受或创生状态。对文本的理解,始终与情感的活动交织在一体。

阅读唐敏的散文《女孩子的花》(原文内容略,有兴趣的同学可以自行查阅),体会解读中情感的参与、接受和变化过程。

这篇散文展现了一个女性敏感而独特的内心世界:对生儿生女的独特看法,用一种极美的叙述形式表达对女孩子的珍爱和对生男孩的向往。散文中对生命和人生的细微体验被赋予了极大的价值与美感,同时,突出地体现了女性对世界的感知方式和审美特点。水仙花、夫妻、生儿生女、男人女人,这些普通人和事在特定的观照下,构成了一个纯美的世界。

全篇由五个层次组成:第一层次是关于水仙花的美丽传说;第二层次表达了生男孩的愿望;第三层次解释对女孩子的珍爱;第四层次梦见"女孩子的花"开放了却因"我"不喜爱而自尽了;第五层次写"女孩子的花"真的开放了,结局却一如梦中的可怕。五个层次依据一条养花的基本情节线很自然地缀合起来,演绎出关于女孩子和生儿生女的美丽独白。

以下是笔者认为能够体会解读中情感的参与、接受和变化过程的段落:

(1)"女儿给花特意买了一盆最新式的花盆,添进去新土,浇透了水,把它放在窗户边上,第一时刻带着得意的神情告诉我,这一次她一定能让花活得更漂亮更壮观。"

这段文字中,描述了女儿如何精心呵护这朵花,使它成了一片美丽的风景。通过这段文字,读者能够感受到女儿的情感参与和热爱。

(2)"在真正意义上,她并没有把这朵花买给自己,她是为了那朵虽平凡却赋予她特殊意义的花而付出。"

这段文字中,描述了女儿对这朵花的特殊情感,让这朵平凡的花在她的心中变得十分珍贵。通过这段文字,读者能够感受到女儿对生命的珍视和呵护。

(3)"在机缘巧合之下,这个小小的花盆就落到了我的手里,我突然感到一种说不出的酸楚。"

这段文字中,描述了女儿的花落到了作者的手中,作者也因此感受到了女儿的失落和遗憾。通过这段文字,读者能够感受到作者对女儿的情感接受和理解。

（4）"但是在我的心里，它已经久久地开放着，散发着那种不可思议的生命芬芳。"

这段文字中，作者描述了他对这朵花所体现的生命的珍视和热爱。通过这段文字，读者能够感受到作者对生命的珍视和对女儿情感的变化。

《女孩子的花》在表达方式和艺术风格上不同于传统散文。它不是关于外在世界的纪实性叙述，也不在叙事写景中寻求"诗的意境"，而是女性内心的美丽展示。在这里，外界事物进入人的心理领域，从而被赋予新的形式和美学价值。全篇整体上是诗化的，它的结构、表达方式、隐喻形式、意象、语感，都显示出诗的素质和特征。散文题目"女孩子的花"，就是一种诗的形式，有着诗的语言美感。可见，这部作品为新时期散文建立一种真正的"美文"做出了可贵的探索。文题即有一种象征意味，借助水仙花美丽而短暂的花期，写出了青春女子独特的生命际遇，她们的生命如水仙花一样灿烂开放、散发芬芳，但也如水仙花一样美丽而短暂，充满了悲剧性的意味。作者通过对水仙花的命运描述，深刻入微地描写出女孩子的敏感而脆弱的心灵、对爱的渴慕与无奈、受到伤害时的痛苦与刚烈。可以说，作者是把年轻女子的性格情感赋予了水仙花，水仙花成为作者抒发她对女孩子人生境遇的感喟的一个载体、一个触媒。这种情感性的象征意蕴的写法，要求读者阅读时必须投入自己的情感体验，才能体会到作者对青年女性人生命运的紧张思考与复杂心态，从而引起心灵的激荡、情感的共鸣。

2. 具体化

具体化，就是作者利用自己的"前理解"去复现或重建文本，去消除文本中的"未定点"，使作品的价值得以实现并达到直观的显示。在读者未进行阅读之前，文本对读者来说只是一个未定性的"召唤性结构"，它的存在本身并不能产生独立的意义，意义的实现要通过读者的具体化阅读，通过读者的创造性想象去填补、丰富乃至重建。由于"先在结构"的不同，读者必将赋予文本不同的具体化内涵。这样，有限的文本便具有了意义生成的无限可能性。

从本质上说，具体化的理解，就是揭示事物间外部和内在联系的理解。如确定事物间的逻辑关系、内部结构等，它要求回答"是什么""怎样发生的""将会怎么样"等问题。比如阅读《老山界》后，学生必须理解：红军为什么要翻老山界，是怎样翻山的，克服了哪些困难，表现了红军什么品质，课文哪些地方写得好，这样写有什么作用，等等。这种对文本内在关系的揭示过程，就是具体化的理解。

3. 多意性

优秀的文本，往往具有多重的意蕴，其奥妙之处常在可解与不可解、可喻与不可喻、似与不似之间，绝不是用一两个概念或判断可以穷尽的。加上读者解读的个性化差异，使得作品多义多解成为普遍的、必然性的状态。这也是文本解读的魅力和生命力所在。

如唐代诗人岑参的《白雪歌送武判官归京》，长期以来一直被人们称颂为边塞雪景诗的绝唱。但读者对这首诗的理解却有所不同：有的理解为惊喜好奇的情趣，有的却理解为惨淡的愁绪，这是由读者自身的条件决定的。读者的文化、审美积淀、心理状态，在很大程度上决定着对文本的解读。也就是说，文本的内容结构虽然是相同的，但它产生的情感效果即解读意义并不是固定不变。文本与不同读者心理之间异质同构关系的建立，使解读具有多意性、丰富性。因此，对《白雪歌送武判官归京》的理解是"惊奇"还是"愁绪"，取决于读者将什么样的心理经验移注到文本所描绘的情境中。文本的内容为读者提供了解读的基础，却不能决定解读的意义。

二、阅读理解的方法

（一）拆解整体的解剖法

拆解整体的解剖法，就是把文本整体分解成若干部分，再分别加以研究的方法。其前提是，读者从整体感知的结果出发，借助全局去分析把握局部内容。以下是一段示例文章：

在鲁迅的《阿Q正传》里，全篇通过描写阿Q的经历和性格，展现了中国封建社会的黑暗面和人性的扭曲。而这篇小说的拆解整体的解剖法，则是把整个小说分解成若干部分，从中分别研究出不同的文本细节和主题。

比如，在小说开头，阿Q对于自己的脑袋很自豪，但实际上他却是一个智商不高的人。这个细节暗示着阿Q的虚荣心和自我麻痹，同时也揭示了小说后面所描写的主人公的缺点和弱点。再比如，在小说中，阿Q不断受到他人的打压和批评，但他却无时无刻不保持着自尊和骄傲。这个主题则从全局上分析出来，是小说的核心。

因此，通过拆解整体的解剖法，我们能够更好地理解并把握鲁迅的小说。首先，我们需要从整体感知的结果，也就是从小说的主旨和大意出发，通过分析全局的内容和主题，来确定我们对小说的整体理解。然后，我们再从局部出发，分别研究文本的每个细节和情节，进一步加深对小说的理解和解读。这种方法不仅可以帮助我们更好地理解文本，还可以提高我们的分析能力和思考能力。

在整体的拆解过程中，必须要遵循从整体到部分的认识路线，弄清楚各个部分之间的关系，抓住主体和重点部分深入开掘，找到本质联系之所在。

(二) 多层透视的方法

对文本结构的拆解基本上属于平面扇形分析,而文本系统是一个立体的结构,因此,还必须多方位、多层次透视文本内涵,以达到深入的理解。在文学研究中,对于一个文本的解读,拆解文本结构是一项至关重要的工作。我们通常会把一个文本拆解成若干部分,比如章节、段落、句子,然后逐个分析每个部分的意义和作用。

然而,仅仅这样拆解文本结构是远远不够的。一个文本实际上是一个立体的结构,其中每个部分都和其他部分相互关联,构成了一个完整的系统。因此,理解一个文本,还必须多方位、多层次透视文本内涵。

比如,在研究一篇文章时,我们可以通过把握作者的写作背景、文化思想背景以及语言特点等方面的内容,建立一个非常扎实而并不人为的被称为"文本系统"的完整概念。如此,我们能够建立起文本中不同元素之间的关系,解读结构层层相扣的符号内在。例如,在揭示一篇作品的主题或人物性格时,我们不仅可以从章节、段落、句子中寻找线索,而且还需结合作者所处的时代背景和社会环境,以及作品中的隐喻、象征等元素进行多方面分析,才能够深刻领悟。

因此,只有在多方位、多层次透视文本内涵的基础上,我们才能够真正深入地理解和解读一个文本。对于文学作品等艺术领域更是如此,因为艺术的内涵是无穷的、丰富的,只有在多层次、立体式的思考与分析后才能够得到更为深入地理解。

多层透视包括对语言系统的透视、形象系统的透视、意蕴系统的透视等。对语言的透视可从语言的"语表义""语外义"两方面出发。不仅要理解词语本身所表示的概念,而且要理解词语之外的深层意义,也就是所谓的"言外之意""弦外之音"。例如,鲁迅的《故乡》的结尾:"希望是本无所谓有,无所谓无的。这正如地上的路;其实地上本没有路,走的人多了,也便成了路。"读者要透过"路"的字句的表面含义,领会到作者要表达的深邃思想,这种理解就是一种深层的透视理解。

对形象系统的理解,必须抓住人物或景物的特征,体会作者寄寓其中的思想感情和艺术表现力。例如,在一幅画中,艺术家通过色彩、线条、形状等元素表现出对事物的认识和感悟,读者需要通过对这些元素的透视认识,去领会艺术家所要表达的深层思想。

意蕴透视属于解读中的深层结构,它不是对华美辞藻的流连,不是对艺术形象的再现,也不是对某种知识的获得,而是对作品思想内核的深层探究,是对文本深层次的理性思考。例如,在读一首诗时,读者需要通过对韵律、节奏、色彩、形状等多种元素的透视分析,去寻找作者所要表达的情感和思想,从而深刻理解诗歌的内涵。

第三节　阅读欣赏

一、欣赏的含义与作用

欣赏是指对美好事物的领略和享受,是一种心理的审美的体验。阅读欣赏是指以理解为基础的,对文章内容和形式的一种情感体验和审美认识活动。它是阅读过程中最富有生机和活力的阶段。欣赏的对象主要是文学作品,读者通过对文学作品的欣赏,获得美的享受和精神的愉悦。从阅读过程来说,欣赏是在理解的基础上,充分调动想象与情感,与人物同呼吸共命运、同歌同泣的入迷过程。

(一)阅读欣赏的含义

阅读欣赏是指在阅读过程中不仅仅要理解文本表面的意义,还要深入理解文本中的内涵和艺术价值,从而使自己更加享受阅读过程,感受到文学作品中的美好和深刻。阅读欣赏不仅仅是一种理性的理解,更需要动情地参与进去,与作品中的人物和情感产生共鸣,从而带来情感上的满足。阅读欣赏是一种高层次的阅读方式,需要有一定的阅读经验和文学素养,同时还需要投入自己的情感和思想进行真正的理解和体验。阅读欣赏不仅可以带来阅读的愉悦,还可以提高自己的思维能力、语言表达能力和文化素养。

(二)阅读欣赏的作用

阅读欣赏是一种重要的阅读方式,它不仅能够让我们享受到阅读的乐趣,还有以下几点作用:

第一,阅读欣赏能够提升我们的阅读品位。通过深入地理解和感受文学作品的内涵和艺术价值,我们可以逐渐提高对文学作品的品位和鉴赏能力,从而更好地欣赏和理解文学作品。

第二,阅读欣赏能够提高我们的审美能力。在阅读过程中,我们逐渐学会发现和欣赏美的事物,提高了我们对美的敏感度和欣赏能力,不仅可以欣赏文学作品的美,也可以更加欣赏世间美好的事物。

第三,通过阅读欣赏,我们可以丰富自己的内在世界。在接触各种各样的文化、思想、情感的过程中,我们能够触发内在的共鸣,从而让我们感受到更加丰富、多样的内在世界。

第四,阅读欣赏能够提高我们的语言能力。在读懂、欣赏文学作品的过程中,我们不仅能够掌握语言技巧,还能够提高口头和书面表达能力,从而更好地表达自己的思想和情感。

第五,阅读欣赏还能够丰富我们的人生阅历。通过阅读不同类型的文学作品,我们可以了解和感受到各种不同的生命经历和价值观,帮助我们更全面地理解和认识世界,丰富我们的人生阅历。

因此,阅读欣赏不仅是一种学习技能,更是一种享受生活的方式,它能够让我们更全面、更深入地理解和感受到人类文化的魅力和力量。

二、阅读欣赏的内容与方法

阅读欣赏,是一种对文学作品的深度理解和赏析。通常,简单地读懂一篇文章并不难,但如果想要真正理解文学作品的内涵,需要通过阅读欣赏来进行。

阅读欣赏的方法有很多,但主要可以分为以下几个步骤。

首先,了解文学作品的背景和作者的生平。这些信息可以帮助我们更好地理解文本中的情节和人物性格,也可以帮助我们更好地理解作者的意图和写作风格。

其次,注意文学作品的语言和文学手法。例如,字词的用法和句式的结构,这些都可以揭示文学作品的品位和特点。同时,文学作品也常常用到比喻、象征等手法,这些点滴都蕴含着深刻的思想。

再次,注重细节,尽可能地读慢些,将自己带入文学作品中。注意人物、环境、背景的描述,关注情节转折点和细节描述,让每个细节都在自己的脑海中构建出一个更为完整的故事。

最后,带着自己的情感和经验去发现文学作品的内涵和艺术价值。通过阅读欣赏,自己可以与作品中的人物和情感建立情感共鸣,并与作者的思想产生互动,从而使自己更加享受阅读过程,感受到文学作品中的美好和深刻。

总之,阅读欣赏是一种高层次的阅读方式,需要有一定的阅读经验和文学素养,同时还需要投入自己的情感和思想进行真正的理解和体验。通过以上方法,我们可以让阅读欣赏变得更加容易和自然。

欣赏总是对读物整体而言的,既包括内容美,又包括形式美。揭示社会生活规律,反映对真善美的追求和向往,给人以教益和启迪的,属于内容之美;严密的逻辑,完整的结构,精巧的构思,准确生动的文字等手法,属于形式之美。当然,内容和形式之美不是截然分开的。综合起来看,有以下几个方面。

(一)文意之美

文意,即文章的思想内容,文章的基本思想,又称"文心""主旨""主题"等,它是文本的灵魂和核心。文章有无价值,深刻、新颖的程度如何,主要取决于文意。

对文意之美的欣赏应注意把握以下两个方面。

1.寻求与作者的"心性感应",与文本产生"共鸣"

从根本来说,作品的创作,出自作家对生活的感悟,一种情感的契机。因此,无论是对自然景物的灵性透视,还是对社会人生的真切感悟,都是作者自我个性的真实展示。即作者创作是情有所动,心有所感,不吐不快,把读者当知己。因此,读者在阅读欣赏中,必须首先"披文入情"——通过语言文字,体会作者的思想感情。读者的思路要与作者尽可能吻合,要设身处地从作者的角度出发,爱其所爱,憎其所憎,用心灵与作者沟通,使感情与作者共鸣,从而进入"奇文共欣赏""美景共流连"的艺术境界。

《红楼梦》第二十三回中,林黛玉听《牡丹亭》戏曲一节,历来被视为文学共鸣的典型例证:当她刚走到梨香院墙角时,"只听墙内笛韵悠扬,歌声婉转",并未留意戏文。偶尔两句吹到耳内:"原来姹紫嫣红开遍,似这般都付与断井颓垣",方觉其中"十分感慨缠绵,便止住步侧耳细听"。当听到"良辰美景奈何天,赏心乐事谁家院"时,不觉点头自叹,思忖其中的趣味;而听到"则为你如花美眷,似水流年"两句时,"不觉心动神摇";待听到"你在幽闺自怜"等句,"越发如醉如痴,站立不住",联想到所读的其他诗句:"水流花谢两无情","流水落花春去也,天上人间"以及"花落水流红,闲愁万种"等,"不觉心痛神驰,眼中落泪"。这段文字形象地说明了读者与作品思想感情发生共鸣的情状。因此,"披文入情","入乎其中",沿作者的文思意脉进入文本情境,进而领会作品的主旨,是文意欣赏的一个重要途径。

2.寻求对写作客体的品质发现

文章之意是作者从客观事物中汲取营养,获得各种启示而形成的。因此,作品所描写的客观事物,既具有含蓄内蕴之质,又带有作家强烈的主观色彩,是客观之意与作者主观之情的"情意之物"。故而,艺术欣赏的一个核心环节,就是读者潜入文本,去发现蕴涵其中的诗性智慧。透过客体形象本身,去涵泳"言外之旨,文外之意",从而获得一种形而上的审美感悟。

例如,余秋雨的《废墟》中有这样的描写:

废墟有一种形式美,把拔离大地的美转化为皈附大地的美。再过多少年,它还会化为泥土,完全融入大地。将融未融的阶段,便是废墟。母亲微笑着怂恿过儿子们的创造,又微笑着收纳了这种创造。母亲怕儿子们过于劳累,怕世界上过于拥塞。看到过秋天的飘飘黄叶吗?母亲怕它们冷,收入怀抱。没有黄叶就没有秋天,废墟就是建筑的黄叶。

人们说,黄叶的意义在于哺育春天。我说,黄叶本身也是美。

……

废墟的留存,是现代人文明的象征。

废墟,辉映着现代人的自信。

废墟不会阻遏街市,妨碍前进。现代人目光深邃,知道自己站在历史的第几级台阶。他不会妄想自己脚下是一个拔地而起的高台。因此,他乐于看看身前身后的所有台阶。

是现代的历史哲学点化了废墟,而历史哲学也需要寻找素材。只有在现代的喧嚣中,废墟的宁静才有力度;只有在现代人的沉思中,废墟才能上升为寓言。

因此,古代的废墟,实在是一种现代构建。

……

(《文化苦旅·废墟》)

余秋雨在《废墟》中赋予断壁残垣以审美内涵,这种内涵包括历史感、美学价值和哲学感。废墟成为一幅独特的审美画面,让人们感受到历史的韵味和厚重感,更深刻地认识到历史中的教训。废墟中的破碎建筑物具有独特的美学价值,它们的破旧、古老和凄美,在岁月和历史的沉淀中展现出人类智慧和勇气。同时,废墟中的断壁残垣也反映了人类和自然的哲学思想,废墟中的自信与坚韧、自然的残忍与深邃等哲学感,也让废墟更加具有生命力和智慧。

总的来说,这种审美内涵的出现并不是作者个人的感性体验,而是作品的深度与思考的结果。这种审美内涵也说明了审美不仅仅限于单纯的美感体验,还包含着文化、哲学等多层面的内涵。这样的审美体验也让人们更好地理解文化、历史和哲学,并从中受到启发与思考。

(二)文情之美

校对后的文章内容:"文情"指的是文章的思想感情。文章不是无情的东西,而是作者内心感情的创作成果。"五情发而为辞章",意味着每一篇作品都是作者情感的抒发和表达。作者的表情达意是文章的全部内容,也就决定了读者需要倾注感情,调动自身的情感体验才能进行欣赏。"登山则情满于山,观海则意溢于海",只有与作者进行双向情感沟通,达成心灵的和谐默契,才能进入文学艺术的真正共鸣境界。

在欣赏文章的过程中,理解文情的驱动力、表现力和感染力是至关重要的。这些方面都受作者创作时内心情感的驱动。文情不仅仅是表达作者感情的一种手段,同时也是一种精神的内化和表达。作者融合个人感受、经历和思想,在文字中展现出的意境和意义,往往能够深深触动读者内心的情感共鸣。因此,正确理解作者在文中集中表达的情感,是我们欣赏文学作品的关键。

文情欣赏的要点是,理解文情的驱动力、文情的表现力和文情的感染力。

1. 理解文情的驱动力

理解文情的驱动力,就是理解作者是受什么样的感情驱使而造文的。"因情造文","情动于衷而形于言",表明文章是受感情的驱使而创造出来的。在浩如烟海的作品中,不少名篇都是在强烈感情的驱使下写作成功的:或为强烈的爱心挥毫,或为强烈的恨情铺章。喜怒哀乐爱恶欲,造就了各类美文秀章。比如,魏巍的《谁是最可爱的人》,就是在强烈的爱心驱使下写出的:"在朝鲜的每一天,我都被一些事情感动着;我的思想感情的潮水,在放纵奔流着;它使我想把一切东西,都告诉我祖国的朋友们。但我最急于告诉你们的,是我思想感情的一段重要经历,这就是:我越来越深刻地感觉到谁是我们最可爱的人!"正是对志愿军战士的英雄气概、爱国主义和国际主义精神的钦敬、感动之情,使作者创作出了流传至今的名篇。而屈原的《离骚》、司马迁的《史记》,为怨愤之情所激发,是作者用生命写就的。

2. 理解文情的表现力

理解文情的表现力,即认识情感在文中的表现方式及其感染力度。情感表现的方式多种多样:有比兴式抒情、回荡式抒情、进发式抒情和柔润式抒情;有写景表情、叙事表情和议论表情等。不同的文章,文情的表达方式不同;不同的作者,情感的抒发方式、表现力度不同。情感是认识内涵与个性特色相统一,客观事物与主观感应相谐和的一种心理体验。作为一种与客观世界直接相通的心理活动,它表现出一种独特的主观内质性。同时,又因内质的千差万别和外物的千变万化,表现出一种复杂多样的外显性。正因为如此,抒情艺术有了一个广阔的发展空间。

以散文的情感表现为例:

与诗歌相比,散文情意的可表现性要强得多。有人说,诗歌是幻想和情感的白热化。诗歌的情意表现往往是在情感最浓烈、最冲动的状态,所谓"长歌当哭",悲哀出诗人,愤怒出诗人。而散文的情意表现机遇和表现形式相对宽松得多。情意或深或浅,或浓或淡,只要能与物境巧妙融合,构成散文的意境,就可以用散文来表现。

如朱自清的《荷塘月色》用渲染气氛、创造意境的方式来抒情写意。那月色下的荷塘,清幽静雅;那荷塘上的月色,静谧空灵。和谐的月影,微微的晚风,幽幽的荷香,正与作者的心境谐和相融。因此才有朱自清笔下"月下人生"式的淡淡的抒情。钱理群先生在谈到《荷塘月色》时曾经指出:《荷塘月色》是朱自清"独处"时的"独语"——与其说在观赏景物,不如说在透视自己的灵魂深处;与其说写下的是他看到、感觉到的一切,不如说他在构造一个他心中渴望的,"超出了平常的自己"的"另一个世界"。重点抓住"这几天心里颇不宁静""这令我到底惦着江南了"等语句的深刻含义,为我们呈现出一个与现实对立的陌生的艺术世界。在这里,"什么都可以想,什么都可以不想",什么都可以做,什么都可以不做;这是真正属于自己的、自由的世界。因此,在《荷塘月色》里,显然有两个世界:朱自清生活其中的现实世界与自我心灵升华的超越世界——从某种意义上,可以说这是朱自清的一个"梦":在文章开头写道:妻子"迷迷糊糊地哼着眠歌",结尾回到家里,"妻已睡熟好久";行文中又不断以"笼着轻纱的梦""小睡""酣眠""瞌睡人的眼"作比,整个"荷塘月色"的画面似有烟雾弥漫、渺茫、隐约而朦胧,这都是在刻意营造一个"梦"的氛围与意境。正是这"现实"世界与"梦"的世界的对立、纠缠,显示着作家灵魂挣扎的凄苦。两个世界中,梦的世界在文章里是直接呈现的;现实世界只是"偶尔露峥嵘"。而我们的阅读、欣赏,却恰恰应抓住这偶尔的显露(暗示),并从这里切入。

《遥致黄鹤楼》与《大唐的太阳,你沉沦了吗?》分别是邵燕祥与王英琦的代表作,都采用寓情于理、情理交融的写作方式,用充满情感的语言来评价与判断人生世事,以议论和感慨的方式来抒发情感和思想。

《遥致黄鹤楼》采用文言文的风格,用庄重悠远的音调、绵长的排偶韵律句式抒写哲理。作者通过黄鹤楼想到了天下名楼与登楼者,进而引用王粲的《登楼赋》、陈子昂的《登幽州台歌》等名篇,最终引出了范仲淹的《岳阳楼记》并探讨其"忧乐观"的思想。作者将亲身经历融入深刻的理性思考中,表现出文学作品的品质和情感内容。

而《大唐的太阳,你沉沦了吗?》则是直接抒发作者内心的感受:情感强烈、奔放激昂、气势磅礴、令人感动。作者借助于感性的笔触,勾勒出大唐王朝的辉煌壮丽与国家的崛起、沉沦,激发人们的爱国之情。其富有鼓动性和震撼力,使得读者在阅读过程中不由自主地被作者所打动。

这两篇作品都在情感与思想的交融中迸发出独特的艺术魅力,是具有很高欣赏价值的文学作品。

总之,情真意切、情美意奇、情深义重,可使文章获得特别的情致、特别的价值。而情意的流动方式、抒写方式则是因人而异、因文不同的。从这些相似或截然不同的抒情方式与表达方式中,你会发现:情感的表达力,不能以"风格"论优劣,而要由文章情感的抒发完美程度而定。正如"五岳之美,各异其秀"。

3. 理解文情的感染力

作者写作时是情有所动,心有所感,不吐不快,把读者当知己。而阅读者阅读时则像是在与故友倾心交谈,能清晰地窥视其内心的隐秘,真切地感受作者心灵的颤动,或喜或怒,或哀或怨,并从中受到感动、感染。读巴金的《怀念萧珊》,你会感动于他和妻子在那段艰难岁月里相濡以沫、休戚与共的患难人生,真纯灵魂;读丰子恺的《我的漫画》,你能真真切切地感受到作者那颗难得的童心的律动;读冰心的《笑》,你会情不自禁地濡染于那爱意融融的玉壶冰心;读鲁迅的《一件小事》,你会不由自主地沿着鲁迅的视线来深刻地反视自己的灵魂……在美的作品中,作者的美情、美思、美趣,都会自然而然地流露在字里行间,从语义到意象,使文章呈现出一种美的情致。文情的感染力,有几种不同的形态:有以事显情而感人的,有以象显情而感人的,还有以理显情而感人的。以事、象显情而感人的文章,多为文学作品。如魏巍的《谁是最可爱的人》、朱自清的《背影》等。以理显情而感人的文章,多为议论文。

(三) 文境之美

文境,即文章的意境、境界,是文学作品中所描绘的客观图景和所表现的思想感情融合一致而形成的一种艺术境界,能使读者通过想象和联想,如身临其境,在思想感情上受到感染。意境是我国古代诗歌理论中的一个重要的美学范畴,是诗歌典型化原则在创作中的具体运用,现在泛指文学作品所营构的一种独立存在的审美空间。

文境之美在诗歌中的表现是最充分的,这是由诗歌的特点所决定的。诗歌不能像散文、小说、戏剧那样用较充分的笔墨去展开广阔的画面,去细描详述,而要把丰富的思想感情浓缩到有限的生活画面之中,使人通过画面的形象而感受到作者的意绪情思。从文学鉴赏的角度看,意境就是读者通过对诗中艺术形象的感受和把握,在头脑中出现的一幅美妙动人、令人遐想的生活画面。例如,李白的《黄鹤楼送孟浩然之广陵》:

> 故人西辞黄鹤楼,烟花三月下扬州。
> 孤帆远影碧空尽,唯见长江天际流。

《黄鹤楼送孟浩然之广陵》描写了故人离开黄鹤楼,乘舟而去的场景。整首诗充满了淡淡的离愁别绪,却也展现了无尽的美好意境。

读了这首诗,你会在脑海中立即显现出一幅李白在长江边上送别友人的图画:烟花三月,诗人在黄鹤楼送别孟浩然后站在长江岸边,望着那远去的帆船越来越小,最后成为一个白点,消失在那远方的天水交际处,而诗人还久久地伫立在江岸边,望着那滚滚流向天际的长江水……诗人对友人的深厚情谊和离情别绪,都完全融入具体的景物描写之中。诗中句句是写景,但句句又是抒情,景中含情,情景交融,形成了耐人寻味的意境。

意境是境与意、情与景和谐的统一。那么某些字面上不写景的直抒胸臆的作品是否也有意境呢?回答是肯定的。例如,臧克家的《有的人》,诗人在用对比的手法阐明深刻的哲理时,没有忘记诗的形象化特征:有的人"骑在人民头上,啊,我多伟大!",有的人"俯下身子给人民做牛马"。这一"骑"一"俯",一"上"一"下",创造出两个截然不同的形象,字里行间隐含着丰富的内容和鲜明的思想感情。"俯下身子给人民做牛马","情愿是野草,等着地下的火烧",这些诗句引起读者丰富的想象和联想,补充、丰富了诗的形象,从而在脑海中形成了情景交融的意境。

欣赏诗歌的意境,要注意把握以下几点:

1. 虚实相生的"取境美"

虚实相生,相互映衬,是诗歌创作普遍运用的一条艺术规律。诗中的"虚",就是思想感情,诗中的"实"就是景物形象。如果诗歌创作只写虚会显得抽象、干巴,没有诗味;如果只写实就显得死寂、缺乏生气。因此,诗歌创作往往采用虚实相生的"取境法",即"象外之象""景外之景"与化景物为情思的方法。

王维的《九月九日忆山东兄弟》就是借助"象外之象""景外之景"表现意境的范例:"独在异乡为异客,每逢佳节倍思亲。遥知兄弟登高处,遍插茱萸少一人。"诗的前两句用一个"独"字、两个"异"字,实写出诗人此刻心情孤独寂寞,直接表现出诗人强烈的思乡恋友之情。第三、四句却改变了写法,诗人感情的表达不再是直叙,而是避实就虚,由近及远,不言自己却言远在故乡的兄弟们:他们今天登临时,头上必定插上茱萸,一定会发现少了一位兄弟。不言自己忆兄弟,却言兄弟忆自己,立意更为新奇,取境更为巧妙。

2. 意与境浑的"情性美"

"意与境浑"即"情景交融"。王国维在评论作品是否有意境时,就是以能否做到"意与境浑"作为起码的标准,做到了就是有意境,否则就是无意境。他举例说"红杏枝头春意闹",有一"闹"字,而境界全出。因为"闹"字既逼真地刻画出红杏怒放的蓬勃生机,又饱含诗人当时那种春风得意的欢愉心境,做到了情景交融,所以说有意境。小学教材中的北朝民歌《敕勒歌》,也是表现"意与境浑"的情性美的佳作:

> 敕勒川,阴山下。
> 天似穹庐,笼盖四野。
> 天苍苍,野茫茫,风吹草低见牛羊。

这首民歌的最大特点是景中寓情:全诗不见一句"情"话,作者完全把自己的思想感情寄寓在图画之中。"天似穹庐,笼盖四野",诗人将无垠的天和地,用有形又是象征"家"的蒙古包来比喻,不仅真实地写出了在草原上对天地的一种独特的感受,而且也不着痕迹地抒发了对草原、对家乡、对祖国的热爱之情。"天苍苍,野茫茫,风吹草低见牛羊",画面展现的是天高地阔、草木丰美、牛羊自在的艺术图景,给读者以富饶辽阔、生机盎然的感觉。它寄寓了作者对和平安乐、自由幸福生活的向往之情,在读者心中引起强烈的共鸣。

3. 深邃悠远的"情韵美"

情韵美即情致、韵味之美。汉语言有着丰厚的文化积淀,能传达出难以言表的极其微妙的感觉。因而在古代优秀诗篇中,那些意象化的语汇,不止是营造了富有新鲜感的意象,而且也融入了鲜活微妙的情韵。语言的魅力丰润着诗的情韵,在古典诗词中体现得特别鲜明。杜牧的"商女不知亡国恨,隔江犹唱后庭花",强调的是"不知"二字,然而却是"早知",借亡国之音——"后庭花",寄寓对晚唐统治者淫逸放荡、政治局势岌岌可危的兴亡之感。还有李白的"但见泪痕湿,不知心恨谁",王之涣的"羌笛何须怨杨柳,春风不度玉门关",这类诗句或旁敲侧击,或作反语,欲说还休,委婉入情,收到见微知著的艺术效果。

当然,意境之美不属于诗歌的专利,散文的意境创设同样是精彩的。由于散文的文本特点与诗歌的文本特点的差异,使它们在摄取物镜的角度和表现的宽度上有很大差别。散文文本不受篇幅局限,不受句式、韵律约束,也不受时空限制,可以多角度、长镜头地摄入,展示宽广的、立体的空间。由于诗歌受句数、字数、句式、韵律、节奏等文本因素的制约,所以在摄入景、境时,大多只能用短镜头、单角度。比如,古人在写雨景、雨境时,诗歌和散文的表现角度迥然有别:孟浩然的《春晓》中,写"夜来风雨声,花落知多少",从听觉的角度写"风雨声",强调自己对春风春雨吹落红艳春花的伤感,写出春雨无情的一面。杜甫的《春夜喜雨》中,则写道:"好雨知时节,当春乃发生。随风潜入夜,润物细无声。野径云俱黑,江船火独明。晓看红湿处,花重锦官城。"先从听觉着笔,写夜雨纤细,于无声处听雨声;然后从视觉着笔,写夜雨蒙蒙;写早晨娇美的花瓣上水珠晶莹,春意盎然。杜牧在《清明》中则写"清明时节雨纷纷,路上行人欲断魂"。从雨形、雨态着眼,写出春雨蒙蒙、细雨霏霏的特点,以雨境来渲染伤悲之情,切合清明时节。这些诗篇摄取的是同一景物,构成画面的基本方法大都相似:用短镜头、单角度,表现某一侧面、某一特质,但各自的观照角度不同,故感受也不同。与诗歌相比,散文可以多维度、大时空地充分展示物境。

欣赏散文的意境,要注意领会散文意境的表现手法。其中包括奇美巧妙的构思、以一当十的选材、粗细适中的笔法等。

奇美巧妙的构思,指作者选取某种能够引起读者注意的意象物作为媒介,使其在文章的思路、结构和文章情思的发散等方面发挥作用,从而创造出奇美动人的境界;以一当十的选材,是指用最富有个性的材料,构造全篇。这种材料,能以部分统摄全体,能引发读者的联想,举一反三,收到含蓄蕴藉的效果;粗细适中的笔法,是指文章详略得当,恰到好处。

以茅盾的《白杨礼赞》为例,对上述内容略做阐发:

从构思看,文章借"礼赞白杨",表达了对北方抗日军民的崇敬、赞美的感情。文章的媒介物是"白杨",这种树具有"伟岸""正直""质朴""严肃""力争上游""倔强挺立""百折不挠"等种种优秀品质,能引起读者的审美再造的兴趣;将之与北方抗日军民的民族精神的品质联系起来,达到以物喻人,借物抒情的目的。这种构思是奇美巧妙的。

从选材看,文章的主体材料是"白杨",辅助材料是"贵族化的楠木",选材可谓"以一当十"。围绕主体材料"白杨树",作者不惜笔墨,极力渲染:从形象特质到精神品质,赋予它丰富深刻的蕴涵,使文章显示出浓重的文情美和意境美,令读者回味无穷。

从笔法看,《白杨礼赞》对详略处理得当。对白杨树,采取工笔细描的手法,对黄土高原采用粗笔勾勒,对贵族化的楠木,则一语带过。描写白杨树的文字几乎占全文的四分之三,对其树干、树枝、树叶、树皮进行细致入微的描摹,对其参天耸立、不屈不挠的外形和内质,进行出神入化的点染,从而创造出意味隽永的独特的艺术境界。

第四节　阅读创造

一、阅读创造的含义与功能

阅读创造是一种通过读取和理解文本中的信息和概念,进行创造性思考和表达的能力。它有五个主要的功能:

第一,阅读创造可以提升人的思维能力。这种能力的锻炼可以培养创新思维和判断能力。

第二,阅读创造可以扩展个人的语言库。这种扩展可以丰富个人的词汇和表达方式,提升语言表达能力。

第三,阅读创造也可以增强自我认知。这种增强可以使人对自己的思维方式和思想内容更加清晰,进而增强自我认知和提高自我反思的能力。

第四,阅读创造有助于提高学习效率。这种提高可以通过将已有的知识和新的信息相结合来实现,拓展学习的深度和广度。

第五,阅读创造有利于增进人际关系。这种增进可以帮助人们理解和尊重不同的思想观念和文化传统,促进人际交流和沟通。

与此同时,阅读创造强调的是新颖性和独特性。因此,它是文本解读的高级阶段,需要对读者的解读素质提出更高的要求。它是超越读者和作者的价值功能的体现。

二、阅读创造的原则与方法

(一)阅读创造的原则

阅读创造的基本原则是"入乎其内"与"出乎其外"。阅读的终极目标是为了创造。创造的前提是读者要进入作品所描述的世界,设身处地地体验作品中各种人物的处境和情感,体验作家的情思,这就是"入乎其内"。但仅仅"入乎其内"是不够的,还需要读者在"入乎其内"之后,能够从作者所描述的那个世界中走出来,与作品中的人物、事件以及作家的思想感情保持一定的距离,去冷静地谛视它、检察它、评价它,这就是"出乎其外"。

如果读者不能"入乎其内",不能投入自己的情感和心力,则对作品的理解会很肤浅,难以得到作品的真正精神要领,对创造的帮助也就少了。但如果读者不能"出得书来"而"死在言下",与作品没有保持适当的距离,那么也不能进行创造。

因此,在阅读中不仅需要"入得书来",把"异己世界"化为自己的世界,还需要"出得书去",把阅读所得转化为"我思",形成不同于别人、也不同于"旧我"的新的发现、新的观点和思路。这就是阅读创造的基本原则。

(二)阅读创造的方法

创造性阅读是阅读的最高形式,是从读物中发现"自我"、发现"新世界"的思维过程。它的阅读方法有许多,包括预测阅读、想象阅读、反向阅读、发现阅读等等。这些具体的方法,可以针对不同的读物、不同的阅读目的灵活地选择,综合地加以运用。

1. 预测阅读法

预测阅读法是在阅读前进行预测,然后开始阅读的方法。这种方法有利于激活思维,培养创造力。

预测阅读的阅读方法有以下几种:

(1)推审题目,预测结果。一本书或一篇文章,如果题目是自己熟悉的或是正在思考的,不要马上去读,而要悉心审题,预测文章的内容,设想如果自己来写,写什么内容,如何谋篇布局,遣词立意,用哪些材料。

(2)阅读正文,印证思路。即在阅读时,把自己预测的思路和内容与读物进行比照,看哪些不谋而合、哪些意见相左、哪些大相径庭。通过对比,看自己的创意和不足,从中得到启发。这种自寻问题、自求解答的预测阅读法,可以促进读者主动思维,激发、培养联想和想象能力,产生创造性的思维成果。

2. 想象阅读法

通过读物的语言,在头脑中唤起相应的形象和意境的阅读方法。这种阅读法有助于理解和掌握作品的思想内容和表达形式,推动读者尽快走进作品中的人物和情境,并通过读者的加工、融合,突破作品的限制,创造出新的形象和意境。

其具体方法是:

(1)潜心研读作品,发掘构成形象和意境的语言材料。

(2)准确理解语言材料的含义,利用已有的知识和经验,在头脑中唤起相应映象,构建出"艺术活体"。

(3)放慢阅读速度,调动情感、情绪,酝酿作品意境,不断丰富和发展想象。

(4)反复阅读作品,加工、创建出新的艺术形象。

3. 反向阅读法

这是运用逆向思维对读物进行研读构建的阅读方法。它是从阅读材料的相反方向和对立面去思考、研究,对作品中阐述的正面观点,从反面去阅读、设疑、理解;对待不同意见的学术争论从正面去理解、考察。这种阅读法,不拘泥成见定论,不迷信专家权威,不盲从书本答案,一切以"出新"为立足点,独抒新见,"见前人所未见,发前人所未发"。

如果同一篇文章被很多人读过,大部分人可能有相似的看法和感受。然而,当你读这篇文章时,如果你发现了新的东西,有新的感受,或者产生了新的见解,那就是一种创造性的阅读。这种"新见"往往来自对那些被认为是"陈见"的观点的怀疑和质疑开始。

因而,反向阅读法,对于推陈出新,产生创造性的思维成果,具有重大意义。

4. 发现阅读法

发现阅读法是一种通过提出问题并在阅读中寻找答案的阅读方法。当阅读时产生疑问,充满好奇心的读者常常会追根溯源,一直追问下去,不达目的不罢休。这种阅读方法可以让读者通过发现、学习和享受阅读中的新东西,激发对深入探究问题的浓厚兴趣和获得"自我奖赏"的阅读体验。

这种阅读方法的步骤包括:

(1) 带着问题去阅读。好学之人应当怀有疑问,疑问是思考的起点、学习的开端。当发现问题时,应及时查阅相关书籍,筛选和收集相关信息,并有针对性地阅读相关部分。

(2) 解决问题并进行抄录。读书人应当习惯于用笔记或者摘抄的方式进行阅读。通过摘录、抄录、制作卡片等方法,收集与问题相关的资料,让思维得到扩散,整理出各种不同的答案,为进一步进行分析和综合打下基础。

(3) 总结归纳并延伸阅读。对收集的资料进行分析、比较和综合,在其中总结出有说服力的结论。同时,在分析比较的过程中,可能还会产生新的疑问,为进一步的阅读和研究打下基础。发现阅读的方法使得阅读充满了期待和乐趣,也为创造性的阅读提供了契机和动力。

第三章　阅读方法

第一节　文体论阅读

一、文体与文体功能的定位

"文体"的概念有狭义和广义之分。狭义的"文体"即独立成篇的文本的体制，又称"体裁""文类"，是文本构成的规格和模式，是文本的一种属性。广义的"文体"既文类，也指语体、风格等，是一种独特的文化现象。它折射出作家独特的个性特征、感觉方式、体验方式、思维方式、精神结构。从呈现层面看，文体是指独特的话语秩序、话语规范、话语特征等。从形成文本的深层原因看，文体的背后存在着创作主体的一切条件和特点，同时也包括与文本相关的丰富的社会和人文内容。因此，文本既属于形式的，又关乎内容的，它反映了文本从内容到形式的整体特点。在外部表现上看，它是文本的形式范畴。

(一)文体功能的产生

文体功能的产生是通过人们对特定目的和情境的需求而形成的。不同的文体形式适用于不同的情境和目的。例如，新闻报道的主要目的是向公众传递最新消息和信息，同时呈现事实和真相，因此，新闻报道通常具有简明扼要和客观准确的特点。又例如，小说通常是为了娱乐和启发读者，因此，它们往往使用各种即兴表达技巧和情感主题，如幽默、悲剧、浪漫和惊悚等，以吸引读者的兴趣。文体功能的形成，是通过不同的社会和历史时期经验的积累和创新，以及人们对不断变化的社会需求和文化形态的适应来实现的。

文体功能就是作者赋予作品的语言秩序以独特的意义，以及这种意义对读者所产生的效能。没有意义，也就没有文体，当然也就无所谓文体的功能。对文学作品来说，意义是什么呢？这并不是一个简单的问题，我们首先要追问什么是意义？或者更正确地说什么是意义的意义？对此，许多中外学者已从不同的角度进行了探讨：

1. 一种内在的属性。

2. 一种与其他事物之间的、独特的、无法析解的联系。

3. 附加在辞典中某个词之上的另外一些词。

4. 一个词的内涵。

5. 一种本质。

6. 投射于某对象的一种话

7. 某一意向中的事件、某种意愿。

8. 某物在一个系统中的特定位置。

9. 对某一事物在我们的体验中可行的推断。

10. 由一个陈述所包含或暗指的理论推断。

11. 被某事物所激起的情感。

12. 一种刺激的记忆的结果,所获得的联想。

13. 对某一符号按其存在的样子所做的解释。

14. 对于象征符号来说,即其所象征的任何事物。

15. 某一象征符号的使用者实际指涉的事物。

16. 某一符号的使用者应当具有的指涉。

……

以上这些关于意义的说法,虽然令人眼花缭乱,但如果我们深入地分析一下,就会发现它们之间的若干共同点:第一,意义不是自生的,而是人创造的,没有创造者,意义就不能产生;第二,意义与符号有密切关系,意义是在符号的关系中;第三,意义与接受者有密切关系,没有接受者的反应,意义也不能产生。以上这三点,对于我们解释文体功能的产生具有启发意义。文体功能作为作品意义所产生的影响,也必须具备三个条件才得以产生:第一,文体功能是作者赋予作品的,如果没有作者的苦心经营,如果不具备某种心理能力,那么文体的功能就无法产生;第二,文学的符号是语言,是有秩序的语言链条构成的文体,如果语言本身不具有审美的因素,那么文体的独特功能也无法产生;第三,文学文体的功能与读者的反应的关系极为密切,如果作品本身也显示出具有独特意义,读者却对它无动于衷,那么文体的功能也就无法实现。以上三点就是文体功能产生的必备条件。

(二) 文体功能的三个层面

一般地说,一部(篇)文学作品的文体功能必须具有三种完整的功能:表意功能、表象功能和表现功能。

1. 文体的表意功能

一部文学作品通过语言描写一定的人、事、景、物,读者则通过想象将作者所描写的人、事、景、物在自己心中"翻译"出来,从而了解作品所传达的意思,在读者心中产生一定的效能,也就是作品的表意功能。在优秀作品中,文体的表意功能与表象功能、表现功能是不能完全分开的,这三个层面是密切结合在一起的,但表意功能是帮助读者打开艺术世界之门的第一动力,因而又是重要的,不可缺少的,例如,诗人臧克家的《老马》:

> 总得叫大车装个够,
> 它横竖不说一句话,
> 背上的压力往肉里扣,
> 它把头沉重地垂下!
> 这刻不知道下刻的命,
> 它有泪只往心里咽。
> 眼里飘来一道鞭影,
> 它抬起头望望前面。

　　臧克家的《老马》描写的是一匹老马在完成牵引任务后被卖掉,在接下来的几个镇上经历了一些境遇,最终被卖到一个肉铺准备宰杀。故事中的人物对老马的态度和感情不同,其中有同情、快乐、惋惜等多种情感,而老马则成了整个故事的主角。故事通过描述人与动物之间的关系,呈现了人类尊重自然、关爱动物的人性情感,塑造了一个深情、老实、忠诚的形象,对读者产生了很大的感染力和思考力。此外,这个故事还批判了人类的无情和利益至上的态度,提醒人们应该珍惜生命、保护环境,反思人与动物之间的关系;同时又引导读者进一步想象和深思,想象人、事、景、物的具体生动的形象,深思其中蕴含的意味。

　　一般地说,"表意"处于文体的较浅的层面,它只是传达大致的思想感情。

　　2. 文体的表象功能

　　表象功能是文体功能的第二个层面。文学的形象性作为文学的特征之一,已成为多数人的共识。文学作品传达一定的思想感情,而思想感情必须凝结在一定的艺术形象中,才具艺术魅力。通俗地说就是"托物言志""寓情于景"。形象、具体、生动应是文学文体的一种品质,而由形象所引起的效应就是文体的表象功能。一种文体若能"状难写之景如在目前"(梅圣俞语),那么表象功能就能发挥到极致。如杜甫的《闻官军收河南河北》:

> 剑外忽传收蓟北,初闻涕泪满衣裳。
> 却看妻子愁何在? 漫卷诗书喜欲狂。
> 白日放歌须纵酒,青春作伴好还乡
> 即从巴峡穿巫峡,便下襄阳向洛阳。

　　该诗所描写的意境是一种战乱时期的悲凉与迷茫。诗中提到河南、河北被敌军占领,百姓流亡,村庄荒芜,田地荒废。这种情形下,人民无法安居乐业,农田无法耕种,兵马打草谷,国家衰败。诗人在描写这种悲惨的情形时,感到十分痛心,同时也表达了对国家命运的担忧和思考。整首诗寄托了诗人深深的忧国忧民之情,给人以深刻的启示。

全诗喜庆、喜悦之情溢于言表,但杜甫的这种感情不是喊出来的,而是"画"出来的。就从"漫卷诗书喜欲狂"一句来看,金圣叹解释说:"漫卷诗书,妙。身在剑外,以致唯以诗书消遣过日,心却不是读书上。今已闻此捷音,极其得意,要这诗书何用?见摊在案头者,趁手一总卷去,不管他在诗是书,一类非一类也。写初闻光景如画。"不难看出,由于杜甫把"初闻"喜讯后的狂喜之情形象化了,所以这首诗的文体表象功能也发挥到了极致,似乎让读者看到了一个喜极而泣的杜甫,杜甫的狂喜似乎感染了我们,我们不禁也欣喜起来,这就是文体的表象功能。一般地说,表象功能比表意功能蕴含了更多的审美因素,读者在手捧作品之际,似乎见到了真人、真事、真景,并产生了为栩栩如生、呼之欲出的人物景物形象而感动得落泪,兴奋得想歌唱等阅读反应,主要是文体表象功能的审美因素发挥作用的结果。

3. 文体的表现功能

文体的表意功能和表象功能,一般地说是被词、词组、词组群所直接呈现的意义所限定,是"所指",它是既定的和明确的,因此,它们一般是可译的。表现功能则完全不一样,它的意义是不被或不完全被词、词组、词组群所限定,是"能指",它属于另一个系统,即诗意的系统,就是一种超越一般指涉意义的诗意的表达,已摆脱了词典意义的限制,词语原有的指涉意义已变得不确定,呈现出"多义"或"歧义"的状态。

在诗中,文体的表现功能已不受词、词组、词组群的原意所限定,而且它也不是那种既定的明确的意义,而是一种间接暗示出来的意义,是"言外之意""弦外之音""韵外之致",在剧本和小说中,日常的平淡话语获得了不平淡的意味,日常话语中不合理的用法也变得既艺术又合理。例如,《红楼梦》第二十四回有一段描写:

且说宝玉这日见了贾芸,曾说过明日着他进来说话,这原是富家公子的口角,哪里还记在心中,因而便忘怀了。这日晚上,却从北静王府里回来,见过贾母王夫人等,回到园内,换了衣服,正要洗澡,——袭人被宝钗烦了去打结子去了;秋纹碧痕两个去催水;檀云又因他母亲病了,接出去了;麝月现在家中病着;还有几个做粗活听使唤的丫头,料是叫不着他,都出去寻伙觅伴的去了。不想这一刻工夫,只剩了宝玉在屋内,偏偏的宝玉要喝茶,一连叫了两三声,方见两三个老婆子走进来。宝玉见了连忙摇手说:"罢,罢!不用了。"老婆子们只得退出。

宝玉见没了头们,只得自己下来,拿了碗,向茶壶去倒茶,只得背后有人说道:"二爷,看烫了手,等我倒罢。"一面说着,一面走上来接了碗去。宝玉倒唬了一跳,问:"你在那里来看? 忽然来了,唬了我一跳!"那丫头一面递茶,一面笑着回道:"我在后院里,才从里间后门进来,难道二爷就没听见脚步响么?"宝玉见她这等灵便,便笑问道:"你也是我屋里的人么?"那丫头笑应道:"是。"宝玉道:"既是这屋里的,我怎么不认得?"那丫头听说,便冷笑一声道:"爷不认得的也多呢! 岂此我一个! 从来我又不递茶水拿东西,眼面前儿的一件也做不着,哪里认得呢?"宝玉道:"你为什么不做眼面前儿的呢?"那丫头道:"这话昨日我也难说。——只是有句话回二爷:有个什么芸儿来找二爷,我想二爷不得空儿,便叫焙茗回他;今日来了,不想二爷又往北府里去了……"

刚说到这句话,只见秋纹、碧痕嘻嘻哈哈的笑着进来:二人共提着一桶水,一手撩衣裳,趔趔趄趄泼泼撒撒的。那丫头便忙迎出去接。秋纹、碧痕,一个抱怨"你湿了我的衣裳",一个又说"你踹了我的鞋"。忽见走出一个人来接水,二人看时,不是别人,原来是小红。二人便都诧异,将水放下,忙进来看时,并没有别人,只有宝玉,便心中俱不自在……

这段话语没有什么奇特惊人之处,与人们日常语体并无不同,所不同的是这段"带笔自描"蕴含一种对怡红院内大小丫头的争宠高攀心态和种种复杂的人际关系的揭示,在她们那里,连一个小丫头为宝玉倒一次茶和说几句无关紧要的话,也是不得了的大事,都可能酿成一场风波。字里行间透露出深意和诗意。平淡的话语获得不平淡的意味,引发读者的深思。这是作为小说文体的表现功能最常见的一种呈现形态。

再以莎士比亚的《罗密欧与朱丽叶》中第一幕第一场中罗密欧的话为例:

啊,吵吵闹闹的相爱,亲亲热热的怨恨! 啊,无中生有的一切! 啊! 沉重的轻浮,严肃的狂妄,整齐的混乱,铅铸的羽毛,光明的烟雾,寒冷的火焰,憔悴的健康,永远觉醒的睡眠,否定的存在! 我感觉到爱情正是这么一种东西……

这种"悖论"式的句子,表面上看极不合理,但进一步体会,则又觉得至为恰切,因为爱情的确不是只有一个单向意义的明确的所指,它既是亲热,又是怨恨;既轻如羽毛,又重为铅块;既热如火焰,又冷如冰霜。一切似乎都是,一切又似乎都不是,它是难于言说的,更难于下定义。文体的表现功能似乎就在这难于言说又非言不可之间发挥到某种极致。在文体的表现功能中活跃着最丰富的审美因素,读者一旦把握住了文体的表现意义,那么他的心灵在瞬间就进入了一种自由的状态。

对文体的表现功能,我们必须明确两点:

第一,文体的表现功能要求作家去表现、读者去领会一种难于言说又非言不可的思想感情。

第二,文体的表现功能要求作家以间接的暗示方法来吸引读者的注意。直接确指性的方法不能赋予文体以表现功能。诚如乔治·桑塔耶纳所说:"在一切表现中,我们可以区别出两项:第一项是实际呈现出的事物,一个字、一个形象,或一件富于表现力的东西;第二项是所暗示的事物,更深远的思想、感情,或被唤起的形象、被表现的东西。"这就是说,如果作家只是直接写了"实际呈现出的事物",那么这事物不具备表现的价值,不带有表现功能,因为它只是传达一些信息,这信息并未发生深刻的审美转化。只有当作家通过"第一项"而表现"第二项",即"所暗示的事物"时,被表现的对象才引人深思,文体表现功能才能充分地发挥作用。

以海明威的《老人与海》为例,作家笔下所写的老渔夫桑地亚哥七十四天未捕到鱼,以及第七十五天费尽气力终于捕到一条大马哈鱼,在返航途中,鱼肉又被鲨鱼抢吃掉的情形,属于直接呈现的事物。然而作家的文体力量在于他通过这个老渔夫的故事的描写,暗示出人们那种受到屈辱而又不甘受屈辱的生存状态,那种明知不可为而为之的硬汉子的精神。这暗示出来的精神给读者以持久的、巨大的心灵震撼。文体的表现功能正根植于这种暗示、象征中。

二、文体论阅读的功能

(一)文体模式规定了阅读的目标和期望

不同的文体,它的语境和框架不同,结构模式和表达方式也不同,给读者提供的阅读目标和心理期待也不同。阅读目标是一种阅读的期望值,作为观念形态,它是依附于一定的阅读对象即作品,在阅读实践过程中逐步实现的。阅读目标对作品的依附性,要求读者必须充分考虑读物条件,分析每类文体实现阅读目标的可能性。不同的文体,由于其信息内容、传播形式和阅读效应都存在较大的区别,因此其规定的阅读目标也随之有所不同。

从文章和文学两大类来看:文章是真实地反映客观事物的科学认知,其价值主要在于开智立德,求真向善,重在实用,读者从中可以获得关于自然、社会、思维三大领域的科学信息;而文学是艺术地反映社会生活的,属于艺术认知,它的价值主要在于移情易性,陶冶情操,享受美感,读者从中获得的主要是典型的人物形象、多彩的生活图画和独特的审美情思等美感信息。由此可见,不同的文体,由于内容和表现形式不同,阅读产生的效果不同,自然,所应确立的阅读目标也随之有所不同。这是从大的文体方面来看的,至于文章和文学内部的各类具体文体,也应如此。

(二)文体论阅读赋予阅读以导向和思路

古人说:"定体然后可以言工拙。"西方学者也认为,体裁概念对阅读具有先导作用,为阅读提供了标准或期望。因为与文本概念相连的是这种文本的结构模式和表达特征,读者可以根据先于阅读的储存于大脑中的特定文体框架,理解文本的文体语境,去进行定向的解读。一方面,文体论阅读是文本解读的预设和向导,它为读者提供了解读的方向和维度,使读者能够按文本艺术的规律来阅读,从而使解读不断地逼近文本世界的真实面貌。另一方面,阅读作为一种复杂的心智活动,其思维轨迹同样受文体形式的限制和制约。凡得到公认的文体,都有它们的法则和个性特征。如文章的客观实在性,文学的艺术虚构性,通讯的新闻性,传记的历史性,论文的学术性,公文的程式性,等等,不同的文体有不同的法则和特征,有不同的阅读思路和方法。从总体而言,文章类阅读主要是通过判断、推理、分析、综合等抽象思维的形式,获得对文章内涵的理解;文学类阅读则必须调动自己的想象与情感,将文字符号转化为一幅幅生动、鲜明的图画,通过形象思维获得对读物的美感。科学反映的直接性,带来文章主旨的鲜明性,使文章阅读思路较为平直:一般弄懂语言结构,便可理解思想内容,进而明白其社会效用。而艺术反映的间接性,带来文学意蕴的隐蔽性,使其阅读思路变得曲折:从感知语言符号,到转换成形象蕴涵,再挖掘其历史内容,进而生发出哲理意味,最后品评其风格技巧。这种审美性的曲线性思路,显然要复杂得多。因此,文体论阅读就是依据文本的结构模式,去解读文本信息的不同的思维导向和路径。

三、文体论阅读的基本方法

如前所述,文体阅读从大的方面,分为文章阅读与文学阅读两部分。文章重实用性、科学性的特点,使阅读呈线性的对应关系,读者在阅读活动中因体施法,围绕着实用这一目标,可采取不同的读法,如摘读法、精读法、带题阅读法、钩玄提要法等。文学重审美性、形象性的特点,使阅读呈曲线性的思路,读者在阅读活动中必须充分调动联想和想象,因文悟神,获得情感上的满足和审美上的享受。这种阅读一般应采取反复推敲、吟诵涵泳的全读法和熟读法。关于每一种文体的具体阅读方法,我们将在"阅读鉴赏"中细述。这里仅从表达方式和语言体式两个方面,来观照一下基本的阅读思路。

(一)把握不同文体的阅读方法

1. 记叙文体的阅读方法

记叙文体是指以记叙为主要表达方式的写人、叙事、写景、状物的各种文章。这是一种具有时间向度和空间维度的人物和事件的叙述,具有时间的线性流程和空间维度的转换。它通过对典型人物、典型环境和典型事件的叙述和描写,生动地反映社会生活,表达思想情感。由于记叙的内容、节奏等因素的差异,导致记叙文体的阅读方法存在差异。就一般记叙文的阅读而言,需要把握以下几个方面:

（1）弄清记叙的要素和线索。记叙文的"六要素"是人物、事件、时间、地点、事件的原因、经过和结果。由于人的活动总是在一定的时间、空间范围内进行的，事件也总有它的起因、经过和结果，写景物也离不开人和事，只有弄清记叙文的"六要素"，才能全面正确地理解文章的内容。

线索是记叙文中贯穿全文的脉络，它把所有的材料联结成一个有机的整体。阅读记叙文，就要注意找出文章线索，并沿着线索弄清文章的段落、层次，进而理解文章的中心思想。不同内容的文章，其中心思想、作者意图和表达效果是不同的，文章的线索当然也不同。可以人物为线索，也可以物品、作者行踪、人物思想感情变化等为线索。

（2）把握记叙的顺序。叙述是记叙文的基本表达方式，文章的内容、结构方式不同，记叙的顺序也不同。常见的记叙顺序有：①时间顺序。即按照事件发生、发展和结局的时间顺序来结构文章。②空间顺序。即按照由远及近或由近及远、从上到下或从下到上、从内到外或从外到内等方位空间的顺序结构文章，事理关系顺序。同时叙述两件或更多件事情，从整体来看，这些事好像不相关，但实际上都是受一个中心思想支配着的。

（3）分析描写的作用。描写是作者用生动形象的语言，对人物、事件和环境所做的绘声绘色细致刻画，它是记叙文中最常见的表达方式之一。阅读时，要注意分析各种描写方法，体会它对于刻画人物和表现中心思想的作用。①人物描写，要注意分析体会肖像描写、语言描写、行动描写和心理描写等不同形式以及对表现人物形象、塑造人物性格的作用。②景物描写，要注意分析它对渲染气氛、烘托人物、突出中心等方面的作用，注意体会"借景抒情""托物言志"的表现手法。

（4）注意记叙中的议论和抒情。记叙中的议论和抒情，是作者表达思想感情和观点的一种方式。议论能揭示文章的思想意义，起到画龙点睛的作用；抒情能升华作者的思想感情，增强作品的艺术感染力。记叙中的议论，可以是夹叙夹议，也可以是叙议结合；记叙中的抒情，可以寓情于景，也可以是托物抒情。

2. 议论文体的阅读方法

议论文体是论述说理的文体，主要采用议论方式论证或阐明作者的基本观点和主张。它的结构一般是由"三段式"构成：引论——提出问题、本论——分析问题、结论——解决问题。它包含论点、论据、论证三大要素，其具体的阅读方法如下：

（1）找出文章的论点。论点是文章的观点和主张，是文章的灵魂。找出论点，才能了解作者所要解决的问题和提出的见解。中心论点应该是一个完整的判断句。有时围绕中心论点，还可提出几个分论点，阅读时要注意鉴别。文章的中心论点一般在开头提出，也可以在中间提出或在结尾归纳，有时，文章的题目也就是中心论点或论题论述的范围。

（2）理解论据。论据是证明论点的理由和根据。论据一般分理论论据（包括名人名言、公理、原理、定律、格言、谚语等）和事实论据（包括有代表性的史实、事例、统计数据等）两种。理解论据要看论据是否证明论点，材料和观点是否统一；事实论据要看论据是否准确、典型和充足。

（3）分析论证。论证是运用论据证明论点的过程，揭示论据与论点间的逻辑联系。阅读时应从理清思路、剖析结构入手，根据"观点统帅材料，材料说明观点"的原则，看文章用了哪些论据，是用什么作为论据的，这些论据可靠、充分、典型的程度如何；文章用了哪些论证方法，论证的结构是怎样的，文章的逻辑性是否严密等。论证的方法有例证法、引证法、对比论证法、喻证法、因果论证法、类比论证法、分层论证法、引申论证法等。论证的结构有总分式、并列式、层进式、对照式等。

3. 说明文体的阅读方法

说明文是以说明为主要表达方式的解说事物、阐明事理，给人以知识的文章。它的作用是把事物的形态、构造、种类、成因、功能、关系以及对事物的概念、特点、来源、演变等告诉人们，便于人们了解、研究、掌握和应用。阅读方法如下：

（1）了解说明的对象，把握说明对象的本质特征。阅读说明文，了解被说明的对象是比较容易的，绝大部分说明文的题目就标明了说明的对象，如《机器人》《晋祠》《凡尔赛宫》《珊瑚岛》《语言的演变》等。也有些说明文在首段或尾段指出了说明的对象，所以，在分析文章中的各个方面或某个片段时，不能仅仅注意说明顺序和说明方法，而忽略了它们与说明对象的关系。

阅读说明文的重点和难点，在于把握说明对象的本质特征。说明文一般是一段一个内容，阅读时要一段一段地理解。通过分析、归纳来把握说明对象的内涵和特点。同时，要特别注意抓住文章的中心句或关键句，以此来把握说明对象的本质特征。如《苏州园林》的第二段："设计者和匠师们因地制宜，自出心裁，修建成功的园林当然各有不同。可是苏州园林在不同之中有个共同点，似乎设计者和匠师们一致追求的是：务必使游览者无论站在哪个点上，眼前总是一幅完美的图画。"这里的最后一句，就概括了苏州园林的总特征，以后的各段就是从不同的侧面来具体说明这一总特征的。

（2）理清说明顺序，掌握文章结构。阅读说明文必须理清文章的说明顺序，理清了说明顺序，也就掌握了文章的结构层次。安排说明顺序有两条基本原则：一是按照事物本身固有的条理关系去说明，如客观实物固定的空间位置，事物发展变化的先后时间顺序，事物特性与功能的主次之分等；二是要符合人物认识事物的规律，即由浅入深、由现象到本质等。只有注意到这两方面，才能保证说明的准确性和科学性。

　　说明顺序一般有三种:①时间顺序。说明事物发展变化的文章,常常采用这种顺序。要注意表示时间的词语,以及表示时间变化的关联词语。抓住了这些词语就能使我们准确理解事物的进展情况。②空间顺序。对静态实物的介绍,常常按照事物的形状、结构、各部分之间的空间顺序进行说明:由上到下、由里到外、由前到后、由左到右、由远到近、由大到小,或者相反。说明一座建筑物、一件工艺品、一种动植物的外形、一处名胜古迹等,宜采用这种顺序。阅读时要注意方位词的运用和表示方位变化的词语。③逻辑顺序。阐明事理的说明文,多采用这种顺序。这种说明顺序,依据事物内部的联系和人们思维的规律进行说明。常见的有:由主到次、由表及里、由现象到本质、由一般到个别、由局部到整体、由原因到结果、由概括到具体、由特征到功能等。如《奇特的激光》是从激光的三种特性说到激光的功用;《大自然的语言》是从草木荣枯、候鸟去来的自然现象,说到纬度、经度、高下、古今的差异是决定物候现象的本质。阅读阐明事理的说明文,应该抓住这些逻辑顺序。

　　(3)分析说明方法,研究文章是如何说明事物的。常见的说明方法有:下定义、做诠释、分类别、列数字、做比较、举例子、引资料、打比方等。下定义,是用简洁明确的语言,揭示事物特征的说明方法,常用"某某是什么""某某叫作什么"的判断句式;做诠释,是对事物的特征加以说明、解释的一种说明方法;分类别,是把复杂的事物按一定的标准划分成各种类别,逐一加以说明的方法;列数字,即用具体数字来说明事物的特征;做比较,是把两种或两种以上的、有外在或内在联系的事物相比较,来说明事物特征的方法;举例子,是用有代表性的事例来说明事物的方法;引资料,是引用有关的著述、数据、故事、传说、诗句、谚语等作为说明的依据,使内容更充实、完善,更具有吸引力、说服力的一种方法;打比方,是运用比喻来说明事物的一种方法。一篇说明文,有时采取一种说明方法,但更多的情形是同时使用两种或多种说明方法。了解这些说明方法的特点和作用,有助于对文章内容的理解。

　　(4)体会说明文语言的准确性,加深对说明对象特征的认识。由于说明文是以传授知识、反映客观事物的面貌及其规律为目的的文体,它的语言要求必须具有具体性、针对性、科学性。具体体现为:说明事物特征要言之有物,说明内容要言之有据,说明顺序要言之有序,文字表达要言之有趣,遣词造句要言之有度。尤其要注意说明文语言的准确性,只有准确,有时甚至精确,才能体现说明文的科学性。因此,阅读时要注意修饰与限制的词语、全部与部分的词语、约数与确数的词语等,体会语言的准确与严密,把握事物的特征。

　　(5)将文字阅读与实物观察或具体操作相结合,以获得更加形象具体的认识。阅读说明文,在可能的条件下,应当将文字阅读同实物观察相结合。比如,阅读《雄伟的人民大会堂》《人民英雄永垂不朽》《故宫博物院》,如果能实地参观一下三处景观,一定容易理解和把握文中介绍的内容、主体形象的特点。有些不能直接观察的实物,可参看插图或照片。总之,具体、直观的形象,对说明文的理解把握大有裨益。

(二)理解不同文体的语言体式

语言体式就是语体。就广义而言,语体是指人们在不同场合、不同情境中所讲的话语在选词、语法、语调等方面体现出的不同特征。如正式会议用语与家庭日常用语不同,文件用语与朋友们聊天时用语不同等。就文本体裁而言,与之相匹配的语体一般可分为四种:文学语体、政论语体、科学语体和公文语体。

1. 文学语体

文学语体是通过艺术形象反映客观世界,表达作者的观点和思想的语言体系。文学语体又包括几个不同的分体,以诗歌、小说、戏剧文学为例,虽然它们都以生活的体验为对象,但它们的具体对象有所不同。诗歌一般是对情感的体验,小说一般是对事件的体验,戏剧文学一般是对行动的体验,传达的体验不同,所采用的语体也就有所不同。诗歌采用有节奏和韵律的抒情语体,小说采用叙述语体,戏剧文学采用对话语体。这三种语体就是文学语体的三种不同形式。文学语体的主要特征是语言的形象性,以及大量运用各种修辞手法以增强作品的艺术感染力。

2. 政论语体

政论语体是对社会政治生活各种问题进行阐述、评论的语言体系。其特点是具有科学的说理性、论辩性、逻辑性和艺术的形象性,拥有各种词汇成分,句型丰富多样,论述严密有力,能使用比喻、夸张等描绘手段。政论语体既接近于科学语体,又接近于文学语体,处于两者之间。

3. 科学语体

科学语体是通过准确而系统地叙述自然、社会和思维的现象,从而揭示和论证其规律性的语言体系。科学语体大都用于科学、技术和生产领域。其语言特点是普遍地运用专门术语,倾向于完整而严密的句法,并受到外来语的一定影响,如各种修饰语、附加成分、长的复合句等。

4. 公文语体

公文语体称事务语体。它是用于联系国家机关、社会团体及其他一切上层建筑行政工作的语言体系。接照不同的目的和作用,公文语体在不同的应用场合形成了若干固定的格式。其特点是措辞用语准确、庄重、简练、明了,句法完整、严谨,避免夸张、拟人等形象描写手法,叙述有条理,论理有逻辑,书写有格式。

第二节 社会学阅读

一、社会学阅读的功能定位

社会学阅读是从社会历史发展的角度观察、分析、评价文学作品的一种解读方法。它侧重研究文学作品与社会生活的关系,重视作家的思想倾向和文学作品的社会作用,注重开掘文章的思想意义和社会内容,具有鲜明的时代性、社会性、思想性。

社会学的观点和方法,与文学观念有直接关系。文学观的核心是文学的本质问题,即什么是文学的问题。文学来源于社会生活,是社会生活的再现。歌德说:"我的全部诗都是来自现实生活,从现实生活中获得坚实的基础。"(《歌德谈话录》)巴尔扎克说:"文学是社会的表现""我企图写出整个社会的历史"。别林斯基认为:"艺术是现实的再现""哪里有生活,哪里就有诗"。东汉时期的何休谈到诗歌说:"饥者歌其食,劳者歌其事。"作家们常常联系自己的创作来议论,白居易说:"文章合为时而著,歌诗合为事而作。"(《与元九书》)白居易的诗:"篇篇无空文,句句必尽规……惟歌生民病,愿得天子知。"(《寄唐生》)这些文学观念,把社会生活与文学紧密联系起来,从中我们可以了解社会因素是如何规定和影响文学创作的。

运用社会学的方法解读文学作品,要注意考察作品的真实性、倾向性和社会效果。

文学是社会生活的再现,社会学的评价十分注重对文学作品中社会历史内容的阐释,而这种内容是否真实就成为首要的尺度。真实性指文学作品所展示的社会生活画面,所塑造的艺术形象和社会现实生活相吻合,它是作者的真情实感、读者的真实感受与艺术形象的真实的统一。对文学作品真实性的考察包括各个方面,如时代背景的真实性问题、人物性格的真实性问题、作品细节的真实性问题等等。鲁迅在谈到《红楼梦》时认为:"《红楼梦》的价值在中国小说中实在是不可多得的。其要点在敢于如实描写,并无讳饰,和从前的小说叙好人完全是好,坏人完全是坏大不相同。所以,其中所叙的人物,都是真的人物。"(《中国小说史略》)

当然,文学中的真实,是经过了作家头脑的加工创造,是艺术的真实。这就有一个对生活的理解问题,即文学的倾向性问题。社会学解读认为文学作品的内容应该是真实的,同时对它的理解应该是正确的,即具有正确的倾向性。作品的价值,要根据作者看法的广度,对社会现象的理解是否正确、描写是否生动来判断。比如,杜勃罗留波夫赞扬奥斯特罗夫斯基的戏剧《大雷雨》表现了作者"对俄国生活有深刻的了解,有把俄国生活的最根本方面深刻而生动描写出来的本领",同时批评了当时创作中不良的倾向性。

社会学阅读注重作品的社会价值。比如对鲁迅作品的解读,很大成分都是从社会价值的角度来分析的。《记念刘和珍君》一文,传统教参解读其主题思想是:"通过悼念刘和珍,深刻揭露北洋军阀政府屠杀爱国青年的滔天罪行,有力地抨击帮闲文人造谣诬蔑爱国青年的卑劣行径,高度赞扬爱国青年临危不惧、团结友爱的崇高品质和大义凛然、殒身不恤的爱国精神,呼唤民众、激励猛士,抒发作者强烈的爱憎分明的感情。"这种主题思想的解析强调的是文章的社会历史价值。

二、社会学解读的基本方法

(一)知人论文,注重作品与作者的关系

文学作品是作家创作的,它常常与作家的生活经历、文化背景、思想情感、审美价值取向等有关,特别是那些具有社会历史背景的作品更是如此。因此,阅读文学作品时,我们需要考虑作品与作者之间的关系,理解作家创作的动机和背景,以更深入地解读作品。

孟子早在《孟子·万章》中就提出:"颂其诗,读其书,不知其人,可乎?"司马迁在谈到《离骚》时,把它与屈原的生平联系起来,分析其产生的原因:"屈平疾王听之不聪也,谗谄之蔽明也,邪曲之害公也,方正之不容也,故忧愁幽思而作《离骚》。"离骚"者,犹离忧也……屈平之作《离骚》也,盖自怨生也。"(《史记·屈原贾生列传》)李善注阮籍的《咏怀》时说:"嗣宗身仕乱朝,常恐罹谤遭祸,因兹发咏,故每有忧生之嗟。虽志在刺讥,而文多隐避。"(《文选》注卷二十三)正如泰纳所说:"精神著作的产生不仅靠精神。整个人对它的产生做出了贡献,他的性格、教育、生活、过去和现在等,都在他所思考和写作的东西上留下了印记。"他通过考察巴尔扎克的作品和他的精神世界和生活背景来帮助我们理解和评判巴尔扎克的作品,说:"巴尔扎克小说的营养来自他的性格和生活。"

综上所述,了解作家的人文背景、审美趣味、生活经历,对于更好地理解和阅读文学作品至关重要。只有在作品与作者之间建立好的关系的基础上,才能深入解读作品,理解作品更深层次的意义。任何一部伟大的作品,都是作者根据自己的立身情境,沉思于彼时彼刻他的生命流变,用自己的智慧的心灵创造出来的,是作家生命的知性升华。所以,对作家生活阅历的考察,常常成为我们解读作品的重要出发点和根据。

(二)知事论文,注重作品与时代、社会的关系

文学作品描写人们的生活,这种生活整体上是社会的和历史的。所以,解读文学作品中的社会历史内涵,显然是文学解读的重要任务。

任何一部作品总是这样或那样地折射出时代精神。所谓时代精神就是以特定时代的物质生活、精神生活的条件为基础,由某个特定阶级、集团占据历史舞台中心以及它们所推行的意识形态所形成的社会的主导趋向,如兴旺、发达、开明、开放或衰落、朽败、专制、混乱、压抑等。每一个作家都生活在这特定的时代中,时代精神的氛围对作者的创作个性总会产生深刻的、巨大的、不可抵抗的影响,从而给作者的创作留下时代精神印记。

生活于不同时代的作家,受到不同时代的影响,从而形成不同的文体。

以李白和杜甫的诗歌文体为例,李白的诗歌具有豪放、飘逸、洒脱的文体风格,被称为真正的"盛唐之音"。那么,李白的这种文体风格与所处的时代有何关系呢?唐帝国的建立结束了中国几百年的分裂和内战,李白创作的全盛时期,正是唐帝国的开元、天宝时期,达到了巅峰状态。在这一时期,均田制在帝国范围内得到普遍实行,南北朝时期的农奴式人身依附关系得到松弛和消除,阶级矛盾趋于缓和,这极大地促进了经济的发展。由初唐时期开始,政治稳定、军力强盛、财政丰盈。与此同时,世俗地主阶级的势力上升,科举制度的实施,开边事业的发展,对外贸易的繁荣等因素,使整个帝国呈现出前所未有的繁荣景象,为世俗地主阶级的知识分子提供了充满希望和光明前景的广阔道路。在这样的背景下,一种充满青春活力、对现实生活充满肯定和期望的新文体——豪放、飘逸、洒脱的"盛唐之音"应运而生。这种新文体是时代的馈赠,最充分地体现在李白等一批诗人的诗歌中。

扩展阅读能够拓宽我们的思路,帮助我们更好地了解复杂的社会和人情。我们可以通过比较阅读,开拓视野、深入思考,找到共性和特殊性,让我们对事物的认识更加全面和深刻。且让我们来读一读李白的两段诗:

君不见,黄河之水天上来,奔流到海不复回。君不见,高堂明镜悲白发,朝如青丝暮成雪。人生得意须尽欢,莫使金樽空对月。天生我材必有用,千金散尽还复来。……

(《将进酒》)

弃我去者,昨日之日不可留;乱我心者,今日之日多烦忧。长风万里送秋雁,对此可以酣高楼。蓬莱文章建安骨,中间小谢又清发。俱怀逸兴壮思飞,欲上青天揽明月。抽刀断水水更流,举杯消愁愁更愁。人生在世不称意,明朝散发弄扁舟。

(《宣州谢朓楼饯别校书叔云》)

　　李白在这两首诗中表现的是他的政治抱负不得施展的苦闷和忧伤,写的是
"愁",是"人生在世不称意"。他狂歌纵酒,及时行乐,似乎是消极的。但从诗的文
体角度看,那种豪迈,那种飘逸,那种洒脱,那种痛快淋漓,那种压倒一切的气势,那
种现成的似乎是随手捡来的极其自然自由的语体,都汹涌着盛唐时代的精神之流。
时代造就了李白等一代诗人的豪迈奔放。

　　杜甫的创作全盛时期在"安史之乱"中和"安史之乱"后,唐帝国经过这场混
乱,社会阶级矛盾尖锐化、复杂化,它已经开始走下坡路,地主阶级的知识分子在经
历了这场凄风苦雨的冲击之后,内心十分悲凉,忧国忧民忧己成为普遍的心态。在
他的诗中,如《兵车行》《丽人行》《悲陈陶》《新安吏》《潼关吏》《石壕吏》《新婚别》
《垂老别》《无家别》《哀江头》《哀王孙》等,就表现出一种压抑悲愤、沉郁顿挫的
风格。

　　同一作家的文体也会因时代的变化而呈现出巨大的差异。当然,一个作家的
文体可能有一种前后统一的特点,这是其创作个性作用的结果,但时代的变迁,又
使其创作个性发生这样或那样的变化,其文体也就在时代精神的影响下发生变化。
以宋代李清照的词为例,尽管她前期与后期词的文体都以婉约为主,但前期、后期
又有很大不同,在她创作的前期虽然宋室已因内忧外患而开始衰微,但国家仍然是
统一的,生活也还安定,在这种时代氛围中,她的词的文体是婉约中带有明丽、隽
永、清新、飘逸,如《如梦令》:

　　常记溪亭日暮,沉醉不知归路。兴尽晚回舟,误入藕花深处。争渡,争渡,惊起
一滩鸥鹭。

　　晚霞落日、绿水红莲、鸥鹭水鸟这些优美的景色与自然、生动、活泼的语调相配
合,使明丽的、隽永的色调与婉约的词风相渗透,形成了一种强弱相济的独特文体,
这都是因为李清照此时的生活时代还是安定的、明朗的,家庭生活也很幸福。时代
赐予她前期这种文体风格。到了靖康元年(公元 1126 年),金兵攻占宋都汴京,第
二年,宋徽宗、宋钦宗都被金人掳去,北宋王朝灭亡。这就是历史上的靖康之变。
民族的灾难改变了时代的精神,压抑、危亡、混乱、死亡取代了兴奋、安全、安定、鲜
活,这不能不改变李清照的生活命运。国家的危亡、丈夫的逝去、逃难的生活使李
清照的创作个性发生了变化,明丽、隽永、飘逸从她的词的文体中消失了,代之而出
现的是悲慨、沉重、哀怨,她的后期词的文体就成为婉约与悲慨、沉重、哀怨的结合
体,无论是"闻说双溪春尚好,也拟泛轻舟,只恐双溪舴艋舟,载不动许多愁"的意
象,还是"寻寻觅觅,冷冷清清,凄凄惨惨戚戚"的语调都透露出一种与前期文体很
不相同的风格韵味,这不能不说是时代因素使然。

　　不同的文体,所涵盖的社会历史内涵及其表现形式是不同的,解读的侧重点也
不一样。像《诗经》这样的抒情兼叙事的诗歌,读者努力去发现其中的所谓"风雅

比兴",把这当作解读的重点。而对于杜甫的"三吏""三别"、《北征》《咏怀五百字》这样的叙事诗,解读的侧重点显然是其中所反映的社会生活,读者必须联系"安史之乱"后的社会历史背景去考察解读。在小说这样的叙事作品中,读者应特别注意对人物形象和环境的分析。因为文学作品的社会历史内容,常常蕴含在具体形象的描写之中。冈察洛夫的长篇小说《奥勃洛摩夫》塑造了文学史上著名的"奥勃洛摩夫性格",杜勃罗留波夫通过对此形象的分析,阐释了作品的社会历史内容,认为:"奥勃洛摩夫性格的主要特征,在于一种彻头彻尾的惰性,这种惰性是由于对一切世界上所进行的东西,都表示冷淡而发生的。"认为正是俄国的社会环境导致了奥勃洛摩夫的性格:因为"奥勃洛摩夫并不是一个在天性上完全失去自由活动能力的人,他的懒惰,他的冷漠,正是教育和周围环境的产物。"在解读奥勃洛摩夫这个典型形象中,我们发现了俄国的社会历史生活,发现了俄国的"时代征兆"。

(三)挖掘思想内涵,注重作品的思想性、政治性

文学作品中常常蕴含着超越时空的思想价值,它将引起不同时代读者的感悟与思考。这种思想性,有的是作者明确赋予文本的,有的是隐含在作品深处的,必须经过读者深入思考、挖掘才会得以显现的。无论何种情形,理解作品的思想内涵,注重体会其思想性、政治性,都是社会学解读的一个重要出发点。

比如,余光中的《乡愁》,对这首诗的理解,既要体会作品所蕴含的思念故园的强烈乡情与亲情,又要注意体会"乡愁"所表现的情系大陆、渴望海峡两岸结束阻隔、早日统一的强烈的政治色彩。作者通过"邮票""船票""坟墓""海峡"四个鲜明的意象,赋予作品浓烈而清新的思想内涵及政治色彩,使"乡愁"这一中国文学的古老主题得以凝聚、升华,同时也使《乡愁》成为在海峡两岸以及海外华人中广泛传诵的名篇。

但不是所有的作品都具有明显的思想意义及政治色彩,有些作品的思想内涵及政治内涵是潜隐在作品深处的。如海勒的《第二十二条军规》,被公认为是美国反映第二次世界大战的最佳小说。作者通过飞行员尤索林的遭遇,反映了战争和官僚机器的疯狂、荒诞,表现了战争中人的无可奈何的处境。但实际上,这部小说的意义远远超出了战争的范畴,它是一部反映人类生存状态的当代寓言:"第二十二条军规"本身就是一种高度的抽象和集中,象征着冥冥中统治世界的神秘力量,它变化无常,令人莫测高深……它的本质就在于它是一个圈套:第一,作为一条军规,它是强制性的;第二,它运用了自相矛盾的推理逻辑,在似是而非中包藏着祸心。结果,无论飞行员是否提出停止飞行,一概必须执行任务。因此可以说,"第二十二条军规"是一个放之四海而皆准的圈套,是一种无法摆脱的困境。可以说这种

圈套和困境就是现代人对世界的一种感受。小说的思想内涵和政治色彩,必须通过读者对作品的象征意义的思索,才可逐步得到确证。

第三节　语义学阅读

一、语义学阅读的功能定位

(一)语义学阅读是以文本为中心的内在研究方法

语义学阅读强调文本自身的存在,注重文本的客观意义解读,把文本看作一个封闭自足的客体。这种解读方法排斥了对文学与社会、作者关系的探讨,认为读者阅读文学作品的个人经验、文学背景、作者生平的考证等,与文本意义的解读不应存在必然的联系。美国的布鲁克斯就主张,文学批评就是对作品的本身描述和评价。至于作者的真实意图,我们只能以作品为依据,只有在作品中实现的意图才是作者的真正意图。至于作者创作前对作品的设想、创作后对作品的解释与说明,都不足为据。

(二)语义学阅读是对文本"外形"与"内实"的整体解读

"外形"是指文本的语言体式,即语言材料的组构方式。文本是语言材料构成的,语言是文本建构的基本要素。语言材料在具体文本中以各种形式组织结构起来,构成不同的语言体式。"内实"是指文本的语义内容,也称语义体系。它是作品所反映的生活、思想、观点、情思、哲理等全部内涵的总和。文本解读就是通过语言"外形"的表层语体,进入语义的深层内涵,从而接受文本所发送的全部美感信息。

语义解读的关键在于理解语言与思想的关系,即理解词语在具体语境中的意义。文本语言的功能和意义可以体现为意思、感情、语气和意向四个方面。比如"把门关上!"这句话,它至少可以表示三层不同的意思:一是做什么事,二是命令的态度,三是可能激起的害怕、畏惧等情感。要确切地把握它的意义,必须结合上下语段的具体情境,即注意考察与上下文之间的联系,正是这种联系确定了特定词语、句段的具体意义。语义内容与语言体式的构成方式也有密切的关系。如徐志摩的著名诗作《再别康桥》,为了抒发久违的学子作别母校的"康桥情结",诗文开头即连用了三个"轻轻的",使我们仿佛感受到诗人踮着足尖,像一股清风一样来了,又悄无声息地荡去;而那至深的情丝,竟在招手之间,幻成了"西天的云彩"。第二节至第六节,描写诗人在康河里泛舟寻梦,用暗喻、想象的手法讴歌了梦中的康桥。最后一节以三个"悄悄的"与首阕回环对应——潇洒地来,又潇洒地走。全诗一气呵成,荡气回肠。诗文共七节,每节四行,每行两顿或三顿,不拘一格而又法度严谨,韵式上严守二、四押韵,抑扬顿挫,朗朗上口。这优美的节奏像涟漪般荡漾开来,既是虔诚的学子寻梦的跫音,又契合着诗人感情的潮起潮落,有一种独特的审美快感。由此可见,文本的语义内容与文本的语体结构是密切联系在一起的,表层体式和深层语义的有机统一,是一切典范优秀的作品所共同具有的艺术特征,也是文学解读中所必须要把握的一个基本法则。

二、语义学解读的基本方法

(一)从字、词、句含义的释读入手

从字、词、句含义的释读入手是语义学解读的最基本和最重要的方法。汉字是表达意义的书写符号体系,是词语所代表的某种概念或意象的载体。它通过图形或符号的组合来表达词或词语的意思,使人对客观事物及其性质、状态产生联想。当读者打开一本书时,一连串的文字符号便映入眼帘。文字符号是词语的代码,词语又是客观事物的代码,因此,文字符号的高度抽象性给读者理解意义带来了第一个难题,读者必须透过文字代码抽取其中的意义信息,这是一切阅读活动的开始,是语义学解读的重要步骤。由此进入文本语义的相关解读。

如叶圣陶先生读朱自清的散文《飞》,就是通过具体解词释句来解析文章内涵的。例如,在读《飞》一文中,有这样一段文字:"一轮呆呆的日头",是说全无云霞烘托;下一句中"淡淡的,懒懒的"是说烘托得不够;再下一句才是作者想望中的云霞烘托,话有层次。"得浓"针对"淡淡的","得变"针对"懒懒的"。"一眨眼一个花样,层出不穷",说明"变"的情形;"浓"字容易明白,"变"字或许叫人心生疑问,所以要加说明。"一眨眼一个花样"也可以说成"顷刻变化",但是太抽象了,不及"一眨眼一个花样"可以引起具体的印象。这段文字可以帮助我们理解如何从语言文字的释读来解析文章。这种以语言文字为中心的文本解读方法正是中国传统的文本解读方法。

(二)注重表达方式和艺术技巧的分析

注重表达方式和艺术技巧的分析是一种艺术批评方法,它关注艺术作品的表现形式和创作技巧,而非作品所表达的主题或内涵。这种批评方法重视作品的表现力和美学效果,包括作品的结构、色彩、音响、镜头语言、动作、节奏等方面。

在注重表达方式和艺术技巧的分析中,观众需要考虑作品的意图和作者的创作手法。观众需要理解作品所使用的表现手法、视角、色彩、表情和音效等元素,从

而帮助他们更好地理解和欣赏艺术作品的魅力和内涵。例如，一个具有强烈视觉效果的电影可能包括极具张力和兴奋的摄影、色彩以及动作；而一个问题电影可能会忽略这些要素，导致它不具有表现力，无法吸引观众。

在语言艺术中，注重表达方式和艺术技巧的分析，可以从诗的词汇、韵律、语音、措辞等方面来分析作品的艺术手法，以及包括小说、故事、散文、戏剧和电影等不同类型的作品。注重表达方式和艺术技巧的分析方法，为观众提供了一种更深入和全面的方式，以欣赏、理解和评价艺术作品。

表达方式和艺术技巧，是文章写作的特殊手段和技艺方法，它体现了作者运用语言文字来把握主客观世界的能力，具有独特的艺术表现力和审美价值。事实上，文本的语义内蕴是一种动态的活体，它的生成是一个比较复杂的美学问题，包含着作者的愿望、志趣、情绪、精神、思想等一切内心生活，而并非僵硬的、抽象的、凌驾于作品之上的概念。因此，对文本的语义学解读绝不是单一层面的语言概念和意义的静态的考察，而是将文本作为鲜活的艺术生命体，对构成语义内蕴的多维性因素作立体的、多层面的透视。从构成规律看，凡是具有美学价值的语义内涵，都是一种多元素交织融注的艺术复合体。它所唤起的感觉是多重的：思想的启迪、情感的陶冶、艺术美的倾心体验……因此，注重表达方式和艺术技巧的分析，是语义学解读的重要方面。

如美国纳撒尼尔·霍桑的短篇小说《犹豫不决的命运之神》，以简洁的笔触、精巧的构思，为我们提供了语义学解读的典范文本。一个叫大卫·斯旺的男青年，在夏季里的一天从故乡出发去波士顿找他的叔父。从清早走到正午，又累又热，便找到一个泉水涌流的绿荫处躺下睡着了。于是出现了以下的一幕幕情景：一位中年寡妇路过，仔细瞧了瞧大卫，自言自语，小伙子睡觉的模样真逗人；一位极力反对酗酒的牧师，看到大卫后认为他是喝多了酒，所以在教堂布道时，举出可怜的大卫作为酗酒的可怕例子；一位富商和他的妻子看到大卫不吃安眠药能睡得这么香，羡慕他的健康无忧与青春，竟然想认他为儿子来继承财富；一位年轻的姑娘走来了，见到他有些慌乱、羞涩，在为他赶走了一只特大蜜蜂后，也走了；最后，来了两个强盗，一个抽出一把长刀，一个准备去拿包裹。如果大卫此刻动一动，那刀就可能刺下去。可就在此刻，一条狗从大路跑到泉边喝水，强盗因畏惧狗的主人赶到，悄悄走开了。大卫在睡过一个小时后醒来了，继续赶路，他什么都不知道。故事很像一篇童话，让人觉得神奇而充满艺术魅力。在表达方式上，作者采取了第三人称的"全知视觉"即多向视角，为我们展示了故事的全貌：故事中出现的众多人物，他们的相貌、表情，他们的语言、对话和内心独白，都通过第三人称的"魔鬼视角"被我们一览无余。在艺术技法上，小说采用了象征意味的描写：通过大卫睡而不知的"奇遇"，曲折、含蓄地告诉人们：我们身旁来来往往而无结果的许多事情，不知道也就算了。否则,生活就会充满过多的希望和恐惧,充满过多的惊异和沮丧,使我们得不到片刻的安宁。路,还得自己去走。这就是根据文本的艺术表现手法而获得的语义的深层蕴涵。所以,在文学解读中,我们应当根据不同的文本作品作具体的、多层面的艺术分析。

(三)注意把握文本的结构层次

文章的结构层次是作者思维的脉络,专注于其思维的脉络即可把握语义内涵及文章的主旨。思维的脉络可以通过具体的词句来把握,也可以通过段落的归纳分析来抽取。

如周先慎的《简笔与繁笔》一文,主要是根据词句的分析来显示层次的。第一层次,作者提出历来文章家都提倡简练,但形式上的繁简并不是简练的标准,简笔与繁笔各有所长。第二层次,运用经典作品的例子加以具体说明:以《水浒传》中的"武松打虎"和"林教头风雪山神庙"为例,说明简笔的神韵;以"鲁智深拳打镇关西"的三拳描绘来说明繁笔的妙处;以鲁迅《社戏》中不厌其烦地描写来说明繁笔的特殊艺术效果。第三层次,阐述简笔繁笔只有经过提炼才能达到简练,而且应该出于自然。第四层次,从反面分析,最后得出结论,当前提倡简练为文十分必要。

魏巍的《谁是最可爱的人》可以使用段落归纳法来把握层次。首先,第一段中提出了运用群众路线的思想来推行社会主义事业的必要性,这是全文的主旨。其次,接下来的多个段落通过具体事例和历史事件,分别介绍了许多优秀的社会主义战士,如方志敏、雷锋、钱三强等人,他们因其奋斗精神和道德风范都成为社会主义事业中最可爱的人。在这些段落中,魏巍通过不同的层次描述了这些英雄人物,如他们的个人成长经历、参与社会主义革命的经历和所体现出的精神力量等。其中,每个段落都有一个主题,而这些主题都为全文重点的论点提供了直接或间接的支持。最后,在全文的结尾处,通过总结这些英雄事例,强调了现代社会对道德思想的需要,并呼吁广大人们积极投身于社会主义事业中,发扬社会主义革命精神,为社会主义建设做出自己的贡献。

因此,通过段落归纳法对《谁是最可爱的人》这篇文章的分析,可以看出作者在表述社会主义事业伟大之处时使用了多个段落,每个段落都有自己的主题,但都围绕着全文的主旨:群众路线为主导的社会主义建设。这种写作方法让文中的事例更加具体、生动,更容易使读者产生共鸣和深入思考。

(四)多侧面开掘主题内涵

汉语语义的丰富性,决定了语义内蕴的丰厚和强大的艺术张力,决定了它必然要成为一个发展不尽的多层的立体世界。作品中表现在文字上往往是极简单的,而其内涵却是极丰富的。因此,语义学常常通过语句的具体解读,来开掘文本多侧面的主题意义。正如一个旋涡、一朵浪花、一堆泡沫无不暗示出一条汹涌不息的长河。

鲁迅和叶圣陶先生都非常注重小说的多侧面开掘主题内涵的思想价值,对于鲁迅的小说《孔乙己》也不例外。

鲁迅认为,《孔乙己》是一篇具有丰富含义的故事,它可以从社会、道德、人性等多个角度深入探讨。他在《且介亭杂文》等著作中对《孔乙己》进行了多次点评,认为孔乙己所代表的底层民众的愤怒、绝望和反抗是小说主题的重要内涵,同时也反映了晚清社会的弊端和革命的必要性。

叶圣陶先生也高度评价了鲁迅小说中多层次的思想内涵。他在《中国现代小说史》中说:"《孔乙己》是一篇豪放的现实主义作品,它刻画了底层劳动者的苦楚和对命运的反抗,预示着中国的社会革命和文学现代化。"他认为这篇小说不仅描绘了孔乙己这一具体形象,更反映了无数底层人民的苦难,以及对生活和自由的追求。

综上所述,鲁迅和叶圣陶都高度评价了《孔乙己》这篇小说的多重思想内涵。他们认为,这个故事不仅反映了人性的复杂和社会的不公,而且预示着中国社会变革和文学现代化的趋势。这些都是对于读者的思考和启示。

第四节　接受美学阅读

一、接受美学阅读的功能定位

(一)接受美学阅读是以读者为中心的"读者学"

这种以读者的解读活动为中心的接受美学理论,重在研究和探讨读者的能动创造作用。它认为读者对文本的接受过程就是对文本的再创造过程,也是文学作品得以真正实现的过程。文学作品不是由作者独自创造的,而是由作者和读者共同创造的。也就是说,文学创造的完成,并不意味着文学活动的完结,而是仅处在文学活动的中途,读者的解读接受才是文学活动的终结。读者不只是鉴赏家、批评家,而且也是作家,因为鉴赏和批评的本身就是对文学作品的继续创造,就是文学作品价值的实现。正是在此意义上,人们也称接受美学为"读者学"。而不同的读者对文本意义的解读是不同的,作品的真正生命在于读者的永无止境的解读中。正如接受美学家姚斯所说:"第一个读者的理解将在一代又一代的接受之链上被充实和丰富。一部作品的历史意义就是在这个过程中得以确定,它的审美价值也是在这个过程中得以证实。"

(二)文本的"召唤性结构"是读者解读的前提

"召唤性结构"最早是由现象学美学家英伽登提出的:"每一部文学作品在原则上都是未完成的,总有待于进一步的补充。但从文本的图式化结构来看,这一补充是永远不能全部完成的。"接受美学理论继承并发展了这种观点,认为任何文本都具有未定性,都不是决定性的或自足性的存在,而是一个多层面的未完成的"召唤性结构"。它的存在本身并不能产生独立的意义,意义的实现要通过读者的具体化阅读,即伊瑟尔所指出的:"作品意义的不确定性和意义空白促使读者去寻找作品的意义,赋予读者参与作品意义构成的权利。"(《阅读活动:审美反映理论》)这种由意义不确定与意义空白构成的文本结构即"召唤性结构"。

"召唤性结构"从根本上瓦解了作品与作者至高无上的地位,而对读者的价值给以最本质的发现。这为我们解读文学文本打开了一扇天窗:文本并不是最重要的,读者发现了什么才是关键。它召唤读者尽可能把自己的经验世界调动起来,通过联想和创造性想象去填充、丰富甚至重建文本。

应该说,接受美学的"召唤性结构",给文学创作和解读提供了重要的方法论启示:文学创作中的"冰山原则",诗歌、小说中的"留白"技法,不正是"召唤结构"给作家和读者提供的创作和解读的坐标吗?在阅读欣赏文学作品时,读者很容易发现文本在内容、结构、语言等方面的"未定点",从而去思考、去联想、去填补,获得多姿多味的艺术感受。如余光中的《乡愁》在结构上所精心营造的审美空间,召唤着读者的审美想象和创造性建构;《红楼梦》中,当黛玉得知宝玉迎娶新人而悲痛欲绝地发出"宝玉!宝玉!你好……"的最后的呼喊后,读者在为黛玉掬一把"辛酸泪"的同时,无不为作者高妙的语言设置拍案叫绝!黛玉临死前留下的这半句话,让读者浮想联翩,难下断言。是谴责怨恨之意,还是祝福难舍之心?正可谓"一百个读者就会有一百个林黛玉",文本的这一"未定点"把推测、感慨、惆怅……无限情怀留给读者,形成了无言的妙境。

姚斯指出:"一部文学作品,并不是一个自身独立的、向每一个时代的读者均提供同样观点的客体。它不是一尊纪念碑,形而上学地展示其超时代的本质。它更多地像一部管弦乐谱,在其演奏中不断获得读者新的反响。"(《走向接受美学》)从这里我们可以看出,接受美学关于文本的概念包含着这样的两极:一极是具有未定性的文学文本,一极是读者阅读过程中的具体化,这两极的合璧才是完整的文学作品。这就是说,没有读者的阅读,没有读者将文本具体化,文本只是未完成的文学作品。文本不再是一种静止的、绝对的、独一无二的"孤本",而是一种具有内在生命和活力的"召唤结构""艺术活体";读者也不再只是被动地、谨慎地、封闭地去小心求证,去阅读欣赏,而是主动地参与和创造,从而给读者的解读与创造以一种新的文化含义。

二、接受美学阅读的主要方法

(一)建立自觉的期待视野

期待视野是接受美学的又一重要概念,是接受美学的核心理论。它是姚斯从现象学家海德格尔的"先在结构""理解视野"等概念继承过来的,又称"前理解",即理解前的理解。主要是指由读者阅读经验构成的思维定向或先在结构,包括读者的生活阅历、道德情操、审美趣味,同时也包括人们的知觉能力和接受水平等。"期待视野"是理解的重要条件之一:第一,没有"前理解"就不可能有理解。读者的前理解,就是读者由语言中接受的全部历史文化。这是每一个读者在接受语言、拥有语言的同时获得的。因而,一个刚出生的婴儿是不可能有什么理解的。第二,"前理解"构成了理解者的视野。一个人能够理解什么,理解到什么程度,恰恰取决于其"前理解"。正如姚斯所指出的:"文学体验需要一种体验自身因素的先在知识,在此基础上,我们遇到的所有新东西才能为经验所接受,即在经验背景中具有可读性。"(《走向接受美学》)人不可能从历史和传统中独立出来,以一种纯粹客观的状态来进行理解和解读。"理解甚至不能被认为是一种主体性的行为,而要被认为是一种置于传统过程中的行动,在这过程中过去和现在经常地得以中介。"(伽达默尔语)这就是说,读者在进入阅读过程时,并非像一个神偷那样,以妙手空空的心理白板去顺应,而是以一种完整的内心经验模式和心理期待去同化或超越文本。

现代阅读理论认为,文本作为一种客体,负载着作者显露或隐藏的见解、意愿,并影响读者这一阅读主体。主体不断地利用自己的经验、积累去顺应、同化或逆反客体所负载的信息,阅读就是一个主客体之间不断作用的过程。解读的过程就是作者在文本中所展示的视野与读者的视野交叉融合的过程,而"视野融合"的程度决定着文本的意义生成及阅读接受的效果。具体表现为:当读者的审美经验、审美意识与作家凝结在作品中的审美经验、审美意识接近时,产生了"求同——顺应式"的接受,读者与作者之间产生了共鸣;当二者不一致时,接受受到抵制,产生"求异——逆反式"的审美距离,读者与作者产生了间离;如果读者通过阅读文本提高了自己的审美意识和经验水平,则会形成"求新——创生式"的期待,视野随之转换。"期待视野"的融合、打破和重建,使读者在阅读中、阅读后与原先的自我产生了距离,使他发现一个自己从来没有意识到的、新的内在世界。这不仅构成了文本解读与创造的动力源,使文本永远处在不断变化、修正甚至再生产的过程中,而且重新塑造了读者的生命,使昨日之我不同于今日之我,此时之我异于将来之我。这正是文本解读要达到的最高境界。

(二)充分发挥读者的创造性

接受美学理论,赋予读者解读文学作品的特殊地位,美学理论为读者解读文学作品开辟了广阔的空间,赋予读者以文学仲裁人的特殊地位,为文学民主提供了最充分的理论依据。阅读本质上是一种探究性的、创造性的审美活动。伊瑟尔在《阅读过程的现象学研究》中指出:"我们只能想见本文中没有的东西;本文写出的东西给我们以知识,但只有没写出的部分才给我们想见事物的机会;的确,没有未定的成分,没有本文中的空白我们就不可能发挥想象。"当文本的未知领域呈现给读者时,会给读者的阅读接受造成审美张力的对峙,迫使读者调动自己的"前理解"并充分利用发散思维、逆向思维、联想和想象等思维形式,以得出对文本意义的独特理解和建构。

也就是说,读者必须充分调动阅读的创新意识,以鲜明的个性色彩和主动精神,去寻找、发现、创造,赋予解读活动以生生不息的艺术活力和清新美感。阅读是一种具有探究性和创造性的审美活动,读者应该充分发挥自己的感性、理性和想象力,成为文本的共同创作者。美学理论和文学批评为此提供了重要的理论支撑,使读者能够更深入地挖掘作品的内涵,增强自己的创造性思维和独立思考能力,从而赋予解读活动更深层次的理解和美感价值。

综上所述,阅读不仅仅是一个被动接受的过程,也是一个主动探究、创造和传达的过程。读者通过发挥自己的主观能动性,可以成为文学作品的亲身体验者、共同创作者和独立思考者,从中寻求突破和创新,并赋予文学作品更丰富、更细腻、更感性的内涵。文学作品常常为读者的阅读留下很大的艺术想象空间,激发、呼请读者全新的创新理念、创新意识。通过不断的想象,读者可以补充文本情节上的空白、意念上的省略,改组或延续原文的内容和情节,对原文的某些观点进行提炼升华,或得出不同于文本、不同于作者的新的见解。袁枚在《程绵庄诗说序》中明确提出阅读评价"不必尽合于作者",读者可以"复而发明",进行精神产品的再生产。谭献更明确指出:"作者之用心未必然,而读者之用心何必不然。"读者完全可以拥有自己的感受和创造。

例如,萧涤非先生在他的《杜甫研究》中,对"万里悲秋常作客,百年多病独登台"中的"悲"字,就衍生、产生出九种含义,如漂泊他乡、经常旅行、亘古长空、萧瑟的秋天、重阳佳节无任何欢乐,等等。萧涤非先生通过对"悲"字的发散联想和想象,为这个字赋予了更为丰富、充实的内涵,展示了读者在阅读文学作品时想象力和创造力的空间。

经典文学作品永远是深层次的启示，无论是故事情节还是更深层次的分析和思考，都需要多角度的阐释与理解。文学作品的意义是无穷无尽的，它不断向未来延展，具有再理解、再创造的能力，这也让文学作品成为一个永远充满可能性的世界。同时，随着时间的推移，新的错误源不断被矫正，新的理解源也不断产生，从而使得文学作品的意义关系愈加丰富。文学作品的意义并没有一种封闭的界限，而是在一个不断扩展和运动的过程中被把握。这也给读者个人的独立阅读与创造性阐释留下了地带，让每一个阅读与创造都可以激发出新的意义，从而不断使作品历久弥新。因此，每次与经典文学作品的交流、融合都是一个创造性的过程，无论现在还是将来，它都会有新的价值和新的意义，不断地给我们带来思考和启示。阅读文学作品的魅力就在于此。有创意的阅读需要读者发挥自己的主观能动性，将自己的"前理解"置入文本，基于真实的感受和体验，以发散的联想和想象能力去寻求新的意义，找到自己内心的声音。美学阅读鼓励阅读批判，提倡个性化的阅读体验。从文本解读的自然过程来看，阅读批判是阅读过程的高级阶段。在读者的认识程度上，阅读批判比阅读欣赏更加深入。从思维运行过程来看，欣赏是寻求与文本和作者的共鸣，而批判则是寻求对自我的发现——它需要对文本的内容和形式进行客观的理智判断和价值评估。欣赏需要读者深入体察和充分了解文本，做到心领神会，烂熟于心，达到"如家常话"的程度；而批判则需要读者在深入理解文本的基础上，能够跳出来，以开阔的视野和冷静的思维，做出独到而深刻的评价。正如王国维在《人间词话》中所言："诗人对宇宙人生须入乎其内，又须出乎其外。入乎其内，故有生气，出乎其外，故有高致。"因此，阅读批判是对精神产品进行再生产的难度极高的创造性阅读过程，需要最大程度地发挥读者的主观能动性，表达读者独特的个性。正如蒋成瑀在《读解学引论》中所说："重复性阅读寻求的是译解，梦想寻找到真理或源泉；批判性阅读不再关注真理，不再寻找源泉，它只肯定阅读的游戏。"

尽管要激发读者的个性，但也不能产生偏见和主观臆断。所谓"创造性阅读"，是在文本的基础上进行创造，它的前提是肯定文本的存在，认可作品具有自身的意义。换句话说，在文本解读过程中，读者应当在充分调动自己的创造性对文本进行再创造和建构的同时，不应脱离解读对象即文本的限制。读者的解读创造性和文本的规定性是辩证统一的。任何脱离文本的肆意"创造"，都必然会导致解读的谬误和偏离文本的道路。

第四章 阅读教学

第一节 阅读教学的目标

阅读教学是语文教学的重要组成部分,是语文学习的主体内容之一,它与写作教学共同构成了语文学习的一体两面。不仅如此,阅读与写作还是学习其他课程的工具和手段,是传播文化、塑造人格、建构精神的重要途径,是人一生中进行人际沟通和社会交流的两项基本技能。从教育学的角度看,"读"在语文能力中独占鳌头,一个人只有学会了阅读,才能在以后的学习和工作中实现"可持续发展",适应知识经济时代对人才的要求。所以,现代阅读学把培养"读书人口"、建构"阅读社会"作为阅读教学的总目标,并具体阐释了直接目标、间接目标和潜在目标的不同内容与要求。

一、阅读教学的直接目标

语文教学的重要任务是培养学生的阅读能力,包括指导学生阅读文言文和语体文,阅读文章和文学作品的能力。因此,概括起来说,培养阅读能力是阅读教学的直接目标。具体体现在以下几个方面:

(一)自读能力目标

阅读是认识活动中最重要的形式之一,人们在一生中大多数时间都在提高阅读技能,而阅读技能是通过实践逐步培养起来的。因此,在教学中培养学生独立阅读的能力,养成良好的阅读习惯,并给学生更多的参与机会和参与行为,让他们能够自主体验、自主感悟、自主质疑问题、自主发表见解。在教师的帮助下,学生能够独立地感知、学习、理解、提高,将书本知识变成自己的精神财富,并能够应用到生活中,为社会服务。这应该是阅读教学的理想目标和境界。叶圣陶先生早在以前就提出过:"教是为了不需要教","学习的主体是我们自己"。他认为,语文教学的最终目的是培养学生具备"不依赖教师,能够自主阅读"的能力。即使在 20 世纪 80 年代,他仍然提倡自学:"通过学会自学的本领和养成自觉习惯,只有在工作和生活中不断地自我充实、自我修养,才能成为对人民、对社会有益的人。"这种观点与现代社会倡导的"学会学习""终身教育"的理念是一致的。中小学乃至大学的教育只能为人的发展提供基础,学校的阅读教学不可能将所有知识都传授给学生,只有使学生获得"自主阅读"的能力,养成终身阅读的习惯,才能在知识经济时代有所建树。因此,培养学生的自主阅读能力是阅读教学的理想目标或最高目标。

(二)层级目标

层级目标是从阅读能力的构成要素来划分的。从阅读本体看,阅读能力是一个多层次、多侧面的复合结构。纵向上包括阅读感知力、阅读理解力、阅读鉴赏力、阅读迁移力和阅读创造力,横向上包括阅读选择力、阅读思考力、阅读想象力、阅读记忆力和阅读实效力。基础教育阶段,阅读教学的主要任务是培养中小学生的阅读能力和良好的阅读习惯。其中最基本的阅读能力可分为以下层级:

(1)认读能力,即认识汉字、初步了解文字意义所表现出来的心理特征。它是阅读能力构成中最基础的一种能力,没有这一能力,任何阅读活动都无法进行。

(2)解读能力,即理解句子、段落的意义和联系,理解全篇主旨,体会作者感情的能力。阅读理解力是阅读能力的核心,是阅读能力的主要标志。

(3)赏读能力,即对文章的内容和形式、语言和技巧、艺术形象和表达方法等进行鉴别、欣赏和评价的能力。它以阅读理解为基础,又是阅读理解的进一步深化。阅读鉴赏能力直接关系阅读的质量和效果,决定着阅读的成败。

(4)创造能力,即在阅读过程中,能够针对文章的内容、语言和写法等提出自己独到的见解,得出不同于书本、不同于作者赋义、不同于他人定论的新的见解和主张。阅读创造是阅读目标的最高层级,它要求学生能够在理解、鉴赏的基础上,从文本触发创造的欲望,超越文本,超越自身。

(三)基础目标

基础目标是从形成阅读能力的语文基础知识要素来划分的。知识是形成能力的基础,语文基础知识是形成阅读能力的关键要素。它包括以下几个方面:

(1)汉语知识,即拼音,标点,常用汉字的音、形、义,词语在语境中的语义,句子及其结构,常用修辞方法等。

(2)文章知识,包括文章"本体知识"及文章"读写知识"两大方面。"本体知识"如中心和材料,结构与思路,记叙、说明、议论、抒情的表达方法,文章的体裁等。"读写知识"即阅读和写作的一般知识。

(3)文学常识,包括文学作品的特点、文学体裁的分类、文学鉴赏常识、文学发展常识、名家名著等。

（4）文化常识，包括报刊阅读常识、工具书的使用、图书资料的使用、网上查阅资料等。这些知识目标是语文学习的重要内容，也是阅读教学的基础目标。

二、阅读教学的间接目标

阅读教学的间接目标是发展思维能力。思维，是人脑所特有的一种机能，是大脑对客观事物反映过程的理性认识和加工活动。思维和语言是密不可分的，语言是人们进行思维的最重要的工具，是思维的物质外壳，思维脱离它是不会自行交流的；同时，语言作为思维的物质外壳、载体或工具，它与思维是形式和内容的关系，离开思维，语言也就失去了工具的作用。所以，思维和语言是密不可分的。文章的理解和表达过程，既离不开语言，也离不开思维，二者同是阅读的本质所在。阅读的内在本质就是语言和思维的辩证统一。因此，高中语文教学大纲中明确规定："语言训练和思维训练相辅相成。在语言训练的过程中要重视思维方法的学习、思维品质的培养和思维能力的发展；思维训练要贯串在语言训练中，促进语言能力的提高。"

人们习惯把语文能力总结为听说读写四种能力。实际上我们应该看到，听说读写四种能力只是在语言和思维的共同作用下所表现出的一种外在能力，而最根本的则是运用语言进行思维的能力。运用语言进行思维的能力决定着听说读写的能力。所以，在阅读教学中，我们应当明确下列目标：

（一）形象思维的培育

形象思维，主要运用于记叙文和文学作品的阅读。要通过记叙文和文学作品的教学，使学生的再造性形象思维、再现性形象思维和创造性形象思维都得到发展。

再造性形象思维指的就是记叙文和文学作品中的形象思维。其基本内容有：

（1）阅读感知能力。即教学生能够准确领会语言文字的意义，能够联系自己的生活经验去体会文章的内容。

（2）再造想象能力。即教学生能够按语言文字的示意，抓住形象的特征展开合理的想象。

（3）联想能力。即教学生能够通过联想为再造想象调集相关的表象材料，增强再造想象的效果。

（4）情感性理解能力。即教学生在感知、想象的基础上，通过情感与理性的结合，达到对作品形象和意蕴的把握。

再现性形象思维，指的是以真人真事为题材的记叙文写作中的形象思维。其基本内容有：

（1）回想能力。即教学生能够准确地再现自己的所见所闻和真情实感,能够按思维目的或文章的主题进行回想。

（2）联想能力。让学生初步掌握接近联想、相似联想、对比联想等方式。再现性形象思维应在小学和初中阶段打好基础,

创造性形象思维,指的是文学写作的艺术思维。它包括创造想象能力、联想能力和审美情感。应该在高中和大学阶段使学生的创造性形象思维得到充分的发展。

（二）抽象思维的培养

抽象思维,主要运用于各类文章的阅读分析,包括议论文、说明文,也包括对各种文学作品的分析概括。抽象思维的培养重点从思维方法、思维形式和思维规律几个方面,使学生的逻辑思维和辩证思维得到发展。

（1）逻辑思维的培育。在思维方法上,要让学生具有对客观事物的分析、综合、比较、分类、抽象、概括、系统化、具体化等能力。例如,记叙文中的划分段落层次、概括段意、人物分析、情节分析、概括中心思想等;议论文中对论点、论据和论证过程的分析,说明文中对事物特征的归纳概括等,都是培养学生逻辑思维的有效途径。

（2）辩证思维的培育。即抓好辩证思维的基本规律和辩证思维的方法训练。首先,我们需要理解辩证思维的基本规律。对立统一规律是辩证思维的核心规律,它揭示了事物内部矛盾双方的相互依存和相互斗争,以及在一定条件下相互转化的发展过程。例如,在讨论社会现象时,既要看到其内在的矛盾和对立,也要理解这些矛盾和对立是如何在特定的社会背景下相互转化和统一的。

其次,我们还要学会运用辩证思维的方法。辩证分析和综合的方法是培养辩证思维能力的基础。在议论文阅读中,我们需要对论点进行深入的分析,理解其各个方面的信息和背景,同时也要对其进行综合评价,把握论点的整体性和全面性。例如,在评价一项政策时,我们需要深入分析该政策的制定背景、目标、实施方案和可能产生的影响,同时也需要将其放在更大的社会背景下进行综合评价。

逻辑和历史相统一的方法也是辩证思维的重要方法。逻辑和历史是相互联系的,逻辑是历史的理论概括,历史是逻辑的具体展开。在议论文阅读中,我们需要将论点的逻辑和历史背景相结合,理解其内在的逻辑关系和历史必然性。例如,在讨论一项科技创新时,我们需要理解其背后的逻辑和历史背景,从而更好地把握其本质和发展趋势。

最后,从抽象到具体的方法是辩证思维的另一种重要方法。在议论文阅读中,我们需要从论点的抽象概念和原则出发,逐步具体化,理解其在特定情境下的具体

表现和实践应用。例如,在讨论道德伦理问题时,我们需要从抽象的道德原则出发,逐步具体化到现实生活中的道德判断和行为规范。

综上所述,要在议论文的阅读中加强辩证思维能力的培养,我们需要深入理解辩证思维的基本规律和方法,并在实践中不断运用和总结。只有这样,我们才能更好地提高辩证思维能力,形成全面的认识和理解。

(三)创造思维的培养

形象思维和抽象思维中包含着创造性思维的因素,除此之外,还应该重视直觉思维、灵感思维和发散思维。直觉思维和灵感思维属于非逻辑思维,难以用常规的练习方式进行训练,主要靠学生知识经验的积累、多思善感的思维习惯。发散思维的培养,主要是教学生善于多角度地思考问题,善于通过联想、想象、猜想和推想拓展思路,指导多向思维的方法。发散思维的训练要注意同收敛思维结合起来。创造思维的培养主要有以下几方面:

(1)提高观察能力。学会观察并分析周围的事物,从中寻找灵感和启示。

(2)培养好奇心。保持好奇心,不断探索世界的各个角落,从而拓展思维的广度。

(3)多角度思考。尝试从不同的角度来看待问题,避免被固定思维框架所束缚。

(4)鼓励独立思考。让学生学会独立思考和解决问题,帮助他们建立自信和个性。

(5)鼓励创造和实践。让学生有机会参与创造和实践,培养创造性思维和解决问题的能力。

(6)鼓励对话和思辨。鼓励学生与他人进行对话和思辨,使他们从不同的角度了解世界并学会倾听他人的声音。

(7)注重知识积累。拓宽学生知识面,夯实基础知识,提升文化素养,从而更好地理解和创造世界。

(8)培养坚韧和毅力。鼓励学生在面对困难和挫折时不放弃,学会反思和迎接挑战。

三、阅读教学的潜在目标

阅读教学的天然优势,即语文教材文质兼美的特点,决定了阅读教学的潜在目标是陶冶思想情操。汉语文教育素有"文道结合"的传统,古代的文章本来就是"教化"的载体。现代语文教育提倡"因文解道,因道悟文""熏陶渐染,潜移默化"。因此,我们把陶冶思想情操作为阅读教学的潜在目标,以区别它同政治课直接灌输的不同特点。

(一)思想教育目标

阅读教学的思想教育主要是通过情感陶冶来实现的。屈原、司马迁、文天祥、孙中山、鲁迅,他们的远大理想和高尚情操都融于他们的著作里。"路漫漫其修远兮,吾将上下而求索",激励着一代又一代中华儿女在探索前行的道路上勇往直前,百折不回;"横眉冷对千夫指,俯首甘为孺子牛",爱憎分明的立场,服务大众的准则,将永远是我们立身处世的风向标;《谁是最可爱的人》中,志愿军战士的英雄气概、爱国主义、国际主义精神;《可爱的中国》里共产党人的高风亮节、人格魅力;《皇帝的新衣》中那自欺欺人的可笑嘴脸……从正反两方面进行生动形象的对比,潜移默化地教育了学生。

(二)美育目标

阅读教学的审美价值,来自读物的内容美和形式美。所以,通过挖掘教材的审美内涵,培养学生健康高尚的审美观,形成他们爱美、感受美、理解美和创造美的能力,是阅读教学的又一目标。挖掘教材的审美价值,主要从文章的立意美、语言美、形象美、结构美、表现方法美等方面进行。同时还要注意教材中所表现的形式美,如整齐、参差、和谐、对称等,认识美的形态,如优美、壮美、崇高、悲剧、喜剧等。

例如,教《我的空中楼阁》,挖掘其审美价值,主要有:

(1)立意美。文题是矛盾的组合,引人入胜;现实生活的艺术化,给人美感;语意双关,暗示主旨,将物境与心境合而为一。明写空中楼阁,实写对光明理想境界的追求。

(2)构思美。定景换点,从不同侧面来观察,使景物特征毕现。

(3)表现方法美。写景状物有序,记叙、描写、抒情相结合。

(4)语言美。文笔清新、优美。巧妙运用比喻、拟人等多种修辞手法。

(5)美的形态:优美。

第二节　阅读教学策略

阅读教学策略,是指教师为保证阅读任务的完成、阅读效率的提高,对阅读活动进行调节和控制的一系列谋略。这种谋略既有对阅读全程所做的总体谋划,也有对某一阅读行为的具体方略,还包括对阅读过程中出现的问题所采取的对策。根据当前阅读教学中存在的严重问题,如阅读品位低俗,阅读能力低下,不会读书,不爱读书,没有良好的阅读习惯等"高耗低效""少慢差费"的现象,总结我国阅读教学改革的经验教训,我们赞同研究者们所确定的"大阅读语文教学"的改革策略,即语文教学以阅读为本,改变过去的耗散性讲析模式,注重阅读教学的整体感悟,突出广泛而自主的大量阅读,突出阅读技巧和能力的指导与训练,培养良好的阅读习惯,以阅读带动听说写能力的全面提高。突出学生的文化背景积淀,突出语文教育的人文熏陶。阅读教学是教育中的重要内容之一,因此,有一些教学策略可以帮助学生更好地理解和掌握阅读技能。以下是一些阅读教学策略。

一、回归人文关怀

阅读是人的一种生命活动形式,过于强调"语用"功能,容易导致阅读教学的技术化倾向,忽视了阅读作为人的生命活动的意义对于人的精神世界构建的价值。针对不同的学生,采用不同的阅读材料和难度等级。在课堂上使用多媒体资源,如幻灯片、视频和音频,以吸引学生的兴趣并提高他们的理解能力。许多技术化操作如机械释词、分解句子、肢解文段、"标准化"答题等,把阅读带进一种背离自己"本相"的道路上去,即人文价值、人文底蕴的流失。结果学生的语言表达能力差,他们所表现的语言枯燥乏味、缺少个性、众口一词,这正是一种精神内核空虚和缺失的表现,是精神荒芜贫乏的表征。为此,应将语言学习与人的精神世界结合起来,变肢解课文的"析读"为整体感知的"意读",淡化偏重形式的分析性操作,引导学生从言语体式的整体感知出发,通过自己的生命体验,达到对文章思想内容和语言形式的正确理解。

从大阅读语文教学的主导思想来说,提高学生的思想道德素养、科学文化素质,必须弘扬民族优秀文化和吸收人类的进步文化,必须改变把语文课上成纯语言知识的传授训练课或政治说教课的状况,突出语文课的文学性、审美性、生活性、文化性,注重对人文因素的挖掘,遵循"以人为本"的原则,回归人文关怀。在教学中,给学生以充分的阅读的自由、感悟的空间、体验的过程,让学生在广泛而自主的阅读中汲取生命养料,做人类精神世界的"美食家",接受来自政治、经济、科学、艺术、审美、历史等众多文化的熏陶,在了解、接受、感悟的过程中,不断充实、提高自己,形成健全的人格。正如王元骧先生所言:"没有任何其他意识形态对于人所产生的影响像文学作品所唤起的审美体验那样,使整个心灵都得到如此深刻的触动,产生如此强烈的影响,获得如此全面的滋养。它在人们精神上所产生的综合效应,绝不是一般的知识传播、道德教育和娱乐消遣所能企及的。"(《审美反映与艺术创造》)

二、重视自主体验

现代教学论认为,学生是教学的主体,是教学活动积极能动的参与者;课堂教学过程应当成为学生的自我教育和自我活动的过程。然而长期以来,受应试教育的影响,教师站定讲台的状况始终未得到根本性的扭转,语文教学暴露得最明显的弱点还是讲风太盛,学生自己阅读、思考的时间太少。特别是,由于"应试"这一功利性目的的存在,语文阅读的课堂也变成了"试题化"的讲堂。教师可以给学生提供多种不同的阅读材料,如小说、新闻报道、诗歌和漫画等,以便他们可以在不同的领域和风格中获取经验。学习一篇课文,无论是何种文体,教师最关心的是"知识点""备考点"的落实,讲解文章唯恐有遗漏,故"大讲特讲",把学生自主学习、体验的课堂,变成了教师灌输知识的讲堂。结果,学生充分阅读、自主感知、细致品味、深入思考、大胆质疑的机会被剥夺了,学习的主动性、积极性,钻研的兴趣与热情被消磨殆尽,而养成了听讲解、等答案的依赖心理和思维惰性。这就造成了语文教学效率不高、学生阅读能力低下的现状。

从接受美学的观点看,任何文本都是一个多层面的、未完成的开放结构。如果不经过读者的阅读,对某一读者而言,文本就没有任何意义。因此,语文作品的价值,必须经过学生亲自阅读、理解、体验才能发挥出来。学生积累自己的生活经验和语文知识积淀,在阅读中运用联想和想象,对作品进行具体化的解读。由于学生之间不可能有完全相同的生活经验和知识积淀,所以即使在同一教师的指导下阅读同一材料,学生的体验、认识也会不同,这就赋予了作品以无穷的意义和生命力。

因此,重视学生自主阅读,意味着教师不会代替学生阅读或简单地讲解,而是把控制言论和结论的权利交给学生。教师应该留给学生足够的阅读时间,给予学生想象和评判的空间,并让他们自由表达自己的想法。只有这样,学生才能有更多的参与机会和行动自由,真正体现学习的自主性。只有鼓励学生运用自己的脑力,运用自己的视角,把书中的知识变成自己的精神财富,才能实现对外在世界和自我的超越。

三、改革课堂模式

(一)变分解式讲析为整体性意读

分解性讲析课文打破了文章的整体性,使学生只能理解零碎的字词、句子或段意,而未真正领悟文章的思想和艺术美。文学中最重要的特性之一是完整性和有机性,托尔斯泰在《艺术论》中强调,作品的形式和内容构成不可分割的整体,表达艺术家所体验过的感情。同样地,朱光潜在《选择与安排》中写到,艺术作品必须是完整而有机的、有生命的整体。这意味着文章由一系列有机因素构成,具有生气和内在联系。如果把文章分成碎片,就可能造成无法完整地领悟文章的情感和意义。因此,语文阅读教学应该重视整体性观照,文本解析和段落都应该以把握整体为目标。学生应该在整体感知的基础上,对细节深入剖析,再将细部的理解回归到对整体的理解上。这样,学生就能在学习完一篇课文之后留下完整而有生命力的有机篇章,而不是单纯的语言符号和知识点。只有这样,学生才能真正领悟文章所传达的深刻意义,并从中汲取营养,增强思辨能力和审美能力。同时,在整体性观照下,也有利于提高学生的语文能力和语言表达能力。因为只有掌握了文章的整体思想和结构,才能更好地运用语言去表达,让学生更容易理解自己的思想和观点。此外,整体性观照还有助于提高与促进学生的审美水平,因为学生通过把握整体、感受艺术之美,可以更好地欣赏文学作品,从中体味人生、领悟哲理、汲取力量,促进个人的成长和提高。

总之,整体性观照是语文教育中的重要理念和方法,它可以有效地提高学生的语文素养和全面发展。

(二)穿插"专题阅读"的教学方式

在单元教学中,如果教师对每一篇课文平均用力,那么就难以克服语文课本本身存在的知识能力点的重复性,难以避免因重复而导致的时间、精力的浪费,也容易使学生失去对学习的兴趣。因此,我们提倡将单元教学与语文阅读知识教学穿插起来进行,即适当进行"专题阅读"的讲座、赏析、讨论等形式的教学。比如,结合记叙类文章或一个单元的不同侧重点的文章,可以进行相关的文体阅读知识和阅读方法的讲座;针对一篇重点课文或课文的某一部分,组织学生进行赏析、讨论,总结分析评价的方法,学会举一反三,找到文本解读的钥匙;结合古代诗歌、散文或小说单元,让学生自行收集相关文史资料或典籍故事,在教学中进行相应的穿插融入,也可以采用举办读书报告会的形式,让学生充分参与,在喜闻乐见中轻松获得知识和信息。这种以专题阅读形式进行的教学,最明显的优势就是目标更为明确,重点更为突出,教材和课外阅读的结合更为灵活有效。尤其是发扬了教学民主,调动了学生的主动性、积极性,为切实提高学生的语文阅读能力,优化课堂教学开辟了有效途径。当然,这种穿插进行的阅读教学方式,要求教师对教学大纲、全套教材的内容和编排体系有明确的把握,对每册书的学习目标、每个单元的教学侧重点有深透的理解,对学生基础、能力状况有较全面的了解。唯此,才能做出个性化的教学设计,收到事半功倍的教学效果。

第三节 阅读教学方法

教学方法,是教师和学生为了实现一定的教学目的,在教学过程中采用的行为手段。它包括教师的教法与学生的学法两个方面,是二者的辩证统一。我们说教学应该"得法",就是指教师有科学的教法,学生有科学的学法。阅读教学方法,是指在阅读教学过程中采取的具体的教学手段和行为,但它不是孤立的行为,而是受一定教学思想、教学目的、教学内容、学生的年龄特点、知识水平以及教师自身的条件等制约的。因此,选择、运用阅读教学方法,要体现针对性、灵活性和实效性的特点。所谓"教学有法,教无定法",只有从实际出发,努力选优试用,大胆创新发展,才能在实践中形成具有个人风格的方法体系。

一、传统阅读教学方法

(一)谈话法

谈话法是一种传统的阅读教学方法,它强调教师和学生之间进行对话和互动,以帮助学生更好地理解和消化所阅读的内容。该方法通常由以下步骤组成:

1. 教师先让学生自己阅读一段文本,然后再通过讨论或问答的形式来理解和解析文本。

2. 教师引导学生读一段文本,或是向学生展示一幅图片,让学生对所读内容自由发挥,进行自由联想。

3. 教师帮助学生在理解难点上进行解读和注释。

4. 教师组织学生通过问题、角色扮演、辩论或展示,进行深度阐述和解析文本。

谈话法的优点在于其注重互动,有助于帮助学生思考和加深理解。同时,它也能训练学生口头表达和批判性思维能力。不足之处在于,教师需要花费大量时间来引导学生发表观点和展开讨论,如果课堂管理不当,就容易造成课堂混乱,所以需要教师对教学过程进行严密的控制。

(二)讲授法

讲授法是以教师的讲解、讲述、讲演等为主要方式的传授知识的方法。讲授法历史悠久,使用广泛,至今仍是教师采取的一种主要的教学方法。17世纪,捷克的教育家夸美纽斯确立了班级授课制,讲授法应运而生。讲授法的主要特点是教师运用口头语言作为传递知识信息的媒介。通过教师讲、学生听的方式,向学生传递知识信息。这种方法比较容易控制教学内容,保证讲述问题的系统性、完整性,掌握教学进度,适合大面积教学。但其弊病是明显的:学生处于被动地位,除了"听授"之外,很少有活动机会,扼杀了学生学习的主动性、积极性,不利于语文能力的发展。

(三)串讲法和点评法

我国文言文教学的传统方法就是串讲法和点评法。串讲的方法,就是在注释文字、疏解词句的基础上串通文意,阐发文章内容,评论文章的笔法。这是以教师为主的精雕细刻式的讲授方法。点评法又称"评点法","点"是指"点读"和"圈点","评"是指"评注"与"评析"。正确地运用评点,有助于深化对阅读材料的理解和赏析。

串讲法和点评法对于文字艰深、句式难懂的文言文来说是适用的。但由于以讲为主,不注重培养学生查阅工具书的能力和自学的能力,没有及时的信息交流,其教学效果仍是不甚理想的。

二、当代阅读教学方法

当代阅读教学法在继承传统方法的基础上,有许多新的发展与创造,其基本方法可归纳为:读、讲、议、练、研究和欣赏等。这里主要就教师指导学生"读"的方法做如下介绍。

读——阅读教学中最重要的方法,无论什么文章都离不开读。读的过程不仅是对文章感受、理解、吸收的过程,而且是想象、加工、创造的过程。读的方式包括朗读、默读、精读、略读、速读、浏览等。

(一)朗读

朗读是将无声文字转化为有声语言的一种阅读方法,它要求读者口读耳听,口耳并用。对于需要精读的文章,我们必须反复朗读。朗读不仅可以训练语音、语调、速度、力度,还可以培养语感,直接提高口头表达能力。教师应该指导学生掌握朗读的方法和技巧,具体包括以下方面。

(1)发音要准确,吐字要清晰,不添字,不落字,不读错字,不将句子读断,要在"准"字上下功夫。

(2)注意采用适当的语调,根据内容变化语调,准确表达读物内容和读者对读物的理解。

(3)要表现出丰富的感情,节奏鲜明,注意抑扬顿挫,展现读者不同的情感体验。

(4)进行必要的反复朗读,有助于加深理解和记忆,练好背诵之功。

(5)适当进行齐读、分角色读和表演朗读等多种形式的朗读训练。

(二)默读

高速信息时代,要求阅读具有快速度。默读则是快速阅读的理想方式。默读是不出声地读,不需要逐字逐句地细看,可以用眼睛扫视,"一目十行",把整句、整行的文字符号作整体识别,大大加快读的速度。此外,默读时不必辨认字、词的声调,省去口腔的发音和耳的监听,注意力可以集中在辨别、思考、理解内容上,所以默读不仅比朗读速度快而且理解深。教师指导学生默读时既可以选全篇,也可以选重点段,要求学生加快扫视速度,以提高效率。教师还可以指导学生带着问题去跳读,以快速浏览的方式获取所需要的信息。

(三)精读

精读是对读物内容和形式做全面、深刻理解和把握的一种基本的阅读方法,是进行阅读深度训练的主要方式,向来我国被视为传统阅读技法中的精华。它要求"字训其义,句贯其意,文寻其脉,篇会其旨"。精读是一种逐文理意、反复涵泳的循环阅读法。精读法特别适合于中学阅读教学中的精读篇目。学生学会了精读的方法,就可达到举一反三、触类旁通的目的。精读的方法有许多,如涵泳法、疑问思辨法、比较阅读法、圈点勾画法、提要提纲法等等。朱逸先生的"分步阅读学"从精读的训练过程,将精读法概括为四个步骤,又称四个基本要领,即"析句""分层""提要""求旨"。析句,即通过字斟句酌,力求精确理解句子的结构、含义、情感、作用、技法和辞彩,从而达到字字通、句句通,进而全文通的目的;分层,即划分层次,掌握文章的结构规律和作者的思路意脉;提要,是运用简明扼要的语言提取文章材料内容的要点,从而深入理解内容,把握其精髓和基本脉络的过程;求旨,即理解文章主旨,是沟通各个层次内容之间的各种必然联系,从而产生某种理性认识的过程。分步阅读的四步过程,是符合阅读学基本原理的。

(四)略读

略读是与精读相对而言的一种不求精熟而着意于文章大略的阅读方法。它的主要目的在于加快阅读速度,增大阅读量,搜寻有用信息。在对文章内容的把握上,不求字斟句酌,而是扫描而过,居高临下,抓大放小,以利于捕捉有用信息和文章主旨。从阅读的要求来看,精读追求的是阅读的深度,以加深对读物的理解为宗旨;而略读追求的是阅读的广度,旨在扩大知识面和信息量。略读训练以精读训练为基础,培养学生的略读能力,首先必须加强精读训练。同时,加强跳读训练,以增强学生略去次要内容,迅速把握文章精髓的能力。略读训练通常与精读训练交叉进行,以利于培养学生分析概括能力,使学生能够经过分析,舍去细枝末节,把握重点词、句、段、主要人物、主要情节、主要表达方式、文章主旨和特殊技法等。略读法作为一种重要的方法和技能,也是我国优良的阅读传统之一。诸葛亮的"观其大略"读书法、陶渊明的"不求甚解"读书法、梁启超的"鸟瞰式"读书法、鲁迅先生的"翻读法"等等,都是对略读法的具体应用。

(五)速读

速读是一种快速阅读的方法,指读者通过从文字符号中迅速获取有用信息来高速率、高效率地理解读物的过程。速读法不仅要求读得快,而且要求理解准确、记忆牢固。作为一种科学的方法,它致力于发掘读者的阅读潜能,大幅度提高阅读效率。从阅读目的看,速读法侧重于摄取读物的主要信息,旨在把握大意,理解率达到70%左右即可;从阅读速度看,它具有快速性,每分钟在500字以上,信息密集处可稍减;从阅读心理看,它强调高度专注,具有强烈的求快意识;从阅读生理看,它力排音读干扰,实行眼脑直接映射,不需通过口耳介入;从阅读方式看,它通过视读与整体认读,达到双目识页、过目成诵的目的。

速读的方法有很多,主要包括无声视读法、一目十行法、循章归旨法和意会神摄法等。这些方法具有不同的理论基础和实际应用效果,读者可根据自身的阅读目标和实际情况合理选择。需要注意的是,速读并不意味着忽略阅读的深度和完整性,对于特定领域的读物和文学作品,还需要运用其他形式的阅读方法进行深层次的理解和探究。

综上所述,学习速读方法可以帮助读者更加高效地阅读,并提高阅读能力和效率,但也需要注意对方法的正确使用和限制条件的了解。

(六)浏览

浏览是一种快速阅读的方法,旨在快速获取文章的主题、核心信息和重点细节。与详细阅读相比,浏览注重提取关键信息,忽略细枝末节。这种阅读方法适用于需要迅速浏览大量信息的场合,如阅读新闻报道、学术论文或其他长篇文章。

当使用浏览阅读法来教授学生阅读文章或作品时,可以选取一篇报纸新闻、一篇短故事或一首诗歌作为示范。

例如,教师可以选择一篇新闻报道,如关于某项研究成果或社会事件的报道。首先,学生通过预览文章的标题和副标题,了解文章的主题。其次,学生可以快速浏览文章的开头几句,以获取文章的大致背景和重要信息。再次,学生可以注意关键词,如人名、地名、数字等,并将其标记出来。忽略掉文章中的细节,学生可以挑选出作者要强调的几个重点句子,并理解其中的意思和主要论点。最后,学生可以再次阅读文章,进一步理解细节,并回答与文章相关的问题。

浏览能够帮助读者快速获取关键信息,并在有限时间内理解文章的主要内容。不同于详细阅读,浏览更注重把握大局和梳理思路,而不需要深入每个细节。然而,需要注意的是,浏览并不适用于所有的阅读场景,对于一些需要深入理解和分析的文章,仍然需要采用详细阅读的方法。

第四节　阅读教学测试

阅读测试,是根据阅读教学的目的,让学生在一定的场合、一定的时间内,按要求的方式完成题目,教师对其完成的结果进行评价的工作。测试是阅读教学的最后一个环节,作为阅读教学的一种手段,它既具有检测、反馈、评价的功能,又具有预测、导向、调整等功能,被喻为阅读教学不可缺少的"指挥棒",在阅读教学中具有举足轻重的作用。

一、阅读测试的原则

阅读测试的原则包括目的性、整体性、科学性三个方面。

(一) 目的性

目的性包括知识目的、能力目的和作用目的。知识目的指的是必须按教学大纲的要求,考查学生是否按学年、按学段掌握了必要的语文阅读知识。能力目的指的是要考查学生是否具有相应的阅读感知、理解、欣赏等能力以及阅读文言文的能力。作用目的指的是某次阅读测试的目标、作用是什么,在反馈、评价、导向、调整等各项中,偏重哪些方面,

(二) 整体性

首先,应该考虑测试对象的整体,既要照顾到程度较高的学生做题的兴趣,又要考虑到程度较低的学生做题的可能,掌握好难易题平衡的尺度。其次,应该兼顾知识和能力,既要考察阅读知识点、知识面上的情况,又要侧重考察阅读能力范畴,二者不可偏废。再次,还要考虑到题型结构的整体性,不同的题型所考察的侧重点和能力不同,所以对于题型的选择应从多方面考虑,使阅读测试的结果成为学生知识与能力的综合反映。

（三）科学性

测试的科学性应从信度、效度、难度、区分度四个方面来考虑。信度，是指学生的分数是否可靠地反映了他的实际水平。增强信度就要增加试题的覆盖面，使试题尽量适应各类不同学生的情况的要求。要根据测试目的科学地确定测试内容和重点。难度，指试题难易的程度，即从测试效度出发，考虑设计多大难度的试题才能达到测试目的。区分度，指测试的结果能把考生中的上、中、下档次拉开，关键是注意难易题的搭配比例。

二、阅读测试的要求

阅读测试的成败，在很大程度上取决于命题。所以阅读测试的要求，首先是对命题的要求，包括对命题内容的要求，对命题方法的要求，对命题者的要求，对命题形式的要求等。

（一）命题内容

首先，要符合思想性和科学性的要求。思想性，要求内容是积极健康的；科学性，要求内容是客观而具体的，能够对内容进行科学的分析，有利于促进学生掌握阅读知识，提高阅读能力。其次，要体现出重点。阅读测试内容既要顾及全面，又要有所侧重。目的不同，测试重点不同。要能够考查出学生智力发展水平，即通过学生对阅读材料形式层面的把握和内在意蕴的解悟，考查其记忆力、思考力、想象力和创造力等多元智力品质，以便更好地把握、调整教学。

（二）命题方法

无论是教师单独命题、集体命题，还是组织学生集体命题，都要有计划、有标准、有要求，不可脱离教学实际，照搬他人或随意拼凑。

（三）命题者

命题者应具备的条件：
1. 熟悉语文教学大纲。
2. 有较丰富的教学经验和教学研究能力，切实了解命题范围中的重点、难点。
3. 掌握命题的一般知识，具有命题的一般能力。

（四）命题形式

命题的形式应该符合下列要求：

1. 题帽要简明、扼要、易懂,不产生歧义。
2. 题干要准确无误,除题意允许的以外,不可出错。
3. 题型编制要切合材料的内容、特点,做到有的放矢,不可生拉硬拼。
4. 增加开放性试题,有利于促进学生阅读思维能力的发展。

三、阅读测试的内容

阅读测试从语体分,包括现代文与文言文;从文体分,包括文章阅读和文学阅读。1998 年,全国高考语文《考试说明》规定:"能阅读浅易的文言文""能阅读一般社科类、科技类文章、文学作品"。文章阅读主要指文学作品之外的各种文体,十多年来全国高考形成了用一篇科技文章和一篇社科类文章考查学生阅读能力的格局。前者传递现代科技信息,后者蕴含着丰富的历史文化,体现了文学与社会知识相结合的语文教育传统。而中考则兼顾了记叙、说明、议论三种文体。文学类测试主要考查学生阅读文学作品的能力,包括考查散文、诗歌、小说的阅读鉴赏能力,重点考查对文学作品的思想情感、意境、人物形象、艺术表现等方面的理解和鉴赏。文言文测试主要包括填空、默写、古诗鉴赏、解释实词在文中的含义、虚词在文中的用法、古今词义的变化、文句翻译以及文段所蕴含的历史文化内涵等。总之,现代各类文章、文学作品与文言文,构成了语文阅读测试的主要内容。

四、阅读测试的方法

(一) 直接测试法

直接测试法也称简单测试法,它是一些简单具体方法的总称。包括听写、默写的"再生型",补足内容的"完成型",填写词语的"填充型",调整文序的"重组型",判断正误的"是非型",以及解词释义的"释义型"等。这种测试方法的特点是简单易行,直截了当,减少书写,命题量大,测试面广,标准容易把握,误差度小,可检测出学生知识掌握的水平。其缺点是偏重感知、记忆,难以考查学生的思考和理解的过程及其表达能力。

(二) 问答法

这是语文阅读测试中最常用的一种方法,是用书面解答问题来考核的方法。如分析作品中的人物、情节以及写作方法,概括并评价课文的主题思想、结构特点等。它的优点是命题简便、省时,较易测出学生的理解能力,有利于训练学生的文字表达能力,促进思维和智力的发展。它的缺点是评分标准不易制定和把握,主观随意性较大。问答考查的范围包括对所学内容的记忆能力的考查,对学生分析、综合、鉴别、欣赏及评价能力的考查。

(三)论文测试法

论文测试法是由教师或学生提出一套选题,由学生选择其一去完成的测试方法。这种测试法是考查学生分析、思考、鉴赏、表达等综合能力的,是一种自由应答型测试法。它常包含的内容是让学生表明对某作家、某作品或某篇课文的看法,做出对作家的思想、经验、表达等方面的评价。作品分析、作家评价、读后感等都属于论文测试性质。做这类题时,学生或叙述、评价事实,或比较异同、阐明因果,或分析实质、评论高低,或叙述认识与感想等。它的优点是有利于考查学生的思考能力,促进学生思维的缜密性、深刻性,发展学生的语文综合能力;其缺点是学生完成的时间较长,教师评改的工作量增大。

第五章 写作概论

第一节 写作的定位与作用

一、写作的定位

"写作"这个概念,就其字面意义讲,是"制作、记写"的意思。就其过程而言,可以简单理解为通过记写活动来制作文字产品。就其本质而言,写作是为抒发和交流思想和情感、传递信息和享受审美愉悦而进行的一种精神生产的创造性劳动,其表现形式是用一系列的文字符号进行排列、组合和操作,借助一定的纸、笔、电脑等工具,完成可供阅读与欣赏的思维成果的记录。可以将其定义为:写作是主要运用文字符号,通过特定的文本或超文本,能动地展示精神的积淀、创造与传播过程的活动。其实质是主观与客观通过特定的方式进行完美统一的一种行为。

写作学作为一门重要的学科,与心理学、思维学、美学、语言学、社会学、哲学、文化学等都有着密切的联系。写作作为一种复杂的心理活动,其中最重要的是思维活动——形象思维、逻辑思维和灵感思维,无论是立意、选材,还是谋篇布局、遣词造句,都明显地体现着思维的丰富性与活跃性;写作作为以语言为媒介的载体,所进行书面语言活动,必然要遵循一般的语言规律,同时还要体现出其在书面语言表达中特殊的语言规律;写作还是一种审美活动,其构思、立意、表达等呈现着一定的审美理想、审美意识和审美功能等;另外,从写作产生的背景、功能、活动的特点等考察,写作与哲学、文化学、社会学、批评学等许多学科融会贯通,形成了自身庞大、精深的学科体系。因而,可以说写作内蕴纷繁复杂、表现形式灵活多样,是一门综合性很强的学科。

二、写作的作用

(一)贮存和传播信息的基本途径

写作可搜集、筛选、整理、记录自然、社会和人类自身等各方面的信息,通过文章、书籍等出版物进行信息保存与传播。特别是在当下的现代信息社会中,信息来源繁多,形式多样,涉及审美、实用、集中、分散、有益和有害等各种方面。因此,如何考察信息的现实可行性、科学性和创造性,并及时地捕捉、交流和传播,成为人们普遍关注的重要问题。

而写作作为贮存和传播信息的基本途径,无疑具有其他渠道无法比拟的独特优势。

人们通过广泛的写作活动来实现社会文化信息的传播。在这一活动中,写作主体与读者形成了信息沟通与交流。尤其是在现代社会中,对信息资源和财富的重视越来越高,对高素质写作队伍和先进写作手段的需求也越来越迫切。这需要与社会分工越来越精细、相适应的写作体式、规范以及应用写作人才,各行各业开始普遍重视写作。科技工作者注重科技动态和成果信息,商品经营者关注商品生产和流通等信息,求职者关心各类招聘信息,出版者留意文化市场和读者阅读兴趣等信息。这些大量的信息需要通过写作媒介进行贮存、传播和交流。

各类专业化写作,如经济写作、科技写作、公关写作、文秘写作、新闻写作等,是以满足社会不同需求、传递不同专业信息为前提,以自身的专业特点为标志,在存储和传播信息方面发挥着巨大的社会作用,且越来越不能被替代。

(二)思想与情感交流的重要工具

写作在诞生之初,就以传情达意和展示人的精神世界为基本内涵。随着社会与时代的进步,尽管写作的功能不断扩大,但文学写作始终以运用语言媒介创造艺术形象和表达思想感情为中心,且一直在繁荣发展。写作一直是人们思想和情感交流的重要工具之一。人们拥有丰富的思想和情感,需要宣泄和交流,需要选择合适的媒介来实现,而这往往需要通过生动、形象的人、事、景、物等元素,通过各种写作活动将思想和情感具体化为特定的精神产品,即写作成果。然后通过出版发行、审美阅读等方式,实现写作主体与读者之间的双向交流,达到人们对社会、人生和生命的审美认识与情感的碰撞与沟通。例如,人们通过阅读李白的山水诗歌,可以与诗人一起表达对祖国大好河山的热爱之情;通过品味辛弃疾的激昂词句,与词人一同感慨人生中的壮志难酬之遗憾;通过阅读意蕴丰富的小说《红楼梦》,将自己在某些方面的思想和情感透过小说中栩栩如生的人物得以宣泄和补偿。

总之,写作尤其是文学写作,具有审美感觉和体验的情感特征。写作者充满思想和情感地投身于生活和写作中,通过巧妙的构思来渲染、强化和传递情感,并以此来感染读者。

（三）综合素质提升的媒介

写作能力综合体现了一个人的心理、思想和文化素养，也代表了一个人的智力结构。写作可以提高人们的观察能力、思维能力、审美能力和创造能力，塑造高尚的人格精神，开阔视野，丰富知识。

在写作过程中，人们能够锻炼和提高观察、记忆、想象、思考、判断和表达等能力，使思维变得更加活跃和富有创新能力，语言表达能力也会得到更好地培养。

通过写作训练，人们对生活的观察变得更加准确、细致、深入，对生活和人生的感受更加具体、细腻、深刻，能更自觉地追求真善美、批判虚伪丑恶，有助于提高生活品质和完善人生。

总之，写作能够开发智力，增强综合能力，挖掘和开拓创造力。

第二节　写作的特点与规律

一、写作的特点

（一）社会性与个体性的统一

写作具有个体性，是指这种"精神产品的生产"是一种个体化劳动，是个人头脑加工、个人思维的过程，即使社会和他人给予一定的影响，也必须通过极具个性的"我"的消化，才能得以实现。因而，个人的思想情感和思维具有不可替代性。

每个人的社会阅历、知识储备、人生经验、文化素养等等各不相同，受其影响，人们在接收信息、思考问题、表达习惯等方面也千差万别，体现在写作中便是千人千面、各不相同，有非常鲜明的个体性特征，即使是同处一样的环境中，因思想、兴趣、性情等差异，其写作的内容和风格也会迥然不同。如仰望同一轮明月，有人会借文字抒发思乡之情，有人则会流露出日月永恒而人生短暂的感慨，还有人则会由月之盈缺而感悟出有关得失、进退等深刻人生哲理。

同时，写作又是一种具有广泛意义的社会行为。写作活动总是在一定的社会环境中进行的，每个人都是社会生活中的一个分子，都是不能游离于社会而存在的。个体化的写作，也总是反映着社会化的生活，即使像日记这样隐私性很强的写作也不能不显示出社会生活的痕迹。反之，社会又是个体的集合，即使像公文那样富有集体意志的写作，也必须经过个人的整合。所以，社会性和个体性的统一是写作行为的一个特点。

(二)多元性与意向性的统一

写作是作者生活、思想、知识、语言、技巧的动态综合体现,也是作者多种素养和多种智能的综合体现。写作的多元性,既体现为写作过程中生活、思想、技巧等因素的交互运动,也体现为作者的心理活动、思维活动、审美活动等有机组合的复杂活动。无论是写作素材的获取,还是对题材的加工,无论是作者思想的提升,还是知识的积累,无论是语言的锤炼,还是技巧的把握,等等,都是写作者必备的基本能力。因而,写作绝对不是单一能力简单的显现,而是多种能力的融汇与结合。

但是,这种多元性最后还是要在写作目的性的引导下,转化为主体思维、观念的"意向性"文本表达。可见,写作过程其实是多元因素的意向性、目的化的表达过程。

(三)实践性与创造性的统一

写作既是一种实践活动,又具有一定的劳动操作性。实践操作性主要体现在"写"上,即将写作者内在的写作素养,通过写作活动外化为文章,也就是将思维内容物态化、外观化。只有"写"的实践操作活动,才能积累写作的经验和知识,认识并掌握写作的原理、规律和技法。

同时,写作实践不是一种简单的模仿和复制活动,而是一种创造性的活动,写作的目的就是产生创造性的精神产品,而且写作实践者的个体化和主观性特征,决定了个体创造性是一个贯穿写作始终的特征,写作主体的社会阅历、知识储备、人生经验、文化素养、心理素质等存在着许多差异,受其影响和制约,写作实践者接收信息、思考问题、运用语言的生成和表达的习惯也是千差万别的,因而其实践活动必然也是千差万别的,在千差万别中显现出各自的特有的创造性。

写作中的创造性,一方面表现为主体对客体的"见人所未见";一方面表现为感知、运思、行文中的主体心理元素的差异和心理图式的独特。写作的创造性是在实践中完成的,离开了具体的实践,就不会有写作的创造性,而缺乏创造性的写作只是一种简单、机械的文字复制,并不能算作真正意义上的写作。写作的实践性和创造性是统一的,是密不可分的。

二、写作的规律

写作规律和写作特点关系密切,甚至在一定范围内可以互为表里,但二者仍有明显的区别:写作特点所表现的只是写作实践活动有别于其他实践活动的特殊表征和标志,写作规律则反映着造成写作特点内在诸要素的本质联系;写作特点主要是对写作实践活动特殊性的理性抽象,写作规律则包含写作实践活动发展变化的必然趋势和有序层次。人们研究写作规律离不开对写作特点的把握,但其揭示的内容,却不能仅仅局限于写作特点本身。

规律是对事物本质特点的一种揭示,是不以人的主观意志为转移的普遍客观性。写作是一种复杂的精神生产劳动,有基本的规律也有特殊的规律,诸种规律之间既有联系又有区别。因而,写作规律既是复杂的,又是丰富的。写作规律从写作的外部和内部加以考察,可以发现不同的规律:

(一) 写作外部规律

将写作视为一个外在的、直观的对象从外部加以考察,所发现的许多带有普遍性、规律性的特点,加以概括和总结,得出的便是写作的外部规律,主要有:

1. 主客体交融转化律

主客体交融转化律是写作主体与写作客体相互作用、相互交融,并且通过转化与交融产生一个主客体统一的精神产品——文章。即一切文章都是主体与客体(或称"物"与"我")相互作用、相互交融、相互转化而成的。其中,写作客体是触发写作主体产生写作欲望的诱因,是写作主体获取写作材料的源泉和从事精神劳动的对象,是写作主体表达主观意向和情思的凭借和依托,是写作主体从事精神劳动的一种"内在尺度",衡量和制约着主体的写作;写作主体则通过对写作客体的加工、改造,使其成为完美的有机体,-为写作客体赋予生命和灵魂,并为写作活动确立目标和方向,操作和调控着写作行为。写作主、客体相互依赖,各显其能,在写作中始终进行着双向的矛盾运动,最终达到二者完美统一,在"对象的主体化"和"主体的对象化"两个同时进行的有机融合过程中,诞生了主体与客体、内容与形式转化与统一的文章。

2. 博而能一的综合律

一切写作活动,都是写作主体各方面素质、修养、能力"综合运用"的结果。尽管不同的写作主体,不同的写作对象,不同的写作形式,有着不同的"综合",或多或少,或深或浅,但都需要调动作者各方面的因素,调动各方面的储备,并在写作目的和方向的导引下,把作者的心智、才识修养都凝聚、统一到作者要写作的文章中,做到"博而能一"。这里,"博"是写作主体赖以积聚、综合的基础和条件,"一"是写作主体进行集中、综合的目标和结果,二者相互依存、相互作用,对立统一,相互为用。"博"最后统一于"一","一"则折射出"博"。

3. 法而无法的变通律

"法"指写作的技巧和方法。写作是一种精神活动,从材料的选择到主题的确立,从文章结构的安排到遣词造句,写作的过程中,涉及许许多多的写作技法,是写作不可忽略的,可以说没有这些"字法""句法""章法""文法"等,写作将无法进行下去。但是,这些"法"又不是绝对的、教条的、僵硬的,而是灵活多变的,是不断发展演变的,所谓"文无定法",即指不能拘泥、套用写作方法,而应当根据不同的写作对象、写作目的、写作内容和表达方式等,自由、灵活地运用写作方法和技巧,才能真正做到"写而有法""写无定法""贵在得法"。

(二)写作内部规律

深入到写作"肌体"内部,从深层的心理活动分析写作的思维模式和内在运行机制,从而揭示出的写作规律,称之为写作内部规律。目前写作界较有影响的写作内部规律主要有:

1.双重转换规律

《基础写作学》中刘锡庆提出的双重转换规律指出,任何一篇文章或一部作品的写作都经过由客观事物转化为认识,再由认识转化为表现的双重过程,即"物—意—文"的双重转换。这个规律概括出"由物转化为意"和"由意转化为文"的运行模式。在《现代写作原理》中,陈果安将此规律概括为"生活的心灵化"和"心灵的文字化"。前者是写作的基础,后者是写作的归宿,而二者联系的桥梁是心灵。

2.三级飞跃规律

《现代写作学》中朱伯石主编提出的三级飞跃规律认为,一篇文章的诞生是由"感知→内孕→外化"三级飞跃产生的。这个规律简单来说就是随着客观事物向写作主体的头脑不断"飞跃",感性认识材料不断积累,从而产生"感知飞跃",形成思想,构成写作基础,再在动机和意图的引导下,作者的思想情感在联想和想象的作用下向内在的物象和形态透射和聚合,形成一个由心灵产生或再生的基本完整甚至完整的心灵产品,这便是"内孕飞跃"。进而,作者以文字符号将头脑中的内在形象凝聚、具体化为可感的文章,实现写作过程的第三个飞跃——外化飞跃。通过强调写作过程的创造性本质以及每个阶段的递进和质变特征,"三级飞跃"揭示了写作的本质和创造性过程。

3.知行递变规律

知行递变规律是指在学习和实践的过程中,知识与行动是互相促进、相互转化、逐步深化的过程。也就是说,学习知识不仅仅是为了获取知识,更重要的是将所学的知识应用到实践中去,进而提高自己的能力和素质,在实践中不断完善和深化所学的知识。

知行递变规律的核心思想就是"知行合一",即将学到的知识与实践相结合,充分发挥知识在实践中的作用,并通过实践不断地总结和反思,进一步深化对知识的理解和应用。

这种规律适用于各个领域,尤其是在实践性较强的行业中表现得更为显著。例如,在工程设计领域中,设计师必须不断学习并将理论知识应用于实践中,才能更好地完成任务;在医学领域中,医生必须不断学习并将所学的医学知识应用到临床实践中,才能更好地救治病人。我们不妨通过马正平的《知行递变:写作行为的思维模式与内在机制》来理解知行递变规律,《知行递变:写作行为的思维模式与内在机制》是反映中华传统文化智慧的精华之一,是一篇关于知行合一的重要文献。通过阅读这篇文章,可以更深刻地理解知行递变规律。

文章中指出,知识只有在实践中才能得到真正的验证和应用,只有将知识真正应用于实践中才能将其转化为能力。因此,知识和实践是相互促进、相互转化的过程,知识应用于实践中,实践促进对知识的深化和发展,形成知行合一的有机整体。

文章还强调了正确行动的重要性,认为只有将知识转化为实践,才能发挥知识的真正价值。同时,不断总结和反思实践过程中遇到的问题和经验,加以改正和完善,才能不断提高自己的能力和水平。因此,知行递变规律中的"递变",就是通过不断总结、反思、完善,使知识不断深化并应用于实践中,从而提高自己的能力和水平。

总之,知行递变规律是一种促进个人成长和社会进步的有效途径,它要求我们在学习和实践中统一思想、行动和实践,将所学的知识不断地运用到实践中去,进而提高自己的素质和能力,实现个人和社会的持续发展。

第三节 写作的素质与能力

一、写作的素质

写作素质是作者围绕文章集材、运思、表达等活动中表现出来的素养,是写作主体思想意识、文化水平、价值观念、思维方式、生活积累等的综合反映。写作素质主要包括生活素养、学识修养、人格品位和审美理想四个方面:

(一)生活素养

"生活是写作之源"这句话精准地概括了写作者必须拥有广博、深刻的生活素养的重要性。只有深入生活,才能真正感受生活、理解生活,从中发掘出无尽的写作呈现。因此,作家们不仅要培养自己的文学造诣,还要注重探究各种不同、千变万化的生活样貌,去感受生活,去接纳生活,去发现生活中的点滴真相和独特性,从而将这些深入生命的体验和认识融入作品中,生发出生动、感人、深刻的情感共鸣。

对于想要成为优秀作家的人来说，不断学习和探索更广阔的生活空间是必要的。只有走出狭小的圈子，拓展眼界，才能拥有更为深层次的真实感受和更为丰富多彩的生活体验，才能撷取更多的素材，从而在后续的写作过程中，产生更大的灵感和创造力。因此，作家们需要尽力做到观察生活的各个方面，倾听生活的细节和声音，并且通过自身的敏感度和思维深度去挖掘、理解、转化这些生活的资源，让写作获得更为立体和饱满的呈现。

所以在追求写作之路的同时，生活素养的积累也是必须不断深耕的重要基石。只有做到深入生活、贴近生活、感悟生活，才能在文学创作中创造出更加优秀、有影响力的作品。因此，作家们除了要在技艺、文学知识层面不断精进，还要不断运用自己丰富、多彩的生活体验和感悟，将作品注入生命的力量，成为真正有温度、有情感的文学巨匠。

当然，仅有广博的生活经历和丰富的见闻还远远不够，还必须在广博的生活积累上，加深对生活的认识和感悟，在广度、深度和密度三个方面形成立体的、完整的、深刻的生活素养。鲁迅曾鼓励青年作家"选材要严，开掘要深"，就是要求向生活的深度挖掘。这就要求作者要勇于思考，勤于思考，不能将目光停留在对事物、现象的表层上，要善于分析、推理、判断，将对问题的认识引向深入，进行深度思考，努力挖掘出现象背后隐藏的本质的东西。

(二)学识修养

这里所说的学识，是指写作活动所需的知识、学问、见识等，既包括客观世界逻辑结构和运行规律方面的知识，也包括主体思维所使用的语言概念及其思维程序、规则方面的知识。一个成功的写作者，往往是海纳百川、博采群科、细大不捐、广泛涉猎的学识渊博之士，他除了掌握语音知识、语法知识、逻辑知识、文体知识、章法知识等语言知识和写作知识，还要掌握与文章内容相关的各方面的知识，有时需要相应的、特殊的、专业知识，如写作学术论文、学术专著等，就需要系统地掌握某一专业的知识；有时需要综合性的知识，如撰写教材、工具书等；有时则需要一般性、常识性的知识，这是所有写作者都应当掌握的。总之，要使写作内容丰富、表达充分、感染力强，就应当广泛地涉猎各方面的知识，丰富自己的学识。如此，才能更好地从事写作。

(三)人格品位

"人格"的基本内涵有三个方面：一是指人的性格、气质、能力等人的本质力量(特征)的总和；二是个人的道德品质；三是指人能够作为权力和义务主体的资格。

人格是社会历史、生活和个体生存环境陶冶的产物，人格构成了人的生活行为的基本内容和生活的价值取向,既有一定的稳定性,又有待于不断地完善。健全的人格表现为:具有独立和独特的表达和弘扬个人特色的勇气,具有超越自我的信心和能力,具有自由地表达自己的思想情感的能力等。写作人格是指写作中的人格,是写作者因为写作而理想化、人格化、审美化的精神自我形象中的主导性因素,它的基本构成要素有:写作气质、写作意志、写作兴趣、写作理想、写作伦理追求和审美价值取向。

写作是富于个性化的精神劳动,作者的精神气质和人格品位必然对写作产生深刻的影响。写作人格在文章中常常体现为文章境界,即文章中所表现出来的独特胸襟、视野、格调和文章审美理想的凝重度和人生智慧的恢宏度。人格品位不仅会影响文章的选材、立意,还会影响文章的格调、价值。文章选材的方向和广度,立意的正确与否、新颖与否、深刻与否,都与作者的思想品位关系密切。

同时,文章的格调取决于作者的人格境界,文章的价值源于作者的思想品质。王国维曾这样论述人格品位在写作中的重要性:"无高尚伟大之人格,而有高尚伟大之文章者,殆未之有也。"

(四)审美理想

文章是作者"按照美的规律创造"的结果,写作是发现美、欣赏美、创造美的活动。写作者必须具备审美理想,审美理想既可以体现为对美的追求和选择,也可以转化为净化情感的力量和文化创造的动力。所以,写作者必须首先成为一个审美者和美的创造者。只有写作者内心深处产生了创造美的强烈的愿望和激情,才能够敞开自我,面向生活,面向时代和社会,面向整个人类和宇宙世界,去追求、探索、发现、创造美,才会怀着至真、至善的情怀,拥抱自然、生活和人生,去感受、体验、凝聚、提练五彩缤纷的美,才会充分调动作者的才、学、识、思,才会淋漓尽致地挥洒作者的情感,写出内容和形式兼美的文章。

二、写作的能力

写作能力是指一个人在语言表达上的技能和能力。它主要包括:思维能力、表达能力、组织能力、语法和拼写能力、阅读和理解能力、使用事实和数据能力以及审美能力。

(一)思维能力

思维能力,写作之前需要对所要表达的内容进行深入的思考。思维能力好的人可以更快、更准确地提出问题、提出观点并且整理好自己的思路。思维能力在写作中发挥着至关重要的作用,因为它涉及一个人的逻辑思维、分析思维、判断和推理能力。下面我将给出两个例子来说明思维能力在写作中的重要性：

1.议论文的写作：在写一篇辩论或者议论文时，需要运用良好的思维能力。首先，我们应该能够分析主题，并确定一系列相关的问题，结合自己的观点进行研究。其次，我们还需要遵循逻辑思维的原则，对不同的观点进行归纳总结，找出主要矛盾和关键问题，并且针对问题提出可行的、合理的解决方案。最后，我们需要对自己的论点进行推理和证明，确保证据和逻辑是严密的、恰当的，更好地向读者阐明自己的立场和观点。

2.创意写作：在写一篇创意写作时，思维能力也扮演着重要的角色。我们需要通过引人入胜的情节、动人的角色、奇妙的场景来吸引读者的注意力。创意写作需要更灵活的思维能力，以寻找新的灵感和构思，战胜自己的思维惯性，使得我们的作品更具有新颖性和深度，才可以吸引读者，产生共鸣。

综上所述，优秀的思维能力不仅对于硬性的学术论文，也对于创新性和艺术性更强的写作具有重要的作用。

（二）表达能力

表达能力，好的写作必须包含清晰、准确的表达。写作者需要掌握合适的语言表达方式，模糊的表述会让读者产生误解。表达能力在写作中非常重要，因为写作的主要目的是传达信息、观点和想法。表达能力好的人可以用清晰、准确和生动的语言来表达自己的意思，让读者更容易理解和接受作者的观点和想法。

一个好的写手不仅需要正确使用语法和词汇，还需要掌握好的写作技巧，以便能够恰当地表达他们的意思。此外，一个好的写手还需要考虑读者的背景和知识水平，以便用恰当的语言和术语来沟通。

总的来说，表达能力是一个好的写作必备的能力，也是实现写作目标、成功传递信息和影响他人的关键能力。

（三）组织能力

组织能力，组织能力是指将各种想法有条理地安排在文章中，从而使文章更易于理解。写作者需要对文章的结构进行规划，以确保其可读性。组织能力在写作中非常重要，因为它涉及到如何组织和安排文本结构、段落和句子，以使文章更易读、连贯和有逻辑性。一个组织得当的文章能够让读者更容易理解作者的意图，并完整地掌握文章中的观点和信息。以下是一些例子，说明组织能力在不同类型的写作中的重要性：

1.学术论文：在学术论文中，良好的组织能力是至关重要的，因为它可以使论文更加清晰和有条理。研究过程和结果必须以一种有组织的形式呈现，以表达研究思路和证明研究结论。如果不合理地组织某个部分,读者可能会对整篇论文的质量产生怀疑。

2.新闻报道:新闻报道需要作者能有效地组织故事的事件顺序,从而使报道易于阅读和理解。报道的标题应当能够准确地总结整个故事,而报道的主题应该在开头清楚地表述。为了避免混淆,内容合理分段也很重要。

3.商业文案:商业文案需要准备清晰明了的信息,以便让潜在客户迅速地理解品牌和其优点。将信息组织成一个层次结构,可以使文案易于阅读和理解。段落应该保持短小,并明确罗列商品或服务的优点和特性。

总之,组织能力在各种类型的书面表达中都非常重要,它可以使文章结构更清晰,并帮助读者更有效地理解所读的内容。

(四)语法和拼写能力

语法和拼写能力,拼写和语法错误会显得不专业、粗心。一个好的写作者应该具有良好的拼写和语法能力。语法和拼写是写作中非常重要的因素,因为它们直接影响文章的可读性和专业度。以下是一些例子:

1.在商务邮件中,错误的语法和拼写错误可能会让读者失去信任感,并质疑你的专业水平。

2.任何一篇文章都需要一定的语法常识,否则读起来会非常困难。例如,没有正确的标点符号或错用动词时态等错误,可能会使读者花费更多的时间和精力来理解你的观点。

3.如果文章中有太多的拼写错误,读者可能会认为你不够认真,或者缺乏文字处理技能。这样会给读者留下深刻的印象,不利于今后与他们的交流。

因此,无论是发邮件、写论文还是社交媒体贴文,对于有多样的审阅工具免费或优惠的现在而言,拼写和语法错误绝不能容忍。

(五)阅读和理解能力

阅读和理解能力,一个好的写手必须博览群书,不断吸取新知识,对不同的观点和思想有敏锐的洞察力和理解能力。阅读和理解能力在写作中扮演着至关重要的角色。以下是一些例子:

1.写作时,阅读和理解能力是必不可少的,因为它们能够帮助读者理解你的观点和意图。只有你能够准确、清晰地阐述你的观点,读者才能够理解你所要表达的内容。

2.阅读和理解能力可以帮助你构建一个逻辑清晰的文章,让读者能够按照你的意愿和思路来理解和看待事物,而不是产生疑惑和混淆。

3.通过阅读和理解别人的文章,你可以培养出更为敏锐和准确的阅读理解能力,在写作中更好地把握关键点,更容易挖掘与阐述灵感。

因此,阅读和理解能力对于成功的写作是非常重要的。它们使你能够提炼、组织、表达和传达你的思想和观点,为你的写作带来真正的价值和意义。在写作中,不但要注重语言文字的表达,更要时常把握与实践阅读和理解能力,并通过勤奋地阅读加以锻炼。

(六)使用事实和数据能力

使用事实和数据能力,在论证观点或者论文中,需要用到有力的事实和数据来支持自己的立场。写作者需要掌握找到和评估有用数据的能力。在写作中使用事实和数据能力是至关重要的,因为它们能够增强你的文章的可信度和说服力。以下是一些例子:

1.使用事实和数据可以使你的文章更具有权威性。当你提供特定的数据以支持你的主张时,读者会更容易相信你的观点,并认为你的文章是可靠的。

2.使用事实和数据可以帮助你的文章更加有说服力。如果你能够证明你的主张是准确的,并使用数据来支持它,那么读者将更倾向于认同你的观点。

3.使用事实和数据可以使你的文章更加具有说服力,因为它们可能比你自己的观点更能影响读者。数据是客观的,因此会使读者更容易接受你的论点。

4.当你使用事实和数据时,你还能够避免或减少专业术语和主观判断的使用。这样可以使你的文章更加人性化,读者更容易理解和接受。

因此,使用事实和数据在写作中具有非常重要的作用。它们能够提高你的文章的可信度、说服力和权威性,并使你的观点更容易被读者接受和理解。在写作中,我们需要时刻关注数据的来源、有效性和可靠性,并尽可能使用最新的数据获得最好的效果。

(七)审美能力

审美能力,写作者应该有较高的审美水平,可以感知文章的协调性、美感和诗意。写作者应该通过塑造感官的景象、行动的动态等来令读者感到美好。审美能力在写作中非常重要,因为它可以帮助你创建更美丽、更丰富、更富有意义的语言,从而更好地传达你的意图和思想。以下是一些例子:

1.编写漂亮的文章。审美能力可以使你发现语言的美丽和优雅,从而设计出更加迷人的写作风格。你可以使用比喻、象征、叙述等修辞手法,使你的文章更加具有感染力和吸引力。

2.发挥创造力。审美能力可以激发你的想象力,让你具备创造出独特、有吸引力的内容的能力。例如,在写小说、散文或诗歌时,审美能力可以帮助你使用令人拍案叫绝的情景、让读者甜蜜心醉的语言、让人心动激荡的情感。

3. 提高阅读体验。审美能力可以使你的文章更加优美、阳刚、真实地表达你的情感、思想和你要传达给读者的信息。读者会对你提供的有趣、具有文学价值和美感的内容感到满意和感激。

总之,审美能力可以极大地影响你的写作风格和内容的创作,帮助你创造出更加优美和吸引人的作品,从而提高你的艺术价值、观众和用户的参与度和收益,甚至可以改变你的生活方式和经济状况。

第六章 写作过程

　　现代写作理论认为,写作过程是一个由"物"(客观事物)到"意"(主观认识、主观意蕴),再由"意"到"文"(文章、文学作品)的转化进程。晋代陆机在《文赋》中说,"恒患意不称物,文不逮意,盖非知之难,能之难也。"要写好文章,作者的主观认识须能反映客观事物的内蕴和本质,并能用语言文字准确描述自己的主观认识和思想感情。要做到这两点绝非易事,光懂得写作理论不行,还须经过长期的写作实践,在实践中体会、感悟,才能做到心手相应。清代郑燮在总结画竹的经验时提出,他是先将眼中之竹转化为胸中之竹,再将胸中之竹转化为手中之竹。"四十年来画竹枝,日间挥写夜间思。冗繁削尽留清瘦,画到生时是熟时。""挥写"是看得见的创作,"思"是看不见的构思。郑板桥画竹堪称一绝,每幅画都有新的创意,"生时"即指每幅新作都能令观赏者产生"陌生感""新奇感",做到这一步,才算达到炉火纯青。一般来说,写作过程从生活开始,经过积累、感知、构思、表达和修改五个阶段,最后形成文章。从写作心理学角度看,写作是一种以语言文字为工具的人脑的心理功能的实践活动,这五个阶段可称为心理储备、心理萌动、心理孕育、心理外化、心理完善。

　　现代写作理论还将写作看成是主体、客体、载体和受体之间的动态组合。主体指进入写作思维和写作行为中的人,即写作者;客体指作者认识视野中的所有认识对象,即作者面对的一切写作对象;载体包含运载写作内容的文章形态和传播媒介,它是写作成品内容和形式的统一体。受体指与作品建立一定的解读关系的读者对象。写出文章,仅仅是载体的完成,还有一个写作受体(读者)对载体的解读过程。解读不仅仅是被动地接受,还有不断创造不断生成的情形,可作为主体(作者)再认识的参照,会引起写作活动的调整和修正。从这一角度看,写作活动作为一种行为过程已延伸到读者的反馈和再创作。

第一节 积累感知

一、积学以储宝

从信息论的角度看,写作过程是一种信息输出,文章不过是信息输出的载体。信息的输出必须以信息的输入为前提,只有"厚积"才能"薄发"。南北朝梁代学者刘勰在《文心雕龙·神思》篇中说:"积学以储宝,酌理以富才,研阅以穷照,驯致以绎辞。"意即积累知识,以存贮材料的珍宝;分析事理,以丰富思考的能力;研究生活经历,以洞察客观事物的本质;掌握事物的情态,以培养语言运用的技巧。写作是物我交融的过程,没有对客观生活素材的摄取和贮存,是写不出任何东西的,但是从心理学角度看,积累材料的过程也是大脑储存各种表象和情感记忆的过程,同时也是锻炼写作者写作心理能力的过程。因为在深入观察认识社会、自然和人的活动变化时,必然会出现一系列的感知、情感记忆、联想和想象、思维等心理活动,随着积累活动的不断进行,这些心理活动也在不断变化发展。所以,积累还应包括对思想、感情、情绪、感受乃至技巧、语言等方面的吸收和贮存,这方面的积累对于写作者的心理能力的培养至关重要。

积累对于写作的意义,可概括为三点。

(一)积累雄厚,有利于写作者驰骋想象,拓展思路

古人有云:"长袖善舞,多财善贾"。写作最忌的是"建筑的才能过多,但用以建筑的材料则非常少。"(契诃夫批评齐姆柯夫斯基语)阅历丰富,知识面宽广,占有生活素材多,生活基础雄厚,写作时就可以游刃有余地触类旁通,有广阔的选材和提炼的余地,也容易出现"思路开阔,妙绪泉涌"的情景。曾创作过小说《卖驴》的作者赵本夫说过:"要做生活的有心人,对生动的原始素材广采博记,多多益善。原始素材和文艺创作的关系,很有点像数字的组合。如果你手里只有阿拉伯数字1,那么翻来覆去便只是1,如果有1,还有2,那么就可以组成12和21两个数;如果还有3,就能够组成123、132、213、231、312、321等六个数。如此类推,基数越多,组合也越多。素材也是如此。占有的素材越多,它们之间相碰结合的可能性也越大,越可能构成更多的小说雏形。到了一定的时候,有关的素材会争着向你报到:'用我吧!…我怎么样?'……还真有点闹闹嚷嚷的。这时,你就有了选择的余地,尽可以拣中意的挑了。"这个道理不仅适用于文学写作,同样适用于议论文、说明文和实用文的写作。

（二）丰厚的生活素材积累，也是获得灵感的前提条件

写作中确有灵感的出现，晋代的陆机在《文赋》中描绘过"鹿兴"（即灵感）出现时的微妙状态："应感之会，通塞之纪，来不可遏，去不可止。藏若影灭，行犹响起。"在灵感的驱动下，写作者思风骤发，言泉流涌，挥笔所拟，骏利无比。相反，感兴一旦消失，便"兀若枯木，豁若涸流"。其实所谓"灵感"是当素材的积累由量变达到一定程度时出现的质变。"文成于思"，在构思过程中，有时会发现事物的某个本质和规律，发现生活中的真理妙谛，觉得豁然开朗，使储藏在脑中的材料互相间发生了联系，由一根思想红线把它们融会贯通了。俄国文艺评论家巴乌托夫斯基指出："构思和闪电一样，产生在一个人的洋溢着思想、感情和记忆的意识里。"没有丰厚的积累而企求灵感的到来，无异于缘木求鱼。

（三）丰厚的生活积累，还可以使我们开阔眼界，深化认识，逐步地认识存在于事物之中的唯物辩证关系

现代作家秦牧说："丰富的知识有助于我们建立辩证唯物主义世界观，有助于我们运用它来观察事物，深入生活和进行艺术创造。"写作的过程包含着对过去积累的反刍、消化、分析和判断，并由此展开联想，丰富的积累有助于分析的确切和想象的拓展，能更准确地反映生活的本质，使文章的主题得到升华。例如湖南作家韩少功非常熟悉农场，足迹到过一个又一个湘西"茅草地"，他创作了反映农场知青生活的小说《西望茅草地》，小说以 1958 年党号召广大有文化有知识的青年到山区去创建农场的历史为背景，塑造了农场场长张种田的形象，他用战争年代带兵打仗的方式来管理知识青年，管理农场，结果遭到失败。小说作者曾见闻过许多张种田式的人物，由于他见多识广，积累丰厚，所以他能用唯物辩证法准确地刻画这一人物，既写出了他的悲剧性格，又深刻地揭示出他的悲剧形成的历史原因；农民战争已被经济建设高潮代替，张种田却鄙弃科学，不善管理，总想用带有农民意识的简单粗暴的工作方法来领导农场建设，他的落伍是必然的。由于作者生活根底厚，能运用历史唯物主义分析认识这种社会现象，所以他笔下的人物才栩栩如生，生动感人，小说所蕴含的主题才深邃耐读。

按积累的目的性划分，积累可分为一般积累和定向积累。

一般积累是对平时生活的观察、体验中所发现的具有写作价值的人或事，以及与人物事件有关联的具有特征意义的印象或作者感受的随时笔录。这种笔录并没有明确的写作目的。例如，俄国作家契诃夫的手记，就记录了很多极其生动的见闻感受和零星断想，他的小说创作得力于这"记忆小仓库"。法国现实主义作家巴尔扎克也是"善恶的登记员"，他为创作"搜集情欲的主要事实"，"选择社会上的主要

事件,结合着几个性质相同的性格特点揉成典型人物。"茅盾先生也说过:作为一个写作者,"身边应当时时刻刻有一支铅笔和一本草簿,无论到哪里,都要竖起耳朵,睁开眼睛,像哨兵似的警觉,把你所见所闻随时记下来。"

由于一般的素材积累没有十分明确的写作目的约束。只是对生活中的见闻感受的随手笔录,所以积累的范围大小不受限制,对搜集的生活素材的使用价值也很难在写作前做出准确的估价。为了使写作的路子宽一些,积累面应广一些。赵本夫谈创作体会时曾经说:"不要轻易放掉一个素材。在众多的原始素材中,有些是无用的,有些是有用的,写的时候当然要选择取舍。但哪些是有用的,哪些是无用的,又常常一时分辨不清,怎么办呢? 我的体会是,凡是一个原始素材最初曾经打动过你,这个东西就可能是有用的。也许你一时弄不清打动你的是什么,但既然你动了心,被感染了,就说明必定有一个潜在的意义尚未被认识清楚。暂时看不准也不要丢,放下来慢慢想,终有一天,受到什么启发,脑子便会豁然开朗,找到它的生命所在。"作为文学素材的一般积累,不仅应有事件的梗概,而且要有人物性格的素描,人物外貌特征的勾勒,要有场景的剪影,有幽默的能表现人物个性的对话,甚至要有场景的气氛及人物说话的语调、表情,以及客观的人、事、景在作者心里引起的感想和情绪,使作者当时受到启发,思考出来的哲学道理等等。对这些有意义的素材,都应该"随笔登账",免后思量。这里所说的感情、情绪、思考,应属于情感积累,它是各种人或事在作者脑中留下的印象,这印象带有作者的感情色彩,或喜悦或忧伤,或愤怒或钦佩等等。这些情感的体验也可以留在记忆仓库里。著名的俄国戏剧艺术家丹钦科就十分重视"情感积累",认为它对写作者的.写作实践有重要作用。

定向积累是为了完成某一写作任务而进行的有目的、有计划、有步骤的积累活动。例如要报道一个模范人物,就要积累有关这一人物的先进事迹,还要了解他的生平经历、成长道路,有时为了找出模范人物成长的思想基础,还需调查他的社会关系以及这些社会关系对他的影响。定向积累多用于纪实的新闻、通讯、报告文学、传记、回忆录等文体,虚构的记叙文章、如小说之类,有时由于缺乏某方面的生活素材或生活经验,也可以有计划、有针对性地做定向积累,以弥补生活素材的不足。

二、积累的主要途径——感知

积累主要通过感知进行,从心理学角度看,人们只有依靠感知才能认识世界和改造世界,才能从事科学创造和艺术创造。感知所积累的丰富的感性材料,是形象思维和逻辑思维的基础。

感知是感觉和知觉的合称。从心理学角度讲,感觉是人脑对直接作用于感觉器官的客观事物的个别属性的反映,知觉是直接作用于感觉器官的客观事物的整体在人脑中的反映。知觉的产生以头脑中各种感觉信息的存在为前提,它是各种感觉信息按事物的联系被整合而成的完整的映像。由于感觉和知觉是同时进行的,所以常合称为"感知"。

马克思曾说:"人在对象世界中得到肯定,不仅凭思维,而且要凭一切感觉。"列宁则认为:"从生动的直观到抽象的思维,并从抽象的思维到实践,这就是认识真理、认识客观实在的辩证途径。"这种"生动的直观"就是指感知活动,在写作过程中,渗透着作者的情感和理解。作者在感知某个客观对象时,感情常常会渗透到客观对象之中;同时,作者在感知过程中摄取、储存的各种信息,需要通过大脑进行分析、判断和整理,使其能够更直接地把握对象的本质。因此,感知活动不仅依赖于各种感官,还需要依靠大脑的协同作用。

在感知的横向划分中,通常可以分为实用感知、科学感知和艺术感知。实用感知是为实用目的而需要的感知,例如,人们通过味觉器官品尝梨子来判断其是酸是甜,从而决定是否要选择梨子。科学感知是通过科学的方法,了解和认识某种事物,例如,竺可桢曾通过实地观察和研究鸣沙山,发现沙漠表面的沙子是细沙,含有大量石英,在太阳下晒得火热后,经风吹拂或人马走动时,沙粒移动起来会发出声音,甚至会变成轰轰隆隆的巨响,这就是"鸣沙"。这种感知常常运用于说明文的写作中,其中常常会渗透理性思维。艺术感知则是从审美的角度来感知客观世界,适用于文学性文章和文学作品的创作中。在艺术感知过程中,更多地体现作者的感情和审美需要。例如,唐代诗人白居易所写的"人间四月芳菲尽,山寺桃花始盛开",是他对山寺桃花的怡悦之情,他感受到了对尘世的超脱,这就是艺术审美感知。而宋代学者沈括从这首诗中还得到了启示,发现植物开花的早迟取决于气温等因素,这就是科学感知。科学感知和实用感知注重的是真实性,而艺术感知则更注重美感和其他感情变化,即要看对象是否能够引起作者的美感和感情变化。

感知在写作中的作用表现在三个方面:

(一)感知是获取素材的唯一途径

感知是积累写作素材的主要途径,同时也是唯一的途径。现代著名作家冰心的成长环境为其提供了丰富的感知素材。在童年时期,她在海边长大,"三四岁刚懂事的时候,所看到的都是青郁的山、无边的海、蓝衣水兵和灰白的军舰。所听到的都是山风、海涛、嘹亮的口号和清晨深夜的喇叭。"由于她对海边的山水感知得很深,所以在她的散文中,经常出现大海景象的描绘,既细腻逼真,又壮阔雄伟。在1923至1926年期间在美国留学期间,冰心所写的《寄小读者》29篇和《往事》30篇,多以她自己的童年生活为题材。可以说,感知为冰心创作提供了丰富的素材,成为她创作的灵感源泉。

一些著名作家在谈到创作经验时强调了熟悉生活对于写作的重要性。例如，老舍先生生于北平，对于那里的人情、事物、风景和味道都非常熟悉。他在《三年写作自序》中写道："一闭眼我的北平就是完整的，像一张彩色鲜明的图画浮立在我的心中，我敢放胆地描画它：它是条清溪，我每一探手，就摸上条活泼泼的鱼儿来。"因此，他可以自由地描绘出北平的画面。

马峰则是熟悉农村生活，写农村题材的作品出类拔萃。当他作为作家协会理事留在北京工作时，因为他不熟悉北京，无法写出令人满意的作品。直到他听到别人讲述了北京地区一个妓女的故事之后，他才写出了小说《红姑娘》，然而却并不成功。马峰后来意识到"京华虽好，不是久留之地"，于是回到了农村，并很快就创作出了《三年早知道》《结婚》等优秀作品。

由此可见，作家的熟悉感和敏锐的感知能力，对于写作的影响是至关重要的。只有深入生活，才能有充足的素材，才能写出更有力的作品。

(二) 感知是提高写作者素养的必经之路

一个写作者的素养，包括先天的素质和后天的学养。这些素养决定一个人的写作能力，制约着文章的质量。对于写作者来说，思想素质和理论修养、文化素质和知识修养、审美素质和艺术修养，都来自社会实践，来自感知。感知就是对外界事物的感受和认识。从感知开始，人们不断地积累，从具体到抽象，深化认识，增强自己的知识修养，提高文化和思想素质，这对于写作者是十分必要的。

19 世纪俄国作家陀思妥耶夫斯基被高尔基誉为"以自己的天才的力量震撼了全世界，使整个欧洲惊愕地注视着俄罗斯"。他的写作技巧之高超曾使鲁迅先生叹为观止。鲁迅曾经评价他的写作："他写人物，几乎无须描写外貌，只要以语气、声音就不独将他们的思想和感情，便是面目和身体也表示着。又因为显示着灵魂的深，所以一读那作品，便令人发生精神的变化。灵魂的深处并不平安，敢于正视的本来就不多，更何况写出？因此有些柔软无力的读者，便往往将他只看作'残酷的天才'。"陀思妥耶夫斯基之所以能写出如此震撼人心的作品，就是因为他具备了敏锐的感知能力，从生活中汲取灵感，深刻揭示人性的内涵。

因此，感知是提高写作者素养的必经之路。只有通过对外界的深入感知和思考，写作者才能产生高水平的作品，展现自己的才华。

然而，陀思妥耶夫斯基认为他的艺术创作的素养和活力主要来自生活。他结合自己的创作经验强调："为了写小说，首先需要积累一个或几个确实由作者心灵体验到的强烈印象。诗人的事情就在于此，由这个印象生发出主题、提纲和严整的整体。"他在谈到创作《穷人》时曾说："那时，另一件事情，历历浮现在眼前，在某个黑洞洞的角落里,跳动着一颗九等文官的心,一颗正直而纯洁、有道义而忠于上级的心;跟他一起的是一个受尽屈辱、郁郁寡欢的小姑娘。他们的事情深深地叩动了我的心弦,使我感到心碎。"正是对小人物生活的感知和体验,让他写出了震撼人心的《穷人》。

因此,陀思妥耶夫斯基的写作成功是来自深入生活中的感性体验。他的作品不仅令人赞叹其技巧之高超,也为我们提供了不同的思想和感情的启示。

(三)感知是引发写作欲望和冲动的契机

在前面提到的内容中,我们指出了长期的感知和积累对创作的重要性。这个过程可以积累生活经验、人物形象、情节以及各种典型细节,这些信息都储存在我们的大脑中,等待着来自创作灵感的驱使,通过联系和想象的火花,一个看似不相关的情节和物象也可以得到联系。正如古人所说,"情因物感,文以情生",这种触发往往能够产生强烈的创作欲望和动机。

女诗人舒婷就是一个很好的例子,她曾经担任知青,后来回到城市,无法找到工作,经常感到无助和迷茫。但是,当她在海边漫步时,看到一艘搁浅的船,她的内心瞬间有了共鸣和抒发的依托。她写下了这样一句话:"理想的船在现实的海洋里也会有搁浅的时候,但它终究要启航。"这句话成了她名为《船》的著名诗歌中的一部分,也成为她创作的驱动力和灵感来源之一。

可以看出,创作并不仅仅是凭空想象,而是需要从现实世界中汲取灵感、触发情感、激发思想,并最终产生内容。舒婷的例子表明,一个个看似平凡的物品或场景,都可能引起作者强烈的情感共鸣和创作欲望。

三、直接感知和间接感知

感知分直接感知和间接感知,直接感知的主要方式是观察体验和调查采访,间接感知的主要方式是从书刊中采集材料。

(一)观察体验

观察是对于客观事物的特殊知觉,是指通过人的眼、耳、鼻、舌、身等感觉器官来获得直接经验。体验是指在感觉基础上产生的思维和感性活动,是作者身临其境时的具体感受。在写作的准备阶段,观察和体验是结合在一起,密不可分的。俄国作家冈察洛夫说过:"我写的只是我所体验、思索、感觉、爱、详细看过和知道的。"这"详细看过"就是观察。观察是认识客观世界的一种能力,是求得知识的一把钥匙,同时也是写作过程中一个必不可少的环。

1.观察的种类

从不同的标准和角度,可以将观察划分为不同的类别。以观察时的目的和心态为标准,可以把观察分为科学的观察和艺术的观察。

科学观察着力于把握人对周围世界的科学认识关系和功利实践关系,以认识自然界和社会的规律为主要目的。科学家和从事理论写作及实用写作的人常采用此种观察。做科学观察时,观察者的心态客观冷静,时时以科学研究的眼光审视客体。有时还要借助于某些科学仪器来观察对象。

艺术观察着力于把握人对周围世界的审美关系。此种观察是以发现、体验自然现象和社会现象的美的价值为目的,它撷取材料时着眼于具体化的材料,而且在撷取过程中带有作者的生理感受和情感体验。

从观察的方法上,可以将观察划分为随机性观察、定象性观察、体验性观察和实验性观察。

随机性观察,就是在日常生活中随时随地留心各样事物,从中捕捉有价值有意义的观察对象,并力求有所发现、有所启思。这种观察的特点是涉猎广,选择性不强。俄国作家契诃夫平时注重随机性观察,并将观察到的对象记下来,写了四大本观察手记,作为他创作小说的生活素材。美国作家海明威说:"如果一个作家停止观察,那他就要完蛋了。但是他不必有意识地去观察。但是后来他所看到的每一件事情都进入了他知道或者曾经看到的事物的庞大的储藏室了。要是知道它有任何用处的话,我总是试图根据冰山的原理去写它。露出水面的是八分之一,而有八分之七是在水面以下。"无意观察为作家的创作提供了丰富的素材积累。

体验性观察是指通过带有情感色彩的观察,对能引发情绪激动的人或事进行观察,形成一种情感体验。经典的例子包括苏联著名戏剧理论家丹钦柯要求演员进行情感性观察,以及作家雷加在观察云南横断山时遭遇被破坏的森林而产生的愤慨和沉痛。

在体验性观察中,既要"观之于目",也要"结思于情",即要同时进行客观观察和主观情感体验。这种观察方式对于文学及其他艺术作品的创作具有重要意义,可以丰富作品的情感表达和人物塑造,使作品更具感染力和表现力。

与之相对的是实验性观察,它是通过科学实验进行观察,用以获得第一手的调查数据、总结分析和计划报告等材料。实验性观察通常用于科学研究论文的撰写、科学考察报告的编写等领域。在实验性观察中,重要的是通过科学实验的手段进行客观观察和数据分析,以验证或证伪某种假设或理论。

总之,体验性观察和实验性观察都是重要的观察手段,它们各自适用于不同的领域和目的,有助于为文学和科学等领域的创作和研究提供第一手材料和重要依据。

2. 观察的要求

对事物的观察,要做到准、深、活、巧、博。

"准"指准确地把握事物的个性特征。歌德说:"理会个别,描写个别,是艺术的真正生命。"鲁迅先生对细节的描写就十分准确,例如写阿 Q 和孔乙己掏钱,就各有各的掏法。在城里给人当短工撬了点钱的阿 Q,是把手伸进大褡裢,掏出满把铜的银的往酒店的柜台上一扔;而穷困潦倒、一味死要读书人的面子的孔乙己,却是把手放在怀里半天,才掏出几个大钱,然后把它们一个个排开在柜台上。通过准确的观察,可以为作品的艺术真实和细节真实提供可靠的生活依据。现代作家艾芜在《文学手册》中指出,通过比较,能准确感知和认识事物各自的形态、状貌和存在方式。比如听见对方厉害的话,暴躁的人就会按捺不住,脸红筋胀地发言反对;有涵养的人便会镇静异常,从容不迫地加以辩驳。只有仔细观察,才能准确把握这些个性差别,也才能准确刻画人物。

"深"指的是对事物的观察能够透过表象深刻地揭示其本质特征。观察时,我们应该按照事物的层次逐步深入,先从外在特征出发,深刻揭示其内在本质,并结合内在本质来把握其外在特征。这样,我们对事物的认识就会有了一个非常重要的飞跃。

达尔文就是一个深刻观察者的例子。他曾发现一种植物的叶子能够使昆虫陷入死亡状态。接着,他对这种现象进行了深入研究,发现这种植物受到昆虫刺激后,会分泌一种"消化液"逐渐消化昆虫的身体。这一发现促使他进行更深入的观察和探究,最终写出了《论食虫植物》一书。

深入观察需要我们在观察事物时进行全面、细致的观察。我们需要从宏观和微观两个方面来把握事物,并通过洞察事物的全貌和细节来揭示其内在的本质特征。朱自清在《山野掇拾》中说:"于一言一动之微,一沙一石之细,都不轻轻放过","于每事每物,必须拆开来看,拆穿来看,无论锱铢之别淄渑之辨,总要看出而后已,正如显微镜一样。"

当代作家李存葆在《篇外缀语》中分享了他创作《高山下的花环》时的体会。他说,在生活中,有很多像雷军长这样的人物。作者通过仔细观察,了解他们的特点和脾性,最终发现了雷军长甩军帽骂娘的细节。李存葆说:"写《花环》之前,有几个细节常常引起我的创作冲动。如雷军长甩帽骂娘,血染的欠账单,两发臭弹,靳开来不能立功等等。"这些细节都是通过作者的感官观察体验并被加工了的。生活中存在这些反映事物本质的东西,只有深入细致地观察体验,才能发现它、把握它。

"活"指的是从事物的运动和变化中观察事物。列宁曾指出:"要从发展中观察一切现象。"实际上,一切事物都在不断地运动、生长和消亡。德国诗人莱辛说:

"艺术家从永远在变动的自然中只能选用某一刻。"要抓住这一瞬间,就需要我们的观察要非常灵活和敏锐。

特别是在观察事物的进程中,我们需要从现在状态看其过去,看其由远而近的发展变化过程,以及其中的因果联系。这样一来,当我们回过头来再观察现状时,就能对其有更深刻的认识。

法国著名雕塑家罗丹曾要给著名作家雨果塑像。雨果听了很生气,原来曾经有一个雕塑家给雨果塑过像,那位雕塑家让年届 80 岁的雨果先生每天端坐好几个小时,搞了半个月,将老作家累得腰酸背痛。罗丹却只带着一本笔记本和一支笔,在雨果先生日常生活中观察,一旦发现自己需要的体态和神情,就立即记下或画下来。最终,他雕成了一尊深思熟虑的雨果雕像,这一件雕塑作品后来被陈列在巴黎艺术宫中。罗丹的观察方法是"彼以无意露之,我以有意窥之。"这就是观察者的瞬间洞察本领。

苏轼在谈论画肖像时说:"欲得其人之天,法当于众中阴查之。今乃使人具衣冠坐,注视一物,彼敛容自持,岂复见其天乎?"画肖像需要通过这种"阴察"才能发现对象的本来性格特征。

"巧"指的是巧妙地选择观察角度。要观察和体验事物,就需要选择一个最佳的角度。观察主要侧重事物的外在角度,包括正面和反面、从上和从下、前面和后面、左边和右边、旁边等方向;而体验则更多地侧重事物的内在角度,即通过入世体验来全方位感知和感受事物。例如杜甫的经典诗句"两个黄鹂鸣翠柳,一行白鹭上青天;窗含西岭千秋雪,门泊东吴万里船。"所选的视角包括仰视、平视和远眺。

在秦牧的散文《土地》中,作者通过描写自己在飞机上俯瞰珠江三角洲的体验,阐述了中国的壮阔山河,巧妙地选择了高空鸟瞰的视角,以生动形象地展现国家的美丽山河。因为只有从鸟瞰的角度看,才能更好地表现出这种壮观和美丽。散文的成功,与作者所选择的观察角度密切相关。

与此同时,从事物的内在角度观察,主要体现在作品的"开窗"上。通过巧妙地选择窗口,可以从一个角度看到整个社会生活的缩影。例如契诃夫的小说《厨娘出嫁》就是由一个小孩子从钥匙眼里观察屋里的景象写起,展开故事情节的,厨娘的羞怯、车夫的粗豪都是在这小孩眼中看出的,掺杂着他那天真幼稚的理解,更显得风趣盎然。这种"开窗"的巧妙手法,独具一格,可以让读者更加生动地理解和体验作品所要表达的内在含义。

"博"指广泛观察此一事物与周围事物的联系。高尔基在《给初学写作者的信》中提到,作家必须了解生活的整个潮流和一切细小的支流、现实生活中的一切矛盾,包括悲剧和喜剧、英雄主义和庸俗风气、虚伪和真实。他还应当知道,看起来不重要的某些现象,往往代表着崩溃的旧世界的碎片或新世界的萌芽,具有重要的价值。因此,广泛的观察可以增长人的阅历,让生活变得更加丰富多彩,也可以使写作更加深刻独到。想要写好作品,就必须博览群书、广泛观察,增加话题和素材的积累。

例如,鲁迅的小说《祝福》中的主人公祥林嫂,就是由对多个人物的观察和概括而成。这些人物包括百草园的单身母亲,嫁了第二个男人,生了一个儿子,但他们都不幸死去;东昌坊口屠家小店店主女儿宝姑娘,找的婆家不随她心,男家来抢亲,她逃婚时失足落水,被男方捞起来绑走了;还有鲁家祖坟里的一个贫苦女人,她儿子在家门口剥豆,被马熊拖去吃掉。只有通过广泛观察和总结,才能将这些人物和事件汇聚在一起,形成一个完整的情节,并打造出祥林嫂这一艺术典型角色。

因此,我们需要从整体出发,通观全局,进行"博"的观察,以寻找到作品创作的灵感和素材,让作品更有深度和广度。

(二)调查采访

调查研究是一种有目的、有计划地收集材料和了解社会情况的基本方法。调查采访是获取写作信息和感知事物的重要手段,也是应用写作、新闻写作中获取材料的重要途径。相比之下,观察是一种以内部语言进行描述的方式,而调查则是以外部语言记录调查结果。调查者不仅要用眼睛观察,还要用口头语言和书面语言与被调查者交流。通过调查采访,不仅能够收集写作材料,还可以验证已经获得的材料和已经形成的观点。

观察带有主观的情感和意志,侧重于事物、情感等方面的感应,而调查采访则着重于真实事实、实物、实情的了解和考察。调查采访的最基本要素是事实。为了全面把握事实,在进行调查采访时,需要将上面的材料与下面的材料相结合,将点上的材料与面上的材料相结合,将正面的材料与反面的材料相结合,将现实的材料与历史的材料相结合。只有这样,才能够全面把握事实,以便在文章中表现出真实情况。

1. 调查的方法

调查采访的方法,主要有如下几种:

(1)开调查会,是用座谈会的形式进行调查。开调查会每次人不必多,三五个七八个人即够。必须给予时间,必须有调查纲目,还必须自己口问手写,并同到会人展开讨论。开调查会所得的信息量大,但这些信息大都是二手三手材料,还必须核实。

(2)个别访问,即直接找当事人采访。由于采访者和被采访者面对面,观感直接,容易获得深刻印象。通过这种方法可以得到第一手材料。做好个别访问的关键是选择好访问的时机。采访者需要讲究采访方法的同时还要研究被采访者的心理,达到心灵上的交流,以缩小心理上的距离。例如,若要采访一位奥运会冠军,最佳采访时机应该是在运动员刚刚结束比赛并夺得金牌的时刻。此时,运动员心情十分激动,有许多心里话要说,因此采访者能取得最佳效果。再例如,若去采访一个被举报有受贿行为的菜国有工厂厂长,如果开门见山就问:"你有受贿行为吗?"那么对方立刻会回答:"没有。"因此,采访者最好先问:"你对外面盛传你受贿这件事有何看法?"对方就比较难回答,他可能会说:"那是对我的毁谤。"采访者接着可以问:"据了解,贵厂还有几位厂长(或副厂长),为什么没有盛传他们受贿呢?"这会使被采访者难以回避矛盾。

(3)书面问卷,是将需要调查的问题设计成既周密又不繁琐的卷面,提出的每个问题都可分出不同的层次,答卷者只需划上一些符号或填上一些数字即可,即使是文字回答也只需简短的一两句话。这种调查方式通常由相关部门、社会团体和学术组织等以组织系统进行,所调查的问题多为专项专题,单一集中。这种方式的优点在于调查覆盖面广泛,简单方便;而缺点则在于随意性较强,信度不高。

(4)现场察访是一种通过充分调动采访者的感官职能,有目的地到需要调查的现场去观察、体验、感受和了解事物的调查方法。

报告文学作家理由强调,要"六分跑、三分想,一分写。""跑"就是到发生新闻的现场去察访,去透视人物、事件,去感受现场气氛。香港新闻界称记者要"铁腿马眼神仙肚","铁腿"指能跑路,马眼指睡觉时睁着眼,神仙肚指跑新闻经常饿肚子。日本新闻界有"消息要用脚写"的说法,都强调了实地考察采访的重要性。不只是写实的文章,即使是虚构的文学作品,如小说、戏剧,现场察访也是获得感性材料的重要途径。很多作家,都有很强的观察力和感知力,他们作品中生动的细节描写,多来自现场察访。

2. 调查采访的要求

(1)调查采访应该遵守客观实际,避免主观偏见,并从实际出发,进行广泛深入、周密细致、系统全面的了解。夏衍在谈到《包身工》的写作时表示:"这是一篇'报告文学',不是小说,所以我力求真实,一点也没有虚构和夸张。我尽可能真实地调查了她们的劳动强度、生活条件和工资制度。"

在调查采访中,不仅要关注现象的真实,更应注意事物本质的真实。列宁认为:"只有从实际的全部总和、事实的联系中去掌握事实,事实才是证据确凿的东西。"如果我们只是挑选片段或者只看部分事实,那么这些事实就像一堆儿戏一样没有意义,甚至不如儿戏。为了了解事物的本质,我们应该从整体出发,关注事物之间的联系,不断深入地调查研究。无论是新闻报道还是文学创作,都必须遵循本质真实的原则。

(2)在进行调查采访前,需要做好充分的准备工作,包括制定调查纲要,列出调查内容、对象、方法和步骤等,以使调查工作能有计划地进行。

调查前的准备工作包括政策准备、资料准备、方法准备和进程设想。政策准备是指对与调查对象有关的情况、政策、法律、法规等做充分的了解和把握,为采访者提供政策标尺,使其在采访中能容易地衡量是非,做出正确的判断,减少或避免走弯路。资料准备则是指提前查阅一些资料,以便对被采访者所在环境和情况有所了解,从而打破僵局,建立与被采访者的接近感,同时也使采访者在调查访问时能够更快地切入正题。方法准备则是选择调查采访方法的综合运用或重点使用某种方法进行采访,并在事前做出明确的计划。进程设想则是预先安排调查访问的时间、地点、对象和内容等,以确保调查采访能有条不紊地进行。

总之,在调查采访前,做好准备是非常重要的,可以确保采访取得更好的效果,也有助于避免出现不必要的麻烦。

3. 在进行调查采访时,要注重感性材料的掌握,同时多思索、多提出问题,以便更深入具体地了解情况。

在新闻采访中,思维活跃、感官敏锐尤为重要,能够确保采访者随时接纳任何信息。举例来说,一位年轻记者去采访一对新人的婚礼,但当他到达现场时却发现新郎已经跑了,取得了比预想中更大的新闻价值。这个例子告诉我们,采访者需要学会思考,并能够适应情况的变化,及时调整原来的计划和准备,以确保采访到最有价值的信息。

总之,在调查采访中,除了要注重感性材料的获取外,还需要勤于思考、适应变化的能力,不断提出问题并调整自己的设想和计划,以保证采访取得最好的成果。

(三)阅读集录

阅读书刊和采集材料是间接感知的主要方式。作家秦牧指出,作家需要有三个"仓库":一个直接材料的仓库,装有从生活中获取的材料;一个间接材料的仓库,装有从书籍和资料中获取的材料;另一个是日常收集人民语言的仓库。具备这三个"仓库",写作就变得更容易了。

那么,如何进行阅读集录呢? 有以下几种方法:

1. 做资料卡片。这种方式可以记录阅读中发现的有价值的资料,以便查阅、利用和编排。卡片形式可以包括题录式、提要式、摘录式、见闻心得式等。

2. 写读书笔记。有札记和眉批两种形式,用于摘录式、摘要式、提纲式和心得式笔记。采用何种形式根据需要和个人喜好而定。文学批评家金圣叹喜欢用眉批,而文学家陶宗仪喜欢写札记。

3. 剪报。可以订阅一些报刊,将对写作有用的材料分类剪贴,备写作时使用。这种方法可以根据自己的需求来灵活使用。

总的来说,阅读集录是一个有益的行为,可以让读者获取更多的知识和信息。通过以上三种方式,可以有效地记录和整理阅读中发现的有价值的资料,提高阅读效率和写作能力。

阅读集录的要求包括以下三点:

1. 要有明确的目的性,要为写作服务。阅读要选择与个人的创作、学术研究、工作需要有联系的读物,以满足写作感知的需要或接纳信息,查核资料;或启迪灵感,拓展思路;或学习语言,借鉴技巧。在阅读活动中,要始终有一个"写作"的亮点,只有这样,才能使集录有效率。

2. 要正确处理好内储与外储的关系。内储指经过消化被头脑吸收的材料,而外储指抄在笔记、卡片上的材料。要手脑并用,内储与外储相结合,并且要做好外储向内储的转化。要将"手治"转为"心治",不要死读书,成为抄书匠。

3. 对从书刊中采集的材料要善于归类、整理、鉴别、判断其真伪、分清现象和本质、辨析其间的联系,以便分类储存。在归类、组合、比较和叠加过程中,可以使储存的各种信息相互碰撞相互补充,以促进真知灼见的诞生。这种信息组合术就是夏承焘所说的"发酵",其中包含着很多的学问和技巧。

第二节　构思谋篇

一、构思的本质和作用

构思是指作家依据对客观世界的思考、体验、感受,全面设想文章内容和形式的预构过程。它是一种定向的创造性思维活动,可以升华认识、疏通思路、理清材料、设计文章蓝图。构思是写作的必由之路。

清代郑板桥曾经在一幅题画竹图上写道:"江馆清秋,晨起看竹,烟光、日影、露气,皆浮动于疏枝密叶之间。胸中勃勃,遂有画意。其实胸中之竹,并不是眼中之竹也。因而磨墨、展纸、落笔,倏作变相,手中之竹,又不是胸中之竹也。"这段话说明了构思与感知、表达的相互渗透。作者的"眼中之竹"是对客观之物的感知,而"胸中之竹"则是从"物"到"意"的转化,即构思。最后的"手中之竹"则是作品的表达。实际上,构思与感知、表达相互交织,是整个写作过程的贯穿思维活动。

(一)构思的本质

构思是一种生活与心灵的双向转化运动,是"物"与"我"相互融合的过程。黑格尔在《美学》中将创作的构思分为感性的心灵化和心灵的感性化两种。前者是指客观对象的主体化,后者则是主体情志的对象化。在写作中,前者从材料开始,加入主体的思维,成篇得以弥纶;后者则从情思开始,通过寻找抒发情志的媒介,达到情景交融、物我两忘,最终熔铸成作品。

以鲁迅的《祝福》为例,他以远房伯母为生活原型,还有目睹看坟妇女儿子被马熊吃掉的经历塑造了小说中的祥林嫂形象。但是,真正使这篇小说成功的原因是他对这些原型的感知与他的历史观的有机结合。鲁迅先生运用自己的历史观来安排祥林嫂的命运,或者说是用祥林嫂的人生遭遇来印证自己的历史观。在小说的构思过程中,客观之物与主观之意相互融合,使小说成为一部成功的文学作品。

(二) 构思的作用

从写作过程看,构思有如下作用:

1. 形成写作心境

写作心境是一种情绪弥漫的状态,在作者构思时,他会在静思中形成一种弥漫的写作情绪。他会把构思对象时刻挂在心上,写作欲望强烈又稳定。构思能把作者引入一种与作品中的人物同呼吸、共命运的艺术情境。法国作家福楼拜说:"写作时,把自己完全忘去,创造什么人物就过什么人物的生活……自己就是马,就是风。"当他写到《包法利夫人》中的主人公爱玛服砒霜自杀时,他自己总感到口中有砒霜的味道。这就是他进入创作心境的感受。

2. 沟通感知与表达

构思在感知与表达之间起着桥梁作用。鲁迅先生说:"静观默察,烂熟于心,凝思结想,一挥而就。""烂熟于心,凝思结想"就是构思,是构思连接起"静观默察"和"一挥而就"的。构思的顺畅和敏捷会使表达脉络清晰、连贯,文从字顺。构思决定文章的构架谋篇,构思周密,才能使文章结构严谨,布局缜密。从某种意义上讲,文章的质量在构思阶段就已经决定了。因此,劳于"构思"可逸于行文。

3. 获得最优化的整体功能

王充说,文章应当"外内表里,自相副称"。构思所追求的正是文章内容和形式、思想和技巧的和谐统一,是文章实用功能和审美功能的有机统一。这是构思的难处、苦处,也是构思的妙处、乐处。构思要获得的是文章的最优整体功能。写作构思遵循"整体大于它的各部分的总和"的原则。法国艺术家罗丹发现,在他的巴尔扎克塑像中,手的造型竟然妨害了整个人物的精神、气韵。于是,他毫不犹豫地挥起斧子砍掉了这只手。而顾恺之给人画像时,他会"额上加三毛,觉精彩殊胜"。这都是追求作品的整体功能。通过构思,可以获得整体功能的最优化。

4. 孕育精神胎儿

如果把作品的成功比喻为"一朝分娩",那么构思就是"十月怀胎"。通过构思,写作材料被分析、综合,发生神奇的变化,成为新生儿的有机部分。精神胎儿的健壮和丰满,是靠孕育过程中充分汲取各种营养培育起来的。如果孕育不充分,精神胎儿就会出现畸形,甚至夭折。

二、构思的基本方式

构思的基本方式有发散型构思、收敛型构思、突现型构思、求异型构思等。

(一)发散型构思

发散型构思是写作者有目的地围绕一点生发,或受外界信息刺激,引起思路向四面八方扩散,造成想象和联想,使信息沟通和联结起来,产生新的形象性和观念性信息。

发散型构思主要靠联想和想象。联想和想象是发散型构思的两个翅膀,只有这两个翅膀振动起来,作者的构思才能腾飞。联想是见新而忆旧的思维,指写作者跨越两个事物或两个概念之间的相关差距,由此想到彼,把二者联结起来思考。联想的方式有很多,常见的有接近联想、类比联想和对比联想。

接近联想指时间或空间上的相近。比如杨朔的散文《秋风萧瑟》从游山海关长城联想到孟姜女的传说,是地域上的接近。由北戴河秋游联想到当年魏武帝曹操东临碣石,以观沧海,不仅是地域上的接近,还有季节上的接近。

类比联想指性质上与气质上的相类。比如唐代司空曙的诗"雨中黄叶树,灯下白头人"就是用的类比联想。

对比联想指性质与气质上的相对。比如杜甫的《自京赴奉先县咏怀五百字》中的"朱门酒肉臭,路有冻死骨"就是用的对比联想。

想象是忆旧创新的思维,以表象为基础,以知识和经验为跳板,以感情为动力,把不同的事物神奇地联结起来。想象的方式有比喻性想象、假设性想象、幻想性想象和通感性想象等多种。

比喻性想象是由某事物的触发而想到与之相似的另一事物的想象,是比喻修辞在想象中的运用。例如"最是那一低头的温柔,像一朵水莲花不胜凉风的娇羞",就是用具体事物来比喻另一种具体事物。贺敬之的诗描写桂林山水:"情一样深啊梦一样美,如情似梦漓江的水",则是用抽象事物来比喻具体事物。

假设性想象是作者根据自己的生活经验及主观意愿,运用推测与假设,创造出生活中可能存在的新的人和事。例如,当代作家高晓声的小说《陈奂生上城》,其故事情节就是运用假设性想象虚构的。

幻想性想象是凭空想象,与现实世界没有实际联系,创造出主观意识中的虚幻和奇幻的景象。例如,莎士比亚的戏剧《仲夏夜之梦》中就有许多虚幻的情节和人物,如人头马、精灵王、小淘气等。

通感性想象是从感性层面出发,通过对不同感官的刺激,创造出与实际情境不同的感官体验。例如,诗人用语言来描绘音乐的美妙,用色彩来描绘情感的丰富,这都是通感性想象的表现形式。

幻想性想象是调集表象,使之组合演化成生活中不可能存在的新形象的想象。例如唐代诗人李贺,在描写箜篌声音时写道:“昆山玉碎凤凰叫,芙蓉泣露香兰笑。”这种景象,只能在幻想天地里出现。

通感性想象多用于抒情诗和抒情散文,是从一种感官印象转化为另一种感官印象的想象。例如北宋时林逋的名句《梅》中的“暗香浮动月黄昏”,就是一种通感想象的表现。此处需注意,该名句通感的是“香气”和“月色”,而非“香气”和“黄昏”。另外,通感想象还可以在情感和形象之间进行,如唐代诗人杜甫在《春夜喜雨》中写道:“好雨知时节,当春乃发生。”这里的喜雨既是一种形象,又是一种情感。

总的来说,想象的形式有比喻性、假设性、幻想性和通感性四种,它们相互交织,共同构成了丰富多彩的想象世界。想象力的发挥对于文学、艺术等领域的创造和创新至关重要。

发散型构思往往受客观事物的触发面引起,由此产生直觉的形象的想象。也可以是从某一观念出发,产生概念的理性式的联想。契诃夫构思剧本《海鸥》是源于一次为一位画家做手术,那位画家为了招待他而让妻子去买点好菜,他妻子却提着一只死海鸥回来。这只死海鸥触发了作家的心灵,使他以妹妹的女友丽卡的身世为题材,写出了《海鸥》。列夫·托尔斯泰在法庭上听到一个关于女人的案子的消息后,引发了创作小说《复活》的欲望,他在酝酿时曾围绕喀秋莎的形象记下了七条放射性思路。

发散型思维一旦引发,写作者立刻浮想联翩,“思接千载,视通万里”,“观古今于须臾,抚四海于一瞬”。发散型思维具有流畅、变通、独特这三种特性。要想构思流畅,必须有专一的心境、丰富的信息储备和强烈激情以及深刻的感受,要想变通,就要学会以不同的多种思路进行超乎寻常的想象和联想,灵活地组合头脑中的意象和观念。要想独特,就要使思路新颖脱俗,不落窠臼。

在进行发散思维时,作者的思维跨度很大,他的思维可采用辐射式、链环式和跨越式。例如,秦牧的散文《土地》就采用了辐射式,作者从土地出发展开联想,以土地为辐心思路向四面八方辐射,一会儿写春秋时期晋国公子重耳亡命途中接受老农馈赠土块的一幕怪剧,一会儿写古代天子在地坛上赠封疆土的仪式,一会儿写19世纪殖民主义者强迫土著人投降的仪式,一会儿写流落海外的华侨珍藏“乡井土”的传说,一会儿写明朝人死后以黑布蒙头,羞见祖先的习俗。作者的思路充分散开，又时时收拢。文中所写的这些故事、掌故、风俗、珍闻，都用一条思维线索贯穿着，那就是保卫土地、开发土地的强烈的爱国主义思想感情。

祖慰的小说《婚配概率》采用了链环式的构思方式。故事讲述香溪村插队的女知识青年古杉爱上了比她大一岁的知青组长贾非。然而，贾非被推荐上了大学，成了工农兵大学生，而世俗的陋习偏见和陈腐的婚配模式，使得现代男女青年在心理上失去了平衡感。贾非为了摆脱这种束缚，不得不努力攻读，希望能实现形式上的平衡。贾非和古杉爱的求学之路不断升级，构成了小说链环式的思路发展，促使了故事情节的发展。

艾青的诗《赞花样滑冰》则采用了跨越式的方式。诗中描绘的花样滑冰的风姿神态，与高空的鹰和低飞的燕之间联系密切。然而，诗中所涉及的力学、几何学、音乐等内容却与滑冰的相关度较低，形成了高度跨越的远区联系。因此，诗歌的语言显得跨越而富有诗意。这种跨越式的表达方式，给作品赋予了一种别样的韵味。

(二)收敛型构思

收敛型构思，就是集中、回拢构思的对象性客体，经过筛选、摒弃与构思目的无关的信息，对有关的主要信息进行分析、综合与概括。

收敛型构思主要靠分析与综合，分析与综合是收敛型构思的两翼。分析是综合的前导，综合是对分析的收束，"没有分析，就没有综合"，综合总是以分析为基础的。

分析和综合多用于议论文章的构思，议论文章所用的分析方法很多，常见的有纵与横分析、内涵与外延分析、知性与理性分析、多角度与多侧面分析等方法。纵分析是指分析一个事物的历史、现状和未来，对其发展历程的各个阶段进行比照，来把握其本质和内部规律。横分析是指分析一个事物和其他事物之间的关系，将此事物与相类的彼事物对照比较，找出其个性特征。比如评论《三国演义》中刘备"三顾茅庐"，毛宗岗认为刘备对人才是"师视之"，而曹操对待谋臣则"仆视之"，孙权对谋臣"友视之"，而袁绍对谋臣则"虏视之"。这就是横向比较，综合来看，刘备得人和，完全靠人才之力创下基业。但有一位学生却认为：刘备当初三顾茅庐，流下眼泪苦求："先生不出，奈苍生何。"才使卧龙先生出山，那是基业未立，渴求人才之时。后来得了荆州，基业已初具规模，凤雏先生封动于谒，却给勉强安排为耒阳县令，由此综合来看，刘备对待人才是实用主义态度。这种分析就是纵分析。如果综合纵横两面分析，就会发现刘备在延揽人才方面，有他的过人之处，亦有其不足之处。内涵分析是对一个概念的内在含义进行剖析，看看属于这一概念的事物都有哪些属性？它们和什么事物有密切关系？外延分析指分析一个概念所指称的事物包含哪些类别，即概念所指范围。这两种分析方法尤适用于阐析式议论文。例如,姚雪垠在《论"潇洒"》一文中,先指出"潇洒的含义是闲散、清雅和飘逸。"进而又把潇洒分为浪荡子式的潇洒和创业者的潇洒,这就是外延分析。通过内涵分析和外延分析可以把握事物的本质属性,抓住问题的要害,还可以看到事物的复杂性和多样性,从而把问题的讨论引向深入。知性分析是从常识和浅层次对事物所做的分析。恩格斯指出:"常识在它自己的日常活动范围内虽然是极可尊敬的东西,但它一跨入广阔的领域,就会遇到惊人的变故。"知性分析虽然有助于我们认知事物和事理,但深入到本质,就靠不住了。春秋五霸之一的齐桓公晚年死于动乱,而且动乱绵延数十年,使齐国国势衰落。究其原因,一般人都认为,罪责在易牙、竖刁、开方三个乱臣贼子。管仲当年曾数谏齐桓公,这些人是"神龛里的老鼠",如不除掉久必为乱。这种认识看似正确,其实只是一种知性的认识。宋代,苏洵在《管仲论》中指出:齐国的动乱,追根溯源,咎由管仲,因为管仲在临终前没有举贤以自代。齐国不怕有这三个佞臣,而怕没有管仲,有管仲,这三个人只不过是三个匹夫,"不然,天下岂少三子之徒哉?虽威公幸而听仲,诛此三人,而其余者,仲能悉数而去之耶?"如果管仲之后仍有贤臣当政,佞臣小人就无所施其伎俩。这种分析,追本溯源,抓住事物的本质,是一种理性分析,理性分析是从深层次对事物的现象与本质的内在联系及其规律所做的辩证分析。我们倡导理性分析,因为它更接近真理。

收敛型构思可用于记叙文、说明文乃至应用文的写作。在进行文学创作时,作家有时需要从多种思路中选择最佳方案。可以从多种预想的方案中选择一个最佳,从不确定的方向,逐步确定定向;或者从一个中心出发,搜索多方面的材料,然后筛选并使之收束于一点,这时候需要思维的收敛。例如,在老舍的小说《骆驼祥子》中,他构思的经过是这样的:为了为祥子确定一个地位,他首先要考虑有多少种车夫,以方便从这中间介绍出其余各种车夫;接着考虑祥子应该租哪个车主的车,和拉哪些人,这样"车夫社会的范围就扩大了"。最后,老舍确定了"祥子以拉车为主",并将各种生活原型合成样子这一典型,将各种车夫的遭遇概括为祥子的遭遇。作者通过这种由分到总的思维方式,成功地完成了小说的构思。这种收敛式的构思方式,对于文学创作起到了重要的作用。

(三)突现型构思

突现型构思的一般进程是苦思——机遇——顿悟。苦思是一个较为漫长的构思过程,它包括萌发期、模糊期、孕育期。有时候,因为找不到好的切入角度,或者没有一个较深邃的立意来统摄素材,构思不得不搁置起来,出现断续思考,或者从意识层转入潜意识思考。一旦遇到某种机遇,某种外因诱发激起作者的创作灵感,使头脑中贮存的材料被点燃,立刻产生顿悟,使作者的感觉、知觉、意象和观念豁然贯通,产生认识上的飞跃。这就是创作的定型期,往往由此完成了作品的雏形。

突现型构思方式适用于文学写作。文学作品的创作往往需要经过较长时间的酝酿,即沉思阶段。当作者进行了发散和收敛的构思,仍然没有确立适合写作的最佳方案时,便将这些思考暂时搁置一边。各种信息伴随着感觉、知觉、意象、想象、情感等心理活动,由意识层转入潜意识层,然后互相碰撞、融合、再生和过滤,等待着突发的时机。例如,作家赵本夫在 20 年前看到了神鞭老兽医巧治牲口脱臼的表演,给他留下了十分深刻的印象。10 年前,他又听到一个老农民进城卖农产品,回家时因为疲劳睡在扁担上。他不小心跟随着别人走进火葬场,迷失了方向。这个故事也被储存在他的记忆中。于是,他构思了这样一个故事:孙三老汉进城卖货回来,不慎被毛驴拉到火葬场,他愤怒地鞭打毛驴,结果导致毛驴跑得太快,翻车并摔伤了腿。老汉只能将驴带到集市上出售。在集市上,他看到了空前红火的景象,甚至神鞭老兽医也来摆店。这时,有人想买他的驴,但由于驴腿瘸,不幸未能成交。在场的老兽医看上了这头驴,称其膘肥体壮,毛色好,擅长跑马拉车,腿瘸是因为脱臼了,轻易就能治愈。他将驴绑在木桩上,对着驴的左耳根一鞭子,腿立刻好了。人们看过表演后,纷纷掏钱想买这头驴,而孙三老汉却坚定地高喊:"不卖了!"将驴带走了。小说《卖驴》赞颂了政府的富民政策,而它的创作过程充分说明了机遇和顿悟的重要性。

撰写科研论文有时也需要类似的沉思阶段,但不一定有那么多的潜意识活动。绝大多数科研工作者在专注于某一科研项目时精神总是很紧张的。尽管如此,机遇和顿悟对他们仍然是很重要的。20 世纪初,法国年轻的气象学家魏格纳一直致力于地球物理和气象研究。他在观察世界地图时,突然发现大西洋两岸大陆的弯曲形态十分相似,比如说巴西亚马孙河口大陆,正好能填进非洲的几内亚湾。这一发现给了他灵感。他又进一步研究发现,两岸生物化石也很相似。于是,他有创见地提出了"大陆飘移"假说,为半个世纪后创立的地壳构造运动的板块学说打下了基础。

机遇能够给写作者带来灵感。灵感是创造性想象能力和良好的记忆力的自然融合,从而导致问题迅速解决的一种思维活动。一般来说,灵感的出现有五种情况:触物生意、孕物发意、孕意触发、突然涌现和苦觅而得。触物生意是指作者在偶然接触到某一事物时,激发了写作欲望,并且几乎在同时形成了写作的意图,乃至未来作品的意蕴。法国作家雨果有一天晚上赴宴归来,正下大雪,街角路灯下站着一个衣衫褴褛的女人。一个饱食无聊者抄一把雪塞进她领口,她挣扎,一个警察赶来,把她拖进警察所。雨果跟进去,厉声申斥警察道:"要抓的不是这位姑娘,而是那个男的!"这件事就是触发作家写小说《悲惨世界》的契机。这个衣衫褴褛的女人就是小说中女主人公芳汀的原型,揭露法律的荒谬给被侮辱被损害者带来的心灵创伤就是小说的主题。孕物发意是指作者头脑里长期孕育的某种事物或形象,在偶然得到照彻心灵的火种后,这火种的引发使作者获得一种更深邃的意蕴,将所孕育的事物和形象升华。作家李天芳小时候上学怕走小路,外婆在后面呼唤为他壮胆,他也呼唤着"我走着哩!"回应外婆。后来他在走人生道路时,总是锐意进取,未敢调头。他发现这种奋斗精神乃是为了回答外婆的呼唤"我走着哩!"外婆的呼唤已经成了积极进取的民族文化传统的化身。由此,作者萌发了散文《呼唤》的创作。孕意触发是作者长期孕育着一种思想、一种感情,偶然中得到表现这思想、抒发这感情的载体。俄国作家契诃夫妹妹的女友丽卡容貌出众,富有戏剧和音乐天才,她两度向契诃夫提出结婚要求,契诃夫出于对她天才的爱护和责任感,两次婉言拒绝。不久丽卡爱上了一位小提琴家,一年后被遗弃。对此,契诃夫总怀有负疚心理,和丽卡那段感情纠葛一直萦绕在作家头脑中。有一次,契诃夫为画家列维丹做手术,画家的妻子提着一只死海鸥走了进来。一见死海鸥,触发了作家的创作契机。他迅速地写出了小说《海鸥》。突然涌现是指作家的创作动机及作品的意蕴是在某种外界触发下突然涌出。

机遇是产生顿悟的一个条件,但并非全部条件。即使没有机遇的引发,有意识和仿佛"无意识"的辛勤劳动与苦苦遥索中,也可以产生顿悟。不管有没有机遇的引发,顿悟之前总有一段紧张的思维活动过程。作家们常说:"伟大发现的种子经常飘浮在我们身边,但只有有心人才能将其发现并生根发芽。"灵感来临时的顿悟不是什么"神赐"和"天机",而是对"艰苦劳动和奖赏"的结果。海涅曾说:"人们在那儿高谈阔论着天启和灵感之类的东西,而我却像首饰匠打金锁链那样地精心劳动着,把一个个小链环非常合适地联结起来。"可见,顿悟是长期辛勤劳动的结晶。

(四)求异型构思

求异型构思是在构思中力避俗套,在新的方向上展开联想和想象,有时甚至可以采用逆向思考,在构思上标新立异。苏轼说:"诗以奇趣为宗,反常合道为趣。"皇甫湜也提出"文奇理正"。求异型构思追求思路和见解上的新奇,但更重视合乎道理,反映生活的本质。

写作中的求异思维,既有客观因素,也有主观因素。从客观因素看,在现实生活中,无论自然界和社会都存在大量"反常"的现象。秦牧在杂文《复杂》中提到南极的温泉、赤道的冰山、沙漠中落叶生根的索索树、鱼类绝迹的大海汪洋、孵卵而生的哺乳动物,以及绝无仅有的胎生爬虫等。在社会生活中也有类似的现象,例如"落第举子笑是哭,出嫁女儿哭是笑",表现了悲喜的反常。在一场洪水之后,有老者在自己被大水围困的房顶上竖起鱼竿,在悠闲地垂钓,这是一种心态上的反常。

美国小说家沃尔夫的作品《远与近》描写了一位老司机二十多年来一直驾驶火车往返于某镇郊,每当他经过一间装有绿色百叶窗的小屋前时,他总要拉响汽笛,一个妇人和她的女儿总是从门口跑出来向他挥手致意。这个场景深深地留在了他的记忆中,给他留下了美好的印象。然而当他退休后去拜访这间小屋主人时,他看到的却是这对母女严厉、怀疑和冷漠的目光,这是表情和动作上的反常。这种看似反常实则正常的情景,为写作者的求异思维提供了客观依据。通过有意识地选择这些素材并加以提炼,写作者可以更深刻地反映生活。

从主观因素来看,写作者可以运用违反常规、常理、常事的方法进行写作。比如,冯梦龙所著的《三言》中的《杜十娘怒沉百宝箱》,便是典型的例子。这个故事取材于《彤管女妓陈氏》原文,描述了"陈叹曰:'君装薄,果进其千金可耳。'俄千金具,别掾(李甲)吏登徽人(孙富)舟,望橼帆发,渐不复见,俯膺嗟唶,投水死。"这个情节顶撞常规,打破了人们对传统道德的认识,既极具创意又充满情感。写作者可以借鉴这种方法,将自己的想象和思考融入写作中,提高作品的质量和格调。陈氏对自己被出卖的命运悲伤哀叹,这是正常的表情和动作。但在冯梦龙笔下,这个情节却出现了反常之笔法:在瓜州途中,杜知李将她"聘"于孙富,"冷笑一声",催促李甲"明早快应承了他,不可错过机会。"当晚,"时已四鼓,起身挑灯梳洗,脂粉香泽,用意修饰。"这一系列的描述看似违反常理,但实际上它描绘了杜十娘看破人间世事,了解李甲的真实面目,决心"宁为玉碎"。古人云,"哀莫大于心死",这种反常之举正是在"心死"的情况下产生的。这种笔法上的求异,更突显了人物的性格特征。

求异思维也可以应用于科学论文的撰写中。库恩曾说过:"科学家只有在停止研究注意到的每一种'反常'现象后,才会很少做出有影响的工作。"求异思维可以帮助科学家在科学研究中取得新的突破。例如,法国化学家拉瓦锡在研究"火焰空气"助燃的"反常"现象时,提出了氧化理论,从而得出了新的科学发现。因此,在科学论文的撰写中,求异思维可以促成新的发现和突破,为科学研究做出重要贡献。

求异型构思一般可分为两种:一种是在立意上力求求异求新,力图有新的开拓。在议论文章的立意上,这种求异往往能够收到惊人的效果。例如,王安石所写的《孟尝君鸡鸣狗盗论》就在立意上使用了逆向思维。孟尝君靠鸡鸣狗盗之徒的帮助,逃离了秦国这一"虎口",世人都把这件事作为他善养士的证明,但是王安石却认为这事恰恰证明他不善养士。如果他真正得到了"士",这人一定会劝他不要到秦国去。因为孟尝君所养的都是鸡鸣狗盗之徒,所以真正的"士"就不会出现了。这种立意使读者为之一新。在叙事性的文学作品中,立意上的求异可以表现为对传统观念的反叛,这可能使作品的思想内容更贴近事物的本质。莫言初开始构思小说《窗口》时,曾想把立意定作揭露女乘务员的残忍冷漠,但后来通过到火车站的调查采访,他开始向新的方向展开联想和想象,将以这位乘务员为原型的女主角(韩一楠)塑造成了一个虽然曾犯过错误但敢于改正,同时在工作岗位上做出杰出贡献的好姑娘,这也是一种从消极到积极的构思。

另外一种则是在表现手法和写作技巧上追求求异和创新。在艺术手法上应力求打破常规形式,摆脱俗套,力图有新的突破。例如,川剧《拉郎配》所表现的是悲惨的故事内容,却采用了喜剧的艺术手法。故事讲述了一位太监在城门招贴"皇榜",皇帝进行宫选,所有未嫁年轻女子都成了候选人。这让有女儿的家庭担忧,因为如果自己的女儿被选入宫中,她们就再也无法见面。于是家庭都急于让自己的女儿嫁出去,这就引出了一个外地年轻书生被三家同时拽住,凑成一对即将结婚的喜剧场面。这种喜剧形式包装了悲剧内容,是对传统艺术手法的一种批判。

三、构思的进程

构思可分为整体构思和局部构思。

(一)整体构思

整体构思是作者写作时在总体上所进行的思考与把握,其进程从纵向看可分为寻思、探思和结思;从横向看可分为认识线——立意定体、信息线——选材取事、格局线——构架谋篇。

1. 构思的纵向进程

构思的纵向进程体现了作者构思心理活动经历的阶段性。构思的探思阶段包括从写作冲动的产生到写作目的的初步确立,是一篇作品从萌发到孕育的变化过程。苏联作家康·巴乌斯托夫斯基在《金蔷薇》中说:"构思和闪电一样,产生在一个人的洋溢着思想、感情和记忆的意识里。当这一切还没达到那种要求必然放电的紧张阶段以前,都是逐渐地、徐徐地积累起来,那个时候,这个被压缩的、有些混乱的内心世界就产生闪电——构思。"这段话的意思是,当作者的心理积累达到一定的限度时,就必然发生质变,促使写作欲望的产生。在一般情况下,写作欲望和冲动常来自某一感性客观事物的刺激,但这种冲动是作者长期积累、偶然得之的结果。没有"徐徐的积累",也就不会有质变所带来的构思闪电。

在探思阶段,作者的构思常常是模糊不清的,可能从模糊的意念逐渐转化为明确的把握和判断,从感性的体验萌芽到理性的介入和发挥,这是构思心理活动的大致脉络。在初始的写作欲望和意念的支配下,作者的思维活动不断深入和具体化,从而形成较为清晰的写作意图。例如,法国作家司汤达长期以来对王权和宗教的本质有着清醒的认识,他认为,"宗教观念和伪善的观念、希望发财的观念不可分地结合在一起。"1827年,格雷诺布尔城发生的安杜杨·贝尔特案恰好为他提供了突破口,使作家在看了这一公开报道的案件之后激发了写作欲望。他试图借此案例来批判王权和教会,于是《红与黑》的构思便产生了。这一写作意图的初步确立就是作者探思的结果。当写作目的和意图一旦明确后,构思的心理活动就进入寻思阶段。

在寻思阶段,作者需要按照自己的创作意图,通过想象、联想、分析和综合等方式,对脑海中获得的信息和积累的材料进行一系列的加工处理,包括"挑选""扬弃""浓缩"等方面,这正如以前人所形容的:"纷者整之,散者聚之。浅者深之,平者奇之。枯者腴之,板者活之。心营意造,巧作安排。"在寻思阶段,作者需要练习自己的意境能力,即在感受、理解和认识感性材料的基础上,挖掘其中所蕴含的关于社会与人生的"情"和"理",同时还需要创造新的审美形象,将"情"和"理"融合其中。俄国小说家契诃夫曾经说过:"要经过一个相当长的时期,现实的零碎的形象才开始形成一个整体,虽然是远非完善的整体……这时你就要开始做一件非常紧张的自觉的工作,即从意识中存在着的大量印象与形象中挑选出最有价值的材料,舍去多余的,浓缩事实和印象,以便能够更全面、更清晰地表现并传达在意识中逐渐形成的主要思想。"

寻思的过程是个复杂的精神劳动过程,写作者在"理乱麻,立主脑,密针线"时,常常感到困惑和迷惘。俄国作家列夫·托尔斯泰谈到《安娜.卡列尼娜》的构思时说:"考虑、反复地考虑我目前这部篇幅巨大的作品的未来人物可能遭遇到的一切。为了选择其中的百万分之一,要考虑几百万个可能和际遇。真是极端困难。"只有经受了压抑、苦闷和思而不得的痛苦,"衣带渐宽终不悔,为伊消得人憔悴",才可能"柳暗花明又一村",取得构思的飞跃。

结思是构思心理活动的最终完成。对于文学写作而言,灵感的出现往往是艰辛劳作的结果。当作为写作心理产物的突变和飞跃的灵感袭来时,作者的思维变得异常活跃,丰富的感受和体验,以及想象和联想所生产的新的审美形象让人应接不暇。作者的主观意识融合了万物,最初单薄粗糙的审美形象迅速升华为丰满典型的艺术形象。正如陆机在《文赋》中所描绘的:"情瞳眬而弥鲜,物昭晰而互进,倾群言之沥液,漱大艺之芳润,浮天渊以安流,濯下泉而潜浸。"这种创作状态达到了景与情的交融和物我交融的最高境界。此外,作家们往往会从"收百世之阙文,采千载之遗韵"中汲取灵感,丰富的生活和知识经验被完全听从作者的安排和调整,想象力得到了充分的自由发挥。因此,构思心理活动实现了"笼天地于形内,挫万物于笔端"的最高艺术境界。

2. 构思的横向进程

整体构思从横向看,有三条线路——认识线、信息线和格局线,这三条线相互联系、相互影响,彼此又有明确的界限。

在写作中,我们需要认识到一个主要问题:立意定体意并不等同于文章的主旨和主题。立意可以是一种深沉的情感,一种模糊而不十分清晰的意义,也可以是对人生哲理的一种领悟,或者是头脑中翻腾着的一种意愿,甚至是一种萦怀绕胸的情致和理趣。在构思立意的过程中,作者对文章的"意"逐渐从浅层到深层、从模糊到明晰地进行理解。戴师初说:"凡作文发意,第一番来者,陈言也,扫去不用;第二番来者,正语也,停止可不用;第三次来者,精意也,方可用之。"这种深入理解"意"的过程,是对事物本质发掘的过程。

如果要完全反映整个事物的内涵,必须通过思考,将感性材料加以去粗取精、去伪存真,从而揭示出事物的内部规律性。这就需要通过将感性认识转化为理性认识来完成。延展式的思考方法例如"由此及彼、由表及里"可以加深对事物的认识,而甄别式的思考方法例如"去粗取精、去伪存真"能从杂乱无章的因素中抓住核心问题。这两种思考方法可以使得构思立意更深入地升华,并完成从感性认识到理性认识的飞跃。

叙事作品,例如小说、叙事散文和戏剧等,有两种将"意"提炼的方式:"注解体"和"论证体"。

"注解体"是用文学形象来注释人们已认识的某种生活哲理。例如,何士光的小说《乡场上》通过冯幺爸的形象说明一个已经为人所共知的真理,即好的政策得到落实后,农民变得富裕,这使得人们恢复了自己的尊严和价值。何士光说:"我无法掩饰这一因果关系,因为我们的理性认识本身就是从形象中建立起来的,所以文学形象对于解释哲理非常重要。"

而"论证体"则是通过形象的描绘来探索一种新的生活哲学。列夫·托尔斯泰说:"关于如何看待我们的生活,你能向我提出一些新颖的观点吗?""论证体"小说所追求的是在生活中寻找新的东西,这些东西可能被人们忽视或难以理解。例如,王安忆的小说《庸常之辈》描写了一位工厂女工为了准备结婚而花费许多精力买家具和房子。小女工说:"你们是大学生、知识分子,你们不请客,不要……人们会说你是超脱,而我们,如果也像你们一样,别人会说是'穷酸相'"。庸常之辈们连超脱的自由都没有。小说的主题是表现这些非常普通的小人物为所欲为却又不得不迎合环境的矛盾之处。这是对现实生活和人们心灵的新颖探索。作者用生动的形象来赞成自己对生活的新见解。

注解体作品的意图是推动人们对已知真理的理解,而论证体作品则是试图让人们认识到未知但应该知道的真理。这两种方式都能够深入探究事物的本质,具有深度的立意。

定体就是确定文章所属的"体制""体裁",文章的思想内容应该选择合适的表现形式。表现形式应该由内容确定,而定体也受限于文章创作时的意念和精神胚胎的性质和内容。如果想要表达政治见解,应该选择辩论文的写作形式;如果想要表达情感,应该选择诗歌或散文;如果想要介绍事物,应该选择说明文。而如果报道一个老虎逃出马戏团的事情,只能选择新闻的形式。奥地利妇女亚当森夫人在非洲肯尼亚密林独自考察了43年,曾与一只名叫"爱尔莎"的雌狮生活多年,还将"爱尔莎"生的三只幼狮养大,最终将它们释放到自然环境中。对于她非凡的经历,应该选择报告文学的形式。作为一名作家,应该有良好的文体意识,能够为自己所构思的思想内容找到合适的体裁和模式,以达到最佳的表现效果。作家叶永烈曾经深入上海的理发店探访生活。他从描写特级理发师的思想性格和他为行业做出的贡献的角度写出了报告文学《理发博士》。另外,他还从一位理发师的女儿和家庭矛盾的角度,写了一篇小说《心中的墙》。同时,他还从理发师的成长经历来探讨人才成败的问题,写出了评论文章《人才成败纵横论》。即便这三篇文章源于同一素材库,由于选取了不同的立意角度和体裁,却都达到了很好的效果。这是因为作者设身处地地思考了受众的角度,并在文学创作中巧妙地运用了"设情以位体"的技巧。

信息线在写作中要完成的任务之一便是选材和取事。信息指人们掌握和涉及的客观对象及其所激发的各种心理反应。它是构思写作的物质基础。作者所了解的信息的数量和质量,将影响其构思成果的表达,同时也决定文章的容量和质量。信息线和认识线是并行的、交叉的。作者通常会从大量信息的联系中领悟到某种意蕴,归纳出某种主题,然后选取最具表现力的信息来表现这种意蕴和主题。为达成这一目标,作者需要做两件事:信息归类和信息流程的疏通。

信息归类是指根据人们对信息的理解进行分组。纵向分类主要考虑事物在时间上的发展变化;横向分类则依据事物在不同位置的状态变化;情感分类建立在人物内心情感的波动上;理性分类则按照理论和知识的逻辑结构进行分类。通过归类,可以更好地评估和评判信息的性质、意义和作用。信息分类可以通过内心的理解来完成,在大脑中揣摩信息之间的各种关系,将其系列化和条理化,以便形成一定的理解。也可以通过符号和文字的表达方式进行外部表述,将信息进行分类和总结,或者使用点线法来标识信息之间的联系。例如,老舍在写《龙须沟》时,先想到了受臭沟污染的几个人物,他们是臭沟的受害者、见证者和说明者。然后又考虑到这些人物的生活环境:小杂院。于是各种信息就在人物、小杂院和臭沟这三个类中集合,这三者相互作用,产生了新的信息。

信息流程是指信息在加工、提取和选用的过程中流动的过程。这也是在头脑中进行选材和取事的过程。在构思中,信息是非常活跃的因素。内部信息和外部信息互相作用,有时分散,有时聚集;时断时续,有时隐晦,有时显然。当混杂的信息被作者认知并分类组合起来时,便形成了一条条信息链,并序列化成某种文体。在叙事文体中,事件或故事情节是由一条条细节链组成的。各个细节按照一定的时空顺序组合成情节。当信息被提炼为作品的细节时,也要按照这种时空变化的顺序来组合。在议论文体中,内容是由材料链组成的。从生活的原始素材到文章的主题,信息需要按照文章的逻辑顺序进行组合。信息链受文章主旨的要求而流动,在这种信息流动中,文章的雏形开始孕育。

格局线的作用是构建文章的谋篇布局。而格局则是文章的整体构架,在构思时,作者需要精心安排,提出匠心独具的组合。在构思格局时,有三个步骤:定基调、理线索、搭骨架。

定基调指的是确定一种主观情绪,可以是深沉、欢快、爽朗、内蕴等,相应的语言基调也应该是严肃庄重、轻松活泼、直率显露、婉约朦胧、幽默诙谐或明白晓畅等。定基调需要找准角度,在下笔之前找到宣泄情感,发表认识的突破口。例如,高晓声的《陈奂生上城》开头两句"漏斗户主陈奂生,今日悠悠上城来"表现出欢快的情绪与语言,而《漏斗户主》的开头一句"欠账总是要还的,有得还倒也罢了,没有呢?"则表现出无奈的情绪与语调。宋代王禹偁的《待漏院记》则以"天道不言,而品物亨岁功成者,何谓也?四时之吏,五行之佐,宣其气矣"开篇,阐发远阔、雄浑的基调。魏征的《谏太宗十思疏》则开篇以"臣闻求木之长者,必固其根本;欲流之远者,必浚其泉源;思国之安者,必积其德义。"体现出严谨、缜密的格调。

因此,定基调是构思格局时的关键一步,它将为整篇文章的基调、情绪和语气奠定基础。通过此步骤的精心布局,作品将具有更高的文学价值和艺术感染力。

理线索指的是寻找文章内在逻辑性的过程,使线索贯通。线索是将材料串联起来,连接气势,使文章条理化的基础。最基本的线索有人、事、物、理、情、时、空等单一贯通的形式,而多数文章则是时空交错线、情理结合线、人事物交织线,还有以一点为中心向四处散射的辐射线、明暗穿插线等。这些线索既有客观存在的性质,也有主观选择的性质。它们是事物本身存在和发展的形态,是事物之间相互关联的状态,但是在作者发现和认识这种关联形态时,需要根据自身的认知和意愿来理清线索。柯蓝曾说,散文创作最难的是找出贯穿各种素材的红线。在构思中,认识到的线索,可以成为文章的结构线。

因此,理线索是构思过程中十分关键的组成部分,它可以使文章的内容更加有条理,相互连贯,有助于读者更好地理解作者所要传递的思想。在构思中,作者需要根据主题和意图,进行选择和决策,将不同的元素有机地联系在一起,形成一条有内在逻辑性的线索体系。这样的结构体系能够给读者以更深刻的印象和启示,促进作品的文学价值和思想内涵的展现。

搭建文章骨架是在构思文章时安排具体结构的过程。骨架需要考虑实用性和合体性,许多文章有着一定的构建形式,例如科技论文八大部分(标题、摘要、引言、本论、结论、说明、致谢、参考文献)、工作总结五大部分(概况、做法、成绩和经验、教训和不足、结语）、论说文三段式（提出问题、分析问题、解决问题）等。文学作品的格局则变化多样，但也有一些传统的框架，如诗的分行分节、戏剧的分场分幕、叙事文学的情节构成形态：序幕、开端、发展、高潮、结局、尾声等。

　　文章的骨架需要与所选用的文体相适应，同时也要求骨架实用、灵通，使它富于变化，有利于思路通畅。构思时，作者需要结合文章内容和表达意图，选择合适的骨架形式，将文章条理化、组织化，使读者容易理解、接受。在搭建骨架时，作者还需注重骨架每一部分之间的联系，让它们有机地统一在一起，形成层次分明、逻辑清晰的文章结构，进而提升文章的质量和文学价值。

　　构思文章骨架和作者思路密切相关。在记叙文体的构思中，通常会按照事物发展的时空线索来安排结构，因为其情节往往遵循生活轨迹的走向。对于议论文章的构思，作者的思维通常沿着逻辑推理的方向发展，因此文章结构通常采用"三段式"构架。抒情文章则通过情感发展的走向来展开思路。其结构可以沿着情感爆发点出发，或顺推，或逆推，或呈放射性展开。对于心态小说的构思，则通常是不连贯、跳跃的，并且充满了朦胧的潜意识。因此，文章结构应该采用"意识流"，即支配下的、具有放纵和收敛的心理过程的走向。

（二）局部构思

　　局部构思包括对文章某些层次和段落的思考，对文章中的细节和材料进行深入推敲，并对个别词句进行斟酌。

　　1. 层次和段落的思考

　　层次和段落是文章结构上的概念，层次反映了安排文章思想内容的次序，展开文章结构的步骤。段落指的是自然段，以换行为标志。设置自然段，是为了表示相对完整、单一的意义，也是为了使文章的层次在读者视觉上形成更加明晰、醒目的印象。层段之间的转折和过渡，及前后层段之间的照应，是思考的重点。

　　层段思考的进程和方法因文体而异。记叙类文章多用情感统领和用人、事、物穿珠的方法向前推进；论说类文体多用提炼层段主旨、归纳问题的方法展开。例如，钱钟书的《论快乐》，全文分两个层次，第一层意思是快乐是人们追求与奋斗的目标，但是快乐又是短暂的。第二层阐明文章主旨：快乐由精神来决定，由此作者又针对日本帝国主义侵略中国的现实，含蓄地提出"是非善恶取决于公理而不取决于暴力""世界上没有可被武力完全屈服的人"。全文思路清晰，有条不紊。

　　2. 对文章中的细节和材料进行深入推敲

　　层段思考既是一种纵向线性局部构思，也是对细节和材料的横向平面的推敲。这种构思方式因不同的文体而有所不同。在记叙文中，细节构成了文章的链条，因此，寻找和运用细节需要下一番功夫。细节可以按其性质分为生活细节和情态细节;又可以按其在结构上所扮演的角色分为战略性细节和战术性细节。例如,在契诃夫的小说《一个小公务员的死》中,小公务员打喷嚏的细节是牵动整篇故事情节的契机,应视为"战略性"细节;而鲁迅在《阿Q正传》中写阿Q在被宣判死刑后画圆圈的细节,则用来刻画阿Q麻木不仁的性格,牵动性不强,应视为"战术性"细节。

另外,找到典型的细节往往需要反复推敲。细节的选择首先要符合生活的真实,如巴尔扎克在《人间喜剧》前言中所说,小说是"庄严的谎言",但如若它细节上不真实,就不值得一提。其次,在构思中需要善于将典型的细节融入作品的情节中,使之成为情节的有机部分,给人以和谐之感。沙汀曾说:"故事好编,零件难找。"只有深入的构思和推敲才能找到最佳的细节,使之成为文章的点睛之笔。

议论文章由材料链构成,在构思中要思考材料的实在意义,同时要对材料进行比较、鉴别和取舍。北宋散文家苏洵写《辨奸论》,借古喻今,他从古代众多的奸佞之臣中单拈出晋代的王衍,唐代的卢杞,春秋时期的竖刁、易牙、开方。在分析三例时,详写前二者,略写第三例,这是因为王衍、卢杞是发生在近代的事,二人本无特殊才华,却被晋惠帝、唐德宗委以重任,用以讽喻宋神宗之重用王安石,在苏洵看来,是恰合的。用竖刁,易牙,开方,只是说明"凡事之不近人情者,鲜不为奸慝"的道理。竖刁等三人,只是侍臣,齐桓公并未让他们管理国事,况且历史久远,与王安石的可比之处远不如前两例,所以略写之。可见材料的详略取舍,都是从表现恩怨内容的需要来考虑的。

3. 个别词句进行斟酌

语言是思维的物质外壳,在写作中,构思活动需要借助于词和言语的支持。因此,伴随构思活动的还有一个生成句子的心理过程。在文章中,每个句子并不是孤立存在的。著名语言学家雅各布逊认为,在任何一个言语坐标上,都有语序轴和联想轴。因此,句子要由一定的意序表达作者的思路脉络,以与整个段落的语序和谐,前后贯通。

另外,我们还需要从"联想轴"出发,在各种句式表达中选择最恰当、最富有表现力的句式,从相近的词语中找出最佳者。这就需要加强字句的练习。例如,诗人臧克家写"黄昏还没溶尽归鸦的翅膀"这句诗时,先想出"黄昏里扇动着归鸦的翅膀",又改为"黄昏里还辨得出归鸦的翅膀",最后闭眼想起黄昏时分的情景,推敲出的句子才达到了传神逼真的效果。

第三节　行文表达

一、表达的含义及其作用

表达是作者用语言文字将其思维成果外化的手段。通过表达,构思中的内部语言可以被转换为外部语言,如口头语言和书面语言。作者的构思借助内部语言,这种语言通常短小精悍,有时不太连贯,组织条理不够严密,而且运动速度很快,通常快于口头语言 3 倍左右。因此,将内部语言转换为外部语言时,需要通过想象来填补"断"处、不连贯处和空隙处,使它们连接起来。

朱光潜先生曾说:"思考必须同时具备寻思和寻言的能力。寻言是为了为自己的思想感情或思维成果寻找能够表达的物质材料,即书面语言。"这句话表明,表达需要同时具备思考和寻求表达的能力。作者必须运用书面语言来外化其思维成果,但在这个过程中,最关键的是找到恰当的表述方式,以准确而清晰地传达想法和情感。

表达的作用主要有两方面。首先,表达可以促进构思、梳理思路。因为构思中的信息常处于概念、形象、语言和非语言的交织状态,需要依靠内部语言的描述来理清思路。但仅仅依靠内部语言的活动是不够的,有时也需要通过外部语言的活动来帮助我们梳理思路,例如编制提纲、写手记、记笔记和整理素材等。

其次,表达可以将客观社会生活转化为作者的认识和思想,再通过文章的媒介进行呈现。当作者将社会生活的理解和认识转化为思想和见解时,主要依靠内部语言的描述。但当这些思想、见解以及相应的信息需要转化为明确的言语内容时,则需要依靠书面语言的表达来实现。因此,表达是将内部语言转化为外部语言的过程,是思想和语言、认识和表达的有机结合。

二、表达的方法

文章基本表达的方法有叙述、描写、议论、说明、抒情。

(一) 叙述

叙述是记叙文体的主要表达方法,它叙写人物经历和事件发展过程。在叙述中,常用的叙述方法有顺叙、倒叙、插叙、补叙和分叙等。其中,顺叙是最常见、最基本的叙述方式,按照人物经历和事件发生、发展的先后顺序进行叙述。

倒叙则是将事件的结局或者最突出的片段放在开头,然后再按照发生、发展的顺序进行叙述。鲁迅的小说《祝福》通过将结局放在前面叙述,再叙述祥林嫂的故事来运用倒叙叙述方法。而车尔尼雪夫斯基的小说《怎么办》则通过在开头叙述客人突然失踪的情节,然后再从故事源头叙述来使用倒叙手法制造悬念。

插叙则是在叙述主要事件的过程中,插入另一件有关的事件的叙述。其目的是帮助展开主要事件,丰富文章内容。插叙分为介绍性和补充性两种。例如,鲁迅的小说《风波》中在叙述七斤家遭遇剪辫子风波时插叙赵七爷的身世叙述,就是运用插叙的介绍性手法。插叙的补充性手法可以通过插入另一个情节或人物的叙述来丰富文章的内容。例如,赵树理的小说《登记》中,小飞蛾发现女儿的罗汉钱和自己的一模一样,于是插入了20多年前小飞蛾和外村青年恋爱的情节,并且获得了那个男青年的一枚罗汉钱。这段插叙就是补充性插叙,补充了小飞蛾的罗汉钱的来源。

补叙是在某个阶段上对前面的事件进行补充、解释或说明的叙述方法。补叙和插叙不同,它补充的内容仍旧属于主线的事件,可以揭示前面的伏笔,也可以弥补前面故意留下的漏洞。例如,施耐庵的《水浒传》中,"智取生辰纲"一回,如何在酒里下蒙汗药的情节则放在最后补出,是对前面伏笔的揭示。还有广东作家于土的小说《芙瑞达》在最后补充了芙瑞达逃脱诺特的秘密,来补充前面故意留下的空隙。

分叙,也叫平叙,是对同时发生的两种或多种事情进行分别、平行的叙述方法。这种叙述方法常用于时空交叉的文章。举个例子,冯梦龙的《三言》中的《蒋兴哥重会珍珠衫》当写到蒋兴哥告别妻子王三巧之后,便"花开两朵,各表一枝",一段叙写了王三巧在家寂寞,与陈商结识,两人离别时王赠送蒋家珍贵的珍珠衫给陈。另一段则叙述蒋兴哥在外经商,辗转由广东到了苏州,在客栈遇到自己珍珠衫穿在别人身上的情况。

(二)描写

描写是用生动的语言将人物或景物的状态、性质描绘出来,再现给读者的表达方式。相比之下,叙述则是一个时间观念,它完成的是一个"过程";而描写则是一个空间观念,它展现的是一个"形象",描写是一种"形神兼备"的表达方法。

描写可以通过多种方法,其中包括白描、细描、直接描写和间接描写。白描原本是中国绘画中的术语,即所谓的写意手法。作为描写手法,它指用经济的笔墨和简练朴素的文字对事物进行描写,只需几笔勾勒,即可描绘出事物的本质特征。鲁迅曾说:白描"有真意、去粉饰,少做作、勿卖弄。"它强调以形传神。鲁迅的《故乡》中对闰土相貌的描写,以及孙犁的《荷花淀》对水生嫂和女伴们找丈夫的情境刻画,都是巧妙运用白描手法的范例。

细描,也叫工笔,是指用细腻的笔法对描写对象的某些方面进行精雕细刻的描写,常用于对人物、景物、场面和细节的刻画。例如,朱自清的《荷塘月色》对荷花、荷叶的描写就细致入微,感人至深。这种描写就像是用文字画工笔画一样。

直接描写是指对描写对象进行直接、具体的描绘和形象的刻画,常用于对人物、景物、场面和细节的刻画。对人物的描写可以直接描写其肖像、心理、语言和行动,而对景物的描写则可以描写自然环境和社会环境。间接描写也称侧面描写,是指对描写对象不进行直接描写,而是由第二者介绍、反映或采用烘云托月的方法来进行描写。例如,《三国演义》"三顾茅庐"一回对诸葛亮的描写,诸葛亮虽未出场,但作者从水镜先生、崔州平等人的介绍、渲染中侧面烘托了他的形象。

(三)议论

议论是一种评析和论理的表达方法。在议论文中,议论是主要的行文方式。作者通过议论来对某个对象发表评论,阐明客观事理,揭示事物的本质与规律,并提出自己的主张和见解,表明自己的态度。在记叙文中,议论则是由叙述、描写、说明引发出对事物的感想、认识和评价,是充满感情色彩的适当说理和恰如其分的画龙点睛之笔。

议论文章的议论分为两种,立论和驳论。立论是指正面阐述自己的正确主张和见解,而驳论则是对反面论点的驳斥。

立论的方法包括阐析法、推理法、形象说理法等。阐析是对一个事物的概念含义进行解释和分析,以揭示它的内涵和外延,并通过为事物"正名"来阐发自己的论点。阐析的具体方式有释义、分类和辨正。其中,释义是解释一个概念的含义,分类是从外延上对一个事物进行分类别,而辨正是辨析一个概念释义的正误。这三种方式常常综合运用,相辅相成。

例如,胡适的议论散文《不朽——我的宗教》的主旨是为"不朽"正名,但文章先将"不朽"的说法分为三种:"神不灭论""春秋左传中的三不朽——立德、立功、立言",以及胡适自己提出的"社会不朽论"。之后,他采用辨正手法,指出灵魂不灭的虚妄,三不朽的缺陷,阐发"社会不朽论"的深刻意义。

另如钱钟书的随笔《论快乐》,文章一开头就用拆字释义,解释"快乐"的含义:快乐的"快"字,表示人生一切乐事飘瞥难留。之后,他又将快乐分类为肉体上的和精神上的。最后他用辨正手法指出,肉体上的物质刺激并不是快乐,真正的快乐是精神上的快乐情绪。

在立论的方法中,推理法指采用逻辑推理手段证明自己的论点,主要是揭示论据和论点之间的逻辑联系。其主要方法有归纳推理、演绎推理和类比推理。归纳推理是从个别到一般的推理过程,往往和例证法结合使用。先列举若干典型事例,再加以归纳概括,阐明论点。

例如,邹韬奋的论文《有效率的乐观主义》,为了证明"伟大的工作一开始都受到反对,而且工作愈伟大所受到的反抗愈厉害,这简直成为一种律令",列举了六个事例:牛顿发明地心引力学说全世界人反对,哈费发明血液循环学说时,达尔文宣布进化论时,贝尔第一次造成电话时,莱特兄弟制造出第一架飞机时,都遭到了讥笑和冷落,但他们都抱着乐观主义态度,最终都战胜了全世界的糊涂和盲从。类比推理是从个别到个别的推理过程,它是基于两个客观对象在某些属性和条件基本相同,依据其中一个客观对象的已知的某种特征,推求另一个对象未知的某种特征。例如,春秋时期的齐国宰相管仲曾用神龛里的老鼠最可怕来类比国君身边的小人最难对付,两者都存在着"投鼠忌器"的性质。

形象说理法多用于杂文、小品文的写作,它是借助于形象显示,寓说理于形象之中。可以利用讲故事、引用典故、比喻等方式,来说明自己的观点。例如,杂文《假如生子不如孙仲谋》引用三国时期曹操说的话:"生子当如孙仲谋",提出现在有一种观念:生子不如孙仲谋就不要生,人才不十全十美就不要用。这是通过典故来形象地说明论点。

驳论的方法有直接反驳法和间接反驳法。直接反驳是直接驳斥对方论点、论据或论证上的错误。直接反驳敌方论点,可指出敌方论点不符合科学、违背客观事物的发展规律,或违反了唯物辩证法。

在立体小说《霍乱时期的爱情》中,作者切斯托夫·科洛姆以独特的叙事方式揭示了封建社会和资本主义市场经济的利益冲突,以及社会主义思想对人类生存的影响。作品中通过直接和间接的反驳法来探讨各种复杂的社会问题。

其中,作者通过直接反驳法切中了封建社会的弊端。小说中,主角费列罗诺夫和女主角罗莎在一个庸俗的时代里经历了一段孽缘。费列罗诺夫所存在的世界,充满着买办主义和文化沙漠,人们堕落、冷漠、鄙视自由和理想。而罗莎所存在的世界则充满了狂热、充满信仰和希望,代表着一个蓬勃发展的社会主义新生力量。

同时,作品也运用了间接反驳法,例如在描绘角色形象的同时,通过他们的行为和思想反映社会现象。如罗莎等社会主义者的充满热情和渴望,传递了社会的进步和发展;而费列罗诺夫等人则以自私、虚伪和奸诈为代表,暴露了封建社会的成见和地位高低之间的鸿沟。这种间接反驳法,更深入地揭示了封建社会和资本主义市场经济的弊端。

(四)说明

说明是一种用简明扼要的文字来解释事物的形状、性质、特征、原因、功用、关系等的表达方式。说明可以是关于实体事物的,也可以是关于抽象概念和事理的。

在说明过程中,采用不同的方法,如定义说明、注释说明、比较说明、数字说明、分类说明、举例说明等。其中,定义说明采用下定义的方式来揭示事物或事理的特征和本质,如钱学森在《现代自然科学中的基础学科》中给"物理"下的定义。"学问"是"物理"的"属","研究物质运动基本规律"即为"种差",这样"物理"就与其他学科如化学、生物有了区别。注释说明则对事物或事理的状况、性质、特征、成因等进行简要注释和解释,如叶圣陶的《苏州园林》中对苏州园林花草树木映衬的特点进行了注释。比较说明则通过将两个或两个以上的有联系和相同点的事物做比较,揭示事物的性质、特征;或通过将说明的事物与读者熟知的对象做比较,使读者更易于理解;还可以将相反的事物或事理进行比较,从而进行说明。总之,说明是一种比较常见的文字表达方式,适用于对各种事物和现象进行阐述和解释。另外,比较说明是一种将两个或两个以上相近的事物进行比较的说明方法,如朱毅麟的《洲际导弹自述》就用液体导弹和固体导弹进行比较,说明固体导弹的优点。而李信茂的《神奇的激光》则采用太阳光与激光进行比较,来说明激光的神奇之处。数字说明则是通过确凿的数字来说明事物的方法,如杨宪益的《菊花》中就通过举例说明元代菊花品种达到了 163 种之多。分类说明则是将事物根据其性质、形状、成因、关系、功用等因素进行分类,并加以说明。茅以升的《最早的桥》就将桥分为拱桥、悬桥、梁桥三种,并对每种桥进行了详细的介绍说明。举例说明则是通过列举典型例子来说明事物的一般特征,如华罗庚在《统筹方法平话引子》中就用烧壶泡茶的例子来说明运筹法的原理。总之,说明方法多种多样,可以根据不同的需要和情况选择合适的说明方法。

(五)抒情

抒情指抒发和表现作者的感情。它是抒情诗和抒情散文的重要表达手段。抒情方法分直接抒情和间接抒情。直接抒情也叫"直抒胸臆",是作者或作品中的人物公开表白自己的喜怒哀乐之情。间接抒情是在叙述、描写、议论中渗透作者强烈的感情,可分为依附于事、依附于景、依附于理的抒情,一般称之为寓情于事、寓情于景、寓情于理。

巴金的散文《怀念萧珊》中,描述了萧珊的去世及告别仪式,其中有这样一段文字:"我女婿马上打电话给我们仅有的几个亲戚,她的弟媳赶到医院,马上晕了过去。三天以后在龙华火葬场举行告别仪式。她的朋友一个也没有采,因为一则我们没有通知,二则我是一个审查了将近七年的对象。没有悼词,没有吊客,只有一片伤心的哭声。我衷心感谢前来参加仪式的少数亲友和特地来帮忙的我女儿的两三个同学,最后我跟她的遗体告别,女儿望着遗容哀哭,儿子在隔离病房,还不知道把他当作命根子的妈妈已经死亡……我在变了形的她的遗体旁边站了一会儿。

别人给我和她照了相,我痛苦地想:这是最后一次了,即使给我们留下来很难看的形象,我也要珍视这个镜头。"这段文字充满了作者痛悼和不平的情感,读起来让人感到悲痛。这是寓情于事的间接抒情,通过叙述事件来表达情感。

在文章结尾,巴金写道:"……一直到死,她并不曾看到我恢复自由。这就是她的最后,然而绝不是她的结局。她的结局将和我的结局连在一起。"这里透露出巴金对萧珊的敬爱和思念之情,同时也表达了对于自由的渴望,并与萧珊的离去联结,以此表达对萧珊的纪念和悼念。这段文字用直抒胸臆的方式叙发了对相濡以沫的妻子的缅想怀念之情,也表达了决心为革命工作到底的决心。

三、表达的模式

表达的模式有文句模式、段落模式和篇章模式。

(一)文句模式

文句模式的基本形态有四种:

1. 叙述句模式

叙述句特点是直接陈述事物、事理,不加渲染和烘托,语言要求洗练、简洁明快。如鲁迅《故乡》的开头:

我冒了严寒,回到相隔 2 000 余里,别了 20 余年的故乡去。

这是叙述回乡一事,语言简洁,行文洗练,这是叙述句的长处。

2. 描写句模式

描写句特点是常通过修饰和形容,对事物进行具体、生动的描绘,文字色彩感强,注重以形传神。如鲁迅《故乡》的第二段:

时候既然是深冬;渐进故乡时,天气又阴晦了,冷风吹进船舱中,呜呜地响,从篷隙向外一望,苍黄的天底下,远近横着几个萧索的荒村,没有一些活气。

这是借助修饰语描绘事物。用"苍黄"形容"天"的颜色,用"萧索"形容村庄的荒凉,增强了文章色彩和表现力。

3. 议论句模式

议论句是指常用表明对某一问题看法的判断语构成的句子,给人一种毫不怀疑的信念。以弗兰西斯·培根的《论求知》为例:"求知可以作为消遣,可以作为装潢,也可以增长才干。……求知太慢会弛惰,为装潢而求知是自欺欺人,完全照书本条条办事会成偏执的书呆子。"在这里,作者用"可以"表示或然判断的观点,用"是""会"表示必然判断的观点。这两种判断都以肯定的语气明确表明了作者对问题的看法和见解。文章的语言准确、周密,表达不含糊,没有留下任何的疑惑和缝隙。

4. 说明句模式

说明句的特点在于使用简明易懂的语言,解释事物的真相。以华罗庚的《统筹方法平话引子》为例:"统筹方法是一种为生产建设服务的数学方法。它的适用范围极为广泛,在国防、工业生产管理和关系复杂的科研项目的组织与管理中皆可应用。"这里,第一句用清晰的语言阐释了"统筹方法"的定义;第二句则说明了其作用,用缓和而中肯的语气,这正是说明句式的基本特点。

总的来说,叙述句和描写句常常结合在一起,常出现在记叙文中;而议论句和说明句常常结合在一起,多用于议论文。抒情句模式则是上述四种模式的结合体,融合情感,常用于抒情文体。

(二)段落模式

段落是构成篇章的基本部件,它是具有完整性和独立性的表达单位。典型的段落模式有三种:

1. 描写段落模式——场面

记叙类文体中的典型段落是"场面"。场面由若干物象组成,显示人物活动的完整系统,它包括物象(人或物)、时间、空间、行为细节四个要素。例如,杨朔的《荔枝蜜》:

今年四月,我到广东从化温泉小住了几天。那里四周是山,环抱着一潭春水,简直是一幅青绿山水画。刚去的当晚是个阴天,偶尔侍着楼窗一望,奇怪啊,怎么楼前凭空涌起那么多黑黝黝的小山,一重一重的起伏不断?记得楼前是一只园林,不是山。这到底是什么幻景呢?赶到天明一看,忍不住笑了。原来是满野的荔枝树,一棵连一棵,每棵的叶子都密得不透缝,黑夜看去,可不就像小山似的!

这段描写交代了特定的时间(四月)、空间(广东从化温泉)、景物(楼外的荔枝林)、人物(作者杨朔)。景物描写构成静态场面,既有整体景物的鸟瞰,又有重点景物的特写。人物描写构成动态场面,既有表情,又有动作,细节逼真。

物象、时空的转换以及人物行为内容的变化,意味着场面的更替和情节的发展。场面因事物存在方式不同而呈现不同形态。有动态和静态,由于描写对象不同、场面有人物的和景物的,单象的和群象的,由于文体类的不同,场面又有再现型的和虚拟型的等等。在记叙文写作中,可根据实际情况选择恰当的场面类型。

2. 论证段落模式——论层

议论文的一个典型段落是"论层",其具有独立的论证功能,包含观点、材料和论证三要素。弗兰西斯·培根在《论求知》中阐述,任何精神方面的缺陷都可以通过求知来弥补,就像通过运动可以弥补身体上的缺陷一样。例如,柯球有利于腰肾,射箭可扩胸利肺,散步则有助于消化,骑术也能提高反应速度等等。同样,一个思维不集中的人可以通过研习数学来锻炼思维,因为稍有不慎就会出错。缺乏分析判断力的人可以通过研习经院哲学,因为它是最注重繁琐辩证的学问。而不善于推理的人可以通过研习法律学等来加强推理能力。总而言之,我们可以通过求知这个途径治愈我们头脑上的缺陷。

一篇简单的议论文章一般只有一个论层,而复杂的议论文章则需要多个论层衔接和转换构成。

3. 解说段落模式——释项

说明类文体的典型段落是"释项"。释项指解说过程中的一个着眼点,一个方面,它包括对象、特征、阐释三要素。如贾祖璋的《白丝翎羽丹砂顶》:

鹤的长嘴、长颈和长胫,都是生活环境和取食习性所造成的。《淮南八公相鹤经》说:鹤"食于水,故其喙长……栖于陆,故足高而尾雕。"庄子说:"凫胫虽短,续之则忧;鹤胫虽长,断之则悲。"都能说明它的适应意义。当然,这里也讲得不够堆确,鹤一般栖息在沼泽地带,胫长与涉水有关,而不是栖息于干燥的陆地所造成的。它的食物是鱼、虾、小虫等,也吃嫩草和谷物。一般又认为它喜欢吃蛇,饲养时可为人除去蛇害。

这段文字的解说对象是鹤的嘴、颈、胫,其特征是长,阐释的内容是鹤的长嘴、长颈和长胫是生活环境和取食习性造成的。为阐释理由,作者引经据典,同时还订正"经典"中的谬误,力求准确。

一篇简单的说明文只有一个"释项",若干"释项"的衔接与转换,就构成了较复杂的说明文章。

(三)篇章模式

篇章模式有三种基本类型。

1. 记叙类文体模式

记叙类文体以写入记事表情为目的,它体现了一个流动、变化着的行为、事态或情感过程。记叙类文体模式是开端、发展、结局。文章的开端,是能引发读者兴趣的某种行为、事态或情感的发生。记叙文可以在开端交代内容发端状态各存在要素的关系,也可以表现有助于内容展开的特定的情景或氛围。发展,指行为、事态、情感的承前发展与推进。记叙文的发展阶段,可描述一系列具有内在延续性的人物活动,展开事态变化过程,或表现情感内容的分化与演变。结局为行为、事态、情感的自然收束。

2. 议论类文体模式

议论类文章以确立或反驳(或二者兼有)一种观点为目的,它体现了一个合乎逻辑的推导过程。议论类文体模式是引论、本论、结论。

引论指提出一个令人关注的问题或交代形成问题的情境。议论文章的引论部分,可直接提出问题或阐明论点,提出下文阐述的轮廓;也可从对背景的介绍中引出问题,还可以说明对某一问题探讨的目的与价值。

本论是对问题做合乎逻辑的推演与分析,以论证自己的论点。议论文章的本论部分,可对材料作纵向递进式剖析,从现象到本质,从抽象到具体,逐步深入探讨;也可以对材料作横向并列式剖析,由此及彼,逐一加以澄清;也可以纵横交错,条分缕析,把问题层层剥笋,引向深入。

结论是对论述进行概括或加以适当的引申。议论文章的结论部分可以进一步归纳阐明论点,深化主旨,也可从中引出某一可以预见到的新问题,还可点出结论在理论或实践上的价值。

3. 说明类文体模式

说明类文章以介绍、解释某一现象或事物、事理为目的,它通过精确的阐释、逐步展示该方面的知识和内容。说明类文体模式是概说、分说、总说。

概说展示读者需要了解的某一现象或事物、事理,概述此现象或事物、事理的基本特点,提供认识的背景材料。分说对说明对象的诸特征作具体的阐释。在分说部分,可根据说明对象的外部、内部特征,按照一定的顺序(如从主到次、从外到内、从浅到深或时空的自然顺序),分别进行解说。总说是承前总括的说明。可以解说逻辑顺序所达的终点,也可承上概括,说明掌握该知识的重要性,也可以展望研究的前景。

需要指出的是,“文元定法”,文句、段落和篇章模式只是一种同类相似的表达模式构造,任何一种模式都有它的“变式”。我们不应将模式当成框框,应运用模式,不拘成法,根据文章内容举一反三,灵活掌握。

第四节　文章的修改和完善

一、修改的意义和要求

修改的意义主要表现在四个方面。

1. 修改是写作过程中的一个重要环节

文章的写作过程包括感知、构思和表达,但是否达到“意称物、文达意”还需通过修改加以完善。有些作者在写作之初就充满激情,但在写作之后却感到困惑不解。他们在构思时能够勾画出美妙的画面,但在表达过程中却无法完美地传达自己的意见。这时,对文章进行修改就成为必要的环节了。

实际上,修改是贯穿整个写作过程的。初稿的修改、腹稿的修改、边写边改的修改都是个别的、局部的修改。而我们所说的修改则是指从初稿到最后定稿期间对文章进行的整体修改。几乎所有写得好的作家都在修改上下过功夫,他们通过修改来润饰自己的文章,达到尽善尽美的效果。

例如,曹雪芹写《红楼梦》时,批阅了十年,增删了五次。列夫·托尔斯泰在写《战争与和平》时,修改过七次;而写《安娜·卡列尼娜》时则修改过十二次,对《复活》的开头还修改了二十多次。这些都说明了作家们对于修改环节的重视。

总之,修改是写作过程中不可或缺的重要环节。通过修改,可以发现文章中的不足之处,并加以完善,从而达到更好的效果。让我们在写作中多下功夫,通过不断地修改和润饰来打磨出一篇优美的文章。

2. 修改是一个认识不断深化、表达不断完善的过程

文章的修改过程不仅是纠正文章错误的过程,也是一个认识不断深化、表达不断完善的过程。鲁迅先生曾经在谈论自己的写作经验时说过:"写完后至少看两遍,竭力将可有可无的字、句、段删去,毫不可惜。"鲁迅强调至少看两遍,但其实重要文章可以看十多遍,进行认真的删改,然后才可以发表。这说明修改文章不仅是一项必需的工作,而且是一项非常重要的工作。

文章是客观事物的反映,而事物是复杂、曲折的,必须反复研究才能反映得恰当。细心认真地修改文章可以帮助我们不断加深对客观事物的认识,不断寻求好的表达形式。

认识事物是一个逐步深入的过程,需要经过不断地推敲和思考,才能使文章达到比较正确、清楚、深刻的表达。只有在明确认识到客观事物以后,才能找到最恰当的方式和语言表达。改进文章的过程就是一个反复推敲和思考的过程,通过这个过程,我们不断地加深对客观事物的认识和理解,寻求更好的表达方式,最终实现思想内容和表达形式的统一。

总之,修改文章是一项必不可少的工作。通过修改,我们可以逐渐认识到客观事物的复杂性,并使文章的表达更加精确、深刻、生动,最终达到更好的效果。

3. 修改是对社会负责的表现

所写文章一旦发表,就要在社会上产生影响。汉代王充曾说:"为世用者,百篇无害,不为用者,一篇无补。"一个有社会责任感的作者,总是为读者着想,考虑文章发表后的社会效果。没有认真修改过的文章,就不能轻率地公之于世。老舍在谈到自己的写作时说:"我们必须狠心地删,不厌烦地改!改了再改,毫不宽容!对自己宽大便是对读者不负责。"欧阳修晚年编纂自己的文集时,也下了苦功夫进行修改。夫人问他:"何必自苦如此,尚畏先生生气吗?"他笑着回答:"我不担心先生会生气,只是担心后来的读者会嘲笑我。"这种为后世读者着想的精神,是值得后人学

习的。

4. 修改是提高写作能力的重要途径

古人有云：“作十篇，不如改一篇。”要提高写作能力，不仅要增加写作量，还要不断修改自己的作品。通过多次修改，去除文章中的错误和瑕疵，增加文采，精益求精，不仅可以提高文章质量，更可以通过实践总结出写作的方法和技巧，提高个人的自觉性。法国作家福楼拜曾说：“涂改和难产是天才的标志。”可见，修改能力是高级别的写作能力。写作能力的高低，取决于修改能力的水平。

鲁迅曾经说过：“文章‘应该怎样写’，要从已有定评的大作家的作品中去领悟；文章‘不应该那么写’，则应该从同一作家的‘未定稿本’中去领悟。”这句话至理名言。对于大作家来说，修改文章是很重要的实践。通过对比已发表的作品和未定稿本，我们可以发现其中的差异，并从中领悟写作的道理。认真研讨，会为我们提供宝贵的教益，也是提高写作能力的一种途径。

（二）修改的要求

1. 修改的基本要求是求准

陆机在《文赋》中曾提到写作的难点：“常常面临的问题是，意思难以贴合事物，文辞无法表达意思。”因此，文章修改的基本任务是使意思与物贴合，文辞能够准确表达意思，从而使文章准确地反映客观事物，揭示客观事理，传达主观情感。

曹雪芹在《红楼梦》中强调准确性的重要性，他希望作品能准确地反映客观事物和主观情感，以达到真实、深刻的描写效果。在修改时，他注重对语言、情节、人物描写等方面进行精准的把握和深入的挖掘，以完美呈现其思想和创作理念。

刘勰在《文心雕龙》中认为优秀的作品应符合严谨的准则，反映出事实本身，而庸俗之语则应作相应地修改。因此，文章修改时，他注重对语言、论点、情节等方面进行细致的穿透性改进，以充分发挥文章的价值。

因此，修改的基本要求是求准。在修改文章时，不仅需要关注语言的准确性和文采的优美性，还需要注意论据的可信度和逻辑的严密性。只有通过严格的修改，才能让文章更加精准地传达作者的观点和思想，从而展现出作者的才华和思辨能力。

2. 修改的进一步要求是润色

润色是在准确基础上的进一步加工，主要体现在语言修饰与艺术表达等方面。鲁迅的《藤野先生》初稿中有这样一段文字：

其时进来的是一个黑瘦的先生，口身材，戴着大眼镜，挟着一迭大大小小的书。一将书放在讲台上，便向学生介绍自己道：“我就是叫作藤野严九郎的……”

在修改稿中，“口身材”被删去，“黑瘦”作为面部特征接着写“身材”，而“身材"被删掉,添上"八字须",强调了面部特征的重要性,更加精准地塑造了藤野先生的形象。同时,"戴着大眼镜"这一描述被优化处理,使整段文字更为流畅。编辑在"便"字后添加了"用了缓慢而很有顿挫的声调"一行文字,逼真地刻画了藤野先生的语态,给人以诚恳、和悦之感,并且在结构上也起到了伏笔的作用。因为文章后面,有两处都提到了藤野先生的语调,一处是"解剖实习了大概一星期,他又叫我去了,很高兴地,仍用了极有抑扬的声调对我说道……";另一处是文章结尾,"每当夜间疲倦,正想偷懒时,仰面在灯光中瞥见他黑瘦的面貌,似乎正要说出抑扬顿挫的话来"。这种描写方式既强调了细节的处理,也显示了作家对人物形象与性格的深入把握,体现了鲁迅的写作风格和文学价值。鲁迅在《汉文学史纲要,自文字至文章》中说:"其在文章,遂具三类:意美以感心,音美以感耳,形美以感目。"修改润饰应以"三美"为目标,使文章达到构思精妙,含义深长,选语自然,声调和谐,描摹准确,刻画生动。

二、修改的范围和方式

(一)修改的范围

修改是包括思想内容和表现形式两个维度的,其中,思想内容包括观点和材料,表现形式包括结构和语言等。清代学者刘熙载在《艺概》中评析《左传》的写作技巧时提出:"左氏叙事,纷者整之,孤者辅之,板者活之,直者婉之,俗者雅之,枯者腴之,剪裁运化之方,斯为大备。"其中,"纷""孤""枯"属于材料纷乱、单一、贫乏的问题,属于思想内容的范畴,"直""板""俗"则是表达上的浅露、刻板、粗鄙,属于表现形式的范畴。文章的修改应该综合考虑这两个方面,看其是否准确地反映了客观事物,是否表达得当、优美。

1.修正观点

观点是文章的灵魂,反映了作品中的思想、价值和作者的立场。文章观点有不正确、不深刻、不新颖之处,会影响文章的思想价值,因此修改文章首先需要在修正观点上下功夫。

例如,《红楼梦》中的"脂砚斋家的女儿"这个姓名代表了女性在封建社会中所面临的虚荣、权力和命运因素。这个人物姓名的选择反映了作者对女性处境的深刻认识,是一个深刻而新颖的观点。

同样地,在《追风筝的人》中,"人是万物之灵,但你也不能回避,人是最具毁灭性的生物。"这一句话既体现了人类的智慧,也揭示了人类所存在的令人感到痛苦的缺陷。这个观点让读者深思人性的复杂性和人类的自我意识缺陷。

在写作中,要注意观点的准确性、深刻性和新颖性,保证文笔的思想价值。因此,修正观点是修改文章的重要环节之一,必须非常重视。

2. 增删材料

在文章中,观点统帅材料,材料说明观点,二者应高度统一。如果材料贫乏,或者不典型、不具体,就会影响观点的表达,就需要增添新材料。反之,材料太多太泛,淹没了观点,就要对材料筛选、删减,删去陈旧的、不真实的、不典型的材料,使观点显豁、突出。

鲁迅在《"友邦惊诧"论》中,使用了大量的材料来支持自己的观点,但同时他也对这些材料进行了审慎地筛选和处理。他删除了一些不必要的细节和重复的陈述,并添加了一些有利于论述的信息,从而使文章更加完整和准确。

例如,在文章中,鲁迅引用了一篇美国报纸的报道,详细介绍了美国官员关于中国的看法。但是,他并没有对这篇报道的所有内容都进行摘抄和引用,而是仅提取了其中的核心观点来作为自己的观点支持的证据。这种删除和筛选的行为表明了他对文本的理解和把握能力,也展示了写作对于增删材料的重要性。

另外,鲁迅在文章中还添加了一些历史背景和相关事件,来帮助读者更好地理解他的观点和论据。这些附加的材料不仅可以丰富文章的内容和含义,还可以让读者更加深入地了解作者的思想和写作过程。

因此,在鲁迅的《"友邦惊诧"论》中,体现了写作对于增删材料的重要性,它可以让文章更加流畅和连贯,更加具有说服力和可信度。

3. 调整结构

结构调整要解决的问题是"言有序"。唐彪在《文章金藉改窜》中引用了武叔卿的话:"如文章草创已定,便从头到尾一一检点。气有不顺处,须疏之使顺;机有不圆处,须练之使圆;血脉有不贯处,须融之使贯。"这些话讲的正是结构问题。在修改文章时,应检查文章的整体框架是否合适,各个层段之间是否衔接自然,前后呼应,开头和结尾是否符合要求,以及是否文气贯通、严谨紧凑,首尾圆合等。遇到层次混乱、结构松散、前后矛盾、虎头蛇尾等问题,就要进行调整,使结构形式更好地适应要表达的内容。

在《在湍流的涡旋中》这篇报告文学中,徐迟对原本分散的内容进行了重新整理和归类,明确主题和中心思想。同时,他调整了时间和空间的呈现方式,通过交错的描述方式展现人物与事件之间的关系,使读者更能深入理解故事情节。此外,徐迟在文学性和艺术性方面进行了精心处理,使用了比喻和象征等修辞手法,以及艺术性的描述方式,使得文章更具有吸引力和美感。总体来说,通过结构调整,徐迟使得文章的内容更丰富,更深入,更具有感染力和思考性。

4. 推敲语言

语言是文章表达的工具,而为了准确、生动地表达客观事物和主观见解,文章家们总是不遗余力地对语言进行润色和加工,使之精炼而又富有文采。正如杜甫所说:"为人性僻耽佳句,语不惊人死不休。"大作家们在描述客观事物和主观认知时,总是不断精心措辞,多方比较,反复推敲。例如,《雪浪花》这篇文章的作者杨朔,对其文字进行多次修改,现举出两个例子:

原文:"我觉得老泰山就是时代激流里的一星浪花,卷在我们时代的大浪潮里,冲击着江山。"

定稿:"我觉得泰山之所以伟大,就像一滴水滴入大海中,与数亿滴水一起冲击着江山的一切。"

这样的调整,使文章的语言更加准确、生动而又富有文采,同时深化了文章的意义。

原文:"瞧,那茫茫无边的大海上,波浪滚滚滔滔,一浪高似一浪,刷地卷起两丈高的浪花。"

定稿:"瞧,那茫茫无边的大海上,波浪滚滚滔滔,一浪高过一浪,刷地卷起几丈高的雪浪花。"

修改后,将高度由"两丈高"改为"几丈高",稍做夸张,生动形象地描绘了海浪的巨大,更具传神之感。并在"浪花"前加上"雪"字,使得描绘更具壮观气势,突出了海浪的形象和色彩。

总之,语言是表达文章意思的工具,由于表达的准确性和生动性的要求,文章家们通常会对语言进行润色和加工,使其更加精炼而又富有文采,更贴合文章的主题和情感。

(二)修改的方式

修改的方式,一般有增、删、调、改。

增,就是增补。凡道理未说透处,材料空疏处,结构残缺处,言未尽意处,都要作程度不同的增补。鲁迅先生在《死》的原稿里有这样几句话:"孩子长大,倘无才能,可寻点小事,万不可去做文学家和美术家。"修改时,在"文学家和美术家"前面加了"空头"二字,意思就表达得更鲜明、准确了。

删,就是删削。凡离题之笔,冗繁之语,皆在删削之列。魏际端在《伯子论文》中说:"善改者不如善删,善取者不如善舍。"老舍说:"明白了作文要前呼后应。脉络相通,才不厌修改,不怕删减。狠心地修改、删减,正是为了叫部分服从全体。假如有那么一句,单独看起来非常精美,而对全段并没有什么好处,我们就该删搭它,切莫心疼。"欧阳修写《醉翁亭记》,原稿起处有数十字,到后来只留下"环滁皆山也"五字,成为文坛佳话。刘勰说:"善删者,字去而意留。"删削的目的不但保留文意,而且使文意更鲜明,表达更清晰。

调,就是调整。凡章节紊乱,词句颠倒的地方,都要调之以顺。如鲁迅《自传》中的一段话:"因为做评论,敌人就多起来,北京大学教授陈源开始发表达'鲁迅'就是我,由此弄到段初祺瑞将我撤职,并且要逮捕我。"这里,不尊称为"陈源教授",而改为"教授陈源",直呼其名,毫不客气,融进了贬的色彩。位置一变化,意思就不同了。

改,就是更换。凡观点错误,选材不当,文句不通,字词有误之处,都要一一改正。改,不光是改错,也有改进之意,经改动后文字会更形象、生动、含蓄,增强美感。范仲淹的《严先生祠堂记》的结语是"云水苍苍,江水泱泱,先生之德,山高水长"南宋李太伯读后,叹味不已,但觉美中不足之处,建议以"风"易"德",成"先生之风,山高水长"。这一字之改,使所含内容广大,而且声调洪亮。严子陵不求功名,甘愿隐居富春山中,其高风亮节,足以"使贪夫廉,懦夫立",改"德"为"风",更符合人物的特征。

(三)修改的符号

进行文章修改时,常常需要使用一些标记符号来表示修改的内容。以下介绍几种常用的修改符号及其使用方法:

1. 增补号:

用 V 或人字形的符号表示需要增补的字或词,将其写在符号尖端的上或下方。如果需要增补的文字较多,可以使用 ⟩——⟨××××⟩ 的形式,将增补的文字写在版心外,加上框框,箭头指向增补处。

2. 删除号:

删去较少的字或标点符号时,使用 ∽ 符号表示;当需要删除较多的文字时,使用口号表示。一般而言,删除的内容在文章中用斜线覆盖即可。

3. 换位号:

当需要换位的文字较少时,使用 ⌐·⌐ 符号;当需要隔行换位或换位的字词很多时,使用 ⌐—⌐ 符号,将需要换位的文字加上方框,箭头指向要移动到的位置。

4. 提行号:

或称为分段号,使用 ⌐ 符号表示将一段文字分为两段。箭头指向应该提到的位置。

5. 贯接号：

使用——符号表示两个段落紧密连接在一起，不需要分段，符号的两端点分别指向应该连接的两个部分。

6. 复原号：

使用△符号在已删除的字或句子下面标记表示需要复原。如果要恢复已删除的较长段落，应该在删除的方框的两侧各加两个△符号。

7. 空行号：

使用>符号表示在两行之间需要空出一行。

8. 留空号：

使用#符号表示需要在某个位置留出一些空间。使用一个#符号表示留出一个空格，两个#符号表示留出两个空格，以此类推。

三、文面的要求

（一）文字书写

文字书写的要求有三条：

第一，字形合乎规范，没有错别字，不写废止了的繁体字、异体字和不规范的简化字。

第二，每格写一个字，字在格子里的大小适当，位置适中，横看成行。

第三，字迹要统一、工整。一般地说，缮写文面以楷书、行书为宜。书写要认真，要取得易于辨认、整齐美观的客观效果。

（二）标点符号

写作中常用标点符号的使用方法：

（1）逗号（,）：表示不完整地停顿，分隔并组合句子成分。例如：我喜欢吃水果，尤其是苹果。

（2）句号（。）：表示完整停顿，标志着句子的结束。例如：我明天要去旅行。

（3）问号（?）：表示疑问。例如：你今天晚上要去哪里?

（4）叹号（!）：表示强烈的感情或情感上的突然性。例如：他真的很厉害!

（5）冒号（：）：表示引述、说明、列举。例如：我们需要准备三样东西：食物、水和医药箱。

（6）分号（;）：表示中等停顿，用于连接两个相近的句子或列举内容。例如：我会游泳;但我不擅长跳水。

（7）括号（( )）:表示插入语或者解释说明。例如:张三(一个好学生)在每次考试中都取得了好成绩。

（8）引号（""）:表示引用他人说过的话或者某个词汇用法。例如:他说:"我不喜欢吃海鲜。"

3. 标点符号在转行时,要遵守特殊规定

在转行时,标点符号要遵守以下特殊规定:

（1）句号、问号、感叹号放在句子末尾,不随着转行而转移。

（2）逗号、分号、冒号、引号、括号等标点符号,如果前面的文字没有排满一行,应该和前面的文字连在一起,不转移到下一行。

（3）如果下一行的开头没有合适的位置,可以将整个词或短语移到下一行,但此时要注意不要将一个完整的句子分割成两行,这样容易造成困惑。

（4）在中文排版中,一般要求每段落的第一行不缩进,而英文排版则要求第一行缩进。因此,在转行时要注意不要出现排版混乱的现象。

总之,标点符号在转行时要注意连贯性和完整性,保证文章排版清晰、整齐、易读。

(三)行款格式

行款格式要注意以下几个方面:

1. 标题的书写规范

标题的书写规范如下:

（1）上下各空一行:标题与正文之间应该有一个空行,让标题与正文分隔开来,提升阅读体验。

（2）左右空格相等:标题左右两边的空格应该大体相等,让标题居中显示,美观整齐。

（3）长标题分行:当标题内容过长时,可以根据意群将标题分成两部分,书写成两行,仍然保持左右空格大体相等,使标题居中。

（4）不使用标点符号:标题一般不使用标点符号,如句号、问号、感叹号等,标题本身就是一个独立的完整句子,没有必要再添加标点符号。

例如,可以使用以下方式书写标题:

如何提高写作水平

(长标题分行,左右空格相等,无标点符号)

如何提高

写作

水平

（将标题分成两部分,左右空格相等,无标点符号）

注意:不同的出版物、网页或平台可能有不同的标题规范,需要根据具体要求进行调整。2. 署名

学生在作文本封面已经署名,因此在每篇习作中不必再进行署名。如果使用稿纸,则署名应放置于标题下方,距离标题和正文之间各留一行空白,左右居中排列。

3. 正文

正文应当与标题或署名空一行。如果正文中包含小标题或段落编号,则应将小标题或段落编号与上下文各留一行空白。

4. 引文

对于重要或较长的引文,应独立成段,其右侧应该缩进两格。对于较为简短的引文,可以直接插入到正文中。

5. 格式

对于公文和应用文,行款格式应当根据各自的具体规定进行书写。

第七章　写作技法

第一节　写作技法概述

一、写作技法的特点

元代学者揭曼硕在《诗法正宗》中强调了写作技法的重要性。他认为,诗歌的艺术价值在很大程度上取决于其技法运用的功底。他说道:"技法是诗歌的基础,没有技法就不可能谈艺术,技法的提高,是创作出好的作品的根本和必要的条件。"他认为,技法不仅包括诗歌的韵律、格律,还包括修辞、写景等方面的技巧。

揭曼硕还在书中提出了练就技法的方法。他认为,要提高技法,首先要广泛阅读古今诗歌,吸收他人的优秀经验,并进行反复品读、模仿,直至娴熟掌握。此外,还应该注重积累文化素材,明确自己的写作主题,根据主题、气氛与情感,有针对性地运用各种技法,并注重细节的把握和表现,从而达到技法的熟练和作品的精湛。

写作技法有如下特点:

(一)相对的独立性

技法是相对稳定的写作手法,即古人所说的"死法";技巧,是作者对写作技法熟练而巧妙地运用,即前人所说的"活法"。古人说:"文成法立",各种写作技法,都是从作家的创作实践中总结概括出来的,对写作技巧共同本质的抽象和概括,就产生了写作技法。

技法具有相对的独立性。相同的技法可以表现不同的内容,一种技法可以在不同的作品中使用,技法人人会用,各有巧妙不同。例如,避实就虚的侧面烘托手法,在《史记·项羽列传》描绘钜鹿之战时使用过,司马迁没有正面描写项羽率领的楚军与秦军厮杀的场面,而是从诸侯作壁上观中渲染楚军的气势。在《三国演义》描写关云长温酒斩华雄时也使用过,罗贯中没有正面描写阵前厮杀场面,而是从十八路诸侯听到关外鼓声、喊声来渲染。当然,前者旨在烘托项羽的气势如虹,后者则遵循传统格律大曲的写作方式,旨在映衬关羽杀敌之速。但二者所用的手法是一个,只是后者在借鉴前者时有了某些变化和发展而已。

一篇文章所运用的技法,都是为思想内容服务。文章内容确定之后,就需要相适应和相统一的技巧来积极地表现内容。技巧能够使内容更加充实、更加深刻,因此也会使文章更具有思想力量和美感价值。例如,莫泊桑的小说《项链》将"项链"这个典型道具作为"物脉",通过借/丢/还/辨认真伪等环节,深刻揭示了玛蒂尔德的小资产阶级虚荣心。如果不是这样的技巧运用,这个小公务员家庭的故事不可能升华为一个发人深省的悲剧,并且不会具备悲剧的审美内涵和审美形式。技巧一旦艺术地服务于内容,就会反过来影响和提升内容,使原先的内容得到艺术的夸张和修饰。因此,技巧成了不可替代的表现形式,具备了独立的表达意义。技巧凝练、概括、表现着内容的生动与有力,使文章获得整体的审美价值。除了《项链》之外,莫泊桑还有一篇姊妹篇《珠宝》,其中几乎采用了相同的艺术技巧——"物脉"和"误会"。《珠宝》以朗丹夫人收藏的一盒珠宝为线索,但女主人一直声称这是假珠宝,直到她去世后,珠宝商才发现这一盒珠宝是货真价实的。这使得朗丹先生惊愕、省悟、羞耻、麻木。在莫泊桑的这两篇小说中,典型的道具被用作"影子线索","误会"法(以假为真或以真为假)也成了一种独特的技巧,可以从美学的角度单独赏析。

(二)创造性

在希腊语中,"艺术"一词的本义是"技艺",但这并不意味着艺术家与技工相等。茅盾曾指出:"……将技巧视为工艺教学中掌握技术的问题,似乎是把技巧看作形式的组成部分,而不是作家构思成熟之后加入的手术。"技巧是一种灵活具体的写作原则、规律和方法的运用,它涵盖了创造意识和个性创造性的构思过程。为了表现特定的内容,某种技巧必须通过作者的构思和艰苦的努力来切合所需的美感和表现力度,创造出艺术表现的光彩、氛围、层次、节奏和情调。作为一个鉴赏者,我们应学会从巧妙的技法中理解所传达的思想;作为一个作家,我们应善于将某种技巧巧妙地融入作品中,以获得艺术的美感和表现力度,赋予它独特的个人特色和魅力。这种技法本身就凝聚着作者的创造意识。因此,技巧的追求是作者毕生的追求之一,因为技巧的追求代表了对艺术创造性的追求。正如孟子所说:"大匠能使别人遵循规矩,但不能教他们巧妙技巧。"技巧本身就体现了作者的创造意识。

刘勰曾提出:"文变染乎世情,兴废系乎时序。"随着时代和社会的发展,写作的艺术技巧也相应地发生了变化。历史上的重要发展和变革要求文学和创作新的内容、新的文体形式和新的创作技巧,以适应时代变化和社会需求。例如,在中国古代,随着科举制度的推广,文学风格逐渐变得严谨、正式。明清时期,小说开始在文学领域占据重要地位,并出现了新的文体,比如说长篇小说、短篇小说等等。而今天,在信息爆炸和科技进步的时代,写作领域也发生了彻底的革命。网络文学、微小说、影视剧本等新型文体层出不穷,激发了新型创作技巧和写作风格的探索,改变了传统写作的方式和语言风格。因此,作为一个作家,尽可能地吸收现代新技术和方法,把它们融入自己的写作中,以更好地适应现代社会,才能够更好地得到读者、市场和时代的认可。

二、写作技法的作用

写作技法对写作的作用表现在两个方面:

(一)对写作技法的灵活运用,是实现写作意图的重要条件

一个优秀的素材和深刻的情感体验,只有到了经验丰富的作家手里,才能被转化为真正的艺术品。苏轼曾说:"有道有艺,有道无艺,则物虽现于心,却不能表现于手。"如果没有艺术技巧的掌握,即使有顶尖素材的灵感,作者也无法充分展现自己的写作主旨。文学创作离不开精心选取生活中的素材,需要作者具备独特的观察能力和想象力,进而将这些物象变为心中的意象。同时,也需要先进的世界观和审美意识的潜移默化的指导,但技巧和方法同样是不可或缺的。缺乏技巧,就会使优秀的素材止步于作者的思维之中,无法提炼为真正的艺术形象;再一次使得构思出来的形象和脑海中的意象相去甚远,给整个写作过程带来挫折和困难。同样的一个素材和情感体验,到了熟谙技法的作家手中,就能够化腐朽为神奇,被碾压成优秀的艺术品。高尔基曾经在《给初学写作者》中指出:"新手们都需要学习写作技巧,很多人因为技术上的缺陷而受挫。这不可避免地会阻碍他们的创作天赋得以充分发展。"可见技巧的掌握与否,关系到写作的成败,是不可忽视的因素。

(二)艺术技法的巧妙运用是构成作品艺术性的内在因素

陀思妥耶夫斯基曾说:"作家身上的艺术性,就是写得好的能力。"一部成功的文学作品必定具有可鉴赏之处,其中包含了技巧的独特韵味。在对文学作品的鉴赏中,刘勰认为需要"翫绎方美""深识鉴奥",即善于从审美的角度,对文艺作品的表现技巧进行分析,领会其中的奥秘。只有这样,才能真正领会和感受其艺术性。著名语言学家雅各布逊曾表示:"如果文艺要成为真正的科学,它必须承认,手段是自己唯一的主角。"这里的"手段"是指用语言组成的表现技法。通过分析表现技法在文学创作中的地位,可见其重要性。在点评作品的过程中,清人金圣叹评杜甫诗、评《西厢记》、评《水浒》,主要是通过技法分析,表达出他的独到见解,也展现了他的博学多识,以及对文章技法的熟悉。反过来,如果不懂技法,很难深刻理解作

品的艺术性,或者无法感受到其中的魅力。

三、写作技巧的途径

学习写作技巧的基本途径有三条:

(一)在写作实践中学习运用技巧的基本功

茅盾曾说过:"初学写作的人最好多做些基本功练习。不要着急写所谓的小说,不要急于成篇。现在通行的'速写'是一种可以使用的基本练习方法。"高尔基则认为:"描写是作家的基本功。"对于描写技巧,如人物描写的技巧,可以进行各种单项练习,如肖像描写的"写形"和"写意",动作描写的"白描"和"细描",以及语言描写的个性化和情境化等等。通过这些练习,抓住人物的内在和外在特征,细致入微地描绘,立体传神,突出人物的个性和心理。经过长时间的练习,就能熟练地运用各种技巧,将人物写得"真实""生动"。法国批判现实主义大师莫泊桑曾向前辈福楼拜请教描写人物的技巧,福楼拜当场给他出了一道考题:"请你描绘这个坐在商店门口的人,他的姿态、外貌和全部精神实质。用画家的手法,使我看清他的特点,不要混淆他和别的人。"这告诉我们,只有掌握了一些基本技巧,才有可能写出"这一个"独具特色的真实人物形象。古人曾说:"技到无心始见奇",只有经过不懈的努力训练,才能达到"无心"的程度,写出独具特色的出色作品。

(二)向文章家学习与借鉴技巧

借鉴古今中外文章家的写作技巧,是提高写作艺术水平的重要途径。唐代诗人杜甫被誉为诗圣,他之所以取得这样的成就,与他"尊崇今人、爱慕古人",并且"汲取多种师长故",进行不断技巧借鉴有很大的关系。他甚至从舞剑艺人的演出中提取技巧的灵感。他在诗中经常引用南北朝的名句,吸取营养。冰心的散文中大量借鉴古典小说的描写技巧。她的散文《尼罗河上的眷恋》中,"面面旗帜哗哗飘向西方"的描写来自《三国演义》中"旗带竞飘西北"的一段,采用了"借柳画风"的技术。她认为,借鉴前人的写作技巧,应该"遵循规矩,顺应自己的思路",来表现自己的特定思想内容。对于古人和外国写作技巧的借鉴,应该批判性继承,注意融会贯通,改造创新,使之成为自己的技巧。相应的思想应该是:"汲取前人之长,注重精神体验,而不是刻意的模仿技巧。"

(三)向生活学习技巧

学习写作技巧,还需"师法生活"。技巧本质上是对生活艺术化概括,是对生活中各种事物存在形式的艺术概括。生活能给我们提供大量写作技巧的启示。果实有核心,幼芽有对称的叶片,红花绿叶相映成趣,蓝天白云相得益彰,自然与社会生活中充满了和谐感、朦胧感和荒诞感,我们从中去观察、感受,都能得到关于技巧的启示。古人说:"文章起伏一江潮",生活和事物的起伏、高低、强弱、快慢、急缓、曲直反映在艺术中就是节奏。诗歌中人物的情感变化,小说中情节的张弛,戏剧中的悲喜变化,都是生活中节奏感的创造性展现。

另一方面,生活中瞬息万变的现象和奇妙的异常细节,常常为作者提供使用某种具体技巧的灵感和契机。杨朔曾在朋友的陪同下,游览了锡兰的自然动物保护区"国家公园",在野兽的大千世界里转了五个小时,使他产生混沌的"野"的幻觉,于是以"野"为"文眼",孕育了散文《野茫茫》的构思。这种设定文眼的技巧,也是从灵感中获取的。苏联作家巴乌斯托夫斯基谈到他的小说《猎犬座》的创作时说过,"当我写这篇小说的时候,我始终努力保持着那种夜里山间吹来的寒风的感觉。这好像是小说的主导旋律。"他曾在一个秋天住在一个叫波查洛斯钦的庄园里,并与一个度着风烛残年的老妇人相依为伴,因而获得这篇小说的题材和运用主旋律的技巧。这说明技巧运用不能离开生活的实践,不应该闭门造车,而是要与生活经验结合,融合技巧和灵感,创造出更加生动有趣的作品。

第二节　写作技法举隅

一、传统技法

中国古代文论学家在其著作中总结出大量的写作技法。仅清朝文学家金圣叹在《杜诗解》中就举出了40余种,如寻龙问穴法、以讽为赞法、热中觅冷法、虚处生发法、以桃雪黍法、手柔弓燥法等。在《批(西厢记)》中,他也举出了烘云托月法、移堂就树法、月度回廊法、羯鼓解秽法、浅深恰好法、起倒变动法等数十种;在《批(水浒传)》中,更提到草蛇灰线法、绵针泥刺法、背面敷粉法、欲合故纵法、鸾胶续弦法、雨后霹霖法等许多传统技巧。这些传统技巧不仅滋养我国古代文章写作和文学创作,而且至今仍具有艺术表现力,被当代作家和学者广泛使用。向古今中外的文章学家取经,从传统的艺术表现技巧中寻找灵感和营养,是我们学习写作技巧的重要途径。接下来,我们将列举几种常用的传统技巧,并分别进行探讨。

(一)比兴

比兴是中国古代诗歌常用的传统技巧,由"比"与"兴"两部分组成。南宋朱熹在《诗集传》中解释,"比"是"以彼物比此物也","兴"是"先言他物以引起所咏之

词也"。比兴是借用喻体比喻所叙事物,使之形象生动,具有富有意境的表现力。例如舒婷的《祖国啊,我亲爱的祖国》:

> 我是你河边上破旧的老水车,
> 数百年来纺着疲惫的歌;
> 我是你额上熏黑的矿灯,
> 照你在历史的隧洞里涡行摸索;
> 我是干瘪的稻穗,是失修的路基,
> 是淤滩上的驳船。
> 把纤绳深深勒进你的肩膊,
> ——祖国啊!
> ……
> 我是你崭新的理想,
> 刚从神话的蛛网里挣脱;
> 我是你雪被下古莲的胚芽;
> 我是你挂着眼泪的笑涡;
> 我是新刷出的雪白的起跑线;
> 是绯红的黎明
> 正在喷薄!
> ——祖国呵!

"祖国"这个词虽然美好,但它非常抽象,为了将其转化成具体且形象的意象,诗人需要运用新颖、传神、妥帖的比喻,构成一组意象,使读者能够通过这些意象产生丰富的联想并感受到更深层次的内涵。本诗的作者选用了"破旧的老水车""熏黑的矿灯""干瘪的乳房""失修的路基""淤滩上的驳船"等意象,通过对旧中国的描述,深刻表现了祖国旧时破败、黑暗、困苦、落后的形象,极富生动性。在表现祖国新生与美好未来方面,作者又选用了"古莲的胚芽""挂着眼泪的笑涡""雪白的起跑线""绯红的黎明"等喻体,构成新颖的意象,生动地表现祖国新生、复兴、喜悦、光明的情感,使读者产生强烈的感受。正是由于这些妥善的比喻,诗人为我们塑造了一个栩栩如生和别具新意的"祖国"形象。诗歌写作离不开意象,而构成意象往往需要借助比喻,因此比喻是诗歌中常用的写作技巧。

起兴手法通常用于诗歌或诗节的开头,虽然看似与接下来的诗句没有太多联系,但实际上与后文的内容或韵律有着某种关联。以郭小川的《祝酒歌》为例,首节的"雷对雷,锤对锤"是两个形象的起兴,目的是为了引起后文祝酒时"杯对杯"的意境,同时也在意境上隐含着林区工人豪情胜慨的象征。一般来说,起兴常常采用"比"的形式。

除了诗歌,比兴手法也广泛应用于散文中。例如,杨朔的散文《雪浪花》开头通过刻画"雪浪花"执着的精神、坚韧的气势和永恒的力量,为即将出场的被比喻人物"老泰山"塑造了内心世界;袁鹰的《青山翠竹》则以"野火烧不尽,春风吹又生"的翠竹为比兴形象,引出对不屈不挠的革命精神的赞叹;茅盾的《白杨礼赞》则着重描绘白杨树的挺拔和秀美,为歌颂北方抗日军民打下基础。这些散文都运用了比兴手法,创造出深刻而生动的意境。通过比兴形象作为整个文章构思的节点,它们成了抒情写意的基础、布局谋篇的主线,以及焕发抒情氛围的核心形象。

(二) 文眼

文跟,是指文章中的"跟部",顾恺之曾说:"人体的其他部分的美丑并不重要,描绘人物的精神状态,关键在于描画好眼睛。"因此,文跟就是文章的关键之处,是思想内核的辐射源和内聚力。

清代刘熙载在《艺概,文概》中指出:"全文的要点有可能在文章开头、中间或结尾处,如果在开头,那么后面就要围绕这个要点展开;如果在结尾,前面就必须要加以注释;如果在中间,那么就要给前面做一番注释,后面再进行扩充。注释要紧密联系,这就是所谓的文眼。"从思想内容来看,文眼是文章中心所在,是思想内核的焦点。它能有效地揭示文章的主题,使文章的主旨更加明确、布局更加缜密。

很多散文家采用了一字经纬法,也叫一字立骨。比如刘禹锡的《陋室铭》以"德"字为骨,汪江乘评价说:"有德的人居住的小屋,即使陋室,也显得不陋。这正是'有道布衣尊'的道理。"苏轼的《留侯论》则以"忍"字为篇的骨架,开篇即引申出忍的两面性,以此评价张良、子房等人的人品与行为,经由"忍"字引导读者进入全文主题。袁宏道的《徐文长传》则从"数奇"二字出发,赞扬徐渭擅长兵法、诗文和书法,但命运却如此不济。全文以"奇"字为骨,表现了徐渭的思想与性格,富有内在的逻辑性。

这种以一个字或几个字为骨架的写作法,不仅有助于强调主题,凸显思想内核,而且能使文论紧凑、有力,具有深入人心的感染力。

文眼的妙用,是达到意与境谐、情与景会的艺术手段,能使文章创造美妙的意境。例如,杨朔的《雪浪花》。一开始,文章描绘了凉秋八月,月亮圆时节海边正涨大潮,几个年轻的姑娘议论礁石变形的原因,一个欢乐的声音从背后插进来,老泰山出现了。接着,老泰山在慢慢地叙述中将文眼呈现了出来:"别看浪花小,无数浪花集到一起,心齐又有耐性,就是这样咬啊咬的,咬上几百年,几千年,几万年,哪怕是铁打的江山,也能叫它变个样儿。"在这里,"咬"字成为画龙点睛之笔。文章的结尾,作者再次点出了主题:"老泰山恰似一点浪花,跟无数浪花集到一起,形成这个时代的大浪潮,激扬飞溅,早已把旧日的江山变了个样儿,正在勤勤恳恳塑造着人民的江山。"文眼在文章的开头和结尾各出现一次,将自然界的浪花齐心咬礁石和人类社会中人们齐心创造江山并为一体,描绘了丰富多彩的生活场景:茫茫大海、灿烂晚霞、捕鱼归来的笑谈、磨剪子时的细语、回忆往昔的苦涩和展望未来的欢欣。这些场景因文眼的点睛之笔而显现出生动的意境,彰显出深刻的生活哲理。清代王夫之在《姜斋诗话》中说:"烟云泉石,花鸟苔林,金铺锦帐,寓意则灵。"只有更有深意的景物才能显现灵动,才能营造出意境。因此,使用文眼的手法恰恰是为景物赋予寓意、形成意境的艺术手段。

文眼不仅可以确定文本的抒情基调,而且可以让作品情感高昂或低诉、激越或幽婉、热烈或恬静、欢欣或忧伤等不同的情绪色彩。文眼可以决定抒情的调性、节奏和气氛。以朱自清的《冬天》为例,他写了关于冬夜的三个片段:第一篇是关于少年时与父亲和兄弟围坐在桌边煮豆腐吃,父亲一个一个地给儿子夹豆腐;第二篇是在一个寒冷的晚上,他和朋友约定去西湖,寒气袭人,但心情却很浓郁;第三篇写的是在台州度过的一个冬夜,他很晚才回家,等待他的却是一个难忘的情景:"她和她的孩子并肩坐在厨房的大窗户前,他们脸上带着天真的微笑看着我。"这是十二年前的往事,"但是现在她已经去世四年了,我仍然记得她那微笑的样子。"写完这三件事之后,结尾写道:"无论多么寒冷,刮多么大的风,下多大的雪,只要想起这些,我的心总是暖暖的。"三个片段都汇聚在"温暖"这个文眼上,与父亲之爱和朋友之谊作为妻子之情的铺垫和反衬,这样一来文章的凄凉、悲伤和抒情感就尽显出来了。虽然处处写着"温暖",但却处处流淌着凄凉惨痛的情感和氛围。

江浩然在《杜诗集说》中评价杜甫的诗歌时说:"诗的文眼要明亮,线条要含蓄",文眼要在作品中凝聚时代的风云和人类的理想,展现出高深的思想境界,具有片言立意,点亮全篇的作用。文眼在构思中也有聚合材料的作用。因此,在写作构思中,我们应学会善于运用这种凝聚材料的技巧。

(三)烘托

烘托,原是中国画技法的名称,现借用到写作中。也称为烘云托月法或借柳画风法。它与现代技法中的间接描写或侧面描写相似,即不直接展现描写对象,而是通过描写旁观者的反应和评价,或者通过与其他对象做比较的形式,来彰显出描写对象的特点。例如,宋人笔记《独醒杂志》中就记载了这样一个故事:

"有一位东安士人擅长绘画,画了一幅老鼠的轴,献给邑令。邑令一开始并不珍视,只将轴随意挂在壁上。第二天,当他经过轴边时,轴突然掉落,屡次悬挂和掉落。令人感到奇怪。于是在黎明时分搜寻,发现轴置于地面旁,旁边有只猫卧着。当拿起轴时,猫蹦跳着追随,试图找回它。其他猫也试图模仿,但都失败了。因此令人才了解到这幅画是如此逼真。"

为了展示这位东安士人的"擅长绘画"，作者并不是直接描写他的技巧如何"烂熟于心,欣然命笔",而是采用了一只猫所产生的视觉错觉来间接展现,读者会在这样的描写中自然而然地联想和深刻体会到这位画家的高超技艺。这就是侧面烘托的魅力所在,烘托的特点是"文在此见,义由彼起"。在实际运用中,烘托的方式有很多变化,一般来说,以下几种方法应用较为广泛。

1."反客为主"法

校对后文本:"反客为主"法是一种绘画和写作中常用的技巧,它不把重点放在主角身上,而是描绘陪衬角色,并将他们描绘得鲜活逼真,通过这些次要人物的形象来突出主角的地位。例如,在《聊斋志异·老饕》这篇文章中,笔墨为黄发小僮展现出了他的身手,绿林豪杰邢德向他发了三箭,他却从容不迫接下两支,口中衔着另一支,而且用三根手指轻轻一捏便将邢德的三指宽腰带捏断如灰。这样一位非凡的小僮恰恰是通过极具生动感的描写来为老饕效力,使得老饕本人的形象显得更加突出。虽然这位小僮在为老饕倒酒时不慎将盘具翻倒在衣服上,但是他的身份和技艺依然是超凡的。这种技巧实际上是通过对次要人物的描写,来凸显主角的地位,使得主角更加出众。

2."皴染"法

"皴染"法是一种常用于绘画和写作中的技巧,它不是直接描绘人物的语言或行动,而是通过运用某个行为所带来的影响和威望来刻画人物形象。这种影响和威望通常是在其他人身上产生的,在描写被影响者的语言行为时,通过间接表现来反映主角的思想和性格。刘鹗的《老残游记》中,当刻画说书艺人王小玉的技艺时,先通过一张黄纸上写着"说鼓书"三个大字的形象来渲染,这张黄纸一贴出来,立刻成为大家纷纷议论的话题,挑担子的不愿做生意了,铺子里的伙计都要打烊,大家都想听白妞的说书。这种效果是通过画家使用皴染技巧达到的。在《三国演义》中,诸葛亮出现之前,也同样被运用这种技巧,通过水镜、徐庶、崔州平三个人的闲谈展现了他的形象,他被虚笔描绘而出,留下了深刻的印象。毛宗岗在评述《三国演义》时指出:"真正写好人物并不是从人物明显的地方写起,而是从不明显的地方着手。写人物时需要像描绘云彩和野鹤一样舒适自然,这样才能塑造出跟云彩和野鹤一样闪耀的人物形象。"这正是皴染技巧的妙处所在。

3.以景物烘托人物

运用环境描写或景物描写,可以间接地塑造主人公的形象。彭荆风的小说《驿路梨花》中,通过描写太阳寨宜人的景物,呈现了一座孤独的草顶泥墙竹篾的小屋和白茫茫的梨树林,借着淡淡的月光,展现了一个优美的环境。门板上写着黑炭写的两个歪歪扭扭的字:"请进",墙上也写着字:屋后方有干柴、梁上竹筒里有米、盐和辣子等。读者随着故事的发展,才了解到这个小屋是由一位名叫梨花的哈尼族姑娘安排的,她充当了照看小屋的职责。但是这位美丽心灵的姑娘始终未出现,读者只能通过她砍来的柴、背来的水和收拾得井井有条的小屋来想象她的形象。这种技巧正是通过环境和景物的描写,利用读者的想象力,来塑造主人公的形象。

4.他人评价法

他人评价法是一种常用的塑造人物形象的手法。借助其他有关人物对主人公的评价,侧面描绘主人公某方面的性格特点。例如,冯梦龙的《警世通言·杜十娘怒沉百宝箱》中,年仅19岁的杜十娘的人品被刻画出来。故事开始,许多教坊司院中的人评价她:"如果在座的有杜十娘,杯盘还需要再斗多几局;如果院子里有了识别杜老嫩的人,那么庶务厨房的美食和营养餐就像鬼一样消失了"。通过这些人物评价,突出了杜十娘的美貌和吸引力。

有时候,作者也会在描写一个人物的非凡行为时,让他对另一个人物进行评价,以表达对另一个人物的赞美之情,形成双方互相衬托的效果。例如,《三国演义》中,关羽替曹操斩了河北名将颜良后,曹操称赞他为"真神人",而关公却以"有何足道"慨叹。他表示他的弟弟张翼德曾经在百万军中夺取过上将之首,像是探囊取物一样容易。这样的双方评价,实现了关羽和张飞的个性化塑造。

烘托手法不仅可以作为正面描写人物时的一种补充手段,还可以作为一种独立的形式来描绘人物,展开情节,突出主题。

(四)悬念

悬念是一种通过设定悬置疑虑来推进情节的手法,在古典小说中也称为"扣子"或"关子"。这种手法常用于叙事作品和戏剧中,通过暗示、展示一些矛盾、问题或未解之谜,让读者或观众保持着一种渴望知道的心理,从而推动情节的发展。悬念的结构一般包括设悬、垫疑和释念三个部分,即设置悬念,加强悬念的疑虑和通过解释来消除悬念。

例如,《三国演义》中的"借箭遥计"一节,就采用了悬念的手法。在赤壁之战前夕,周瑜有意刁难诸葛亮,限制他在三天之内造十万支箭。诸葛亮在短时间内如何完成这样困难的任务,成为读者关注的重点。接着作者通过细节安排,进一步加强了悬念的疑虑:周瑜藏起了铁匠,而诸葛亮却没有去找缺乏的材料,取而代之的是向鲁肃借用了船只、兵士、帐幕等物品。虽然时间紧迫,但是诸葛亮并没有显示出什么"制箭"的迹象。而到了第三天,诸葛亮却密邀鲁肃同船去"取箭",同时令军马擂鼓呐喊。读者不禁想问:箭在哪里?这是什么计策?

这些形式上阴晦的描写,增强了读者的好奇心和紧张感。悬念渲染得越强烈,读者的好奇心就越容易被勾起来,让他们越来越想知道真相,进而推动情节的发展。这段情节因其悬念的运用而显得波澜起伏,引人入胜。而借箭遥计的巧妙,更是展现了诸葛亮过人的智慧。从悬念的层层铺展中,读者可以感受到他的头脑清晰、胸有成竹,料事如神。这充分说明,悬念不仅是情节结构的艺术手段,也是塑造人物形象的有效手段。

通过疏导读者的注意力,悬念使得人物形象得以更加突出和立体。例如,在借箭遥计的情节中,诸葛亮不断地调动资源、寻找突破口,在短时间内完成了任务。这种高明的计谋展现了诸葛亮的才智和智慧,使得他的形象更加深入人心。悬念通常需要通过深刻的人物刻画和故事情节的设计来完成,从而向读者呈现一个更加真实和有说服力的文本。设置悬念的方法很多,常见的有这样几种类型:

1. 回溯置悬

回溯置悬是一种文学手法,先将人物命运和故事情节的结局交代清楚,然后再回溯来龙去脉,引起读者对故事情节的好奇心和悬念。以冯梦龙的《醒世恒言·汪大尹火焚宝莲寺》为例,先写宝莲寺相传有个子孙堂,极其灵验,为什么如此灵验构成悬念,接着写新任县令汪大尹对此狐疑,并亲往访察,再加剧了悬念,直到最后才道出谜底。

还有一种倒叙手法,先提出关键部分,再交代事件原委,如俄国作家车尔尼雪夫斯基的小说《怎么办》。小说先提到某男子突然失踪并决心自杀,引起读者好奇和疑问,接着再交代事件经过和原因,增加了读者对主人公命运的关注和期待。这种手法让读者产生欲知究竟的心理,与作者一起回溯主人公的命运和情境,窥探作品的情境和主题。

2. 误会置悬

是一种常见的文学手法,通过人物之间的误会引发悬念。某种现象、行为、事情或细节被一个人物误解成另外一种,产生矛盾和冲突,推动故事发展,构成悬念。这种手法常常出现在情节的推进中,增加故事的戏剧性和紧张感。

以冯梦龙《醒世恒言》中的《十五贯戏言成巧祸》为例,落拓官员刘贵和大娘子去丈人家祝寿,丈人留住女儿陈二姐,并给刘贵十五贯钱。刘贵想戏弄她,便开个玩笑说已将她典卖给了一个客人,典得十五贯钱。陈二姐起初不以为意,后来竟相信了刘贵的话,于是一个人逃跑了。这引发了读者的悬念:刘贵会为这个玩笑付出什么代价?陈二姐偷跑后会去哪里?读者带着好奇心和期待,跟随故事的发展。

误会置悬是一种精妙而常用的文学手法,让故事更具吸引力和张力。

有时,为了增强悬念,作家会采用连环误会的手法,使故事更加扑朔迷离。例如《醒世恒言·陆五汉硬留合色鞋》,故事中,风流少年张荩和楼上女子潘寿儿一见钟情。张荩将一条红绫汗巾掷上楼,潘寿儿脱下一只合色鞋相答。为了与潘寿儿联系,张荩请卖花的陆婆拿着那只合色鞋找潘寿儿,陆婆与潘寿儿约好暗号,但回家时却被浪荡子儿子陆五汉将鞋硬留下来,当晚陆五汉便到潘寿儿家,"两情火热,又是黑暗之中,难辨真假"。这一连续误会激发了读者的心理期待,推动故事情节的发展。

随着情节的推进,寿儿的父亲潘用注意到异样,提议换房。几天后,陆五汉又来找寿儿,听到床上两个人打鼻句,误认为寿儿有了新欢,遂杀害了寿儿的父母。这一事件使情节更加复杂,读者更加担心寿儿和张荄的命运。误会的连续运用引起了读者的心理期待,让他们猜测故事情节的矛盾纠葛和人物的归宿。

3. 逆振置悬

逆振,也称反转,是一种文学手法,指将情节推向与读者期待相反的方向,达到紧张的效果,最后再急转直下,导向一个意料之外的结局。通过这种方法,可以创造出紧张、惊险的氛围,让读者一直保持着关注和好奇心,最后达到出人意料的效果。

在《聊斋志异·西湖主》这个故事中,作者巧妙地运用了逆振这一手法。故事先是埋下伏笔,陈弼教放掉了中了箭伤的王妃猪婆龙。接着,陈在洞庭湖覆舟上山,巧遇西湖公主打猎,"宜即远避,犯驾当死"。陈生躲避公主,却因为寻食而误入公主庭院,再次犯驾,理应当死。之后,陈生随手在捡到的一条红巾上题诗,不料这红巾正是公主失落的,罪上加罪。随后是侍女寻找失落的红巾,恰遇出门的陈生,侍女认出陈生是公主昔日的救命恩人,事情得以水落石出。

作者运用了三次逆振,使得读者对陈生的命运担心不已。这种紧张、惊险的节奏,提高了读者的阅读体验,最后阐述了作者的主题,达到了出人意料的效果。

此外,在戏剧中,还常用提问、铺垫、切隔等手段构建悬念。在设置悬念和释念安排上,要掌握好时机。悬念的运用要"极力发挥使透",以满足观众的好奇心。释念一般采用实写,既要"想头别",又要从生活出发,从生活固有的逻辑和人物性格的发展规律来解释悬念,使读者和观众感到"悬"而不"玄",真正引领人们进入艺术的"胜境"。

(五)巧合

巧合是叙事文学和戏剧、影视文学常用的一种技巧。它指的是由出乎人们意料的因素造成的人物奇遇和情节偶然相遇。巧合的艺术功能主要体现在两个方面:

第一,巧合是提炼故事、进行艺术概括的手段。小说家和戏剧家在实际创作中,总是以偶发的个别事件为素材,写与事件关联着的人物的特殊纠葛和特殊命运。生活素材往往是散乱的、不规则的,运用巧合可以将相关的人物命运扭结起来,完整地构造一个情节起伏跌宕的故事。用巧合设计情节线索,使各种场景、细节互相勾连糅合,制造悬念,激化牙牙之争,使情节走向高潮。例如,程砚秋改编的京剧《锁麟囊》中,官宦人家的小姐薛湘灵出嫁之日,母亲把一些做嫁妆的珍宝缝在锁麟囊中,戴在女儿胸前。后来,薛家及其婆家连遭水火之灾,不幸败落,薛生活无着。遇旧日家中女仆,经其引荐到一贵族之家当孩子保姆,一日见这家后园有一阁楼,薛在阁楼上发现里面供着主人的祖先灵位,自己当年的锁麟囊也被供奉其上,不觉摘下来沉思。恰在此时这家女主人赶来,经过一番询问,才知道女主人就是当年在庙中一同避雨的穷姑娘赵守贞。赵亦知道面前之人即是当年的恩人,原来赵家就是靠薛湘灵所赠珍宝发迹起来的。迎亲路上的人相遇是一种巧合,数年后薛已流落他乡,却又邂逅施恩的对象更是巧合,如果没有这些巧合,也很难编织成这个故事,也无法表现好心必有好报的主题。

第二,巧合除了是叙事手段,还可以用来刻画人物思想性格。巧合构成的故事情节可以展示人物性格的历史发展,同时将人物直接放置于矛盾冲突和性格冲突的漩涡中,使作家的笔触更具针对性,突出人物思想感情的深层次描绘。德国作家冯·德·格林的小说《假面》就是一个很好的例子。小说中,莱娜特和爱利希在一个火车站邂逅,原来十五年前他们曾是夫妇,后来因经常吵架而离开。现在,他们在生活的洪流中拼搏了十几年,都觉得对方更适合自己,都想重修旧好,但都担心对方瞧不起自己。爱利希是个塔吊司机,怕对方藐视自己而谎称自己已当上船厂采购主任。莱娜特是售货员,也因怕对方觉得不般配而谎称自己是纺织品函购商店经理。当他们互相揭露身份后,双方都觉得对方高不可攀,不得不分手。小说利用巧合揭示了这对中年人的虚荣心理,批判了只重视身份地位而轻视感情的社会风气,细致地刻画了两个人的内心隐秘。可以看出,巧合可以在特定背景和场合下,打开人物的内心世界,揭示人物思想情感的秘密。

巧合的使用是否恰当,关系着一篇作品的成败。因此,我们需要掌握巧合的规律性。在使用巧合时,应该遵循真实、紧密和独特的原则,以使巧合更符合情节的需要。所谓真实,就是巧合必须符合现实生活的真实性。巧合通常是生活中偶然出现的事情,但是只有这些偶然中存在着必然的因素,或表现为必然的形式时,它才能揭示生活的本质,才是真实的体现。表面上看,巧合是某种偶然性,实际上是故事情节和人物命运发展的必然形式,是揭示生活真实的必然形式。在构思时,哪些巧合可能发生,哪些巧合需要发生,以及在何处和何种方式加入作品情节,都需要认真考虑和斟酌。欧·亨利的小说《麦琪的礼物》中利用了巧合,杰姆有一支祖传的金表,而他的妻子德拉则有一头美丽的褐色长发,最爱的是商品橱窗里的玳瑁发梳。如果可以用这个发梳来装饰她的头发,那么她会更加光彩照人。德拉卖掉头发买白金表链是出于她纯真的爱情,也是作为一个妻子的虚荣心,她希望丈夫能在别人面前炫耀自己的金表。杰姆卖掉金表买发梳是出于作为一个丈夫的责任感,他希望能够让妻子更加美丽迷人。这种巧合虽然是偶然发生的,但包含着必然的因素,男女主人公的所作所为都符合生活规律和他们独特的性格逻辑,是在拮据的生活情境中一对相爱着的年轻夫妇所表现的正常心态。因此,尽管巧合非常自然,但并不显得突兀,却反而显出真实性。

所谓的"密"指作者安排巧合时需要别出心裁,情节虽然不是生活中必然发生的,但是在可能性上是存在的。巧合的出现也需要一定的合理性。《醒世恒言·十五贯戏言成巧祸》中描述了刘贵和大娘子为丈人祝寿的故事。如果说他在丈人家里喝醉了,这在情理上不可思议,而且也不可能醉酒时携带着钱回家。所以作者用他在城里偶遇一个老相识,顺路在他家门口经过,因为要谈论工作上的事情,他被邀请留下喝酒。刘贵觉得自己不太能喝,于是喝了一杯便告辞回家。因为回来得晚,所以小娘子陈二姐已经睡着了,他敲门敲了很久才得到回应。刘贵想和小娘子开个玩笑,他喝了几口酒,又觉得小娘子开门太迟了,于是说:"我有点喝醉了,而且你开门也太晚了。"此外,因为大娘子不在家,他和小娘子也可以放松一下。因此,这个"戏言成巧祸"符合生活的逻辑。小娘子听到丈夫要卖掉她的消息后,想要向父母求助,但是看到15两银子放在面前,她又犹豫不决。她问:"为什么不告诉我父母?"刘贵回答:"如果告诉了你父母,我就卖不成了。"她接着问:"大嫂为什么不来?"刘贵说:"她不忍看你离开,等你明天出门后再来。"小娘子听他这么说,终于相信了。她之所以这么相信,也是因为她所处的地位。在旧时社会,情妇并不是合法的妻子,男人可以随意抛弃或出卖她们,所以这个戏谑成了真正的巧合,其刻画方式与人物塑造也都非常真实。

所谓"奇",即是指巧合的情节要新颖独特,不陷入套路。创造巧合的关键在于作者的想象力和联想能力,运用艺术的夸张手法突显和聚焦生活中偶然的事件,使其成为整个作品独特构思的技巧。欧·亨利的小说多数构思新颖,异于常人。他的作品经常描写流浪汉苏贝多次想用触犯法律的方式去南方坐牢,以躲避冬季暴风雪灾害,都遭遇到警察的冷漠,但当他听到教堂里赞美诗的琴声,决定结束流浪生涯,以一个合法公民的身份生活时,却莫名其妙地被捕,并被判定为在南方监狱服刑三个月。这个奇特情节有力地揭示了社会法律的荒谬之处。他的小说《纪念品》则是讲述从事色情表演的杂技演员萝莎丽极度痛恨自己的职业,并深深向往真正的爱情。她与风度翩翩的"人间圣徒"亚瑟·赖尔顿牧师邂逅,两人一见钟情,当这对恋人正准备走进婚姻殿堂时,这位文雅的"圣徒"为了表现对萝莎丽的爱慕,拿出了她曾经穿着内心忐忑不安的少女心情,做出那么多不堪入目的"高空秋千"表演时踢出去的袜带作为"纪念品"。然而,这条袜带像一面镜子一样,无情地揭示出赖尔顿阴暗的本性。这些独特而别具匠心的巧合,展现了作家高超的构思技巧和艺术创造力。

（六）设伏

设伏指通过埋设伏笔和安排照应，预先为文章中将出现的具有关键性的人物和事件提供暗示和提示。伏笔是指作者事先在文章中对这些关键性人物和事件进行的提示或暗示；照应则是指对这些提示和暗示所做出的关照和呼应。如果伏笔和照应处理得当，可以优化文章的内部结构，使文章呼应紧密、环环相扣，连贯清晰，有深入的内涵和意义。此外，伏笔和照应还有助于突出人物性格，深化作品的主题内容，并增强审美效应。

伏笔的种类很多，根据设伏和照应的距离不同，可以分为远伏和近伏。例如，《红楼梦》中刘姥姥一进荣国府时暗示了后来凤姐的遇救线索，"偶因济刘氏，巧得遇恩人"，属于远伏。第七回中焦大骂贾府后，凤姐批评宁国府没有主意，为之后宁国府需要协理时埋下近伏。从伏笔在文中的地位分，又可分为主题性伏笔和插曲性伏笔。主题性伏笔往往贯穿全篇，重要程度较高，例如《红楼梦》对通灵宝玉的来历介绍；而插曲性伏笔则常常只是一些小插曲，如宝玉和蒋玉菡互换汗巾。从设伏次数上分，有一次性设伏和连锁式设伏。上面提到通灵宝玉的伏笔是连锁式设伏，而茜香萝汗巾则属于一次性设伏。

伏笔还可以从设伏的隐显程度来进行分类，包括闲笔式伏笔、精锐式伏笔和语谶式伏笔。闲笔式伏笔通常较为隐晦，随意地安排在文中，不引人注意，但后来会发挥重要作用，例如《红楼梦》中黛玉的下落和海棠诗的写作。精锐式伏笔则通过一些细节和描写，让读者留意到未来可能会发生的事情，例如贾宝玉拜神时遇到的雷雨。语谶式伏笔则更为直接，常常通过预言或言语来明确地暗示后续情节，例如荣府琉璃瓦上"求告七姐妹"这句话。

古人所说的"用线贵藏"，指的是闲笔式伏笔。在设伏时，作家通常不会露出明显的端倪，使读者不容易发现，这类伏笔常常被读者视为闲笔而忽视。直到后来照应之时，读者方能突然领悟，产生强烈的震撼。例如，《三国演义》中诸葛亮临终嘱咐时，就有一处隐晦的伏笔：孔明分别向姜维、杨仪和马岱做了交代，但对马岱的嘱咐内容比较含糊，容易被读者忽略。直到后来魏延造反，杨仪向魏延提出诱惑条件时，这段伏笔才呼之欲出，产生强烈的美学效应。这种闲笔式伏笔，是古人所尊崇的高明手法。

精警式伏笔不仅要隐藏信息，还要通过提示给读者提个醒，让读者明显感觉到这里存在着某种矛盾，可能成为某个事情的导火索。在冯梦龙的《醒世恒言·勘皮靴单证二郎神》中，写到因"不沾雨露之恩"，怨愁成疾的韩玉翘，她去二郎神庙进香，一见二郎神如此神仙模样，便口中不意识地说了出来："只愿将来嫁得一个丈夫，恰似尊神模样一般。"作者特别加入了两句提示性的话："情知语是钩和线，从前钓出是非来。"明确告诉读者这里蕴含着伏笔,伏着一场不小的"是非"。这是作者故意制造的悬念,让读者怀着期待心理观照下文,看看会出现什么"蹊跷作怪的事"。当读到假冒的二郎神露馅,原来是庙里的庙祝在庙内假扮二郎神"淫污天眷",读者才会感到释然。

谶语是一种预言、预兆未来会发生的事情,通常以隐语的形式出现,带有某种神秘感。将谶语用于设伏,称为谶语式伏笔。尽管这种伏笔带有封建迷信色彩,但它的设伏和果证,能够引起读者的回忆,激发人们的悬念和审美关注,因此在文学作品中仍广泛使用。例如在《三国演义》中,曹操梦到三匹马在同一马槽里,含有"槽"与"曹"音相近的暗示,预示曹氏基业将被马家蚕食。然而,曹操并没有注意到最终危害他家基业的是司马懿、司马师和司马昭父子。在《红楼梦》第22回《制灯谜贾政悲谶语》中,元春发送一些谜语给贾府,每个谜底都隐含着每个人的未来命运。随着情节的发展,每个谜底都一个接着一个地实现了,如贾母的"荔枝"(喻"离枝")和贾政的"砚台"(喻"应验")等。

(七)象征

象征是一种运用具体形象隐喻或暗示特定事物和情理的写作手法,被广泛应用于诗歌、散文、小说和影视剧等创作中。象征由象征体(知觉和想象的形象)和象征义(上述形象暗示的特定事物和情理)两个要素组成。这两个要素之间的联系并不是必然的,而只是在某些特定经验条件下的类似与联系。运用象征手法,就是要发现和把握这种微妙的联系,并通过对象征体的具体描述,深刻地表现出象征义。这种表现的特点不仅在于它的"形象性",而且在于它的"暗示性"。柯勒律治曾指出:"象征是在个性中半透明式地反映着特殊种类的特征……象征所凭借的本身形态和所象征的内容有'隔层同视'关系。"象征体和象征义之间的关系存在一定程度的"模糊度"。运用象征手法的终极目的是通过象征体的暗示,唤起读者的想象力,引导他们探寻隐含在形象之中的深层意蕴。象征往往是"言在此、意在彼",适合用来委婉曲折地表现那种只可"意会"难以"言传"的题旨和意蕴,使作品避免浅薄直白,具备含蓄隽永的审美效果。

同时,象征也可以分为直接象征和间接象征。直接象征是指明显的、明示的符号或形象暗示着某种特定的意义或情感;而间接象征是一种更加隐晦的象征方式,不是直接表达象征义,而是通过多种符号的组合和比拟来达到隐喻的效果。

屠格涅夫的《门槛》以门槛这一物品作为象征体,整篇文章展现了知识分子的无助与挣扎。门槛象征着社会阶层的限制和知识分子的局限性,同时还象征着社会进程的阻碍和人类智慧的局限性。整篇文章的象征意义是多方面的,它意味着了解、同情和反思文化和社会的限制,反映了一种内在的人类心理状态。

同时,近年来,随着中国的崛起,中国文化中的许多象征也引起了广泛的关注和研究。比如,中国传统文化中蕴含着丰富的象征意义,如龙、凤、麒麟等动物,还有一些抽象的符号象征,如八卦、五行等。

总之,象征作为一种具有深刻含义和广泛应用的写作手法,对于文学创作、文化研究以及社会和人类的反思和启示都具有重要意义。

在具体运用象征手法时,应注意以下几点:

1. 善于选择象征体

运用象征手法,需要善于选择合适的象征体。这需要具备敏锐的直觉和丰富的想象力,同时也需要理性的思考来把握客观对应物与主观思想或情感之间的微妙关系。只有这样,才可以使象征体表达出深刻且精准的象征意义。

在文学创作中,象征体可以是各种各样的形式,如文学符号、具体物品、寓言或特定的氛围等等。例如,美国作家霍桑在小说《红字》中选择红 A 字作为象征体,它不仅代表通奸女犯,还象征着人性的复苏和资产阶级人文主义的矛盾。而苏童的小说《妻妾成群》则用一口井作为原型,这口井代表了封建礼教的化身,象征着一群被奴役被蹂躏的女子的命运。小说家将这个象征体与封建礼教紧密联系起来,传达出深刻的象征意义。

因此,在使用象征手法的过程中,选择一个合适的象征体非常重要。只有通过敏锐的思维和深刻的洞察,才能找到一个精准而有力的象征体,从而更好地表达文字中的思想和感情。

在使用象征手法时,选择一个合适的象征体非常重要。需要通过敏锐的思维和深刻的洞察,找到一个精准而有力的象征体,从而更好地表达文字中的思想和感情。在选择象征体时,应该力求创新,选择具有独创性的对应物作为象征体。象征体美感效应的强弱不仅取决于其新颖程度,更取决于意蕴深度和所传递的审美信息量是否超过读者的审美经验。例如,叶蔚林的小说《蒲水湾》,其中的河流象征着古朴天然的民族风情,映照了主人公盘老王的侠义心肠和坚毅性格。这一象征体之所以深入人心,是因为它具有恰当的象征意义,得到了读者的共鸣。因此,选择一个合适的象征体需要创新和恰切,并具有深刻的象征意义。只有这样,才能更好地实现象征手法的表达效果,提升文学作品的艺术价值和思想内涵。

2. 把握好象征义的模糊度

在描绘象征体时,需要使象征的意蕴明确,但同时也需要保持一定的含蓄性和模糊性。大量的创作实践表明,只有意蕴含蓄、模糊性强的象征才能引发读者的理性思维,并引起他们的深入思考。当然,象征体所包含的符号意义应该尽可能地多样化,但它一定要为读者所理解、所诠释和所感受,而非过于晦涩难懂。在运用象征手法时,必须始终以读者为中心。哥伦比亚作家马尔克斯的长篇小说《百年孤独》是一个典型的例子,其中象征手法的使用相当含蓄。例如,书中出现了许多黄色的元素,如黄玫瑰、黄蝴蝶以及黄色的芥末糊等等,都有各自的象征意义。黄色在印第安文化中被视为凶兆,因此,一个外乡旅游者持着黄玫瑰去向狂欢节女皇雷梅苔丝表白的情节中,他却被火车轧死了。黄蝴蝶在祭祀仪式上被用来代替人类受害者,而黄色的芥菜糊则是妓院老板为妓女提供的避孕药,它们都是凶兆的象征。这样的象征在南美洲地区的读者可能不会成为阅读障碍,但是对于中国的读者来说,了解拉丁美洲的风俗习惯往往是有限的,所以很难发现书中隐含的象征元素。这种情况下,小说的美学效应就会严重折扣。小说《麦秸垛》中,作者以"挺拔"的麦秸垛作为象征体,它"显出柔和的弧线",象征着女性的乳房,代表着女性所代表的土地、生命力和文化。麦秸垛唤起了女青年杨青压抑在心灵深处的情欲,尾随她从农村来到城市,在造纸厂上班,一碰到纸,她就会想起麦秸,"胸脯无端地沉重起来"。麦秸垛还象征着母性的本能。作品中的大芝娘和沈小凤,在被男人抛弃后提出的唯一要求,是"我要跟你生个孩子"。这代表了无意识的母性生理本能。这篇作品的象征意义比较隐晦,但通常的读者经过细心的品味,就能看出其中的象征含义。作者在象征模糊度的把握上非常得当。

(八)用典

用典是指在作品中借用古代典故,以表达自己的情感或阐明自己的观点。这种手法常用于诗歌、散文、杂文和随笔中,有时也会在小说或戏剧中使用,但一般并不是主要的表达技巧。使用典故的目的在于从古人的典故中寻找新的灵感,以达到借古喻今,借典明理,借典言志的效果。顾曲散人在明代曾说:"传奇故事在于敷演,易于转换,散文则要将旧套推陈出新,操作难度很大"。也就是说,"传奇"就是戏曲故事,"事"就是典故。将典故转换成故事,重要的是要遵循古人的故事,同时也要创造出新的意境,需要花费一定心思。

毛志成的小说《子遇子路》运用典故敷演故事,典故出自《论语》孔子的一段话:"要是我的主张行不通,就乘木筏到海外去,能跟随我的人,大概只有子路吧!"小说试图探讨如果先生遇到最知己的学生会发生什么情景。20世纪后期,热衷于儒家仁德教育的温教授在国际商谈时遇到了他自认为是知己的叶丝道尔女士,两人在商业谈判桌前相遇。作为我方首席代表的温教授企图通过教育方式使洋学生"多施优惠",但却发现这位高鼻子的"子路"不顾师生关系,谈判时咄咄逼人,表现得极为强势。这一事实生动地表明,在现代商业竞争时代,孔圣人倡导的"忠恕"之道可能会碰壁。不增强自己的经济实力,想赢得别人的尊重和同情只是一场幻梦而已。

诗文中运用典故种类繁多,可以从内容上分为"用事"(传说故事)、"用语"(名言警句）、"用义"（道理道义）和"用境"（艺术描写）四种。对于侧重于抒情的诗歌散文来说，常常借用典故以达到借题发挥、借助外力的目的，因此常常采用"用事"和"用境"方式。而在较为论证性的散文当中，则多采用"用语"和"用义"，借用古人的名言、警句或者阐述的观点来增强文章论述的说服力。在应用典故的过程中，作者需要根据作品的表达意图和需要，恰当地选择合适的典故形式，以达到最佳的艺术效果和创作目的。要做到这一点，作者需要注意以下几点：

1. 典故必须贴切：所选择的典故必须与作品主题相关，符合作品的情感氛围和气氛的需要，才能起到更好的表现作用。引用典故要与作者表达的情感和理念相一致，为作者言辞明理服务。如《文心雕龙》的刘勰所言："凡用旧合机，不啻自其口出；引事乖谬，虽千载而为瑕。"宋代的叶梦得也说："诗之用事，不可牵强，必至于不得不用而后用之，则事词为一，莫见其安排斗凑之迹。"他们所言的"用旧合机""事词为一"，皆是指用典恰当的意思。只有选择适合的典故，才能充分发挥引用典故的艺术功效，如唐代诗人李白的《行路难》：

金樽清酒斗十千，玉盘珍馐直万钱。

停杯投著不能食，拔剑四顾心茫然。

欲渡黄河冰塞川，将登太行雪满山。

闲来垂钓碧溪上，忽复乘舟梦日边。

行路难，行路难，多歧路，今安在？

长风破浪会有时，直挂云帆济沧海。

诗中的颔联描绘了蜀中战乱的景象。公元 765 年，蜀将崔旰、郭英义、杨子琳等叛乱，互相残杀，羌蛮骚扰，川中到处是"羁哭"、"夷歌"，这两句是当时生活图景的生动描绘。但其中包含着两个典故：一个是《祢衡传》中的"挝渔阳掺，声悲壮"；另一个是汉武帝的故事中的"星辰动摇，东方朔谓民劳之应"。然而，读者却无法察觉到用典的痕迹，这正是"明事隐使"的效果。

2. 典故必须准确：在引用典故时必须准确无误，不能出现变形、错乱或歪曲的现象，否则会影响作品的表现力。

典故在引用时必须准确无误，不能出现变形、错乱或歪曲现象，否则会影响作品的表现力。约用可以做到"取事贵约，校练务精"，博用则能"众美辐辏，表里发挥"。以李商隐的诗《贾生》为例，"反其意而用之"是一种修辞手法。诗中引用了《史记·屈原贾生列传》，记载了汉文帝召回贾谊的故事。在谈论鬼神的事情时，李商隐强调了贤才难以施展治国之术的悲愤。这次召回本是贾谊被重用的契机，但李商隐却以此发出对时局的感慨。李商隐还喜欢运用典故，例如在他的七律《牡丹》中，用典写出了牡丹的雍容华贵、乍开时的娇羞姿态、沁人心肺的香气，以及高雅名士般的风采。可见李商隐不仅喜欢运用典故，而且在运用上富于变化，具有自己的独特风格。

3.典故必须简明:所选用的典故不能过于冗长或烦琐,必须简短明了,易于读者理解,否则会影响作品的艺术效果。

典故的使用应该简约明了,尽量精练,只选取恰当的一些部分来体现作品的主题,如是可做到"取事贵约,校练务精";若广泛博用,能使典故辐射光芒,在作品中充分发挥效用,如是能"众美辐辏,表里发挥"。

李商隐的诗《贾生》中,他运用了"反其意而用之"的修辞手法,引用了《史记·屈原贾生列传》中的故事,用以表达自己的思想感情。这个故事讲述了贾谊被贬为长沙王太傅,后来汉文帝将他召回长安。文帝和贾谊在宣室中谈起了鬼神之事,谈到夜半时文帝很是欣赏贾谊的才学。然而,李商隐在诗中抓住了文帝只谈鬼神而不关注百姓社稷的事实,表达出自己对时局的不满和对贤才难以施展才华的感叹。李商隐的运用充分体现了他的诗歌才华和人生经历。

除了在《贾生》中的运用之外,李商隐在其他作品中也经常使用典故,如其七律《牡丹》就运用了五处典故来描写牡丹的优美与美丽。可以看出,李商隐不仅热爱使用典故,而且在运用典故时有自己的风格特点。

4.典故必须灵活:在运用典故的过程中,需要具备一定的创新意识和灵活性,以满足作品表达的需要,创造出更多的艺术效果。

典故作为一种传统文学手段,具有丰富的文化内涵和历史价值,但其灵活的运用需要作家具备创新意识和思维能力。有时,作家也需要对典故进行巧妙的改编,创造出符合作品表达需要的新形式,提高作品的艺术价值和观赏性。如鲁迅在《诗经·郑风·子衿》中对典故的巧妙改编,使作品更加凸显反抗封建礼教的主题。

同时,典故与作品的融合也需要考虑到现代读者的接受程度和审美标准。作品所使用的典故需要能够兼具历史价值和当代意义,不仅符合当代读者的心理预期,也能够展现典故本身的鲜明特色。如钱钟书在《围城》中精心运用古典文化典故,使得作品既有历史的积淀,也充分反映现代社会中人们的心灵焦虑。

因此,作家在运用典故的过程中,既要注意保持其历史价值和独特魅力,又要根据作品表达的需要和读者接受程度,巧妙灵活地运用典故,创造出更加深刻、生动和富有人文内涵的作品。

总而言之,典故虽然是一种古老的文学手段,但其依然灵活多变、不失为一种传承与创新的载体。作家在创作过程中需要灵活运用典故,从而使得作品凸显出更多的情感与思想表达,以期达到更高的艺术境界。

二、新技法

随着社会的快速发展和文学形态的不断变革,新的写作技法也应运而生。这些新技法往往与新文体紧密结合,如变形手法与怪诞小说、意识流手法与心理小说,以及蒙太奇与影视文学。新技法的运用不仅是对传统技法的改造和创新,也衍生出了更多的文学类型和艺术形式。

理解和掌握这些新技巧对于我们学习写作和鉴赏文学作品都是十分有益的。从作家的角度来看,掌握新技法可以启迪文学创作的思路和实践,帮助作品更加丰富多彩和深入人心。而从读者的角度来看,了解新技法则能够提高对文学作品的理解和欣赏水平,增强文化素养和审美能力。

但是,新技法的运用也需要在实践中不断摸索和探索,以便更好地发挥其作用和效果。尤其需要注意的是,新技法与传统技法并不是割裂的关系,二者应当相辅相成,取长补短,达到更加出色的文学创作和鉴赏效果。

(一)间离

间离手法是德国戏剧理论家布莱希特提出来的一种文艺手法,也称为陌生化效果。这种手法的核心是通过对人们熟悉的经验进行陌生化的处理,引起读者或观众从不同的角度来审视这些经验,以达到对人性认识和文学审美的深度拓展。

在文学作品中,间离手法通常采用假定化、变形、梦幻、特殊角度的运用以及心理活动的外化等方式。它们可以改变读者对已知经验的认知方式,让人看到经验中不同的细节、转折和矛盾等。这类手法能帮助人们更加深刻地认识和理解作品中所揭示的人性真相,提高人们的审美水平和阅读感受。

假定化是为作品中的人物提供一种假设条件,这种条件给予人物充分宣泄自己感情的可能。高尔基说:"人一身带有七大罪恶,即傲慢、贪婪、好色、暴躁、贪食、妒忌和懒惰。"假定化的条件往往能够使人物释放这种罪恶的能量。谌容的小说《减去十岁》就提出了一个假定化条件:假如把所有人的年龄都减去十岁,那么会发生什么奇迹呢?于是 64 岁的局长季文耀再也不必为年龄过大而必须退下来而烦恼,58 岁的方明华也要找个领导的工作。39 岁的干事郑镇海一听说自己要年轻十岁,立刻感到自己的妻子太过迂腐,竟想要对着一个"水灵灵的大姑娘"提出爱情表白。29 岁的老姑娘林素芬一想到自己即将变成一个含苞待放的少女,就仿佛看到天空中的白云变成了许多小手绢,堵住了所有那些在背后议论她的好事者的嘴。由于假定化条件的出现,人们各种欲望——对权力的执着、对幸福的向往、对异性的追求、对青春的渴望——都膨胀了,就像一潭平静的池水被一根魔棍搅动后,各种花花绿绿的沉淀物涌上了水面。

变形是将人类畸变为动物或将非生物泛人化的手法。蒋子龙说:"艺术的变形就是写意,就是将生活升华为具有审美和认识价值的艺术形式。"将人类畸变为动物也是一种写意手法,它强调了某些人物身上的动物本质。宗璞的小说《蜗居》

中,居住在某个地方的居民都变成了蜗牛并住在壳里,它们被无名的权威人物追逐和袭击,每日生活在惶惶不可终日的状态中。蜗牛的卑微是可悲的,但在那个年代,一些人却羡慕能躲在蜗牛壳中保全自身的人。这种被物化、被动物化的变形手法使我们能够从新的角度审视某些人的本性,充分揭示其内心的本能。

运用梦幻手法可以制造出奇幻效果。弗洛伊德在其著作《梦的解析》中说:"梦是人类潜意识的一种表现形式。"文学作品中的梦境是非理性的,但作者可以通过这种非理性的幻境表现人物的真实情感和内心世界,深刻描绘个人的心理和经历。梦是欲望的体现,一个人无法在白天得到情感和欲望的宣泄,它们被压抑在潜意识中,形成一种"情结",在睡梦中以"伪装"的形式得到一定程度上的满足。郭沫若的小说《喀尔美萝姑娘》中,有一段梦境描写:主人公白天在公园中见到自己日思夜想的卖糖果的少女,由于害羞,主角没能和她说话,少女也没有注意到他。在梦中,少女突然对主角产生爱慕之情,甚至要为他跳崖殉情。梦境中的场景是主角渴望的,也是他欲望的体现。作者通过梦幻手法有力地描绘出主人公的内心世界。

通过特殊的观察角度可以获得离奇效果。所谓的"特殊角度"意味着使人具备"特异功能",从而能够用一种崭新的视角重新认识生活。有时还可以通过"转移"手法,将人置身于一座荒岛上,切断与社会的所有联系,迫使他们以特殊的角度观察彼此,从而为读者提供一种特殊的观察人性和人际关系的机会。

在文学作品中,通过魔幻手法将人物内心的反思外化,以此直观地展现人物的心理活动。祖慰的小说《形而上的影子》就是这样一种手法:一名医学院的高才生,本应该被分配到与自己的恋人所在的"附属医院",但意外地却被分配到成绩比自己差得多的 A 同学所在的医院。她感到失落,独自在空旷的操场上徘徊,这时,她的形而上的影子出现了,告诉她做人的秘诀——学会通过"影子形而上的一切特征":绝对跟随的拍马屁式,含糊其词的韬晦式、低调姿态、趋利避害的应变性以及变异性,来应对各种情况。

（二）幽默

幽默是指"以内庄外谐的态度对待个体现象和整个世界"。表现儿童天真纯洁感情的幽默被称为白色幽默,表现阴暗迟暮情感的幽默则被称为黑色幽默。近年来,随着西方现代主义文学的发展,"荒诞"成为一种独特的文学派系。这些作家善于将事物变异现象的神奇性,表现为固守的存在,创造出一种普遍性。以"世界是荒谬的,人生是痛苦的"为主题,他们极力运用病态冷酷的幽默表现荒诞和黑色存在。此类作品的主要特点是:通过冷幽默的态度处理人世间的恐怖、死亡、罪恶和痛苦。在悲惨凄清的氛围中发出奇特的笑声,创造出滑稽可笑和残酷可怕的艺术效果。正如荒诞派代表作家冯内古特所说,这是一种"绞架下的幽默"。

在传统的喜剧中,构成幽默的艺术手段包括暴露(揭露事物外部情况和内在可能性的不一致之处)、掩饰(用有意义的外表掩盖内在的空虚和无意义)、异中见同(发现两个不相关的事物有惊人的相似之处)、倒置(反转人物身份、位置)和移接(将不同时期、不同地域的人物放置于同一位置)等方式。而在现代主义作品中,构成黑色幽默的常用手法包括浓缩、夸张、机敏、倒置、奇组和彭斯克等。

浓缩手法是将包含尖锐冲突的不协调因素和荒谬因素加以浓缩、集中,让读者在触目惊心之余,认识其荒诞不经的实质。

比如,《人间失格》是一部浓缩手法运用的经典作品。小说中的主人公紫式部在社会中游离,无法适应社会而落魄,生活态度十分消极。小说中的情节和人物都是很荒谬、夸张的,但是在荒谬之下,折射出的却是现实社会中人性的丑陋和社会的无情。其主题是现代社会中人们的人生困境和精神病态,表达了作家对困境和人生尽头的绝望感和对人生的颓废感。小说的浓缩手法让人感到窒息和震撼,深刻反映了当时的社会现实问题,奠定了它在日本文学史上的重要地位。

(三)意识流

"意识流"这一概念最早由美国心理学家威廉·詹姆斯提出。他认为,人的意识不是零散的碎片,也不像僵硬的链条,而是"思想流""意识流""主观生活之流"——就像一条长河在不断地流动着。用这种观点描写人物的内心活动,作家就可以深入人物的内心世界,跟随人物的意识流动来描绘他们的心理状态。同时,法国哲学家勒内·贝格森的"心理时间"学说以及奥地利心理学家西格蒙德·弗洛伊德的性心理学说,也对"意识流"文学产生了决定性的影响。

"意识流"作为艺术手段,一般有以下几个特点:

1. 着重表现人物的意识活动本身

英国意识流小说家陶罗赛·瑞恰生提出了一个新的写作思路,即让"沉思默说的现实""独立发言",让"作家退出小说"。这种思路取消了传统小说中必不可少的故事情节,要求让人物自己直接展现他们的思想意识。在传统的情节小说中,情节大于心理活动的描写,心理活动仅仅是情节的组成部分。而在意识流小说中,心理描写大于情节,情节被瓣成碎片,揉进心理描写中,成为其组成部分。例如,王蒙的小说《蝴蝶》中,主人公张思远一生的经历出现在他的意识流动中,只是被拆分的碎片。只有把这些碎片拼凑衔接,才可以找到情节脉络。

2. "自由联想"

所谓的"自由联想",指的是人在感知、回忆、思考、想象时带有很大的自由度,这些意识错综复杂地在头脑中闪现,它们之间的联系很难觉察,也不遵循形式逻辑。弗洛伊德认为通过"自由联想"的方式,最能发掘人的隐蔽动机——潜意识活动。因此,"意识流"作家在运用"自由联想"时都带有很大的随意性和跳跃性,使人物的各种意识无秩序地、随意地在头脑里跳跃、闪现。例如,王蒙的小说《春之声》中,主人公岳之峰在闷罐车里经历的那段"自由联想"就带有放射性线条和闪电般的变化,他忽然回忆起了1956年探望地主阶级家庭的辛酸:在家待了四天却检讨了很多年! 接着又想到拥挤的北京、恬静的汉堡,最后又回到现实。主人公凌乱的思绪中蕴含着深沉的理性思考。

3. 时序互相倒置、互相渗透和多层次结构

时序互相倒置、互相渗透和多层次结构是意识流作家用来表现人物内心世界的方法。按照"心理时间",人的内心深处,各个时刻互相渗透,不断流动,过去、未来和现在的各个时刻互相倒置,彼此杂糅。例如,在福克纳的小说《喧嚣与骚动》中,作者写主人公凯蒂在班吉、昆丁、杰生、迪尔西四个人意识流程中的印象,将发生在1928年4月7日的杰生的故事放在发生在1910年6月2日的昆丁的故事之前,构成了多层次的结构,具有时序互相倒置、互相渗透的特点。这样的安排,更真实地表现了人物内心的深度和复杂性。

4. 内心独白

为了能够让人物直接展现其思想意识,"意识流"创作中常常大量采用内心独白的方式。运用内心独白更适宜表现难以察觉的、微妙的、瞬息即逝的、前后矛盾的、逐渐消失的心理活动,更有利于直观地展示意识屏幕上的各种内心想象,能直接描绘内心活动片段,无须叙述者加以解释。

西方"意识流"文学迷信人的直觉和感觉,过度强调意识的非理性和无逻辑,渲染人物的下意识和潜意识,在表现上有意追求扑朔迷离、朦胧晦涩,因此在某种程度上成了艺术的桎梏。我国当代文坛的一些作家在学习借鉴"意识流"的表现技巧时摒弃了这些弊端,创造了一批中国式"意识流"作品,如王蒙的《风筝飘带》《相见时难》,谌容的《人到中年》,张洁的《爱,是不能忘记的》,戴厚英的《人啊,人》,孔捷生的《南方的岸》,张承志的《北方的河》等。这些小说往往被称为"心态小说"。在描写人物的意识流动时,虽然自由而清晰、散漫而完整,但又既有自由联想,又有受人物性格和所处环境制约的意志联想,这两者交织进行。在自由联想的描写中,也总以典型化原则严格删选,不让它淹没意志联想的主流,以保持人物意识流程的明确方向。此外,在强调内在描写时,往往伴随着简约的外貌描写、行动描写和氛围描写,作为对内在描写的补充。

(四)蒙太奇

蒙太奇是电影艺术所特有的一种组接画面的手段。它借助于先进的电影技

术,通过对镜头和画面富有匠心的剪辑与组合,能够生动鲜明地反映现实生活。蒙太奇的优点包括节奏鲜明、灵活多变、转换简洁以及反映现实生活能力强。它能够"深刻地揭示和鲜明地表现出现实生活中所存在的一切联系,从表面的联系直到最深刻的联系。"

使用平列式和对列式是表现蒙太奇生活中联系的两种主要方式。

所谓平列式,就是把现实生活中同时进行而又互相关联的生活场景,通过镜头的闪换,同时展现于观众面前。例如詹姆斯·乔伊斯的小说《尤利西斯》。整本小说都采用了平列式的手法,在故事中同时展现很多不同的场景和人物的想法,使它们交织在一起。还有托马斯·品钦的小说《格想天开》。小说讲述了五个平行的故事,都在同一时间发生,彼此交织、互相关联。再或者里奥·托尔斯泰的小说《战争与和平》。小说把历史上不同时期发生的事件同时展示,并展现人物的不同思想和情感,使它们相互关联、交织在一起。

这些作品都将多个场景和人物同时呈现给读者,使它们交织在一起,采用平列式的手法,达到了突出生活中联系的效果。

对列式蒙太奇有三种情况,第一种是将具有对比意义的镜头放在一起,来表现美与丑、穷与富、欢乐与痛苦、真诚与虚伪等场面的对照,相辅相成地反映出事物之间的某种深刻联系。例如报告文学《美之罪》。一开头就是两幅画面:一幅是山西大学美术系的大教室里,一个17岁的女大学生正在听课,她五官端庄,仪态典雅,相貌俊秀,正全神贯注地听老师讲述这两幅画面的对列,造成强烈的对比效果。

第二种是将具有相似含义的镜头对列在一起,让读者展开相似联想。例如,卓别林演的电影《摩登时代》中把从羊圈中乱哄哄往外跑的羊与工厂工人上班时的挤挤攘攘并列,其隐喻意义昭然若揭。

第三种是将有深层联系的镜头对列在一起,它们之间会产生一种新的含义。例如,电影《青春之歌》中,对列了两个场景,一个是青年在音乐学校的学习,另一个是在战争中的激烈战斗。这一对列表达了音乐和战争之间的矛盾、冲突和对立,彰显出年轻人对未来的美好憧憬和对现实的无奈失落感。

是的,文学作品中也常常运用蒙太奇手法来反映人物的心理活动。

例如,在鲁迅的小说《药》中,他运用了时空穿插的手法,将主人公病中的幻觉和现实进行对比,表达出主人公内心的焦虑和恐惧。主人公在病中产生幻觉,想象自己是个卖药的人,而幻觉中的自己身穿黄袍、脚踏云彩,引得众人敬仰。与此同时,现实中的他却只是个卖不出去药的小贩,身处困境。这样的对比使人物的内心矛盾和绝望更加深刻地展现出来。

再比如,在余华的小说《活着》中,他运用了镜头跳跃和情节交叉的手法,将主人公的经历分散地呈现在读者面前,折射出主人公在人生道路上的艰难历程和心理变化。这样的手法让读者能够更加深入地理解人物内心的转变，以及背后所承载的历史背景和社会问题。

综上所述，运用蒙太奇手法在文学作品中来反映人物的心理活动，能够让读者更加逼真、简洁地理解人物的内心动态，增强作品的感染力和思考性。

（五）生活流

所谓"生活流"，是指在日常生活的流程中，通过对人物的举止言行、感受和心态的依次"记录"，实现对生活和人物的反映和塑造，而构成的一种无人为痕迹的叙事结构。

"生活流"强调对人的思想和性格的纵向开掘，即通过刻画人物在社会发展变化的动势中的表现，写出性格的多层次、多方面的体现，进而全面地表现生活和生活中的人。在风格上，"生活流"对日常生活进行近乎琐碎的描述，既没有大场面，也不涉及奇事异景，更没有奇怪的人物，而是一种贴近生活本身的"现实记录"。它返璞归真，信奉"最高的技巧是无技巧"，而这种"无技巧"却恰恰是更高层次的技巧表现。因此，阅读优秀的"生活流"作品，就像直接进入生活现场，没有"阅读小说"的感觉。它们质朴、自然、真实、随意，看不出作者的结构痕迹。

与"意识流"相比，重点在于"生活流"表现人物连贯的外在行为，而不像"意识流"那样侧重表现人物的内心世界和情感波动。

池莉的《烦恼的人生》是一部典型的"生活流"小说。主人公印家厚是一位普通的工人。作者通过移步换形的方式，随着时间和空间的变化，让印家厚在不同身份之间不断转换，反映出他多层次的思想和性格。小说的开头描写了印家厚的儿子半夜摔醒的场景，由于住处太小，一家人挤在一张床上没有翻身的"空间"，印家厚的妻子因此责备他："你走出去看看，工作了十七年还没有分到房子，这是人住的地方吗？这是猪狗窝！这猪狗窝还是我给你搞来的！你是男人，你应该有个地方养老婆儿子！你这窝囊巴子，八棍子打不出一个屁来，算什么男人！"印家厚的辛酸和无奈溢于言表，这些琐碎的描写极具现实感和生活气息。

小说描写了主人公印家厚在不同身份中的生活场景，从丈夫、父亲到工人、同事等不同角色。他带着儿子去厂托儿所、挤车、过江，送儿子去幼儿园，操作现代化设备，参加开会评奖，抱怨食堂饭菜、管理员媚外欺内，教育儿子被关禁闭，购买寿礼，拒绝女徒弟的追求，参与组织活动，经历无名烦恼等多重现实场景。小说充满生活气息，反映了普通工人的生活状态和内心矛盾。

本文介绍了小说《平凡的世界》采用"生活流"叙事结构展示一个普通工人一天的生活。通过主人公印家厚的形象反映了一代人的生存状态和内心矛盾，具有真实切近的特点。类似的"生活流"作品还有《我要做个正直的人》和《剩下的都属于你》等。

写"生活流"式作品，要注意有明确的主旨，它对生活现象的"记录"既要"如实"，也要有所选择，而不是堆砌生活表象、人物举止，要注意这些生活场面和细节与作品主旨之间的内在联系。人物性格要定准基调，人物性格的表现形态可以是丰富的、多样的、复杂的，但不能破坏性格的基本走向和整体性。另外，从谋篇布局看，看似生活的"流水账"，实则是精心结撰，它体现了"生活流"自然天成、峰回路转而又绝无人为痕迹的特点，它所展现的生活图景，看似一个个孤零零的场面，实则都有内在联系，是现实生活完整而又真实的反映。

（六）视点

视点是指在小说、报告文学等叙事文学作品中，对人物、事件、环境观察和描绘的立足点和出发点。与视点相关的概念还包括视角和视界，视角指观察者确定立足点后所取的观察向度，视界则指叙述者目力所及的广度。

小说等叙事作品所采用的叙述视点一般有三种，分别为作者视点、人物视点和读者视点。作者视点通常采用第三人称，人物视点则采用第一人称，读者视点则采用第二人称。视点和视界决定了叙述者和人物的关系。在作者视点中，叙述者的视角大于人物，而在人物视点中，叙述者的视角通常等于或小于人物。视点和视角也限制了小说的叙事范围。

当代小说多采用作者视点。在这种视点下，叙述者无所不知，他的眼睛无所不在，从珍宝到人物隐秘，所有一切都逃不过他的视线。他从容不迫地娓娓道来，而且无须费心向读者解释他是怎么知道这一切的。鲁迅的《阿Q正传》就使用了全知全能的作者视点。作者可以直接叙述阿Q对革命党的神往，以及对假洋鬼子不能够革命的愤怒，作者的视点可以随着阿Q的行踪而存在。

巴尔扎克的《欧也妮·葛朗台》可以细腻描写欧也妮情窦初开时的心理活动："欧也妮对素来平淡无奇的景色，忽然感受到一种新鲜的情趣。千思百念，涌现在心头，漫山遍野……"这种视点不受时间和空间限制，也不受心理隔阂的限制，但读者参与甚少，只能乖乖听着，被动地接受一个现成的故事。

人物视点的叙述者只能叙述他所知道的事情，只能凭借某个人物（主人公或见证人）的意识和感官去看、听以及思考，只能转述这个人物从外部接收的信息和可能产生的内心活动。对于其他人物，只能像一个旁观者那样通过接触去猜测或推测其思想和感情。他应该尽可能地将叙述控制在人物所能看到和知道的范围之内。

鲁迅的小说《伤逝》就采用了人物视点，副标题为"涓生手记"，叙述者涓生以"我"的口气叙述了自己的一个爱情悲剧。"我"是小说的主要人物，小说采用了内视角,让主要人物自视内省,解剖自己,表达对妻子和子君的怀念之情。人物视点适于抒情小说。鲁迅的小说《祝福》也用了人物视点,文中的第一人称"我"仅仅是事件的参与者,并非祥林嫂故事的见证人。对于主人公祥林嫂身世的了解,"我"从别人口中耳闻多,目睹少。他的视界决定了叙述者小于人物。人物视点能够增强作品的感受性和抒情性,因为叙述者就是人物自己。人物有表现内心的需要和欲望,读者感情可以更直接地受到人物感情的激发,产生共鸣。但是,人物视点的视界受到很大限制,超越了视界同样不真实。这种视点更长于表现内部世界,不太适合表现外部世界。

读者视点使用第二人称,使读者阅读时获得与人物合二为一的感觉,强化了对作品中生活描写的感受。法国新小说派作家布托尔的小说《变》采用了读者视点。田澍中的小说《碑文》也采用了读者视点,作品中的"我"和"你"(主人公田培伦)像唠家常似的,谈起了"你"的一生经历。读者也随之领略了田培伦在抗日战争年代的果敢活跃、连毙二寇、解救乡亲的壮举,感受了主人公对贫苦农民朴素的阶级感情,以及他作为一个没有文化的农村干部的狭隘和自私,专横和粗暴。在阅读时,读者容易进入情境,感受真实的身临其境、如见其人、如闻其声的感受。

近年来,在视点运用上,一些作家采用隐匿作者的手法。即,采用作者视点时,这一视点并非全知全能,它只采用客观显示态度,将作者的倾向通过人物描写潜在地表达出来。作者的退隐使读者能够更多地感受到身临其境的感觉。这种小说,为了强化人物的体验,作者的视点慢慢向人物视点偏斜。美国作家海明威的小说《杀人者》叙述者说的比人物知道的少,他像一个不肯露面的局外人,仅仅向读者叙述人物的言语和行为,但不进入任何人物的意识,也根本不想对他的所见所闻做出合理的解释。他所叙述的故事连他自己都无法把握,需要读者参与小说世界的创造。小说所叙述的是,一天傍晚,乔治的餐馆被两个陌生人闯入,他们把厨子和伙计双双捆在一起,每人嘴上绑了一条毛巾。在这两个陌生人和餐馆老板乔治谈话中,乔治得知他们受朋友之托来暗杀一个叫安德生的瑞典拳击家。由于安德生当晚没来餐馆,暗杀未遂。刺客走后,乔治打发伙计尼克把危险通知安德生。过了一会儿,尼克回来,乔治问:"你把那件事告诉他了吗?""当然,但是他知道这都是怎么一回事儿。""那么他打算怎么办?""什么打算也没有。我不晓得到底他干不下什么事情。"叙述者比安德生和两个刺客知道的少,两个刺客为什么要杀安德生,到小说的结尾,对读者仍是个谜。这只能靠读者去猜测。

校对后文本:其次,不固定视点,即所谓多重视点,也在一些作家的作品中大量运用。所谓多重视点,就是不同人物可以在不同章节中各以自己的视点观察、描绘生活。它可以展示不同人物对某一事件的不同看法。这种作品有日本剧作家黑泽明的《罗生门》,韩少功的《飞越蓝天》,温小钰的《土壤》,王蒙的《相见时难》等等。

《相见时难》用了三个视点:蓝佩玉、翁式含、杜艳。美籍华人蓝佩玉女士返回离别了 32 年的祖国,应邀参加为父亲平反后补开的追悼会。在北京逗留的一个星期,她见到了青梅竹马时的挚友翁式含,触动了旧日的恩恩怨怨。和蓝女士同龄的庶母杜艳,俗不可耐,在蓝老死后已改嫁 13 年了,这时也找上门来拉着蓝佩玉认亲。小说从三个人物的视点来观照同一故事,给人以立体化的感觉。

三、辩证手法

写作的辩证手法是根据辩证法的哲学原理,巧妙地将写作中的一些矛盾现象组织于同一作品,并通过它们的和谐统一来显示对象本质特征的写作手法。

写作的辩证手法千变万化,所涉甚广,常见的有虚实、动静、抑扬、张弛、详略、庄谐、断续、曲直、犯避、奇正等方法。在此介绍其中几种。

(一) 虚实

虚实法是一种将“实写”与“虚写”有机结合起来加以运用的手法,根据艺术表现和艺术欣赏的直观性和想象性的辩证统一原则,在写作中突出显示对象本质特征的方法。

“实写”指的是作者在反映现实、描绘生活时所做的正面、直接的描写,可以使对象具体可感,富于形象性。“虚写”则采用烘托、暗示等手法对于表现对象所做的侧面的、间接的描写,可以突出对象的本质特征,并且造成“艺术空白”,引起读者广泛而深入的审美联想。

在文学创作中,常采用以实写为主,以虚写为辅,做到虚实相生。例如,《三国演义》第五回“温酒斩华雄”一节,小说在帐内实写,虚写战场,只写关羽出帐之后,众诸侯闻帐外“鼓声大振,喊声大举,如天摧地塌,岳撼山崩,众皆失惊。正欲探听,鸾铃响处,马到中军,云长提华雄之头,掷于地上。”而曹操为了关羽热了一杯酒,正好温乎,这种虚实结合的写法,有力地烘托了关羽的武艺超群和英雄气概,给读者留下深刻的印象。

韩廷锡在明代曾说过:“文章有虚神,然当从实处入,不当从虚处人。”虚写部分应以实写部分为基础。以唐栋的小说《兵车行》为例,作者采用虚笔来描写主人公上官星,而以秦月的心理感受为衬底,写出这颗小星在她记忆天幕上划过。秦月伴着上官星的灵车一路前行,直到到达目的地高山哨卡,才知道自己牵挂的病员原来就在身后的车厢里。等到上官星和读者见面时,只是一副罩了白布的担架,白布占据了整个画面,“整个世界都凝固了”。但文中也有几种实笔,暗示上官星的遗体就在车上。其中一种是,秦月乘车上山救护病员时,心急火燎要开快车,司机却小心谨慎,坚持不能开得太快。另一种是在卫生队院子里,一辆卡车已经用帆布将车厢严严实实地罩着,秦月看到车号正是上官星的车,禁不住喊:"小星!"但司机已换了这辆车的预备司机。第三种情况是当汽车行经无神大版,已经看到灰色营房时,"病人"需要的是时间,司机却细心地擦洗车辆。最后,当车到哨卡时,前两排肃立的战士们"胸前戴着一朵小白花"。接着连长说:"他留下话,让我们把他送回家,埋在积雪的山岗中。他希望秦月能到哨卡为他送行。"如果没有这几个实际情景的描写,很难凸显出上官星不惧艰险、献身边疆的精神,也无法激发秦月的回忆和缅怀。而这几处实写,则有力地引发了秦月内心的波动,唤起她对上官星的音容笑貌、言谈举止的回忆。同时,这些描写也调动了读者的联想,从而为人物形象注入了更多丰富的内涵。虚笔和实笔相互依存、补充和生发,这一点在小说中得到了很好地展现。

(二)动静

动静法是写作中一种将客观事物的动态和静态的辩证关系突出表现出来的手法。它将动态描写和静态描写结合运用,有以动写静和以静写动两种形式。

唐代诗人王维在《鸟鸣涧》中写道:"人闲桂花落,夜静春山空。月出惊山鸟,时鸣春涧中。"这首诗旨在表现春山夜晚的宁静,但诗人巧妙地安排了"花落""月出""鸟鸣"等动态元素,构成画面反衬出静谧的春山景象。这就是以动写静,它不仅突出了静态景象的氛围和美感,还展示了静态之中蕴含的动态生命力,增强了作品的审美效果。

以静写动则是通过静态描写来渲染动态,创造出动态和静态并存、相对又统一的艺术境界。该手法能生动地展现出表现对象的似静实动的本质意义和生命力,取得超乎寻常的审美效果。

小说《月照南窗》通过描写静态景物的白描和妻子来信的叙述,构成了小说的意境。小说主人公尚未出场,但桌上的雕花空烟斗、小楷狼毫笔、汉白云石和方格稿纸等表现出他的事业心和执着精神。此外,五只深赭色荸荠也铺陈在桌上。这些描述采用了以静写动的手法,呈现了静态之中隐约的动态生命力,达到了动人心魄的审美效果。

离散的妻子来信中的惋叹、忏悔、请求和关心也使主人公备受感动,"此恨绵绵无绝期"。而从"墨迹未干的稿纸"和"灰白的发丝"等细节中,我们可以感到这位老编辑强烈的事业心和"历尽磨难终不悔"的精神。作者通过将静态和动态相结合,创造了静中见动的艺术意境,取得了动人心魄的艺术效果。

(三)张弛

《礼记·杂记下》中说:"张而不弛,文武(指周文王和周武王)不能成功;弛而不张,文武也不能成功;一张一弛,才是文武之道。"这里用"张"指的是处事严厉,而"弛"指的是处事宽缓。采用"一张一弛"的方式,符合矛盾运动相对缓和和相对激烈的规律,是对待各种矛盾的正确态度和方法。在写作中,采用张弛法,有意识地将紧张和激烈的内容与轻松和缓的内容相结合,交替穿插进行,这是一种常用的写作手法。这种写作方法不仅真实地反映了现实生活的多彩与变化,而且也能构成文章有节奏的起伏,有强有弱的感觉。

张弛法在具体运用时,可分为三种:第一种是由弛渐张。在情节的发展阶段比较缓和,逐渐进入高潮,矛盾冲突趋于紧张。比如《水浒传》中的武松打虎,先写酒店吃酒,听店家言语,看榜文,武松不信;待看到庙门印信榜文,方知端的有虎,却又碍于面子"难以转去",这是铺垫打虎紧张场面所做的安排,等到林中真的跳出吊睛白额大虫,情势陡然紧张起来。打完虎,下了冈子,情节又由张转为弛。

第二种是弛张对照。这是靠人物彼此心态上的差异来体现人物性格的方法。例如《三国演义》中"青梅煮酒论英雄"一回,曹操请刘备饮酒尝梅,正值天上出现龙挂,曹操以龙能升能隐、谁是当今英雄为话题,对刘备进行刺探。刘备藏愚守拙,假言开脱。曹操一看旁敲侧击不行,干脆正面攻心:"今天下英雄,唯使君与操耳!"竟把刘备吓得失手落筷于地,幸以"怕雷"而掩饰过去。外表上一个轻松,一个紧张,形成强烈的对照,有力地显示出曹操的奸雄和刘备的枭雄性格。

第三种是时张时弛。指故事情节的发展如波澜起伏,一波未平,一波又起,张弛相间,节奏鲜明。例如,莎士比亚的《奥瑟罗》就是个很好的例子。一开始贵族女儿苔丝德蒙娜爱上了黑人统帅奥瑟罗,遭到长老院的反对,这是张;为了抵抗敌人,只得让奥瑟罗去出征,婚姻风波迎刃而解,这是弛。然而新的矛盾又出现了:这场仗能不能打赢?又陷入张。接着,西班牙舰队遇到海上风暴,不战自灭,奥瑟罗胜利返航,这是弛。但是小人埃古出于嫉妒,制造"手绢事件",使奥瑟罗怀疑妻子,情节又趋紧张起来。这一张一弛的剧情扣人心弦,推动了剧情的发展,使观众得到充分的审美享受。

使用张弛法,首先要善于提炼生活中存在反差的素材,其次要善于穿插安排,巧妙组织,精心构思,力求达到张弛有度、富有节奏感的效果。

(四)抑扬

现实生活中,人们对各种事物都有自己的审美评价,可能爱也可能憎,可能褒也可能贬。这种情况反映在写作中,就形成了抑扬法。抑扬法是根据事物的从表及里、从现象到本质的客观规律,把生活素材相反相成地组织在一起,通过前后材料内容的反差,突出对象的本质特征,鲜明地显示自己的褒贬态度的一种写作手法。

　　清代的刘熙载在《艺概》中提出了"抑扬之法有四:曰欲抑先扬,欲扬先抑,欲扬先扬,欲抑先抑"。实际上,"欲扬先扬,欲抑先抑"是一种"强化"的艺术手法,即在抑或扬的同一方向上进行强而有力的渲染,步步深入,在叙事上层层推进。例如,艾明之的小说《三看郎》写了钢铁厂工人李敢和厂里单身汉蒋一民的相互认识,第一次因背邻居大娘上医院而被女方误解。但随着故事推进,蒋一民的助人为乐精神逐渐展现,当他在第三次相亲中为救一个即将坠楼的孩子而负伤时,其义举更加彰显出他崇高的品德,这体现了"小扬"到"大扬"的艺术手法。再如,陈建功的小说《飘逝的花头巾》对女主人公沈萍的描绘,先写她因一件小事而委屈,即班上同学去郊游没叫上她,她感到自尊心受到侮辱,觉得人家瞧不起她这个来自山村的姑娘,这是"小抑";接下来,又写她为了追求名利而被一个比她高一个身份的男子欺骗,这时就用到了抑的强化手法。

　　在叙事中,"欲扬先抑"和"欲抑先扬"手法更能激发读者的感情,这两种手法的特点是先写错觉,再写真相。通过真相逐步揭示的方式,写出对一个人物或事物由表及里、由浅入深的认识过程。唐彪在《读书作文谱》中说:"凡文欲发扬先以数语来抑,令其气收敛,笔情屈曲,故谓之抑。抑后随以数语振发,乃谓之扬,使文章有气有势,光彩逼人。"这说明了抑扬在叙述中所起的增强气势的作用。

　　例如,马烽的小说《我的第一个上级》中,开始描写县防汛指挥部副总指挥、农建局田局长在三伏天穿着黑棉裤,驼背倒立地迈着八字步。尤其是在听到永定河下游庄的报告时,他也照样睡觉,让人留下了拙劣和不作为的印象。但随着故事的推进,当河水猛涨时,田副局长临危不乱,指挥若定,最后带领人们用胸膛挡住洪涛时,人物形象顿时放射出光彩,让读者对这位刚毅、坚定的领导和土水利专家心生敬意。通过由贬到褒的手法,将人物形象深刻地刻画在读者心中。

　　法国作家司汤达的小说《法尼娜·法尼尼》使用了先扬后抑的手法。一开始,作者描述了郡主法尼娜的容貌出众、守身如玉的品德以及对追求她的爵爷的拒绝。当法尼娜遇到受伤的烧炭党人米西芮里,并且深深地爱上了他,收留他并秘密掩藏。读者在这里对法尼娜的形象应该充满喜爱。但是在米西芮里伤愈后,准备离开时,法尼娜却用向当局告密的方式,使烧炭党人的起义失败并被捕。这时,读者对这个秀外慧中的女孩的好感瞬间消失了。她出于极端利己的自私,将自己的感情看得比整个运动更重要。这种先扬其美以衬其丑的手法,让人们对法尼娜的认知产生了强烈的反差,从而产生了强烈的审美效果。

　　唐代文学家柳宗元曾经说过,"抑之欲其奥,扬之欲其明。"这句话说明了抑扬法的运用时要保证抑和扬之间的容量充足,并在适当的时候用突兀的转折来引起读者的兴趣和惊喜,从而达到审美的效果。在应用抑扬法时,要注意抑扬内容的联系与反差,同时也要控制好抑扬间的落差,使文章富有生动性和真实性,同时又不失信服力。

(五) 疏密

疏密的概念分为"疏"和"密"两部分：在文字的表现中，"疏"指的是用简洁的笔触，自由自在地写作，留有大量的间隔和空白；"密"则是指在叙述和结构上精密地呈现，用笔的细节刻画和描绘。在运用疏密相间的技巧时，对于叙事作品，文字的表现需要在叙事过程中加以变化，有时深入探究，有时简略概括，以传达不同的情感和语气；对于描写景物的作品，则需要用粗线条勾勒出大致画面，再用精细的工笔之法加以补充。这样才能使文章具备丰富的节奏感和动感，达到文学的审美效果。

其中，章法的变化也十分重要，必须在具有连贯性的基础上使节奏丰富，有效地防止写作过程中间单调枯燥的情况。此外，创作中不能让读者长时间阅读同样密度的内容，而是需要密度变化和调和，符合内容和风格的要求。例如，在史书《赤壁之战》中，作者司马光为了表现孙刘方面军事家周瑜、诸葛亮、鲁肃等人的军事策略和计谋，详细叙述的同时也在处理问题上表现出微妙的差异，增加了文章的波澜和张力。因此，在创作过程中应注意采用疏密相间的技巧，充分调动文字的各种表现手法，呈现出丰富的文学魅力。文章通过对东吴主臣之间微妙的动作细节的描写，展现了他们间的团结信任和亲密关系，而这也是他们胜利的重要原因之一。然而，对于战役具体情景的描写却非常简单，只有几句笼统的交代："中江举帆，去北军二里余，同时发火，火烈风猛，船往如箭，烧尽北船，延及岸上营落……"。前面文章密度较大，而后面交战情节却几乎没有什么细节描写。这是因为文章的重点在于阐述孙刘获胜和曹军惨败的原因，而在处理诸葛亮、周瑜等人的策划活动中，已经充分展示了这几位年轻有为的军事家卓越的才干，因此战争的胜负已经揭晓，所以对具体战斗过程的描写可以大大减少密度。

运用疏密法要讲究变化。可以先详细描述，再简略概括，或者先密集写作，再放松布局。没有固定模式，只能根据内容需要和主旨要求灵活运用。文本结构要富于变化，才能展现出精细错落、参差美妙的效果。此外，密集和疏松应当适度，根据读者的鉴赏要求和审美需求来考虑搭配。最好达到详细中有概括，密集中有松散，两者相互补充，相得益彰的效果。只有这样，才能产生良好的效果。

(六) 庄谐

现实生活中，有时候严肃庄重的内容，却以诙谐幽默的形式展现，这体现了内容上的"庄"和形式上的"谐"的辩证统一。庄谐法，也称为"寓庄于谐"，是一种通过幽默风趣的艺术手法，风趣而含蓄地表达庄重严肃生活内容的写作手法。

庄谐法的具体运用,常常表现为比喻、夸张、借代、象征、寓意、双关、反语和谐音等手段,用机智和幽默的语言,对生活中不合理和自相矛盾的事物或现象进行含蓄的揭示、批评和嘲讽,使读者在轻松愉快的微笑中,意识到这些事物的不合理性,进而理解这些喜剧形式中所蕴含的深刻而严肃的思想内容。正因为如此,运用庄谐法所写作的作品,有时可以同时具有喜剧和悲剧的性质,用喜剧性的形式表达悲剧性的内容,带给读者一种含泪的微笑。

庄谐法常用于讽刺喜剧、讽刺小品、杂文等文体,比如川剧《拉郎配》。故事发生在某小城,太监在城墙上张贴黄榜,内容是皇帝要选妃,所有年已及笄而尚未出嫁的女孩都被征选了。城中一下子沸腾起来,有女儿的家庭都争相嫁女儿,以免女儿被选去宫中不能回家。就在这时,一个外地来的秀才因为长得俊美,竟然被三家婆婆家"抢"去做女儿的捧客,于是三家开始互相竞争,最后打得不可开交,这场闹剧十分滑稽,但是如果认真思考,就会发现这场闹剧的真正罪魁祸首是那个荒淫无耻的皇帝。这个故事让人联想到四川百姓在历史上进行的多次"抗租""抗选"斗争,深刻地反映了人民的悲惨遭遇和斗争历程,传递着深刻的思想。该剧作者用夸张的手法达到了寓庄于谐的目的。

杂文中也经常使用寓庄于谐的手法,例如伊方的《痛苦三章·缴押金与退押金》一文,谈到北京一些酒店饭馆需要缴纳酒具和餐具的押金。作者写道:"收押金好,它丰富了我们的生活,增加了就业。缴纳押金的过程也可以锻炼我们的情感,尽管你被年轻美丽的售货员吸引而产生某种美好的(而不是轻浮的)情感,即使你文质彬彬,懂礼貌,绝不会突然逃走,她还是会毫不含蓄地把拿着瓶子的你"押"起来。这样的饮用体验不仅会冷却你的胃,也会冷却你的心。"这种诙谐幽默的语言风格,尖锐而辛辣地讽刺了那些经营者对待顾客人格的不敬,是一种善意的笑中带泪的批评。它运用嘲讽的语言揭示了一个严肃的社会问题:要尊重顾客的人格。

运用庄谐法要注意"庄"与"谐"之间的关系,是内容与形式对立统一的关系。其中"庄"起主导作用,"谐"为"庄"所决定并为其服务。我们必须从内容出发,选择恰当的幽默手法,使二者有机统一。决不可将幽默变成一种无实质内容的"油滑"。

(七)直婉

直婉是在叙事中直叙和婉叙的交替变化。清代散文家梅曾亮说:"文气贵直,而其体贵屈。"文章的气势应一贯到底,而表达上则应曲折顿宕,直中有婉,做到"敛气以蓄势"。

在叙事过程中,有的情节适于直陈,有的情节则用婉笔较好,例如,理由的报告文学《扬眉剑出鞘》在叙写栾菊杰的家庭时,曾遭到某些人的反对,因为小栾家里孩子多,父母生活比较紧,一个在国际剑坛上鼎鼎有名的运动员家庭竟然有这么多难处,让读者看了可能有副作用,不便直写,于是用了婉转含蓄的笔法:

为了认识她,认识一下她的家庭是满有意思的。她出生在南京,她的父母都是工人,和我们所有工人家庭一样,生活充实而愉快。只是孩子生得多了些,一共七个,前六个是女儿,最小一个是男孩,她是老二,这样的家庭让孩子业余去搞体育有为难之处。跑跑颠颠的孩子吃得比大人还多,衣服磨损快,鞋子也破得快。而她的父母对体羽很热心,在我国千万个业余体校的学员家长当中,这个家庭是难能可贵的:墙上贴满五十多张奖状,那是老大老二和老三从运动会上拿回来的,有长跑的,短跑的,当然还有击剑的,这是父母引以为自豪的东西。他们替下一代想得多,宁可自己节省一点,也要让孩子锻炼得结结实实,同时又不放纵孩子。老二很懂事,样样家务都能干。读书(她是三好学生),练剑,回家还要带弟妹。她爱弟妹们,弟妹们也爱她,每天她们都用欢呼迎接自己的姐姐:"我们的运动员回来了!"

这段话有几处用的婉语:先说"和我们所有工人家庭一样,生活充实而愉快。"这"充实"应指精神生活和物质生活,但主要是指前者,否则,下面出现"这样的家庭让孩子业余去搞体育有为难之处"就不好解释。如果把"充实"换成"富足"就不真实,如写成"生活不富足"又太直了。"有为难之处"和"有困难"相比,也是婉语。联系下面的"在我国千万个业余体校的学员家长当中,这个家庭是难能可贵的",我们可以想见这样的孩子多,收入少的家庭要培养一个击剑"国手"该有多么大的困难!我们从"宁可自己节省一点"这句婉语不是完全可以想象小栾的父母节衣缩食培养孩子的高尚精神了吗?作者在谨慎的措辞中婉曲地叙写了小栾的家庭对她的支持,也表现了她在较差的环境中的奋斗精神,这种含蓄笔法比直截了当的叙写更富有深意。

另外,在现实生活中有些细节是忌讳的,这时也应以婉笔出之。例如,《飘逝的花头巾》中写到沈萍并不知道她的男朋友——那个名学者的儿子已经追上了某个搞外事工作干部的女儿,还憧憬着"幸福",到男"朋友"家中赴约,站在楼外暗中观察她的秦江看到"十点钟了,窗帘上的身影还在动。一个身影——那是她,她在梳头……突然,我的心猛地紧缩了一下,又咚咚急跳起来,因为我看见那个窗户里的灯一下熄了。""默对着那黑黢黢的窗口,我感到心酸。为沈萍,为她妈妈,也为我自己。"这里把现实的景象和观察者的心理结合起来写,用笔较为委婉,但是却叙写出了这个"不安好心"的小子确实"要"了这个来自小乡镇的姑娘,从秦江的惋惜、痛心的表情动作中完全可以得出这个结论,沈萍的命运已经是注定的悲剧式的。因为不便写得太直露,所以采用了婉笔。

（八）擒纵

擒纵也称离合，纵是放开，擒是收拢。古人谈到作文法时说："世间文字断无句句着题，句句不着题之理，其法在于离合相生。将与题近，忽然飏开，将与题远，又复掉转回顾是也。""凡为文章犹人乘骐骥，虽有逸气，当以衔勒抑之，易使流乱轨躅，放意填坑岸也。"

对叙事文章，特别是叙事散文，要求放得开、收得拢，纵横捭阖，运用自如。例如，杨朔的散文《荔枝蜜》主要讲述的是在广东从化温泉公社养蜂场参观时的所见所闻，但作者却巧妙地运用擒纵手法：一开始，先写"我"因幼年时曾被蜜蜂螫过，所以不喜欢蜜蜂。然后笔锋一转，又写从化的旅行，观察那密密重重的荔枝树，又介绍起荔枝的味道。这似乎离了题旨，然而从荔枝又谈到荔枝蜜，用"从化的荔枝树多得像一片碧绿的大海，开花时节，那蜜蜂满野嘤嘤嗡嗡，忙得忘记早晚，有时还趁着月色采花酿蜜"来衬托蜜蜂，到这时，叙事的主要对象——蜜蜂才姗姗飞来。"我不觉发生了兴趣，想去看看一向不大喜欢的蜜蜂。"这句话照应了开头，又使叙事进入主线。作者用先离后合、欲擒故纵之法，使文章生动感人、耐人寻味。

（九）奇正

"文法有平，有奇，须是兼备。乃尽文人之能事。"究竟什么是奇笔，什么是平笔，刘大櫆说得含糊不清，他只提出："奇者，于一气行走之中，时时提起。"清代毛宗岗对这一观点有所阐发："文有正笔，有奇笔。以次而及者也，正笔也；突如其来者也，奇笔也。正笔发明于前，奇笔推原于后，正笔极其次第，奇笔极其突兀。"他把按照事物发展的正常次序的叙事称为"正笔"（亦即"平笔"）。用"正笔"写出的情节既符合人物性格的正常逻辑，又符合客观条件所规定的情境，所以完全在人们意料之中。当然，客观事物的发展并不总是按正常的逻辑顺序进行的，正如法国文学评论家狄德罗所说："有时候在事物的自然程序里也有一连串异常的情节。区分惊奇和奇迹的标准就是这个自然程序。稀有的情况是惊奇；天然不可能的情况是奇迹。"惊奇情节的产生，可能由于主客观条件发生突如其来的变化，也可能由于人物性格复杂，某个非主导性格侧面起了决定作用。校对后文本；另外，惊奇也和人们的新鲜感有密切联系，在平淡的叙事中加入富有新鲜感的情节，也能为文章增色不少。以于土的小说《芙瑞达》为例，援外医生"我"在异国的 F 城看到了一个小女奴。虽然这个约一百万人口的城市有二十万类似的女奴，但这个小女奴竟是因为在家里跳一种什么舞玩而被自己的笃信宗教的父亲卖掉的，这就别具一格。有压迫就有反抗，小女奴有反抗情绪是自然的，但她的反抗却采用弄松摇椅上的绳子使主妇摔倒，这就更让人意外。接着，"我"受邀到比邻的诺特将军家做客，这是平淡的叙事。但在诺特家，"我"发现诺特硬要把穿着列兵服的自己的照片说成是穿的将军服，这就增添了一抹惊奇的色彩。校对后文本："我"第二次来到 F 市，恰逢诺特要迎娶第四个妻子，这在这个国度是司空见惯的事——法律规定一个男人可以娶四个妻子。然而，被迎娶的却是当年倍受摧残的小女奴芙瑞达，这让人更加惊讶！更令人惊奇的是，在婚礼即将开始前不久，诺特以"妒嫉"罪名将第二个妻子鞭打至奄奄一息，然后将其从楼窗扔下，这更加离奇！第三次"我"来到 F 市时，听说芙瑞达被诺特以"不贞"的罪名捆绑在那里，全身遍布鞭痕，即将按照传统方式处死。尽管芙瑞达讨厌比自己年长一倍的诺特，虽然她不可能犯下"不贞"的罪行，但她从不屈服于他。诺特第二个妻子作为无辜的代价被处死，芙瑞达也注定将冒着同样的命运，只不过她遭遇得更早。但结局又出现了出人意料的伏笔：芙瑞达竟没有死，而是被她的几个兄弟姐妹和其他人"劫"走了。整部小说始终贯穿着正常和离奇的交替使用和辩证统一。只有在合理运用奇笔和正笔时，文章才能吸引人们的注意力。

（十）犯避

毛宗岗在《三国志演义读法》中提出："作家以善于避为才，但同时善于犯亦同样重要。仅仅避而不犯，则难以显示其避的本领。只有在犯了之后再将其避开，方能彰显出作家避的能力……就如同树木一样，它们的根不同，花果各异，颜色斑斓。读者由此可领悟到，文章有一种避的技巧，同时也有一种犯的能力。"毛宗岗所说的"犯"中求"避"，是指在相同的场景、情节或人物中，抓住他们各自的独特性，采取不同的艺术手法，让它们"各彰其美"。例如，罗淑的《生人妻》和柔石的《为奴隶的母亲》都写了相同的主题：贫穷的农民在被压榨到无可奈何的时候不得不卖掉他们的年轻妻子。这两篇小说有很多相似的情节，比如，夫妻的分别、妻子被卖到陌生人家、在面对第二个丈夫时的矛盾心理以及妻子回到原来家时的凄凉场面。虽然这两篇小说有很多相似之处，但作者柔石和罗淑都巧妙地避免了它们的相互干扰。叙述妻子要与丈夫离开时的情景，柔石让春宝娘将春宝的几件破衣服修好，甚至拿出孩子冬天穿的破烂棉袄交给她的父亲。罗淑则让妻子交出多年戴在头上的银簪（本来已经被卖了，但丈夫又赎回来），然后哭着将它留给丈夫。临行前，她还吩咐道："你那件汗衫洗好了就晾在桑树上，别忘了收进来。"在描写被卖后的命运上，春宝娘本能地将自己当作工具来生孩子，为秀才生下秋宝后遭到"大娘"的驱逐，最终回到了家里。罗淑笔下的那位妻子则是在结婚当晚就因为无法容忍小舅子的冷言冷语而逃回家中。这两个女性的反应截然不同，一个如温顺的羔羊，另一个则如不羁的野马。春宝娘与春宝的相遇让春宝娘伤心欲绝，一面想念着自己的秋宝，一面感到春宝重现眼前。而《生人妻》的女主人公则觉得自己的逃跑是违约行为，她担心会给丈夫带来麻烦,因此犹豫不决。尽管两个妻子的命运相似,但是由于她们的性格差异,采取的行动也完全不同,最终的结果也大相径庭。这是因为两位作者在采用"避"和"犯"的技巧上巧妙处理,使得两篇小说都呈现出了各自不同的魅力。

第八章 新闻文体写作

新闻文体是一种用于报道新闻的文体,具有简洁明了、客观中立、时效性强的特点,注重事实准确性和立场公正性。其写作要点包括标题醒目、行文简洁、事实准确、时效性强、视觉表现力强和结尾精致等。这种写作需要以客观中立的角度进行报道并尽早发布,以便让读者快速了解新闻事件的内容。

第一节 消 息

一、消息的界说与源流

(一)消息的界说

消息是指用简明扼要的文字,迅速及时报道新近发生具有新闻价值的事实的文体。消息与新闻相关,广义的新闻包括消息、通讯、特写、新闻评论等多种样式,狭义的新闻则专指"消息"。消息是广播、电视、报纸最主要、最常用的一种新闻体裁,也是最集中、最简洁、最直接、信息含量高的方式。随着信息社会的到来,消息与人类社会关系愈加密切,其影响逐渐更广泛和深入。因此,我们不仅需要阅读报纸、听广播、看电视,还应该学会写新闻,及时传递有关新信息、新情况。

(二)消息的源流

新闻是人们获取信息和了解事实的一个重要途径,而消息则是新闻报道中最基本的单元。那么,消息是从哪里来的呢？我们可以通过以下几个方面来了解新闻消息的来源:

首先,新闻编辑和记者通过各种途径搜集信息,这些信息可以来自政府、企业、社会群体等各个方面。例如,政府公布政策、社会活动组织者宣传活动、企业发布新产品等都可以成为新闻报道的消息来源。

其次,现代通信技术的发展也给新闻消息收集带来了极大的便利,例如互联网、社交媒体等都成了新闻媒体获取消息的重要途径。记者可以通过这些渠道监测和跟踪事件的发展,收集相关的线索和信息。

最后,新闻记者采访和肉眼观察也是消息收集和获取的重要途径。记者可以通过直接采访现场的当事人或者从目击者、专家学者等人那里收集信息。记者也可以通过亲身肉眼观察,记录现场状况,挖掘出更加深入的信息。

除了以上几种途径,还有很多其他的消息收集方式,比如民间传闻、消息灵通人士的透露等。这些途径都可以为新闻报道提供丰富的素材和有力的信息支持。

然而,在信息获取的过程中,记者们也面临着一些挑战。比如,政府或者企业往往会对一些敏感话题进行封锁和限制信息的公开度;而互联网和社交媒体上的谣言和不实信息也常常影响到新闻的准确和可信度。记者们在寻找新闻消息的同时,也需要时刻注意信息的真实性和客观性。

除此之外,记者还需要具备专业的问询和编写能力,能够把陈述信息的技巧表达清楚,从而吸引更多的读者。只有在新闻工作者优秀的新闻素养和专业技能的基础上,才能够更好地创作出有影响力的新闻报道。

二、消息的特点

消息是新闻报道的基本单元,具有真实、迅速、新鲜、简洁的特点。新闻媒体需要准确、可信地收集、核实、发布消息,以提供优质的新闻报道。

(一)真实

校对后文本:真实性是新闻的生命。在记叙文体中,消息以客观事实为本源,要求人物、事件、地点、时间、数字、情节等准确无误,甚至细节也要真实。不容许凭空联想、合理夸张或随意编造,以假乱真。同时,要在确保事实准确的前提下,真实地反映事物的本质。失真是新闻的大忌,无真实性,就没有新闻价值。

(二)迅速

迅速是指"跟随形势,迅疾反映",这由新闻的时效性决定。因此,消息追求时效,特别是广播、电视、网络等新闻媒体日新月异的发展,使消息传播更迅速。只有迅速及时,才能赢得最广大的读者与听众。任何延宕迟缓,都会削弱甚至失去新闻价值,并可能导致无法弥补的损失和遗憾。因此有人把新闻称为"易碎品"。

当然,报道迅速要以报道准确、真实为前提。如果只追求速度而失真,是徒劳无功甚至有害的。

(三)新鲜

新鲜是消息的特点之一。消息要以"新"夺人,以"新"取胜。只有新鲜才能引起兴趣,使人趋之若鹜。速度和新鲜紧密相关:只有快,才能保持新鲜;要保持新鲜,就必须保持速度。消息的"新"并非仅指刚发生的事实,有时从另一角度看事物会发现新问题,有时从日常生活中会发现新发展、新问题,这些都是新鲜的。

(四)简短

简短指"简短明了,内容单一"。消息通常只有几百字,要求用最简洁的语言陈述事实,体现要点。消息应该简而有力,篇幅短小,精准生动,以最快速度传播给读者。

三、消息的种类

消息可以从不同的角度来进行分类。如按报道的对象分,可以分为人物消息、事件消息、会议消息、经验消息等;按报道的地域分,可分为国际新闻、国内新闻、地方新闻等;按报道的内容范围分,可分为政治消息、军事消息、科技消息、工业消息、体育消息、文教消息等。我们兼顾内容和写作特点,将常见的消息分为以下五种:

(一)动态消息

动态消息是最及时、最简明报道新闻事实的一种形式。它可以是国内外的重要事件,也可以是某一地区、某一单位或社会生活中出现的新事物、新情况、新成就或新趋势。动态消息只报道事实,通常不添加评论。因此,它也被称为"纯新闻"或"硬新闻"。动态消息在报刊中占有很大比重。例如,重要会议新闻、重要体育比赛、重大工程的开工或建成等都属于动态消息。

(二)综合消息

综合消息也称作综合新闻。它不是报道在某个时间、某个地点发生的事件,而是综合反映全局性情况、动态、成就或问题的一种报道形式。它是一种跨度时间和空间的全景式新闻报道,涉及面广。内容往往涉及多个地区或多个事件,既有全面情况的综述,又有具有典型意义的事例,还有对本质意义的精当分析。它是对某个时期内某个地区、领域或战线全局性情况的综合报道。

(三)经验消息

经验消息是对某一地区、部门或单位取得的成功经验的集中报道。在经验消息中,往往要交代情况、介绍做法、反映变化、总结经验,从事实中得出结论,从典型中引出规律。因此,它所报道的内容,一般都具有典型性,有较强的针对性、指导性和说服力。

（四）述评消息

述评消息又称新闻述评或记者述评。这是一种以夹叙夹议、边叙边评的方式写成的消息。它以叙述新闻事实为主要任务，分析评说是紧紧围绕着新闻事实进行的，能充分揭示新闻事件的本质意义，是兼有新闻和评论两种功能的一种体裁。

（五）深度报道

校对后文本：深度报道是一种连续性报道形式，它揭示了新闻事实内部联系，不仅报道新闻事实，还揭示和解释了新闻事实产生的原因和结果，向读者解释了事件的来龙去脉、含义和社会影响，同时也对事件的未来发展进行了展望和预测。深度报道以"深度"见长。它颇具挖掘新闻事实所隐含意义的能力，极大地拓展了新闻报道的领域。

深度报道突破了"一事一报"的报道方式。它以多侧面、多角度、全方位的方式报道事实，系统、全面、深入地报道新闻的发展过程。它着重回答"为何""如何"这两个问题。在事实发生前，可以发布预测性新闻；在事实发展中，可以连续报道和解释性新闻；在事实发生后，可以发布新闻综述和分析性新闻；而在报道新闻事实时，也可以交织消息、通讯、调查、评论和图片等内容。深度报道尤其适合于重大新闻和热点新闻的报道。

四、消息的写作

（一）消息的基本构成

消息的基本构成通常包括标题、消息头、导语、主体、背景和结尾。

1. 标题

校对后文本：标题是文章的题目，也是文章的关键点。好的标题具有"第一引力"，能够吸引读者。因此，写消息时，要首先拟好标题。一个好的标题能够概括全文的主要内容和意义，突出新闻的特色和价值。它需要准确鲜明，新颖别致，醒目简洁，能够吸引读者的注意力。相反，标题写得不好，则容易使读者忽略重要新闻或可能感兴趣的新闻。

除了按内容划分，消息的标题还根据形式划分为单行、双行和多行标题。单行标题具体明确，一般要点明消息的主要事实。双行标题有两种写法，一种是正题的上面有引题（也称肩题、眉题），一种是正题下面有副题。多行标题通常会在新闻标题下方，用两行或者更多的文字描述完整的信息内容。多行标题的主要特点是可以更全面地揭示新闻的主要内容和意义，给读者更多的信息以便他们更好地理解新闻。同时,多行标题也能让读者更快速地了解新闻中的不同方面,包括关键字、地点、时间等。多行标题在设计上更加自由,可以灵活调整字体、颜色、字号等。总之,多行标题是一种能够更好地呈现新闻内容的标题形式,能够更完整地展现新闻的主要特点和价值。

(1)单行标题

一则单行标题的例子是:世界银行将提高对可持续能源的融资。

在这个标题中,只有一行文字,简短明了,让读者很快就能够明白这条新闻的主要内容,即世界银行将在未来加大对可持续能源的融资力度。这个标题用词简单,易于理解,能够迅速吸引读者的注意力,引导他们继续阅读下文。单行标题适用于新闻内容比较简单,信息层次不是很丰富的情况。通过极简的表述,单行标题能够迅速传达新闻的核心内容,从而吸引读者的注意力,提高新闻的可读性和吸引力。

(2)双行标题

一个双行标题的例子是:特斯拉 Model S 刷新零到 60 英里/小时加速记录。

这个标题包含两行文字,能更充分地表达文章内容的主要信息,传达一种更丰富、更具体的信息层次。第一行标题是关于特斯拉 Model S 的,第二行则描述了其独创的新运动成绩。这个标题不仅告诉读者 Tesla Model S 刷新了零到 60 英里/小时加速记录,而且让读者知道这款车辆拥有非常强大的加速能力。这会引起可能感兴趣的读者关注和兴趣,带来更多流量和关注。双行标题能够深入的表述新闻的重点和信息,能够包含更丰富的细节内容和描述性的词汇,引起读者的好奇心和兴趣,提高新闻的报道效果。

(3)多行标题

一个多行标题的例子是:法国艺术家通过使用垃圾制作栩栩如生的动物雕塑,呼吁人们更加重视环境保护。

这个标题包含了三行文字,更全面地描述了文章内容的主要信息。第一行标题指出主题是一位法国艺术家,第二行则描述了她用垃圾制作的栩栩如生的动物雕塑,第三行说明了文章的立意,是要呼吁人们更加重视环境保护。这个标题不仅传达了文章的主题和内容,更能够引起读者的思考和共鸣,提高对环境保护的认识和重视。多行标题能够准确传达文章的重点和主旨,特别是对于一些语言精练或主题复杂的文章,多行标题的使用可以更好地描述和解释文章内容,使读者更易于理解和接受。

2.消息头

报纸上刊登的消息,其开头部分往往冠以"本报讯"或"某某电"之类的字样,这就是消息头。消息头是消息的标志,正规新闻报道不可忽视消息头的运用。

消息头的形式主要有"讯"与"电"两大类。

"讯",主要是通过邮寄或书面递交的形式向报社传递的新闻报道。

"电",主要是通过电报、电传、电子邮件、传真或电话等形式向报社传递的新闻报道。

消息头的作用:一是使消息明显区别于其他文体;二是"版权所有"的一种标志;三是表明消息来源,以利读者判断;四是消息头与新闻发布单位的声誉紧密联系在一起,它迫使新闻发布单位认真对待每一条新闻。

3. 消息导语

导语是消息正文的开头,紧接电头(即"某某讯某地某日电"或"本报讯"等字样)之后的第一句或第一段话。导语是消息内容的精华,一般用简洁精炼的文字揭示消息的主要事实或意义,吸引读者阅读全文。

导语的写法主要有以下几种:

(1)概述式。采用概述的方法,把消息中最新鲜、最主要的事实写出来。这是最常见的导语写法。

(2)描写式。对消息的主要事实或某一个侧面进行简洁、形象、有特点的描绘,使读者有身临其境的感受。这种导语形象生动,绘声绘色,有较强的吸引力。

(3)评论式。对消息所报道的事实进行精要的评论,一开始就揭示出事物的意义和目的。

(4)设问式。以设问开始,把消息中的主要事实或所要解决的问题提出来,以引起人们的强烈关注,增强报道的论辩色彩。

(5)引用式。引用新闻中主要人物的核心语言作开头,给人以强烈印象。

(6)对比式。运用对比、衬托的方法,把消息的主要事实和问题突出来。其特点是着眼于当前,讲过去是为了衬托现在,使二者前后蕴含的新闻价值相映生辉。

导语的写法多种多样,千变万化,有时甚至多种并用,但无论采用何种写法,都应做到:

一是要根据新闻内容的不同来选择使用不同的方式,并注意全篇的统一、完整与和谐。二是要在提炼上下功夫,一定要将最主要、最新鲜的事实写出来,并注意不要与主体重复。三是要讲究语言表达技巧,做到凝练醒目,生动明快。

4. 消息的主体

主体是一篇消息的主要组成部分,即中间的正文部分。它承接导语,对导语提及的事实内容作具体的叙述与展开。主体部分的写作要求是:围绕主题用一定的形式把事实材料组织起来,做到结构安排合理,言之有序,顺理成章。

常见的主体展开形式有以下几种:

(1)按内容重要性递减的顺序展开。就是按照新闻事件内容重要程度或读者关心程度,先主后次地安排事实材料。重要的材料往前放,次要的材料往后靠,最次要的放在最后。

（2）按事件发展的时间顺序展开。就是根据事情发生的先后顺序来组织安排材料,这是消息主体展开常用的结构形式。这种主体展开的形式可以清晰地反映出新闻事件的来龙去脉,使读者对事件发展的过程一目了然。

（3）按事物内在的逻辑顺序展开。就是根据事物内在的联系或问题的逻辑关系来组织安排材料。主体展开的各部分之间可以是因果关系、递进关系、并列关系,也可以是主从关系、点面关系、对比关系等等。这种写法,有利于反映出事物的内在规律,揭示出事物的本质特点与意义,条理较为清晰。

写消息主体要注意变换角度,避免与导语重复;扣紧主题,不要把采访所获得的材料全往主体里堆;内容充实,不能空发议论,也不能罗列事实。写消息主体,西方比较推崇"断裂行文法"。所谓"断裂行文法",段落一般短小;段落与段落之间一般没有过渡衔接,主要依据材料的内在联系;叙述打破时空限制,造成快节奏跳跃式的推进,全文似断实连。

5. 消息背景的运用

消息背景又称新闻背景,是有关新闻事实的历史和环境材料占常见的背景材料有三种:

（1）说明性材料。用来说明新闻事实产生的原因、条件、环境、政治背景、历史演变以及新闻人物出身、经历、身份、特点的材料。

（2）注释性材料。用来注释、解说有关材料科学技术、名词术语、物品性能特点的材料。

（3）对比性材料。与新闻事实能够形成某种对比的材料。

新闻背景材料在消息中具有不可取代的作用:它能揭示新闻主题;帮助读者理解新闻事实;便于作者表述自己的观点;使新闻的内容充实饱满,富有立体感,说服力和感染力强。

占有背景材料,是写好一篇新闻的基本条件。占有最新背景材料,是写独家新闻的基本条件。背景材料的运用要因地制宜,有时候背景材料很短,短到只有一句话或几个字。有时,背景材料占了消息的主要篇幅。背景材料的多与少,取决于消息主题和读者需要。

运用背景材料时应注意:要从消息主题出发,紧扣主题,要为读者着想,考虑读者阅读、理解上可能遇到困难、问题,灵活穿插背景材料。

6. 消息的结尾

结尾是消息的结束语,在文中起着总收全文的作用。它或者阐明新闻事实的意义,或者指出事件发展的趋势,以加深读者的理解。它常与导语呼应,最后升华主题。结尾应是消息内容发展的必然结果,要自然收束,切不可画蛇添足。有的消息内容简短,事件的精华或结论已经在前面叙述清楚,则可戛然而止,不必另结尾。

第二节 通 讯

一、通讯的界说

通讯是一种新闻体裁,通过叙述和描写的方式对具有新闻价值的人物、事件、工作经验、山川风貌等进行迅速、具体、生动的报道,反映现实生活。在国外,类似的文体被称为"新闻专稿"。通讯最初由记者、通讯员通过书信传递外埠新闻。随着电讯事业的发展,通讯改为电报播发,直到 20 世纪 20 年代正式定名为"通讯"。通讯以其独特的表达方式展示更广阔的新闻背景和更深邃的内涵,具有强烈的感染力和教育作用,被誉为"报纸的明珠"。

二、通讯与消息的异同

通讯和消息都属于新闻范畴,具有真实、新鲜、报道及时等共同之处。然而,它们在文体、标题、开头、内容、形式、表达方法和时效上存在诸多区别。首先,在文体上,通讯和消息明显不同;其次,在标题上,消息有引题、正题和副题,而通讯有时只有一个正题,有时在正题下设有副题;第三,在开头上,消息有电头和导语,而通讯则没有电头和导语;第四,在内容上,消息通常要求准确、概括的报道,而通讯则是具体、详细的报道,篇幅比消息长,是消息的扩展和加深;第五,在形式上,消息程式性较强,而通讯则灵活自由,富于变化;第六,在表达方法上,消息主要运用叙述手法,而通讯需要调动叙述、描写、抒情、议论等多种手法,有时还适当运用比喻、拟人、象征等修辞手法,再现新闻事实,力求生动形象;第七,在时效上,消息比通讯的时效要求更高。

三、通讯的特点

(一)新闻性

通讯作为一种新闻作品,具有强烈的新闻性。它能够及时发现现实生活中具有新闻价值的人、事、场景,并迅速进行报道。通讯的新闻性主要体现在以下几个方面:报道内容的真实性、报道角度的新颖性、使用材料的新鲜性以及新闻主题的深刻性等。同时,通讯的内容还应具备时代感和针对性,能够及时回答人们普遍关心的问题,引导现实生活。

(二)评论性

通讯中,作者可以对其报道的典型人物和事件直接发表评论、抒发感情,揭示所写内容的思想意义。但是,通讯中的评论和感情应该紧扣人物或事件,善于根据实际情况进行即事生情,配以生动形象的描写,画龙点睛,突出主题。

(三)文学性

通讯的文学性是一种狭义的文学性,指在叙述真实事件的过程中,生动形象地描写人物思想和活动,展示社会环境和场景,曲折生动地展开故事情节,从而具有鲜明的文学性特点。通讯的表现手法灵活多样,既能够运用叙述和描写手法,也能够运用抒情和议论手法。通讯语言生动,具有一定的文学气息,因此备受读者喜爱。

四、通讯的类别

(一)人物通信

人物通信是以刻画、描绘新闻人物事迹与形象的一种通讯。这种通讯以表现人物为中心,从不同角度反映人物的事迹和思想,写出人物的某些突出的精神品质。

人物通信有以写某个人为主的,也有以写某个集体为内容的。

人物通信可以写全人全貌,即写出某人一生的生活及其精神风貌,也可以写某人在某时期或某方面的表现。例如,写焦裕禄的作品中,具体而生动地表现出了焦裕禄在严重困难面前坚强不屈的性格和一心为人民的品质。

一般而言,人物通信多写正面人物,以报道先进人物的模范事迹及其崇高的思想境界为主,为读者树立学习的楷模。但也可以写负面人物,以引起人们的警觉。

(二)事件通信

事件通信是以描述事件为主的通信。通过较完整地记叙现实生活中发生的典型事件并发掘其精神,体现时代的面貌。事件通信中也会写到人,但它紧扣事件来写有关的人,通过人的精神,力求发掘其事件的意义。

事件通信主要报道现实生活中有深远的社会意义和思想意义的事件,展现了"三个文明"(物质文明、精神文明、政治文明)建设的壮丽画卷。

事件通信也可以揭露批评形形色色的不正之风和消极落后的社会现象。这类通信的价值与作用也不可低估。事件通信叙事的笔调有的深沉凝练,有的生动活泼,有的尖锐辛辣。事件与人物是血肉相连的,不能孤立地写事,要写好与事件有关的人物。当然,事件通信写人物的音容笑貌、行为动作只是为了体现事件的本来面貌与情节的丰富性。

(三)工作通信

工作通信是以介绍工作成绩和经验为内容的通信。它要求介绍的经验具有典型性,能够以点带面,借以指导面上的工作。它微重于先进典型的工作经验或某些具有普遍意义的业务经验的介绍。工作通信也用于批评一些实际工作中存在的问题,或研究、探讨一些实际工作中出现的新事物。工作通信的着眼点是某项工作该怎么做或不该怎么做,工作通信没有中心人物和中心事件,只有中心工作。要写得形象、生动、饶有兴趣,耐人回味。

(四)概貌通信

概貌通信是以反映某一行业、某一地域、某一单位的大好形势和今昔面貌深刻变化为内容的通信,也称之为风貌通信。这类通信主要集中多种情况,有点有面地表现整体,给人以鸟瞰的印象。

概貌通信在必要的地方可以采用今昔对比的手法来说明变化,突出特点,显示成绩。它可以反映一个地区、一条战线或一个单位发展变化的新气象。另外,它还可以报道重要的建筑工程、展览会、陈列馆的丰姿或内容。

报刊上常见的"纪行""巡礼""访问记""散记""见闻""掠影""一瞥""拾趣""记游"之类的通信,大多具有概貌通信的特点。

(五)新闻故事

新闻故事又叫小通讯,是一种篇幅简短、情节生动、故事性强的小型通讯。新闻故事的容量较小,只写新闻人物活动的某一片段或新闻事件的某一侧面,但它选材精当,故事情节生动有趣,生活气息浓,可读性较强。

五、通讯的写作

要写好通讯,应注意以下几个方面的问题:

(一)提炼好主题

通讯的主题除了遵循一般文章提炼主题的要求,如正确、深刻、新颖之外,还要求做到反映时代的精神。这对通讯来说十分重要,关系到通讯成败。如果一篇通讯不能反映这一时代面貌,也就失去了通讯的时代意义和应有的教育作用。因此,写作通讯首先要在提炼主题上下功夫。

怎样提炼反映时代精神的主题呢?一是要站在时代的高度,认清时代发展的趋势,分析人物、事件的时代意义;二是要回答关心的问题,反映的愿望。这样的主题才具有时代的特点,为群众所欢迎。

(二) 写好事件

一篇通讯,不可能面面俱到,不可能事无大小都写进去。必须精选典型事实和材料,这样才能深刻地揭示主题。

精选材料要做到典型。获取典型材料的前提是深入、细致甚至独到的采访。只有通过深入采访、掌握大量确凿可靠的材料,才能在诸多事件的比较中选择出典型事例。

采访材料一要广,二要细。所谓广,就是采访的面铺得越宽越好,对事件既要掌握它本身的情况,也要了解其前因后果及与周围事情的关系;对人物,既要了解现在的事迹,也要深知过去的情况和他的生活环境;对概貌,既要掌握目前的情况,也要了解过去的情况和今后的趋势。全面地占有材料,才便于从广阔的背景中估量材料的意义。

所谓细,就是在采访中不放过任何微小的细节,一件小事、一句话、一个动作、一个神态,看似微不足道,却往往包含着很高的价值,深入发掘,会增加文章的分量,运用得当甚至能让全文骤然生辉。

(三) 写好人物

要写出生动感人的通讯,必须要写好人物,着重表现人物的精神世界。要想写好人物,就要善于通过行动来揭示人物的思想面貌,善于通过具体的情节及生动的细节来反映人物的性格和心理活动。

在通讯《人民的好医生李月华》中,作者通过一段情节来突出李月华的精神风貌:李月华生下最小的女孩冠英的第五天深夜,外面下着鹅毛大雪。草沟大队西南生产队的蒋大娘因小外孙患病来请李月华出诊,李月华立即拉着蒋大娘就走。到了蒋大娘家,李月华为孩子做人工呼吸、打针,等孩子渐渐安睡了才离去。蒋大娘对自己的闺女说:"你是月子里十五天,月华月子里才五天哪!"母女俩被李月华的行为激动得泪流不止。

接着,作者又抓住这样一个细节来点明李月华的舍己精神:母女俩说到天蒙蒙亮,才渐渐睡着。这时,门外又响起了李月华亲切的声音:"大娘,孩子好了吗?"蒋大娘连忙开门,只见外面雪花还在飘着。李月华深夜来的两行脚印还没有盖满,一条新的脚印又通到她家的门前……这两行脚印,既没有声响,也没有动作,却凝聚着李月华对病人的深情厚意,回荡着蒋大娘一家感激人民好医生的感激之情。这两行脚印生动而又含蓄地反映了这位女医生不辞辛劳、舍己为人的崇高精神风貌。

通讯中这种生动传神的细节描写,是使整篇文字显得血肉丰满的重要保证。举例来说,有篇通讯题为《买缸记》,通过丰收后农民买缸这一典型事件,较集中地刻画了三婶这个典型人物。作者通过描写三婶买缸的经历,使她的性格和言行得以淋漓尽致地展现出来。其中这样写道:"三婶不让人地说:'为买这缸,我已经跑了两趟空腿了!这回要不是起了个大五更,又找了个帮忙的,恐怕还抢不到手咧!再说我买十三个也还不够哩。大妮还托我买四个,二妮叫买五个,未过门的媳妇要四个。'三婶将手里一大叠票子抖得'哗哗'响。"

这些语言、神态的描写,使三婶这个人物更加立体化,也使这篇通讯充满了生活气息,洋溢着欢乐情趣,读来兴味盎然。从三婶这个泼辣、能干的劳动妇女身上,我们感受到了整个农村丰收后的喜悦,看到了实行经济责任制后,农民在物质生活和精神风貌上发生的深刻变化。这种通过生动具体的细节描写来塑造人物和表达主题的手法,为通讯文体增添了一份特别的魅力和吸引力。

(四)恰当的描写、议论和抒情

以芭蕾舞演员朱美丽为主角的故事《"天鹅"的爱情》通过作者的细致描写,生动地展现了朱美丽高尚情操的形象。在描述朱美丽舞台上演出时,作者运用了形象明亮的词语和动人的描绘手法,如"葱茏的密林""碧波荡漾的湖面"等,来营造出秀美的舞台画面。而对朱美丽个人形象的描写,则充满了赞美之情。作者用"窈窕的身材""端庄的鼻梁""鹅蛋脸上闪烁着两颗明亮动人的大眼睛"等词语,形象地展现了朱美丽的美貌。

但更值得关注的是作者对朱美丽高尚情操的赞美。作者通过叙述朱美丽对待爱情的态度,表达了对她高尚品格的敬佩。在认识到朱美丽的美貌之后,作者发现朱美丽更加美丽的地方在于她的内心,这是一个富有价值和深度的发现。这种人物心理的描写和情感的渲染,使整篇文章充满了温情和共鸣,读来让人深受感动。

在上文中,作者通过对朱美丽舞台形象的描写和对其高尚情操的赞美,为读者呈现了一个美丽而有品格的形象。而在接下来的叙述中,作者通过具体的事件和细致的描写深入地展现了朱美丽心灵美的一面。在她相爱几年的男友王丹扬因工厂事故而面貌毁容后,朱美丽坚定地陪伴他治疗,并在他最需要照顾的时候默默地照顾他。此时,作者的议论开始发挥作用,通过精准的画龙点睛,用"傻"来形容其他人的评价,更凸显了朱美丽高尚的品格,升华了文章的主题。

整篇通讯通过生动的细节和动人的情感,向读者展示了一个朴素而伟大的爱情故事,以尊重生命、珍爱感情的价值观为主旨,使读者获得一定的哲思品位。同时,作者巧妙地运用议论来深化主题,提升文章的思想阐述力度,以达到更好的表达效果。

在一篇通讯中,抒情具有多方面的作用。它可以表达作者对人物或事物的深情赞美,展示其态度和情感;同时,也可以通过依附于事、依附于景和依附于理的方式,渲染气氛、营造环境、增强感染力。例如,在《点燃自己,照亮别人》这篇通讯中,作者运用了抒情的手法,以感人的话语赞扬了山里人苏静为咱们健康默默坚守的英雄形象,充分体现了作者内心深深的情感和对劳动者的敬意。

除了抒情,对话在通讯中也发挥着重要的作用。通过人物的言行举止、风格性格的塑造,交代人物形象并产生较强的刻画效果。同时,对话的出现也可以增加文章的生动感和真实感,让读者更加贴近故事和人物。因此,在通讯创作中,合理运用抒情和对话等手法,能够展现出文章的多重魅力。

第三节 报告文学

一、报告文学的概念、种类及职能

(一)报告文学的概念

报告文学是一种兼具新闻性和文学性的体裁,通过文学手段及时报道典型真实事件和人物。它将真实性与艺术性相结合,具有很强的文学性和可读性,是现实主义文学中的重要分支。

(二)报告文学的种类

报告文学可以分为写人型和写事型两类。写人型的报告文学更注重刻画人物的品质、道德和情操,如《哥德巴赫猜想》《祖国高于一切》等;写事型的报告文学则更着重于事件的叙述和描绘,揭示事情的本质意义,如《一九三六年在太原》《包身工》等。

(三)报告文学的职能

报告文学对历史的脚步和英雄人物的创造伟业进行及时的纪录和热情的歌颂,为读者树立典范和榜样。同时,它也揭示人们在前进中存在的失误、弊端和错误,引起读者的警觉和思考,帮助人们端正步伐,不断前进。

总之,报告文学既是一种报道真实事件的文学形式,又是一种展示人物形象和揭示社会现实的文学艺术,具有重要的社会功能和文学价值。

二、报告文学的特征

关于报告文学的特征,在新闻界和文学界多次的讨论和实践中已经逐渐取得了比较统一的看法。在1963年3月的一次座谈会上,与会人士一致认为,报告文学的主要特征应当包括现实性、鼓舞性和文学性。而在实践和认识的不断发展中,又将这三个特征细化为新闻性、文学性和政论性。

(一)新闻性

报告文学的新闻性主要分为三层意思。第一,作品应该有时效性,能够快速反映现实生活中新近发生的事件,但并不像纯粹的新闻报道那样尽可能快地发表。第二,作品必须有真实性,其描述的都必须是真实的事实和人物,不允许虚构。黄钢曾说:"真实是报告文学特殊的感染力(包括它的特殊的艺术魅力)之所在。"第三,作品所描写的人物和事件必须具有典型性,受到大众关注,并能够给人们启示和思考。

综上所述,新闻性是报告文学的重要特征之一,随着时代变迁和社会发展,其具体表现形式也在不断地调整和改变。

(二)文学性

报告文学的文学性是在真实事件和人物的基础上,通过充分调动一切文学手段而产生的。具体来说,它表现为以下几个方面:

1.对人物和事件进行典型化和形象化的手法。对原始材料进行加工、提炼、取舍、剪裁,从而使人物形象更加鲜明,事件更具典型性。

2.进行精巧的艺术构思。在深入了解人物性格、品德和特点以及事件经过和底部的基础上,根据主题的需要,运用艺术构思技巧,打乱原有的时间顺序、重新组合材料等,以展现真实事件和人物的真实性。

3.运用文学手段和技巧。可以调动所有不违背真实原则的文学手段,如细节描写、环境描写、象征、悬念、对比、映衬、渲染、蒙太奇等,来表达事件和人物的细微之处,抒发情感,增强作品生动感。

4.运用文学语言。在叙述和描写中,使用形象、生动、精练且富有文学美感的语言,以传达作品所要表达的主题和情感。

总之,文学性是报告文学不可或缺的特征之一,通过文学手段和语言,在真实和客观的基础上,创造出真实的艺术形象,为读者提供一种既真实又充满艺术美感的阅读体验。

(三)政论性

报告文学的政论性,亦称报告文学的议论性、鼓舞性。它是作者在文中直发的议论,直陈的观点。它比通讯的议论来得更突出、更强烈,成为报告文学的重要组成部分。这种议论在报告文学中的作用是:

通过政论性,可以直接表达作者的思想、观点、情感和倾向。

通过政论性,可以表示报告文学的时代高度、时代要求、并且向人们发出号召,让人们行动。

通过政论性,更好地发挥报告文学的社会作用,更好地去完成报告文学的社会职能——歌颂光明,剖析时弊,激励未来。

三、报告文学的写作

怎样写报告文学,是一个很大的问题。大致来说,它包括这样三个方面:第一个是报告文学的写作要求,第二个是报告文学的写作准备,第三个是报告文学的写作方法与技巧。

(一)报告文学的写作要求

报告文学是一种具有新闻性特点的特殊文学门类,与诗歌、小说、散文等有所不同。它的写作要求主要体现在时效性、真实性和受众性三个方面。

就时效性来说,报告文学要求作者紧追时代步伐,准确反映现实生活中涌现出来的优秀人物和典型事件,以呈现时代风貌与精神。虽不像新闻那样随发随报,但作者应该思考并更加准确地反映时代本质,使其更真实、根本、有意义。

就真实性而言,报告文学要求作者在描写人物和事件时切勿虚构或"合理想象",注重真实性,且从写实的细节中感染读者的情感。

在受众性方面,报告文学应该涉及人们最关心的问题,例如描写人类悲欢离合、生死离别的情感,或者反映人民群众在想什么、期许什么。这就要求作者不仅把握时代的脉搏,还要深度剖析人民的生活,关注他们的生命情感、思考和需求,并用报告文学的形式去反映。

因此,报告文学的写作需要进行充分的调研与采访,注意语言的精炼、简练与生动,结构的合理安排、情感的传达等方面,同时也离不开作者具备一定的文学功底和写作技巧。

(二)报告文学的写作准备

在写报告文学之前,需要进行一系列的调研与采访工作。首先,需要准确把握所要报道的人物和事件的情况,包括基本信息、历史背景、经历、特点等。其次,需要进行深入的采访,了解当事人的思想、感情、态度等方面的信息,通过这些信息来呈现出人物的形象和内心世界。同时,还需要了解相关的背景资料和事件的发展情况,保证报道的准确性和完整性。

除此之外,还需要掌握一定的文学功底,熟悉常用的文学语言和修辞手段,使报道更具有文学性和艺术性。

(三)报告文学的写作方法与技巧

报告文学的写作不仅要注重真实性和时效性,还需要注重文学性和艺术性。在写作中,应该注意以下几点:

1.选择适当的视角和叙述方式,把握好时间和空间的表现手法,使报道更具有艺术性和感染力。

2.要讲究语言的精炼、简练与生动,用简单的语言表述出想要传达的信息,让读者能够快速地理解。

3.注意情感的表达,通过对人物内心世界的描写,让读者能够感同身受,产生共鸣。

4.注意结构的安排,使报道的内容逐渐展开,结构清晰明了,让读者易于理解和接受。

总之,写好一篇报告文学,需要做到真实、生动、感人,并注重艺术性和文学性的表现。

第九章　文学文体写作

第一节　散　文

一、散文的界说与分类

(一)散文的界说

散文是一种广泛有自由、个性鲜明的文学样式,其定义分为广义和狭义两种。广义散文是与韵文相对的文章,即不押韵或不重视骈偶的文章。而狭义散文则是指小说、戏剧、诗歌之外的一种文学体裁,题材广泛,写法灵活,能够表达作者的真实情感。

散文在中国古代的定义与西方略有不同,古代中国的散文是与韵文相对的文章,而西方的散文指不分诗行和不押韵的文章。随着时间的推移和理解的深入,"五四"以后,散文被看作是与诗歌、小说、戏剧并称的文学体裁,其范围相对较小。

时至今日,散文的定义又有所收缩,人们认为散文是一种在选材上丰富多样,在写法上灵活多变,能够鲜明地展示作者的个性且短小精悍的文学体裁。在写作时,散文需要注重个性特点的突出,同时又要保持真实性,让读者更好地理解和感受到作者的情感。

(二)散文的分类

散文通常可以根据作品内容和基本表达方式分为三种类型:记叙散文、抒情散文和议论散文。

1.记叙散文

记叙散文的内容主要以记人、叙事、写景、状物为主,表达方式注重叙述和描写。例如,记叙散文可以通过记述人物的生平事迹、语言、动作等方式来表现人物形象,这就是记叙散文中的记人散文;如果围绕事件的发生、发展、高潮、结局来叙述,那就是记叙散文中的叙事散文;如果表现的对象是自然环境和人工环境,表达方式则侧重于描写,就是记叙散文中的写景散文;如果表现对象是某一物件,表达方式则以描写叙述为主,就是记叙散文中的状物散文。

2.抒情散文

抒情散文的内容主要强调抒发作者的主观情感,并以主观抒情为表达方式。抒情散文的作者可以直接表达自己的情感,但这种抒情一定要有真实的形象、事件和景物作为依托。

3.议论散文

议论散文则主要用文学语言发表作者对生活的见解,表达方式多采用议论。与一般议论文不同的是,议论散文利用作者直接感知的事实说理,并结合文学语言和意象进行形象的、侧重情感感染的表达。

总的来说,散文是一种非常自由多样且别具风格的文学体裁,不同类型的散文各有特点,在不同的阅读体验中,读者可以感受到散文的魅力和韵味。

二、记叙散文的特点

记叙散文作为一种文学体裁,具有一般散文的特点,其中主要包括以下几个方面:

1.篇幅短小,题材广泛

记叙散文一般篇幅较短,往往只有几百字或者不超过二三千字。虽然篇幅短小,但记叙散文的取材广泛、自由,不分古今、中外、大小,涉及的主题和材料也可以横跨不同的时间和空间,因此内容丰富、经久不衰。

2.联想丰富,寓意深刻

为了深刻感人,记叙散文常常借助联想和寓意进行构思,摆脱照物模拟、就事论事的写法,使文章更具有深度和广度,展现出更多的哲理和诗意。仅以朱自清的《背影》为例,作者善于运用联想和深刻的寓意,使作品更具含义深刻、思想隽永。

3.结构自由,表达灵活

记叙散文结构自由,表达方式多样。记叙散文不拘泥于传统的结构模式,可以根据具体情况进行调整和变化,表达方式也可以灵活运用,选择适合的修辞手法,以达到情感抒发和主题表达的目的。

可以看出,记叙散文的魅力在于其篇幅短小、题材广泛、联想丰富、寓意深刻、结构自由和表达灵活等特点,这些也是其不断吸引读者的原因。

三、记叙散文的分类

根据内容的侧重不同,记叙散文可分为三种类型:

（1）记人型

此类散文以人物为主要描述对象。其目的是为了表现作者对生活的认识和对人物的感受。通常对人物进行粗线条勾勒,反映其性格特征和闪光点。虽然叙事是不可或缺的,但是要因人设事,以事显人,通过一两件事情来表现人物的精神面貌。

（2）叙事型

这类散文以叙述事件为主,通过对事件的总体或局部进行描写,阐述事件的思想内涵,表达作品的主题。所叙述的事件可以是历史上的,也可以是当前的;可以是生活中的重大事件,也可以是日常生活中的琐事;可以是某一事件的全貌,也可以是若干片段。鲁迅的《从百草园到三味书屋》、许地山的《落花生》等都是优秀的以叙述事件为主的记叙散文作品。

（3）写景型

这类散文的主要描述对象是景物。通过描写山川名胜、风土人情、城市新貌等,给人以美的感受和思想启迪。在描写景物的同时,往往将作者的情感融入其中,抒发内心的感受。如方纪的《桂林山水》等。

总的来说,这三类记叙散文在内容和表现手法上各有不同,但它们都可以通过深入描写人物、事件、景物等来进行思想表达和艺术创作,有一定的文学价值和社会意义。

四、记叙散文的写作

（一）选材精美,立意深刻

记叙散文的题材非常广泛、自由,但不管选择什么题材都必须具有一定的审美价值和深刻的思想意义。由于记叙散文一般篇幅较短,所以选材要求更为严格、更为精准。只有精心选材,才能在短小的篇幅中创造出"咫尺之幅,旨远意深"的艺术效果。

记叙散文的立意需要高超、深刻、新颖。高超的立意要求作者以独特的视角观察生活,表达高尚的情感和崇高的思想境界。深刻的立意要求挖掘题材的深刻内涵,透过平凡的现象表现事物的本质,用局部揭示整体,用琐事阐述哲理。新颖的立意则要通过分享生活中新鲜的感受和新的发现来拓宽读者的视野,激发读者的创造力。

（二）人物生动,事件突出多

记叙散文的核心内容是叙述事件和刻画人物,这要求不仅要清晰地叙述事件,让读者获得完整的印象,而且要涌现出情节波澜,吸引读者的兴趣。同样重要的是,事件的叙述要便于表现和刻画人物,因为生动的人物形象是通过突出的事件来刻画的。因此,写好人物和事件是记叙散文的重要任务。

(三)构思巧妙,结构严谨

记叙散文的构思和谋篇布局都需要别具一格,敢于创新,不仅要出人意料,而且要合情合理;既要委婉曲折,又要引人入胜,让读者感到耳目一新。这种"巧妙"构思必须符合实际情理,不能虚假造作。例如,范仲淹的《岳阳楼记》、朱自清的《绿》、刘白羽的《长江三日》等都是独具匠心、构思奇特的记叙散文之作。

记叙散文的自由性来源于其形式,但这并不意味着它的结构可以松散。为了让记叙散文的结构更加严谨,常用的方法包括:

1. 串连式结构

这种结构方式将散文意象从不同的时空角度进行组合,每一个意象都是一个独立的生活片段。一条"红线"像穿珠一样将它们连成一个线性的叙事链或情思链。这条连接散文意象的"红线"可以是众多意象中某种相同的内涵,也可以是作者某种主观的情绪情感。

2. 对比式结构

这种结构方式意在将两个相似或不同的意象组合成一个散文情境,让它们形成鲜明的对比。通过对比可以让读者更好地领悟作者的立意。

3. 辐射式结构

这种结构方式是以一个"物品细节"为中心,向中心方向去联结意象。每个散文意象都环绕着"物品细节"形成"辐射式"的散文情境。这种组合方式充分体现了散文自由灵活的写法。

(四)描述意象,写好细节

选择和安排好散文意象后需要用散文语言将它们描述出来。散文文体短小精悍的要求,现代人阅读的文学审美趣味的改变,使得当代散文在传达艺术意象上,不再局限于使用纯粹的描写和纯粹的叙述。在一篇充满了现代感的散文里,叙述和描写可以互相融合为一种新的语言呈现方式:这就是叙述性描写和描写性叙述。散文语言追求用一种平实而又有文采的描述方式。这种描述方式常用以下两种具体方法:

1. 实写性描述

这是用实词实句对散文意象特征进行描述。它几乎不用修辞手段,只依靠一些具象化的,可看、可闻、可触、有色彩、有声响的实词来描述散文意象,突出散文意象的质感,使文字感觉到位。这是散文平实描述的最重要的品质。

2.感觉化描述

这是另一种达到有文采的散文描述的重要手段。它往往用在经过散文作者反复进行情感孕育的意象上,使用修辞手段凸现、突出、强调、渲染某个被作者用内心独特的感觉体验过的散文意象。常用的修辞手段有比喻、拟人、通感、借代等。它们的使用可以让散文意象的特征主观感觉化,将散文作者的各种独特体验通过有文采的文字呈现。

记叙散文需要着力写好细节。只有获得并写好典型的细节,才能真实而生动地再现人物的精神和性格特征,反映事物的本质和社会意义,表现景物的特征和美学价值。例如鲁迅的《从百草园到三味书屋》中对塾师那拉腔拖调、摇头晃脑地诵读的细节描写,把一个蒙馆先生崇奉老式教学的情态,凸现在读者面前,生动地展示出塾师的精神面貌和性格特征。

记叙散文的细节描写,首先要真实,要来源于生活。如果细节不真实,就会影响人物性格、事物特征的真实,更谈不上生动传神了。其次,细节描写要为主题思想、人物性格和事件的本质意义服务,不能为描写而描写。第三,要精心选择典型细节,要少而精,细节描写过多反而会影响表达效果。第四,细节描写文字要简洁、凝练、自然,文约而意丰。

第二节 诗 歌

一、诗歌的界说与分类

(一)诗歌的界说

诗歌是一种饱含情感和想象的文学体裁,使用富有节奏、韵律的语言,高度概括地反映社会生活。这种抒情性文体可以说是与人类的语言同时产生的。人类早期的诗歌与音乐、舞蹈三位一体,这个特征深刻地影响了诗歌文体的抒情性和诗歌语言的音乐性的构成。几千年来的诗歌文体经历了从简陋到多样、从单一到复杂的演变轨迹。

(二)诗歌的分类

1.按照不同的角度和标准,诗歌有不同的分类方法。以下是以诗歌表现内容和表达方式为标准的分类方法:

（1）抒情诗、叙事诗和哲理诗。抒情诗是以抒发作者主观情绪、情感为主的诗体。作者通过主观抒情的艺术手法，创造出情感强烈的自我形象，表达个人内心体验。它常常借助一定的艺术手法，如比喻、象征等等，创造出一个富有感情色彩和形象性的世界。抒情诗的基本体式包括山水诗、咏物诗、爱情诗等。

（2）叙事诗是以诗的形式来刻画人物、叙述事件的诗体。与抒情诗相比，它有较完整的事件情节，能密集地描写人物，展现出集体生活的丰富多彩。虽然其情节比较单纯，但也充满了激情，具有很强的表现力。历史上已有定型的叙事诗，其基本体式有史诗、诗剧、一般叙事诗等。我国古典文学史上著名的叙事诗有《木兰诗》《孔雀东南飞》等。

（3）哲理诗则是通过对生命、人生、宇宙等大问题的思考和揭示，表达出作者深邃的思想感悟，具有较强的思想性和理论性。这种诗歌常常使用概括性和具有思辨性的语言表达，是一种含义深刻的诗歌形式。历史上出现过的哲理诗形式有颂歌、讽喻、寓言等。

总之，以上这些分类方式仅仅是对诗歌进行分类的几种方法之一，诗歌形式的多样性使其在不同时期和不同文化环境下呈现出丰富多彩的面貌。

2. 以诗歌的表现形式为标准，可划分为以下几类

以诗歌的表现形式为标准，可划分为以下几类：格律诗、自由诗、民歌、散文诗等。

（1）格律诗是依据固定的格式和严密的韵脚进行创作的诗体，其格式和章法十分严格，包括行数、每行字数、节奏和声韵等等。古代的律诗、绝句、词、曲等都是格律诗的代表作品。现代也产生了很多新的格律诗体，如七绝、五绝等等。

（2）自由诗是没有严格格式和韵脚要求的诗体，作者有更大的自由度发挥。它也不强调诗句的长度，而是依靠语言的音调、语气、语感等表达感情和意境。自由诗可以很自由地表达情感，但同时也要求诗意和音韵的和谐统一。

（3）民歌是人民群众集体创作并口耳相传的诗歌，它的形式生动活泼，可以采用各种情感表达手法，如比喻、夸张等等。民歌不受固定样式和格律的限制，常常利用词语的音韵和节奏来表达情感。

（4）散文诗是近、现代发展起来的一种诗体，它综合了抒情诗和抒情散文的特点。散文诗不像诗歌那样分行排列和押韵，而是以散文的自由形式来传达精炼内蕴的诗歌意象。通常采用暗喻、象征等艺术手法，将诗意、画意和哲理融为一体，给读者留下丰富的想象空间。泰戈尔的《新月集》、鲁迅的《野草》、流沙河的《草木篇》等都是优美的散文诗。

总之，不同的诗歌分类方法反映了诗歌在不同文化和历史环境下的多样性和变化性。

二、诗歌的特点

(一)高度的概括性

诗歌作为最精练的文学形式,注重抓住社会生活中最美丽、独特的细节和场景,以小见大、以少论多,揭示生活的本质。诗歌要将丰富多彩的社会生活和深刻独到的思想感情浓缩在短小的篇幅中,凝聚到有限的诗行里。因此,诗歌的形象必须是典型的,内容是高度聚焦的,情节是跳跃发展的。例如,臧克家的《三代人》用六行诗深刻地描绘了农民世代遭遇不可改变的悲剧命运,形象典型,内容集中,情节跳跃,堪称经典之作。

(二)浓郁的抒情性

诗人臧克家曾说:"诗歌的旗帜上高悬两个大字:抒情",这也是诗歌在文艺领域上独树一帜的原因。诗歌不仅依赖于感情作为原动力和主要表现内容,而且抒情更是诗歌的天职。与其他文学体裁相比,诗歌对感情的依赖更高。

真挚是感情的重要品质。一个真正的诗人会向世界敞开心扉,无论是倾吐国家之忧,表达对故土之恋,还是抒发亲友之义、儿女之情,都是出自内心,发自肺腑的。我们都知道,无病呻吟、为文造情的作品根本不算真正的诗歌,缺少真挚的感情就无法成为真正的经典之作。

独特是感情的个性化表现。真挚只是必要条件,还需要个性化的体现。经典的诗人总是将个性化的情感融入自己的素材之中,创造出鲜明的诗歌形象,并形成自己独特的抒情风格。

健康、高尚是感情的品质之一。诗歌的情感不仅要真实,还需要提升到健康、高尚的情感之中。以为任何真实的情感都可以成为诗歌的素材是错误的。因此,诗歌中的情感必须是经过提炼、升华的情感,是健康、向美向善的情感。

(三)鲜明的音乐性

诗歌的音乐性主要指语言的节奏感和韵律美,这也是诗歌在形式上与其他文学体裁显著不同的特点之一。

诗歌音乐性表现的第一种形式是节奏感。节奏感是指语言在运动过程中,音节的自然停顿和音调的抑扬顿挫。在古代格律诗中,诗行字数相等,音节停顿相同,平仄声交替使用,形成了独特的抑扬顿挫的节奏感。在现代新诗中,由于字句长度和音节停顿不再整齐划一,但是优秀的诗歌作品仍然表现出明显的节奏特征。例如,诗行音节的大致相等,诗节与诗节之间的对称性,或采用排比、反复、连珠等修辞手法来增强节奏感。

诗歌音乐性表现的第二种形式是韵律美。韵律是指语言的旋律,即押韵规律。押韵是指在诗句的最后一个位置上使用相同或相近的韵母音。由此产生的声音循环和反复,形成了一种和谐悦耳的音乐美。在现代新诗中,韵律的形式变得更加自由,只要符合生活节奏的旋律和诗人感情的旋律,就可以实现音乐和谐。

总之,诗歌的音乐性是诗歌独特的特点之一,是诗歌和其他文学体裁明显不同之处的表现。在优秀诗歌作品中,节奏感和韵律美是不可或缺的重要因素。

(四)神奇的想象性

诗歌具有神奇的想象性,通过诗歌的形象传达情感,将抽象的观念转化为生动的具象,将作者的情感具体化。在诗歌艺术中,诗歌意象是实现感情具象化的最小艺术单位。诗歌意象是作者的意中之象,通过作者情感的孕育,重新创造出独特的形象,包括人、事、景、物、理等客观外在世界的形象。这些意象既带有强烈的主观色彩,又与现实物象不同,能够在人们的想象中形成具体感知。诗歌意象具有客观性、主观性、独特性、概括性等特点,是诗歌传递情感的关键所在。

(五)分行排列与精练优美的语言

诗歌意象在语言呈现方式上更有显著的特征。在语言的外观上,诗歌意象采用了行列的形式来展现形体。行列的形式产生了诗歌语言特有的节奏感和韵律美。在语言的内涵上,诗歌语言在物化意象时特别讲究精练的内蕴,它要通过大力度的练字、练句,以较小的篇幅来完美地容纳高度概括的内容。诗歌语言以这样的外观与内涵形成了区别于小说、散文的新奇优美的审美特征。

三、诗歌的写作

(一)捕捉意象

诗歌的创作过程始于诗人的特别感受和异样情思,这些情思获得了第一个意象的启示,意象是诗歌的基本元素,构成了有机的意象系统。对于诗人而言,不必苦心追求灵感,相反地应该多留意捕捉那些美好而易逝的意象。

意象是什么呢?简单来说,意象是指诗人在感情创作活动中创造的独特形象,是对客观事物加入了主观色彩而形成的具象体现。因此,热爱生活、自然并对周围事物的细微变化保持敏感,是获取意象的最好方法。艾青曾说过:"意象是纯感官的,意象是具体化的感觉。"为什么要特别强调"瞬间感觉"呢?因为感觉往往具有跳跃性和灵动性,只有在短暂的瞬间内抓住,才能获得最新鲜和富有诗意的意象。

虽然瞬间感觉可能是一种错觉或幻觉,但它比客观实像更美丽、更富有吸引力。

诗人应该随时保持对外在事物的敏感,用整个身心去感受这个多姿多彩、有声有色的世界。诗人需要有意识地发现和捕捉各种新鲜的感受,及时用生动鲜明的语言把这些稍纵即逝的美丽意象保留下来。

(二)用新奇精美的语言传达意象

诗歌写作中用于传达诗歌意象的不是人们日常生活中熟悉的语言,而是一种新奇的精美的陌生化语言。初学诗歌写作最大的障碍就是在于这种诗歌语言能力的贫弱。我们可以从下面几条途径来训练、提高诗歌语言的能力。

1. 精选动词

诗语在传达诗美意象时首先可做的工作是精心锤炼表现意象动态的动词。动态的意象较之静态的意象更能凝聚读者的审美注意。一个诗歌意象往往因一个优美、确切的动词而生辉。

2. 嫁接词话

汉语和其他语言比较起来,这种语法最自由,词性最不固定。诗歌作者可以利用汉语的这个特点,改变某些诗句中词语的性质,使诗歌意象出现新奇、陌生的形态。

3. 一词多义

小说、散文的语言一般为了避免歧义,往往只显示一种意义,而在诗歌语言里,诗歌作者为了制造意象的多义和内涵的丰富,却有意创造一词多义的诗句。

4. 跳跃省略

诗歌语言要侧重于表现主观心灵,再加上它的篇幅限制,它必须借助跳跃和省略,跨越一些过程性的叙述,省略转折语,创造一种"语不接而意接"的诗歌语言,以此来引发诗歌读者丰富的自由联想。

5. 超常组合

超常组合则是故意违反一般的语言常规,利用汉语词语多变的词性和组合关系,机智地把一些不相关的词语嵌连成一个诗句。这种嵌连,可以是具象动词与抽象概念相接,可以是不同感官的感觉词语交错,以这种陌生的变形的诗句使诗歌意象传达出诗歌作者微妙的情感体验。

6. 句法多变

这是在诗句的词序和句式上制造新奇陌生的手段。像徐志摩的"轻轻的我走了/正如我轻轻的来"的倒装语序,改变了正常语句形态,以陌生化的效果来表达诗歌作者的独特的内心感觉。

(三)善于想象,精于构思

感觉只是感觉,只有与丰富的经验记忆相结合,成为诗人想象中的建筑材料,才能具有审美价值。诗歌不仅仅是感觉印象的简单堆砌,更是通过诗人的想象构建而成的。诗人的创造能力体现在从感觉到意象的诞生这一艰巨的想象过程中。

李琦的"由于严冬的爱抚和鼓励/柔弱的水/也会坚强地站立"等诗句创造了一个冰雕意象,其中不仅仅有感觉,还有明显的想象成分。

想象是人视力的延伸,也是感觉的放大和升华。只有想象能够打破时空的阻隔,将本地关联的事物联系起来,将由感觉产生的单一意象组合成为有机的复合意象,诗歌才能发出美丽而闪耀的生命光辉。

在把意象变成词语的同时,诗人也要考虑借助想象将一个个意象组合成整体诗歌意境,传递出特定的诗美体验。因为神奇想象的介入,诗歌作者的意象组合方法显得更自由、更大胆、更令人意想不到,与其他文学体裁的组合方法截然不同。许多意象之间的联系往往被普通人所忽视,在诗歌作者独特的主观心灵体验下却能奇妙地连接并交织,形成一个令人惊奇的诗歌意境。诗歌意象的组合方法虽然千姿百态、形态各异,但以下几种主要的组合类型可作为诗歌艺术构思的基本规律和基本类型,供诗人参考借鉴。

1. 并置式组合

邹荻帆在题为《蕾》的诗中,巧妙地通过并置式组合,将五个意象有机地结合在一起,描绘出花蕾的神韵。诗句"一个年轻的笑/一股蕴藏的爱/一坛原封的酒/一个未完成的理想/一颗正待燃烧的心"将花蕾、笑、爱、酒、理想和心渲染成一个独特的诗美体验。这种组合方式起初看来意象跳跃很大,一般人很难找到它们之间的联系。但由于诗人内在感情体验的联结,它们被紧密地融合在一起。这种组合方式以意象作为起点,同时在意象上结束,让读者难以直接体悟到诗人深藏的情感。而需要通过这个并置的意象体系,细心地咀嚼和感悟它所蕴含的深意。这种组合方式是现代朦胧诗、意象诗比较常用的表现手法。

2. 交错式组合

这种方法也要组合众多意象,但是诗歌作者有意把完全相反、互相矛盾的意象组合在一起,构成一正一反、一平一奇的意象系统,造成一种出人意料、发人深省的审美效果。

3. 突反式组合

这种方法也要组合众多意象,诗歌写作者先从一个核心意象出发,围绕它组合一些层层推进的相似的意象,待诗歌意象的渲染做足后,最后推出一个相反的意象,形成先扬后抑、先虚后实的诗歌情境,而最后一个意象,才是这首诗的真正旨趣。台湾诗人郑愁予的《错误》,先放笔写了一个可爱少女在等"我"重温旧梦的 3 个意象,但最后一个意象,"我"只是打江南走过的"过客",这一意外把"美丽的错误"引起的哀怨情绪传染给了读者。这种组合意象的方法有其特殊的审美情趣。

(四)巧于谋篇,营造意境

巧妙地谋篇营造意境是诗歌创作中不可或缺的一环。一个成功的诗歌作品应该能够将诗人所表现的独特情感融入恰当的艺术结构中,让读者感受到文字背后所蕴含的深刻内涵。

构思诗歌的过程需要基于一些基本的结构方式,其中最常见的包括推进式和辐射式两种方式。推进式结构从一个单一的意念出发,一步步地推进,直至达到情感的高潮,并有着鲜明的结尾、落款等特点。例如,中华名诗《登高》就是以推进式结构构建的。

而辐射式结构则更多地依托于丰富多样的意象,将它们以网状方式交织在一起,通过思想线索将这些意象串联在一起,形成纷繁复杂的情感世界。例如,现代诗歌中,很多朦胧派和意象派的作品都是采用辐射式结构,如韩东的《去年买了个橘子》。

总之,在构思诗歌时,能够善于谋篇,通过适当的结构方式来达到最佳的意境效果,将能够使读者深受其益。

第三节　小　　说

一、小说的界说与分类

(一)小说的界说

小说是一种以塑造人物为中心,通过描述完整的故事情节和具体的生活环境,形象、深刻、多方位地反映社会生活的叙事性文学体裁。按传统的观念,人物、情节和环境三要素构成了完整的小说世界。

(二)小说的分类

小说是一个庞大的家庭,分类相当困难。根据不同的角度和标准,可以有不同的分类方式。

按照题材的时代分,小说可以分为历史题材小说和现实题材小说。按照题材的内容分,小说可以分为工业题材小说、农业题材小说、军事题材小说、社会政治小说、人生哲理小说、侦破小说、武侠小说、公案小说、谴责小说等。按照内容特征分,小说可以分为故事类、性格类、心态类三种。按照语体分,小说可以分为文言小说、白话小说、诗体小说等。按照体裁分,小说可以分为章回体小说、书信体小说、日记体小说、笔记小说等。按照创作方法分,小说可以分为现实主义小说、浪漫主义小说、荒诞小说、寓言小说、意识流小说等。

然而,最常见的分类方法是按照小说的容量、篇幅、人数和情节的复杂度将小说分为微型、短篇、中篇和长篇四类。

1. 微型小说

篇幅字数在一千字左右、两千字以内的是微型小说。微型小说写作要求选材特别精粹,它常常只写一个场面里的一件事情,或者只写不同场面的由一个物品或细节绾连的一件事情。它很讲究运用一个高质量的写人细节作为核心情节来生动地刻画人物的某一个完整而有变化的故事,常常在情节的尾部制造意外结局,使整篇作品的立意在短暂的阅读中被读者顿悟和体味。它简单实用的情节模型、机智灵巧的构思方法以及快节奏、大信息量的叙述语言使它成为高校里进行文学写作教学和训练的恰当文体。

2. 短篇小说

篇幅字数在两千字以上三万字以内的是短篇小说。短篇小说的选材多取生活的"横断面",生活事件虽然也是较为单纯的一两件,但事件叙述的时空形态远比微型小说要复杂和丰满。在人物刻画中,它要求集中艺术笔墨塑造一个性格侧面相对系统、完整的人物个性。它的叙述比较从容充裕,可以有具体细致的人物生活环境描写。它的艺术构思也因要集中人物的矛盾冲突、有意识地描写人物性格和人物命运而形成了自己的艺术规律和写作模型。

3. 中篇小说

篇幅字数在三万字以上到十万字之间的可称为中篇小说。中篇小说是介于短篇小说和长篇小说之间的文体,同时也兼有了短篇小说和长篇小说的一些文体长处,它有长篇小说"全景式"和"大容量"的特点;又有短篇小说具有的凝练和概括。它可以像长篇小说那样从容、细致地展开描写和叙述,也可以像短篇小说那样进行机智的构思和巧妙的布局,透出作品趣味盎然的可读性和引入沉思的生活底蕴。海明威的《老人与海》、谌容的《人到中年》便是文学史上脍炙人口的中篇典范。

4. 长篇小说

篇幅字数在十万字以上的就是长篇小说。长篇小说反映的生活比中篇小说更厚实,成功的长篇小说不仅可以塑造一个,而且可以塑造多个典型人物。它的情节诡异多变、曲折逶迤,储备有足够的动人心扉的艺术力量。它的环境描写有特定的区域景物,也有特定的由复杂的人际关系构成的社会环境。它常常以对社会生活做全面、深刻地反映而被称为"史诗"。在相当程度上一个时代的文学成就体现在长篇小说的创作上。

二、小说的特征

(一)小说是生活和时代的大容量概括

人作为主体,人与人之间的关系构成了生活中最基本的关系。小说以刻画人物形象为主要任务,因此,它可以通过塑造人物形象全面、自由地展示生活的恢宏、形象的画卷。在长篇巨著如《红楼梦》和《战争与和平》中,作者容纳了极其广阔、丰富的社会内容,形象地概括和反映了一个时代的全貌,成为"艺术焦点"。即使小说写的是生活中的一个特别场景和片段,例如茅盾的《春蚕》,它也同样能让读者感受到深刻的变迁。

小说的虚构性为作家提供了可以自由创作的艺术天地,让作家可以从宏观和微观两个方面对整个生活做全景式的鸟瞰和描绘。无论是浓墨重彩地展现惊心动魄的事件和激烈的矛盾冲突,还是精细地描摹生活的细节或情趣横生的世态,小说都是最富于生活化的文学样式之一。它可以深入到生活的各个领域,成为综合性的生活概括。

(二)小说展现了人类情感世界的多姿多彩与丰富完整

情感是所有文学体裁的特征。小说能够综合反映生活中的各个方面,并通过细致的情感描写令人物形象栩栩如生。在成功的小说作品中,人物的性格、际遇和命运构成一个复杂而细致的情感世界,深深地牵动着读者的心,小说作者的情感和思想与读者进行全方位的交流。因此,小说是一种情感特征极为丰富的文学体裁。

例如,当我们阅读《红楼梦》时,会被小说中引人入胜的情感世界所吸引,为小说中人物的遭遇而感到心痛。小说中的人物具有独特的性格特点,包含各种素质,最重要的是由于特殊的生活环境和经历而养成的生动、复杂的思想感情。每个人物都是一个独立的情感天地,从他们的喜怒哀乐中所折射的生活苦辣酸甜不仅能够引发人们的深思,更能直接打开读者的心扉。

(三)小说深刻地揭示了人类心灵世界的奥秘与独特之处

小说是一种自由度极高的文学体裁,其生活化、灵活而流畅的语言不仅能够将人生的画境与诗情融入其中,更善于深刻描绘人物内心世界的模糊、闪烁、跳跃、纷至沓来的形象,甚至是非理性的复杂的心理现象,这些都能在奇妙的小说笔触下生动地呈现出来。

英国小说家福斯特在《小说面面观》一书中指出,小说的突出特点在于其能够向读者提供一个内心世界展示的人物,而在现实生活中,我们的内心世界往往是封闭的,不易深入其中。特别是在今天的高科技时代中,电影、电视能够最直接、最丰富多彩地呈现生活的外部世界,而小说的使命则更在于独特地展现人类心灵世界的奥秘与独特之处。

三、小说的人物

小说创作仍以人物塑造为中心,虽然现在小说的发展已经纷繁复杂、多元异向。

在小说塑造人物时,刻画人物性格是至关重要的。性格主要指人物的基本特点,是遗传与生活经历等多种影响因素的综合体现。不同的人群、阶级、职业,以及生活遭遇和命运等因素,形成了各种各样、性格迥异的人物,这使得性格变得非常丰富多彩。在小说创作中,作者需要根据实际生活中的人物,创造出不同的、真实的、鲜明独特的人物形象。这些人物不仅要有自己独特的个性,还要具有一定时代背景下的普遍性。

在塑造人物时,需要注意真实性和典型性。真实性要求作者以生活中真实的人物为基础,经过加工后创造出可信的人物。这样的人物既生动逼真又能展现生活的真实,令人感到"似曾相识",却"非尽然"。此外,典型性也是塑造人物的关键。文学中的人物并不是直接从生活中提取出来的,而是具有某些典型特点和象征意义的。通过人物的遭遇和命运来表现出性格的形成和发展,这是塑造人物的重要手段。所谓典型性,是指所塑造的人物具有广泛的代表性,能够充分揭示人的本质特征。

在现实生活中,存在许多真实而典型的人物,作者需要选择、提炼、集中、概括这些人物,在按照他们的遭遇和命运塑造人物性格的逻辑上,有机地组合起来,创造出既有个性特征又能揭示普遍性的典型人物。因此,在塑造典型人物时,需要注意以下几点:

首先,要统一共性和个性,人物的性格不仅要有独特的个性,还要具有广泛性,能够展现社会或人文普遍意义,达到个性与共性的高度统一。优秀文学作品中的人物,能够以鲜明的、独特的个性表现出共性,个性成为揭示共性的基础。

其次,要统一必然与偶然。人物的活动中既有必然性,也有偶然性,应该寓必然于偶然之中,注意在塑造人物时体现合理性,才能揭示生活的本质。

最后,小说的根本特征是通过形象再现生活,寄托作者的思想感情,表达作品的主题思想。在表达作者的思想感情时,小说的形象不应该是概念或思想的直接图解或简单传声筒,而是要遵循小说自身的一整套形象思维规律。通过创造形象化人物,充满生命力地表达和传达作品的主题思想,才能创造出优秀的小说作品。

四、小说的情节

情节是小说三要素之一,是指小说中体现矛盾冲突、表现人物关系、展示人物性格的一系列生活事件。它是从大量的日常生活事件中提炼出来,由人物与人物、人物与环境之间形成的具体事件和矛盾冲突所构成,借以展示人物的性格和表现作品的主题。

高尔基曾说过:"情节是性格的历史",也就是说情节是性格的基础。读小说时,人物的遭遇引起了我们的同情或憎恶,人物的品质引起我们的景仰或鄙视,人物的命运则激起了我们情感上的强烈波澜。而这一切都是由作品中人物各自的行为和人物之间的矛盾冲突所造成的。人物的行为和矛盾构成了情节的主要内容。正是在人物的行动中,我们才能看到他们的性格,离开人物的行动和情节,人物的性格就无法展现出来。而性格又是情节发展的内在因素。正是人物的性格,影响着、有时甚至决定着事件的进程,推动着情节的发展。

莫泊桑的著名小说《项链》中的罗瓦赛尔夫人,是一个羡慕奢侈豪华生活,追求虚荣小市民妇女。她家并不富有,为了参加一次梦寐以求的盛大而豪华的舞会,她把自己打扮得更加高贵华丽。因为她没有足够的珠宝饰品,她向别人借项链。在女士们争奇斗艳的舞会上,她完胜所有女宾,她"陶醉了",虚荣心得到了暂时的满足。由于项链丢失是符合情理的事,再加上罗瓦赛尔回馈原物归,所以他们为了归还朋友原样的项链,只好忍受高利贷的盘剥,苦苦负债买项链。从中我们可以看到罗瓦赛尔夫人的性格,她的虚荣心和对财富生活的渴求导致了情节的发展。

从这里我们可以清楚地看到,正是罗瓦赛尔夫人贪慕虚荣的小市民性格,导致了小说中借项链、丢失项链、负债买项链的故事情节。更为关键的是,由于这位小市民妇女追求虚荣,竟然不了解项链的真实价值,导致他们为还债苦熬多年。因此,作家不能脱离人物性格去虚构故事情节,让人物跟着事先安排好的故事情节转,成为说明情节的工具。相反,作家在构思人物形象的同时,要安排与人物性格相适应的故事情节,让情节与人物性格发展相一致。否则,写成的小说只能留给读者一个梗概,而不是一个充满内涵的艺术品。

老舍曾经说过:"一定要根据人物的性格的需要来安排情节事件,事随人走,不要叫事件控制住人物。"这句话正好说明了这种道理。情节与性格是一对矛盾,它们相辅相成,相互作用,构成了小说世界丰富的内容。生活中的事件多种多样,复杂多变。但是对于生活事件的文学提炼,也就是情节的构成,有一定的规律可循。

小说是一种以情节为核心的文学形式,因此情节的构建对于小说的成功至关重要。以下是小说情节应具备的几个特点：

首先,情节的真实性非常重要。良好的小说情节能够让读者感受到现实生活中的真实性,并从中获得共鸣。虽然小说中的情节通常会有一些虚构成分,但是这些情节必须与现实生活有所关联,才能够引起读者的共鸣。

其次,情节应该具有一定的典型性。好的小说情节通常反映了一些人类基本的情感和行为,这类情节能够引起读者的共鸣,甚至超越文化差异。例如,爱情、友谊、背叛这些人类基本情感和行为,都可以作为小说情节的素材,而这些情节的典型性可以让读者产生强烈的共鸣。

第三,情节的悬念是吸引读者的重要元素。好的情节必须有一定程度的悬念和戏剧性,以激发读者的好奇心和求知欲。情节的发展必须有合理且有趣的高潮和低谷,并在适当的时候揭示出哪些是悬念、哪些是重要情节,吸引读者不断的追寻阅读。

最后,意外是小说情节的必要特点之一。意外情节能够让读者不断感到新奇和惊喜,即便是一些常见的情节,也可以通过巧妙的变化和组合引发读者的意想不到的感觉。在情节的构建中,适度的反转和转折可以增加情节的复杂度,并让读者更加高度参与到情节的推进中。

小说情节不仅需要与现实生活有所关联,还需要具有一定的典型性和悬念性,同时亦应添加一些意外情节以增加乐趣。这样的情节构建既可以让读者收获阅读的乐趣、冥思苦想、又可以让他们思考人性的美与丑,进而产生共性情感。

五、小说的结构

小说的结构,是指小说中局部与局部、局部与整体之间的关系。具体来说,就是情节和事件在作品中安排次序、地位,和方式,就是各个人物之间,人物与作品中主题之间的关系。这种人物、事物、情节在作品中安排的次序和地位,就构成一篇小说的结构。

结构是小说创作的主要技巧。小说结构的方式可以有以下几种基本的类型。

(一)单线型结构

构成小说情节的线索只有一条,情节单线,线索明晰,小说自始至终围绕中心人物展开有头有尾的情节,使主题在完整的情节描写和人物刻画中表现出来。这是传统的小说的结构方式,也是最常见、最基本的小说结构方式。

(二)复线型结构

小说情节以两条线索的方式,交叉、扭结着向前发展,这种方式使小说的生活画面更加丰富,情节更加生动,表现力更加宽广,人物的刻画也更容易有对比,以至描绘得更充分,更鲜明。如张弦的短篇小说《被爱情遗忘的角落》就有两条线索,即存妮一条,荒妹一条。

(三)蛛网式结构

三条以上的线索互相交叉,盘根错节,穿插织造,有如一个蛛网。采用这种结构的作品,有多条线索中,有的是有主有次,相辅相成,如《红楼梦》《创业史》;有的则是多条线索平行而交错地发展,如《水浒传》;还有的是同时写几条表面上看不出联系的线索,把情节的网撒出去,随后收网,使各条线索的必然联系渐渐显露出来,把各条线索集中在结局上,这种方式在侦破小说中采用得很多,而且很成功。一般来说,采用这种方式的多是长篇小说。

(四)辐射型结构

这类小说属于意识流小说。往往以人物心灵为聚光点和结构中心,以人物的思想意念为辐射线,跳跃地组织画面。它在反映人物内心世界方面,能容纳比"线"式结构复杂得多的内容,能多层次,多变化,多角度地揭示人物心理,可以突破时空限制,把几十年的经历,千里万里内外的事情全部笼罩在人物头脑里几个小时的意识流动之中。如英国小说家沃尔芙的《墙上的斑点》,以一个女人的心灵为端点,思绪纵横驰奔,想到人生无常,想到莎士比亚,想到收藏古物,想到树木生长,意识随意流动,最后才回到斑点,原来是只蜗牛。

(五)板块式结构

作者在小说中"随意"地写出一个人物,并对他进行描写,然后放在一边;或"随意"描写某种心理、景物,又放在一边,这种描写自成一统,有一定的独立性,有它自己特定的内容,形成一个稳定的板块。如茹志鹃的《剪辑错了的故事》就是采用的这种结构。小说围绕缴粮和砍树这两个主要事件,打乱时空界限,把老寿和老韩这两个人物在战争年代和建设年代的不同历史时期的故事交错进行叙述,对比强烈,映照分明,呈现给读者一幅色彩斑斓的韵味深长的生活图景。

六、小说的细节

人物和情节是小说的内容,结构是小说的骨骼,而细节则是小说的血肉,没有丰满、生动的细节描写,一篇小说是无法成形的。

细节是情节的基本组成单位,是作者从统一的艺术构思出发,对具体的描写(人物形象、事件发展、社会环境、自然景物等)所做的细微的、真实的、具体的、形象的、精确的描绘。

小说细节可分为肖像细节、行动细节、语言细节、心理细节及场景细节等,归纳起来,又可分生活细节和情态细节两大类。

细节的作用是多方面的,如刻画人物性格、推动情节发展、深化作品主题等。

(一)刻画人物性格

选择富有表现力的、能准确反映人物性格特征的典型细节,是小说创作中极为重要的工作。当我们回味其中的某个艺术形象时,首先出现我们头脑中的就是这个人物的细节,如一想起贾宝玉,我们很可能首先想到他在小说中一出场,见到林黛玉没有"玉",立刻就把自己的"玉"给摔了,惹得个若大贾府骚动起来。

细节表现人物性格,与情节相比,有它的独特之处。情节 够:是连贯性的完整的事件,它要完成的是性格的整体。而细节则可以深入一点,着重表现性格的某一个局部的特征,某一个侧面,作细致的描绘,从而使性格整体更有血肉,更有立体感。

(二)推动情节发展

细节是情节的基本单位。小说中的事件发展都是由一个又一个细节描写组成的。当某一典型细节形成情节的艺术中心,在作品中反复出现时,它就像"纽带"一样,穿针引线,编织人物的关系网,连接故事情节,使作品首尾呼应。

(三)深化作品主题

一些精心选择的细节,常是小说作品中的点睛之笔,能够直接、间接或辅助地揭示作品的题旨,特别是用在结尾这类细节,往往更能使作品具有意味深长的艺术效果。

七、小说的视角

小说是一种文学形式,其中最重要的一点就是情节。情节的构筑除了需要符合情节的真实性、典型性、悬念和意外等要素外,还需要选择一个合适的视角来叙述。小话的视角越适合情节的呈现,情节越容易贴切人物角色,读者就越容易产生共鸣。

小说的视角可以分为三种:第一人称、第二人称、第三人称。其中,第一人称是最常见的叙事角度,通过主人公的视角来讲述故事,能够让读者更好地了解主人公的内心感受和经历。这种视角可以呈现出更加直观、真实的情感和情节。

第二人称视角则较为罕见,此时小说通常会使用"你"作为主语,让读者更加身临其境。但因读者与叙述者之间存在较大距离,需更加注意小说叙述中不合情理的地方而打破读者的沉浸感。

第三人称视角是最常见且常用于中长篇小说中的叙述视角。第三人称视角解读,是通过一个旁观者的视角来讲述情节的发展以及人物的情感、行为和思想。这种方式可以让小说的情节更加客观、平衡,展现出更全面的情节和人物形象。因此,大多数小说都采用了第三人称视角。

无论是哪种视角,每种视角都适合于不同的情境和情节的呈现。小说的呈现方式对于情节的表达起到至关重要的作用,读者的阅读体验往往要由这些视角来引导。因此,小说作者在选择叙事视角时,需要认真考虑每种视角所带来的效果和局限性,以得到更好的效果。

八、微型小说的写作

(一)善于摄取瞬间

写作微型小说就是摄取生活瞬间的艺术。这就要求作者勤于观察,善于捕捉生活中最富于包容性的某一瞬间、某一场景或某一剪影,以此来窥见整个大局,发现美、哲理以及事物的本质。比如傅振强的《站着的聪明人》摄取了公共汽车上的一瞬,但点染成了一篇别具一格的微型小说。写公共汽车上的故事,总是与给座位有关。而《站着的聪明人》也是有关座位的事情:车刚到站,一个男人一步就蹿上去,为的是要抢个座位。车厢里不太挤,正好有一个空位,他想坐,突然站住了,因为空位周围站着几个人,却没一个人坐下。于是,他开始怀疑起来,也不敢坐了。随后,作者描绘了站着的人们的各种心态:年轻的妇女想着,会不会有人咳嗽呢?中年男子想着,谁知道是怎么回事,万一你刚刚坐下,车厢里就会哄笑一片。"还好我没坐,不然就出丑了!""我告诉你了吧,有便宜等着你去拣。"其实,那个座位本身没有任何问题。它就是一个空位,但是因为自认为聪明的人们,他们不敢坐。在实际生活中,这种自以为聪明结果被聪明误导的人们,我们也常常见到。这篇微型小说摄取了一个空座的故事,一幅刻画着各种不同心态的图画。虽然这个主题既老套又陈旧,但是角度独特,表现新颖,读来令人啧啧称奇。

(二)认真提炼主题

微型小说要写得有思想深度。有哲理性,就应重视提炼主题。微型小说的主题应切合文体实际,让主题在情节中自然而然地流露出来。微型小说在提炼主题时,要注意以下几点:

1. 体现时代精神

微型小说所写的人物和事件与现实生活距离贴近,它能迅速及时地反映当前生活中的矛盾和斗争。微型小说的作者要站在时代的前列,准确把握时代脉搏的跳动,在作品中体现时代精神。只有这样,其作品才能做到立意高超、新颖,有强烈的社会功用。

2. 藏而微露

微型小说的主题不能太明显,因为太明显会让文章显得平淡无奇。但是,也不能过于含糊,让读者无从下手,而是要采用藏而微露的手法,通过所蕴涵的主题来引导读者深入体悟作品的内涵。比如,王蒙的《小小小小小……》这篇小说,只是简单叙述了一个演员从"香又红"到"小小小小香又红"时,如何"惟妙惟肖"和"极相似"。然而,在作品的结尾,作者写道:"按照微积分的原理,如此小小小小小小下去,就趋向于零了。"在这里,作者运用了藏而微露的手法。说它是藏,是因为它把 H 剧日趋衰落的原因归结到了"小小小小小小下去"上。说它是露,是因为文章中所描述的"小香又红不仅在演技方面与香又红惟妙惟肖,而且在外貌、爱好和习惯方面,也都与香又红相似……香又红的左眼下有一个痦子,小香又红也画了一个痦子在左眼下"等等,都是真正原因的提示。只要对这一提示进行深入的思考,就会发现 H 剧日趋衰落的真正原因不是显而易见吗?

3. 以小见大

微型小说描写的是生活中的小片段、小侧面,但它可以通过细节展现影响深远的效果,通过微不足道的事情呈现出深刻的道理,让读者在平凡的物品中发现美丑、体现全貌、显示本质。比如,王任叔的《河豚子》就是一篇优秀的微型小说。故事讲述一个贫困的农民无力抚养五口之家,就买来一筐有毒的河豚,准备让全家结束苦难。然而,他的妻子非常爱他,拒绝先让孩子们吃,等到丈夫回家一人吃完河豚后,毒性已经消失了。虽然一家人努力争抢,但由于灾难的影响,他们最终还是将面临饥饿的威胁。这篇微型小说仅 800 字,写了一个穷人因灾害和租金无法生存的悲惨故事。然而,这个故事却是当时农民生活的缩影。通过刻画这个典型人物和事件,揭示了贫困农民所面临的普遍命运,揭示了带来的灾难。这篇小小的故事以小见大,窥一斑而知全豹,产生了深远的影响。

(三)构思巧妙合理

1. 选好切入角度

选择好切入角度是成功的一半。由于微型小说篇幅有限,不能从头到尾详细叙述,因此需要考虑从何处开头,从哪个角度切入,才能既简洁又引人入胜。同样的材料、主题、人物,不同的切入角度会带来质量上的差异。

2.恰当设置人物

微型小说必须刻画人物形象,但由于篇幅限制,设置的人物较少,通常只表现人物某一侧面的性格特征。在描绘人物时,需要抓住特征,勾勒轮廓,寥寥几笔,呈现生动形象。

3.微型小说的主题、人物、情节等最终需要在结构上外化。作者应灵活组织结构,根据主题和内容表达的需要选择单线式、双线式、多线式、三迭式、蒙太奇式、故事型、戏剧型等结构形式。应力求结构精巧、隽永,并有所创新。

4.善于留出空白

微型小说适合运用空白艺术。情节单纯,更容易采用空白的方式处理。作者应善于恰当地使用空白,给读者留下广阔的想象空间和余地,引导读者深入思考,从而领悟到作者所蕴含的内涵,获得审美感受,深化作品主题。

(四)注意事项

在微型小说创作中,常常会发生如下问题:有些作品对生活瞬间挖掘不够,主题不够深刻;有些只注重故事情节的曲折与变化,而忽略了对人物性格的刻画和对生活哲理的体现;有些为了追求"微型",写得过于抽象和概括,使作品缺乏文学性和感染力;有些过于拖泥带水、缺少含蓄性,或过分隐晦,使主题不明确;此外还有一些片面追求构思精巧和意味深长,却显得矫揉造作、失去真实感等。这些问题需要引起作者的充分注意,并通过对微型小说的审美特征和写作要求的掌握,提高文学素养和创作实践能力,逐步加以解决,以创作出主题深刻、表现独特的好作品。

第十一章 议论文体写作

第一节 思想评论

一、思想评论的界说

思想评论是一种文学性质强、思想性质深的文章形式,通常是对某个问题、事件、作品或者思想倾向进行深入分析和反思,发表个人的看法和观点。它主要通过对所评价对象的解读和分析,来表达自己对其价值和意义的理解和认识,同时也会探讨相关的历史、文化、社会、政治等方面,以期为读者带来启示和思考。思想评论与新闻报道、科普文章等有所不同,在于其需要具有一定的思考深度和文学情趣,同时还需要表达个人意见和态度,因此有一定的主观性和创造性。

二、思想评论的特点

思想评论的特点包括:及时性,具有鲜明的时代色彩;针对性,具有强烈的现实意义;平易性,具有浓烈的大众色彩。

除了上述提到的几个特点,思想评论还需满足针对当下社会、文化和政治等方面的热点问题展开讨论,以及深入了解不同时代的社会特点、文化形态和价值观念,并以此为基础,展开适合当前时代的评论。思想评论需要让读者能理解并参与到相关的讨论和行动中去,是一篇具有深刻见解和启发性的文章。

(一)及时性,具有鲜明的时代色彩

思想评论通常会针对当下社会、文化和政治等方面的热点问题展开讨论,因此需要具有较强的时效性。这意味着,作者需要及时关注社会上的问题和事件,并以此为基础,及时撰写相关的评论,以便更好地让读者理解并参与到相关的讨论和行动中去。

同时,思想评论也具有鲜明的时代色彩。这意味着,文化、政治、历史等方面处于不同的时代背景中,而思想评论需要在这些时代背景中展开分析和评价。因此,

思想评论需要深入了解不同时代的社会特点、文化形态和价值观念,并以此为基础,展开适合当前时代的评论,以更好地体现其价值和意义。

(二)针对性,具有强烈的现实意义

思想评论就是要着力于解决正在发生影响、起着作用的现实思想问题。因此,评论要有的放矢、对症下药。评论的对象应该是现实中产生、发展、变化着的思想倾向、思想认识、思想动态。因此,思想评论的价值取决于它的针对性和现实性的强弱,只有从现实出发,从存在着的思想现象出发,切中要害,才能解决实际问题。

(三)平易性,具有浓烈的大众色彩

思想评论的平易性,是指它的笔调亲切,质朴自然,平易近人。优秀的思想评论,既要旗帜鲜明地表明作者的观点,同时还应做到平等交流、行文自然、笔调亲切、语言通俗。无论是批评还是表扬,都应以理服人、以情感人,实现作者与读者之间的心灵沟通、思想交流,引起心灵的共振和情感的共鸣,这样才能令人心悦诚服。

三、思想评论的类型

思想评论的类型包括:赞颂型的思想评论、批评型的思想评论和褒贬型的思想评论。

(一)赞颂型的思想评论

赞颂型的思想评论主要是对正面的思想、行为、事件等加以赞美和肯定,表达对相关对象的高度评价和认可。这种类型的思想评论常常被用于对那些做出卓越贡献、取得重要成就的人物或事迹的评价和记录。

(二)批评型的思想评论

批评型的思想评论主要是针对负面的思想、行为、事件等进行批评和批判,表达对相关问题的不满和反对,用以促进社会的改善和进步。这种类型的思想评论在批判社会不公、揭露弊病等方面有着重要作用。

(三)褒贬型的思想评论

褒贬型的思想评论把赞颂型和批评型结合起来,既表达对正面的思想、行为、事件等的赞美认可,又对负面的思想、行为、事件等加以批评和指摘,以客观、公正、中肯的态度分析和评价相关对象。这种类型的思想评论能够更全面、深入地把握事物的本质和内涵,是一种比较常见的评论形式。

四、思想评论的写作

思想评论是对社会、政治、文化等方面的发展现象进行分析、评价和思考的一种文体。以下是思想评论的写作步骤：

1. 选择评论对象：根据自己的兴趣和专业领域，选择一个具有评论价值的对象。可以选择最近的社会热点、政治事件或文化现象等。

2. 收集资料：针对所选的评论对象，收集相关资料，包括新闻报告、专家评论、社交媒体上的讨论等。

3. 分析评论对象：对所选对象进行深入地分析和思考，理解其历史背景、社会意义和影响。

4. 提出观点：在分析的基础上，提出自己的观点和见解，并阐述其合理性和理论支持。

5. 语言表达：运用简明、生动、准确的语言，让读者容易理解，并尽可能避免使用难度较高的专业术语。

6. 行文结构：在行文结构上，首先要明确文章的主旨和主题，要有一个论点，并在全文中一以贯之。其次，要注重逻辑性和条理性，不要跳跃式阐述，了解文章的表现方式。

总之，思想评论是对社会现象深入思考并形成自己的态度和观点的一种表达方式，需要充分准备和精心设计，在注重原创性和思想深度的同时，更要具备简明、生动、准确的语言表达和合理的论证思路。

第二节　杂　　文

一、杂文的界说

杂文是一种短小、活泼、锋利、隽永的社会论文，富有文艺性和战斗性。它将思想性、说理性和文艺性有机地结合在一起，及时地评价社会现实，宣传真理，歌颂光明，鞭挞丑类，讥讽时政，传播知识和总结经验。它旗帜鲜明地表达作者的观点和主张。杂文是政论与文学有机结合的文体，本质上以议论说理为主，具有政论文的论辩性。然而，它又具有文学特色，虽然以议论说理为主，但借助描写和叙述来印证事理，"审之于形"，具有生动的形象性，饱含作者的情感，有文学艺术的感染力。它能够使人不仅明辨是非，而且感受到趣味和情感，从而更深刻地理解所传达的信息。

二、杂文的特点

(一)敏锐及时

杂文的基本特点之一是紧扣现实生活的脉搏,直面现实人生,追踪时代风云,在品评生活、针砭时弊、颂扬先进时保持敏锐及时的态度。这种现实的针对性要求作者紧跟时代潮流,关注社会变化、复杂多变的现实状况。只有如此,杂文才能反映时代主旋律,引领读者前进的动力;只有如此,它才能描绘出真实而具体的历史图画,让读者从中得到思想与艺术上的滋养。

(二)形象传神

杂文一般将精辟的论述和生动简练的叙述、形象的描绘和强烈的感情相结合,使得论述通过形象来展现、寓道理于具体形象之中,达到形、情、理的高度统一,具有文学艺术的魅力。但是,杂文的艺术形象与诗歌、小说中的形象不同。鲁迅先生称之为"类型"。杂文中的"类型"不求完整,注重神似,用简洁的笔墨,抓住人物、事件、思想的突出特点,精心勾画。杂文中形象的概括程度越高,蕴含的意蕴也就越深刻。

(三)论辩深刻

杂文注重辩论和说理,具有明显的辩论色彩,其剖析深刻、精炼且充满战斗性。杂文的辩论,针对现实人生,以鲜明的立场对具体事物和现象进行讨论和驳斥,旨在区分真伪、明辨是非、阐明道理、弘扬正义和真理,展现强烈的战斗色彩和无可辩驳的说服力。鲁迅先生的杂文之所以拥有深邃的思想内涵和强烈的艺术魅力,是因为他运用了直接、深刻的思想分析,揭示了封建意识形态中腐朽的道德观念。

(四)短小灵活

杂文通常是千字左右的小篇幅文章,但其构思、立意和文笔技巧非常灵活多变,曲折生动。其体裁包括政论式、杂感式、随笔式、日记式、书信式、序跋式等形式。其文风可以是讽刺批评、赞美表扬、谈心劝诫,也可以是抒情言志。其风格或诙谐幽默,或尖锐辛辣,或简明明了,或含蓄委婉,或曲折隐晦。在选材方面,杂文涵盖广泛,自由灵活,不拘泥于常规,毫不费力地涉笔成趣。

三、杂文的分类

(一)讽刺性杂文

讽刺性杂文是指揭露、批判不良言行、错误倾向的杂文,常常带有刺激性和批判性,有些甚至冷嘲热讽。有人形象地形容它为"带刺的玫瑰"或"有刺的蔷薇"。鲁迅先生的《"友邦惊诧"论》、巴金先生的《况钟的笔》等都是典型的讽刺性杂文。

(二)歌颂性杂文

歌颂性杂文是指歌颂先进人物、先进事迹,颂扬新时尚、新道德风范的杂文。这类杂文观点明确、热情奔放,笔调明快、文笔清新。它们可以用生动的语言、明快的旋律、美好的意境来表达对美好事物的崇高赞颂。

(三)知识性杂文

知识性杂文是指通过介绍知识、讲明道理、启迪思想,给人以知识陶冶的杂文。它常常兼具思想性、知识性和趣味性。内容丰富、生动活泼,富有启示性和可读性。它可以通过让人感知生活的多彩,分享人生的精彩,达到启迪和启示读者的目的。

四、杂文的写作

(一)大中取小,小中见大

"大中取小,小中见大"是指写杂文时要懂得选材和立意。所谓"大中取小",是指要从全局角度选取最有代表性、最能反映事物本质的某一点,选取关系着全局而又是最引人注目的某个小事、某种现象,引发读者的启示和教育。而"小中见大"则是从小事物中挖掘出深刻的主题。鲁迅先生的《现代史》就是这样一篇大中取小、小中见大的杂文。

在《现代史》中,鲁迅先生运用"大中取小"的选材法,只选取了家乡变戏法的故事。但在这小故事中,他从"戏法人人会变,各有巧妙不同"这个细节中深刻揭露出广泛存在的生活现象,揭示出贪官污吏横征暴敛的罪恶本质。通过一件小事,鲁迅先生成功地将一个深刻的主题呈现在读者面前,展现出他的思想深度和艺术水准。

(二)常取类型,形象说理

杂文写作中,塑造典型的方法主要有两种。第一种是直接从现实生活中选取具有代表意义的真人真事作为典型,通过描绘这些典型的形象来反映社会现实和深刻的思考,鲁迅先生的杂文中就有很多这样的例子。第二种是概括类型,作者把同类人物、事物、现象具体归纳、描述,形成一种"类型",通过这个类型的形象来揭示万千事物的共性。这种方法常常用漫画式笔法进行粗线条勾勒,简洁明快,生动形象。

例如,鲁迅先生的《二丑艺术》中的二丑就是一种社会类型,它概括了所有玩弄两面派手法的人,代表了这种类型人物的共性特征。通过细致的描写和深刻的思考,鲁迅先生成功地在二丑的形象中反映了社会中的种种丑恶现象,表达了对社会的深刻关切和反思。总之,选取典型和概括类型是杂文创造典型的两种主要方法,也是表现形象化说理的重要工具。

杂文的文艺性和政论性相结合,要求在说理的基础上形象化表达思想观点。杂文形象说理的主要方法有五种。首先是就事论理,即利用具体的有表现力的典型的实际材料,推理引出所要表达的思想观点。其次是取喻说理,通过巧妙的比喻手法来深入浅出地揭示事物的本质。比喻可以化繁为简,更容易理解,使文章更具表现力。第三是类比明理,通过将性质相同的事物相比较,突出思想观点的事实依据。第四是对比显理,通过对比不同的事物,使读者能够更好地理解作者要表达的意思。最后是借典引理,即借用成语、典故来启示思考、发挥作者的主题思想。

五种方法可以互相结合,相得益彰,以达到更好的表现思想观点的效果。在杂文的写作中,形象说理是一种重要的表达方式,可以让读者通过生动具体的形象达到更深层次的理解与反思。

(三)笔调灵活,庄谐并举

杂文应该具备"杂文味"。所谓"杂文味",是指混杂了理性思辨和幽默风趣,既庄重又不失诙谐。作家可以通过畅谈人生乐事阐发深刻的哲理,也可以通过冷嘲热讽揭露黑暗丑陋,从而使读者在轻松幽默的阅读中得到启迪,更好地理解生活哲理、区分善恶美恶、懂得真伪,真正做到"知行合一"。要实现杂文味,则需要善于运用多种笔调及各种艺术手法。

1. 幽默风趣

幽默是运用轻松的笔调,对某些生活现象进行精巧、风趣的描述,使人在笑声中得到启示,享受美的体验。创造幽默的方法有多种,可以通过讲故事或讲笑话等方式,在文中使用夸张、双关语和反话等修辞手法。

2. 讽刺辛辣

讽刺则是用尖刻的笔触来针对不合理、愚蠢、卑劣、甚至邪恶的事物或现象提出批评或否定。讽刺与幽默常常相互使用,有些时候它们相互交融。但是,仔细分辨,两者之间还是有所不同的。讽刺是以严肃的态度贬低消极倒退的事物,让读者产生尖锐、深刻的感觉。而幽默则是以轻松、乐观、俏皮的方式贬低某种事物或现象。讽刺常用的手法包括反语和夸张等。无论是幽默还是讽刺,只要运用得恰当,都能让整篇文章生色不少。不过,作者需要善于区分对象,掌握批评的分寸。

(四)语言精练,贴切生动

语言精练地贴切生动,是杂文的重要特点。

生动泼辣,要求用词精准形象,表达充满情感,在讲述故事、描绘场景、发表议论的同时,注重趣味性和幽默感,使文章更富生命力和感染力。

精练尖锐,要求用词简练且意蕴深刻,篇幅短小,表达思想言简意赅,通过深入剖析、有力批判和精准措辞,使文章更有说服力和影响力。

准确贴切,要求言之有物,表达真实、理性、客观、准确的观点。无论是批评还是赞美,都应该实事求是、直抒胸臆,贬低夸张和言过其实的情况,表达自己的观点和看法。作家应该尽力避免废话和故弄玄虚,用直白的语言表达自己的想法,让读者更容易理解和接受。

第三节　文艺评论

一、文艺评论的界说

文艺评论是一种文章样式,对文学作品、文艺家、文艺思潮和流派等文艺现象进行评价和分析。

文艺评论的主要作用是揭示被评论对象的审美价值和思想意义,探讨艺术创作的方法和规律,帮助作者总结经验教训,推动创作水平的提高;同时,帮助读者提高审美鉴赏能力。

具体来说,文艺评论是一种使用理性思考的研究活动。以文艺欣赏为基础,以文艺理论为指导,以各种具体的文艺现象为研究对象。在一定的文艺观念和批评观念的指引下,对文艺作品进行审美分析和评价。

文艺评论对于提高读者欣赏水平和审美鉴赏能力,提高作者创作水平,促进文艺创作的发展和繁荣等方面,确实具有重要的意义和作用。

二、文艺评论的特点

文艺评论的三个主要特点确实包括科学性、审美性和理论性。

（一）科学性

文艺评论的科学性是指评论者的审美判断、美学评价要符合作品的客观实际，要公正、深刻而富于创见，因而要求批评者必须具有科学的创造性。文艺批评的科学性，就在于它必须从文艺实践出发，以客观事实为基础，详细地占有材料，进行周密系统的分析研究，得出客观规律。不允许掺杂个人偏见，乃至狭隘集团的私利，切忌主观随意性。

（二）审美性

审美性是文艺批评的又一特点。评论者要按照美的规律去探讨作品中的美丑，通过美学分析对作品进行审美评价。文艺作品是通过审美的形象性去传递审美情感、体现作品的主题思想的。艺术思想蕴含在艺术形象之中，其思想性越深刻、越丰富，作品就越有感染力和生命力。要深刻把握并挖掘作品的意蕴及其思想意义，只有通过审美分析才能做到。

（三）理论性

文艺评论一般是通过概念、判断、推理的方式展开的，具有较强的理论性。文艺评论要站在理论的高度，把文艺现象提到理论的高度去认识，尤其是一些宏观的评论具有更强的论辩和理论色彩。为增强文艺评论的理论广度和深度，不仅要对作品、作家、文艺思潮有必要的微观分析，而且要对整个文艺现象以及产生这种现象的背景和历史的心理因素作鸟瞰式的研究，使评论在理论上更深刻，更广阔。

三、文艺评论的分类

依据不同的分类标准，文艺评论可以划分出不同的类别。就文艺评论的对象，可以分为文学评论、音乐评论、舞蹈评论、美术评、论、影剧评论等几大类。在大类之下还可以分为若干小类，如文学评论按评论对象的体裁，还可以分为散文评论、诗歌评论、小说评论、戏剧评论、影视评论等。按文艺评论的客体和范围，可以分为按文艺评论的表现形式，可以分为论文式、随笔式、书信式、诗体式、点评式、对话式、问答式、评传式、故事式、剧本式等。

下边按文艺评论的表现形式介绍几种常用的文艺评论类型。

（一）论文式

这是按一般理论文章的格式和要求来撰写的文艺评论文章。

它具有准确严密、具体翔实，理论色彩浓、逻辑性强等特点。当然，这并不排除文采斐然地表现丰富的批评内容。它是最常见的一种文艺评论样式。

(二)随笔式

即杂谈随感,包括漫谈、赏析、短论等。它具有笔调洒脱、行文自由、语言生动、个性突出等特点。由于当前文艺报刊"泛文化"的趋向,故随笔式的评论是报刊上常见的、受人欢迎的评论样式。

(三)书信式

这是运用书信体写成的文艺评论。它具有内容具体、探讨性强,行文自然,态度诚恳,富有情感,结构章法不拘一格等特点。

(四)诗体式

这是用诗或词的形式撰写的文艺评论。它具有情理交融,诗味浓郁,概括凝练等特点。

(五)点评式

又称评点式,它是中国独特的、传统的评论样式,即在被评作品的首部以"序言"或"总论"的方式对对象作总体的简洁评说,在作品正文中则以经验的笔墨作"夹批""眉批"。这种文艺评论样式主要流行于明清时代。

(六)对话式

又称问答式。即用一问一答的对话形式,就文艺现象进行评价和判断。它的特点是在不断揭露矛盾、解决矛盾的过程中树立自己的观点。

(七)序跋式

指文艺作品或文艺作品集前面的序、导语、前言、小引、说明和后面的后记、题跋等。它可以是作者自序自跋,也可以由他人为序为跋。它的撰写除介绍写作意图和交待有关情况外,还要对作家、作品进行评论,其特点是观点鲜明,臧否得当。

四、文艺评论的标准

文艺评论的标准是衡量文艺作品审美价值的尺度,也是对文艺作品思想和艺术美学价值的评估,因此,文艺评论不能没有标准。

(一)思想性标准

思想性标准就是要根据具体的作品及其所表现的思想内容、思想倾向来进行分析和评价,也称社会学的标准。

首先是对文艺作品的内容的真实性、典型性进行评价,看其是否真实地反映了客观生活,是否揭示了生活的本质,达到了艺术的真实。

其次是对作品所包含的思想意义和作家、艺术家的思想倾向进行评价,看其是否反映了人民群众的利益和愿望,是否有利于推动社会的发展进步,是否有利于社会成员道德、人格的完善,是否有利于提高人们的审美能力和心灵的净化,是否有利于人们的心身健康和愉悦。

(二)艺术性标准

艺术性标准,就是对作家及其作品的艺术形式、艺术手法、艺术效果等方面进行评价和分析。

首先是对作品的形象性、典型性进行衡量,看作品是否塑造了典型形象或深广的意境,是否具有审美价值。大凡优秀的作品都是塑造了栩栩如生的典型形象,或是创造出深邃的意境,并有着极其丰富的内涵或意味。因此,典型或意境的创造是衡量文艺作品艺术水平高低的重要标尺,

其次是对作品艺术形式的完美性和独创性的评价。文艺作品是"有意味的形式",是"情感的形式"。追求形式上的完美和独创,这是文艺创作的普遍规律。作品的结构布局、语言运用都应具有新颖性、创造性。因此,作品形式的完美、独创、新颖是艺术水平高的具体表现,应当是衡量作品的重要标准。

再次是对文艺作品所使用的物质材料进行衡量。看其是否巧妙、娴熟地运用物质材料,诸如语言、色彩、线条、道具等,看在运用物质材料方面有何独特的风格。这些都是分析、评价文艺作品艺术形式的价值时不可忽视的,

文艺批评思想性和艺术性的标准是辩证统一的,在评价某一作家或某一作品时可以有所侧重,但不能将二者割裂开来。

五、文艺评论的写作

要写好文艺评论,首先应认真阅读作品;其次应深入了解作者;第三是精心选择论题,这是写作前的准备。

写作文艺评论时,可以着重从以下几个方面考虑:

（一）对作者要"知人论世"并简介文艺作品的内容

从社会历史批评的角度出发,评论作品,首先要"知人论世"。作者是文艺领域内从事文艺创作的主体,文艺作品只是作者精神劳动的艺术产品,没有作者,就不会有异彩纷呈的文艺世界,因此,我们写评论的第一步是了解作者,介绍作者,把握作者的社会存在结构与自我结构。作者的自我结构可分为素质、修养与能力三部分。要把作者当作一个自足的系统"世界"来研究,将有助于我们从总体上把握作者的特殊个性和艺术特色,正如作家孙犁所说:"评论一本书,至少应该知道作者的时代、生活和他的气质,这几方面构成他创作的基点。"

简介文艺作品的内容,就是概括性地用评论的语言简明地概述文艺作品的主要内容和有关材料。文艺评论正是通过复述为其写作提供具体的论据。因此,文艺评论的写作,首先要学会复述,要做到这一点,就必须熟悉文艺作品的基本内容,细致入微地洞察其深层意蕴尤其是要善于抓住其要点和核心。这样,我们在援引比较复杂的材料时,才能以简洁明快的语言体现我们高度的概括力。

（二）阐释文艺作品蕴含的思想性

一部作品的思想性如何,将直接关系它的社会价值和社会效果的评定。准确阐释文艺作品的思想意义是文艺评论不可推卸的职责。要阐释作品的思想性,应研究分析作者和作品的总的思想倾向;坚持从作品的实际内容出发,阐释其思想性;将作者的实际情况和作品内容的时代背景、社会关系等联系起来评价其思想性。当然,评论作品的思想性,绝不能简单看作是为作品贴上政治标签,而是必须强调从艺术形式的分析入手,条分缕析地揭示其蕴含的教育作用和认识作用。

以海明威的《老人与海》为例,显然作者在歌颂老渔夫超乎寻常的毅力、非凡坚韧的决心和勇敢精神的同时,又感到胜利的渺茫,认为人与外界势力的搏斗中最后难免失败。意志坚强而情绪悲观,战斗的行为与苦闷凄凉的情调相伴而来。从作品的形象中不难看出,人生的艰难、人生的顽强、人生的乐趣、人生的价值等重大的思想启迪都得以透露出来。

总之,准确阐释作品的思想意义,可以使我们更好地理解作品的内涵,从而更好地领悟作品的社会价值和社会效果。

在阐释与评论文艺作品时,往往会遇到"形象大于思想"的情况,特别是一些经典作品,如《红楼梦》《阿Q正传》等。它们的内容篇幅有限,但却蕴含着丰富的意蕴。因此,评论者既要了解作者的主观意图,又要挖掘作品的客观价值意义,甚至是作者创作时还未意识到的意义。要做到这点,评论者必须具有细致的感受力、深邃的思考力和敏锐的洞察力。

评论者应该认真研究作品的形象体系、艺术构思、表现手法的细节等,以便把握作品深层的意蕴。例如,《红楼梦》中的人物形象、物品形象以及所反映的封建社会文化等都是需要被精雕细琢的。只有通过这些细节,才能够从作品中发现其深层次的思想内涵。

总之,要阐释和评论文艺作品,必须细心观察和琢磨作品的形象、艺术手法和思想内涵,以便从中领悟作品的深刻价值和内涵。

(三)评述文艺作品的审美意蕴

文艺作品反映社会生活和表达作者情感的方式是通过艺术形象。不同类型的文艺作品,其艺术形象的表现方式也会有所不同:叙述性文艺作品主要表现为人物、情节和背景;抒情性文艺作品主要表现为意象、意境、画面和镜头;音乐性文艺作品主要表现为旋律和节奏。因此,对于不同类型的文艺作品,评论者首先应该把握其艺术形象的特点和表现方式,然后进行分析评价,揭示其认识价值与审美价值。

叙述性文艺作品中,人物形象的剖析是最常见的评述方式。这些作品通过刻画生动鲜明的人物形象来表达其所蕴含的思想意义。那么,如何剖析作品中的人物形象呢?

首先,评论者应该关注作品中的主要人物,并且探究其个性特点及如何展现这些特点。其次,需要注意人物之间的关系和互动,以及这些关系和互动如何反映出作品的主题。最后,要分析人物形象的发展和演变,看其如何在故事情节中承担着不同的角色,如何推动着故事的发展。

除了以上几点,评论者还可以从人物外貌、服装等细节入手,来揭示人物的性格特点和背后的思想内涵。总之,对于叙述性文艺作品中的人物形象进行剖析,需要细心观察和深入思考,从多个角度入手,以全面、准确地描述出作品中的人物形象及其所反映出的思想意义。

(四)论析文艺作品的艺术形式

文艺作品的艺术形式是由作品的结构、表现手法、语言创造、创作技巧、创作风格、意境等因素构成的。在文艺评论的写作中,评论者可以根据作品的特点,抓住其中的几点进行分析,不必面面俱到。

然而,从接受美学的角度来看,评论者对作品的解析必须通过加工与创造来实现。评论者要有充分的创新精神,赋予作品有限的内容更多的意义。因此,在评论写作时,最好选择一到两个方面作为重点来写,或将这些方面交互运用、有机结合,以确保深入、透彻地揭示作品的内涵,并用独创性思想和艺术魅力来写出具有分析力和鉴赏力的文艺评论。

第四节　学术论文

一、学术论文的界说

学术论文是指对某一学科领域的问题进行专门、系统的研究和探讨,并阐述其理论成果的一种理论性文章,也称科学论文或研究论文。

在社会实践中,人类不断认识和改造客观世界。对各学科、各领域,从现象到本质、从特征到规律、从存在到发展,人类都有着不同角度的认识与见解,以及不同程度的发明和创新。这些认识与见解、发明和创新需要得到表述、交流和传播。学术论文便成为表述这些知识和探索的一种手段和形式。

学术论文作为议论类文体之一,具有完整的三个要素:论点鲜明、论据典型和论证严密。然而,与一般发表个人观点、讲道理、提出议论或表达感想的文章不同,学术论文旨在对科学领域中的现象和问题提出独创性的见解,并根据严密的逻辑和规范来进行探讨和论证。

二、学术论文的特点

(一)科学性

所谓科学性,是指研究者用科学世界观和方法论做指导,以严肃认真的态度,以探索科学真理为目的,对研究对象进行深入地研究,得出符合客观规律、揭示对象本质的结论。学术论文的科学体现在两个方面:一是陈述内容的科学性,即内容真实、准确,能反映客观事物的本质规律,揭示真理。二是结构和表述科学性,即论文结构严谨,材料充实,论据充分,推理严密,论证有力,措辞恰切,行文朴素自然。

(二)创见性

所谓创见性,是指作者在专业领域中的创造和新的发现,它的见解是新颖独到的。学术论文的创见性主要体现在以下四个方面:一是选题新颖,创立新说。二是运用新的研究方法,披露新材料,得出新结论。三是纠正前说或错误,补正通说,延伸研究成果。四是综论前人研究成果,提出问题,指出争论所在,指明争鸣方向,或在实践上深化,取得新进展、新成果。

（三）学术性

所谓学术性，是指运用专门性的知识和理论，对某一问题加以研讨，进行去粗取精，去伪存真，由此及彼，由表及里的加工制作，从而完成由个别到一般的飞跃，得出抽象性的结论，使感性认识上升到理论高度，使之专门化、系统化、严密化。学术论文是对某一问题进行认真地研究，因而有明显的专业性，表述时较多地运用专业术语和专业名词。

三、学术论文的分类

（一）按研究领域、对象划分，有下面两大类：

1. 自然科学论文

自然科学论文，习惯上称为科技论文。它是研究自然界物质形态、结构、性质和运动规律的科学论文，用于反映自然科学领域和技术科学的研究成果。它注重科学性，实验性和实用性。

2. 社会科学论文

社会科学论文是以社会现象为研究对象的科学论文，研究并阐述各种社会现象及其发展规律。它注重理论性和社会性。

（二）按写作目的和功能划分，有下面两类：

1. 一般学术论文

各个领域的专业和非专业人员，将某学科研究取得的成果撰写成论文，称之为学术论文。它反映的多是本学科的最新研究成果，体现了学科最新研究水平及其发展方向，具有较高的学术交流作用。

2. 学位论文

学位论文是学位申请者（在校大学生、研究生及同等学力人员）为获得相应的学位而撰写的论文。学位论文是考核申请者能否授予学位的关键，它分为学士、硕士、博士论文三级。

此外，还有按研究方法和内容划分的理论论文、实验型论文，描述型论文和设计型论文等等。

四、学术论文的写作

(一)精心选定课题

学术论文的选题关系到学术研究的成败,因此要精心选定课题。选题应遵循以下 3 个原则:

1. 选择有价值的课题

学术论文的价值取决于两个方面:一方面是社会需要,即现实生活需要急需解决的问题;另一方面则是学科本身需要研究和解决的问题。这两个方面是相辅相成的。虽然需要强调社会需求和应用价值,但不能片面机械地理解,更不能急功近利。因为一些研究课题,尤其是基础性的和教育科学的研究课题,可能一时无法看出其应用前景,但它们往往是新发明、新科技的先驱,是科学技术、经济发展及文化教育事业所依赖的支撑,这些因素决不能被忽视。

2. 选择有创造性的课题

创造性的课题是指那些具有新颖、先进和前沿性的课题,这些课题不仅可以提高学术水平,还能促进某一学科的建设和发展。这些课题可能涉及别人未曾研究过的领域,填补学术空白;也可能是在探索科学前沿,突破禁区;或者是对前人研究的补充和推动,或是在纠正通行观点,追本溯源。这些课题都属于创造性的课题。

3. 选择难易适中的课题

难易适中是指在选题时,要充分考虑到研究的客观需要以及自己的能力和完成研究工作所必备的条件,选择既能够产生成果,自己又能够完全胜任的课题。同时,还应该考虑到自己的兴趣、爱好和特长,注意发挥所长,避免弱项。选题要有一定难度,具有一定的价值,但也不能过于浩大。总之,选题要从实际情况出发,量力而行。

(二)占有、研究各种材料

学术论文的基础在研究,研究的对象和依据是材料。因此,一切科学研究和学术论文的写作都是从充分占有和悉心研究各种材料开始的。

首先,要广泛的搜集各种相关材料。一是要收集发展变化的材料。任何事物都有发生、发展、消亡的过程。收集材料,就要注意到事物是如何发生、怎样发展、怎样结局的全过程,为认识它的规律和本质提供依据。二是要收集相互联系的材料。事物本身是个多面体,各个侧面之间又有一定的联系和影响;事物之间也有种种联系。因此,要花力气去搜集反映事物之间和事物各个侧面相互影响、相互联系的材料,以便科学地认真鉴别,找出研究对象的规律和特点,三是收集不同观点的材料。同一事物,同一研究对象,往往会有各种不同看法,不同见解,甚至有些看法和见解是截然对立的。研究时不要回避矛盾,更不能先入为主,要正视矛盾,把各种不同观点、不同看法的材料都收集起来,作为比较、分析的重要依据,进而得出自己的见解和观点。此外,写学术论文,还要运用现代化的信息获取手段,善于从计算机网络(国际互联网)、电子出版物中获取最新的科技信息、学科领域里的前沿信息和新动态。这样,论文的材料才会更丰富、更新鲜,更具有时代性和先进性。

其次,要悉心研究、分析材料。分析、研究材料要注意以下三点:一是要辨别真伪。收集到手的材料,其中有真有假,有些比较粗糙,因此要认真鉴别、核对,分清真假,剔除粗糙的,保留精细和典型的材料,为提炼论文的观点创造条件。二是要把握整体。分析研究不能以偏概全,不能从个别孤立的材料中提炼观点,必须从全部材料出发,概括出一个比较正确、深刻的观点。通过归纳分类,抓住特征,找出规律,创立新说。三是要注意相互联系。在分析、研究过程中,要用联系的、发展的观点去观察、分析研究对象,进而把握研究对象的本质和规律,得出合乎客观实际的、正确的观点。

(三)编写论文写作提纲

1.论文提纲的编写

学术论文的写作提纲,是论文的内容和逻辑联系的提要,它是作者整理思路,并使之定型的体现,也是文章内容逻辑关系视觉化的一种形式。编写论文提纲,能起到疏通思路,安排材料,形成结构的作用,从而使学术论文的写作有计划地进行。

写作提纲的项目。由题目、总论点、内容纲要组成写作提纲的项目。题目就是学术论文的标题,一般都直接揭示论点,给读者以鲜明的印象。总论点是全文的中心论点,是作者所要论述的观点或问题。总论点是纲,分论点是目,在一篇学术论文中,总论点统率分论点,分论点阐明总论点,在文中具体表现为内容纲要。内容纲要在写作提纲中是主要项目,它具体地呈现出文章的内容提要、材料的逻辑次序。如图示:

写作提纲有简略提纲和详细提纲之分。简略提纲只有大纲和小目;详细提纲,在简略提纲的基础上,加上论据要点、重点语句。简略提纲一般是以简要的文字写成标题,把该部分的内容概括出来,又称为标题式写法。详细提纲表达完整的句子形式来概括本部分的内容,又称为句子式写法。两种提纲,各有所长,用哪一种,可根据文章的内容,视个人的写作习惯而定。总之,提纲的撰写是帮助作者从全局着眼,立全篇的骨架,明全文的层次。提纲拟定好了,写起来便得以纲举目张。

2. 基本形式的构成与展开

（1）绪论：简洁明畅，直切主旨

绪论是论文的开头部分。它揭示此篇论文的主旨，说明撰写此篇论文的目的和要解决的问题，扼要介绍论文的主要内容和研究这个题目的意义。

这一部分在全文中占的比例很小，要求写得简洁明快，避免用很长的篇幅写自己的心得感受，或冗繁地讲述自己选题的思考过程。

（2）本论：充分展开，阐释明晰

本论是论文主体、核心部分。这一部分要对结论中提出的问题加以充分的论证和分析，因而篇幅较长。写作时要注意两点：

一是展开论述。学术论文的本论部分必须对绪论部分提出的问题从各个角度、不同层次、不同方面进行充分的论证和分析，通过分析与论证阐明中心论点。论文展开论述的方法有多种，如夹叙夹议、先叙后议、先议后叙等，写作时要根据论述的需要灵活运用，要尽可能多角度、多层次地对论题进行研究、分析、论证，力求把道理讲得充分具体，深入透彻，条理清楚，逻辑严密；还要尽可能做到行文自如，过渡自然，衔接紧密，步步深入。

二是阐释明晰。论文写作有时需要对概念、定义做出界定和解释；在不易了解或容易产生误解的地方也要进行必要的解释和说明，因此。要用科学的态度进行解释和说明，不能模棱两可，含糊其词。为使论文眉目清楚，条理分明，应当在本论中使用不同的序号或采取小标题的方式，显示出论文的层次和条理。

3. 结论：总结全文，干净利落

结论是论文的结束，是全文的归结。它是本论部分分析论证的必然结果，文字宜精练简洁，干净利落。这一部分主要是对全文做概括综合，综述论证的结果，以及对论证的结果做出结论并说明其适用范围，指出解决问题的途径及对课题研究的展望，指出尚待进一步解决的问题。结论的文字应具体明确，但又不能轻率、武断，要留有余地，掌握分寸。

（五）学术论文写作注意事项

学术论文除主体之外，还有一些附属部分，诸如内容提要、关键词、主体中的引文及写作论文的参考文献等，也是非常重要的环节。这些环节具有较强的操作性，有明确的规范与要求，因此，要认真对待，不能敷衍了事。

1. 内容提要

学术论文的内容提要一般放在文章标题和作者署名的下面，用"内容提要"或

"提要"标明。内容提要是用简明扼要的文字对论文的主要内容加以概括和介绍。写提要必须注意三点：一是文字简练，一般在 300 字以内。二是概括全面，要把论文的主要内容，如研究目的、主要观点、研究的角度、方法及其意义等做出全面、概括的介绍。三是突出重点，要把论文中的新观点、新发现、新成果和最引人注目的东西，用凝练的语言介绍出来。

2. 关键词

关键词是为了文献索引工作，特别是为了计算机自动检索的需要，从论文中选取起关键作用、它代表中心内容的词、用以表示全文主题内容信息款目的词、词组或术语。其作用是：便于读者了解文稿的中心内容；便于二次文献的编制；有利于文献进入电脑检索系统，帮助读者又快又准地检索到所需资料。

关键词属于公文主题词中的一类，它是论文信息的高度概括，能帮助读者了解论文的主旨。随着计算机的广泛运用与普及，主题词作为科学论文结构的一部分，其重要性越来越突出，因此要认真标引好。

选择关键词可从论文标题和内容提要中去选取，也可以从论文正文中寻找，要尽量选择 3-8 个既有代表性又有全面性的词或词组，借以显示论文的主要内容，以提高所涉及的概念的深度。如《论意境》一文。它选择了"意境""意象"两个关键词，虽然低于 3 个，但它便于检索，有助于读者了解该文的主要内容。关键词不能用句子或过长的词组，也要避免把同义词、近义词并列为关键词；不能用介词、连词、代词、副词和形容词作关键词。

3. 引文

引文要符合原作的本义。不合本义，然后再将这种曲解了的文字引入论文，为我所用，这是学术论文写作不允许的。引文要准确无误。论文中引用别人的观点或某些语段，一定要仔细核对，不能出差错。引文要相对完整，不得断章取义，掐头去尾。如果引文较长，不能引用，应采取摘引与论题有关的文字，但一定要符合原作本义，不能把其完整的含义割裂开来

4. 附注

附注主要是说明引文、参考文献和引用材料的出处，是学术论文的附加部分。它是维护原作者著作权必须做的一项技术工作，因此要认真对待。附注通常有四种方法：

尾注。在全文或全书的末尾加注。

脚注。在当页的页下加注。

段中注。即夹注，在正文的引文之后用括号标注。

章、节附注。即在每节、每章的末尾将节或章的引文、资料出处作注。

以上各种附注方法,如出版社、杂志社没有明确规定,则可任选一种,但全文或全书必须一致;如出版社、杂志社有具体规定或要求的,则按规定的方法加注。无论选择何种附注方法,都必须要用①②③④……的小写标出,写在所注对象的后面右上角。附注的斟酌安排顺序是:著作者姓名,书名或篇名,出版社,出版年份,版次,页码。如果是专著,丛书,在作者名后应写明书名、出版社、出版年份、版次。如果引用的著作是多人合著的,应将著作作者的姓名依照原来排列顺序——写明。

第十二章　应用文体写作

第一节　行政公文

一、行政公文概述

(一)行政公文的界说与作用

1. 行政公文的界说

国务院 2000 年 8 月 24 日颁布,2001 年 1 月 1 日施行的《国家行政机关公文处理办法》第二条规定:"行政机关的公文(包括电报),是行政机关在行政管理过程中形成的具有法定效力和规范体式的文书,是依法行政和进行公务活动的重要工具。"它具有政策性、规范性、权威性和时效性等特点。

2. 公文的作用

(1)法规和准绳作用

国家领导机关以及各级政府机关发布的命令、决定、通知等,在所要求的范围内,必须贯彻执行,不得违反。例如,《国务院关于大兴安岭特大森林火灾事故的处理决定》中有一系列惩处及表彰措施,同时做出了关于防火制度方面的决定,对此有关单位和部门必须贯彻执行。

(2)指导和宣传作用

上级机关制订及发布的各项方针政策、指示、决定等,给下纷机关和广大群众指明方向,讲明措施。下级机关和广大群众按照上级的部署、意见和决策进行工作。同时,公文还有阐明政治主张,教育群众,让群众了解领导意图等作用。

(3)交流信息和凭证作用

公文是将上下、左右的机关、部门联系起来,互通信息、情报,交流情况和经验的工具。同时,收文机关处理公务时,都以公文作依据。

(二)行政公文的种类

《国家行政机关公文处理办法》将公文分为 13 种:(1)命令(令);(2)决定;(3)公告;(4)通告;(5)通知;(6)通报;(7)议案;(8)报告;(9)请示;(10)批复;(11)意见;(12)函;(13)会议纪要。按不同的标准可做多角度划分:

1. 按行文方向

分可分为:

上行文,下级单位向上级单位传递的公文,如报告、请示等;

下行文:向下级单位传递的公文,如命令、决定、批复等;

平行文:向平级单位和不相隶属的单位传递的公文,如函、通知、通报、意见等。

2. 按秘密程度

可分为:公开级、国内级、内部级、秘密级、机密级、绝密级。

3. 按紧急程度

可分为:特急件、急件、普通件

(三)行政公文的格式

行政公文的格式,指公文的规格、样式,即公文的外部结构形态。《国家行政机关公文处理办法》规定:"公文一般由发文机关、秘密等级、紧急程度、发文字号、签发人、标题、主送机关、正文、附件、印章、成文时间、主题词、抄送机关、印发机关和时间等部分组成。"这一规定对公文的结构、规格、款式提出了严格、统一的要求。下面逐一介绍:

1. 文头部分

(1)公文编号。也叫公文份号,指公文的印制序号,由 6 位阿拉伯数字组成。如"编号 000234"或"N0000234"。标注在公文首页左上角第一行。

(2)秘密等级。简称密级。有些公文是保密的。这类公文要标注密级。分绝密、机密、秘密三级。标注在公文首页左上角份号下方的适中处。

(3)紧急程度。指对公文送达与办理的时限要求。它分特急、急、限时送达三种。标注在版头左上角,密级下方。

(4)公文版头。即公文名称,也叫公文身份标题,一般由发文机关全称或规范化简称加"文件"二字,如"国务院办公厅文件""xx 省人民政府文件"。它处于文件首页上方的中心位置,字体大而醒目、整齐、庄重,并套红印制。

(5)发文字号。由发文机关代字、发文年度和发文顺序号三项组成,置于版头下面横隔线之上居中的位置。其基本格式有二:一是"xx 发(20XX)xx 号",党政领导机关的下行文常用之,如"国发(2000)I 号"。

（6）签发人。是最后签署意见对草拟公文表示认可、准予印发的领导人。凡上行文，要在发文字号右侧横隔线上方标明签发人和签发人的姓名。

（7）横隔线。也称间隔线，即发文字号下的一条横线。

2.行文部分

（1）标题。标题由发文机关名称、事由、文种三部分组成，称为标题三要素。有时发文机关名称可以省略，大部分公文的事由和文种不省略，个别文种如"公告""通告"等有时也省略事由，但文种一般不能省略。

（2）主送机关。是主要的行文对象，亦即发文机关送文要求负责办理或答复问题的受文机关。主送机关应标明于标题之下、正文上的左边，顶格书写，后加冒号。上行公文一般只有一个主送机关；下行公文除批复之外，一般不止一个主送机关，所以多用泛称，如国务院发文时就以"各省、自治区、直辖市人民政府，国务院各部委、各直属机构"泛称，市政府发文时则以"市属各单位"等泛称。

（3）正文。是公文的内容，是体现制文意图、实现制文目的之关键所在。正文可以分为开头、主体、结尾三个部分。

开头　"开门见山"是公文正文开头写作的基本原则。开头一起笔就是直接点明公文主旨，或为展现公文主旨开路。开头的具体方法多种多样。常见的有：或直接指明公文中心、指出公文主旨、阐述中心问题的意义；或概述有关工作或事件情况，为下文的详叙、引申准备；或以"概括""依据""遵循""按照"之类的介词组成介词结构发端，交代制文目的；或以"由于""鉴于"之类的介词组成介词结构发端，说明制文的原因等等。

主体　主体部分的根本作用在于体现制文意图，达到制文目的。主体部分的写作核心是结构问题，其结构应力求单纯、简洁，层次分明，条理清晰，重点突出，详略得当，严谨自然。常用的结构类型约有以下几种：

其一，因果式。"因"包括根据、目的、原因、背景、意义等内容；"果"，包括由"因"而生的需要实施的路线、方针、政策、原则、方法、措施、步骤、命令、决定的具体事项等。"因""果"两方面内容在公文内部按照逻辑关系连接起来，即为因果式结构。

其二，总分式。"总"是指在公文中提出可统领全文的总观点、大原则、大前提，或对全文的内容做出扼要的概括，或划定总的范围等；"分"是指在公文中将主要内容逐一加以具体表达，或分别做出具体的规定。

其三，综合式。因果式和总分式结合或交织使用的结构类别。

结尾　结尾的基本原则是补充完善，照应前文；干净利落，不添"蛇足"。公文的结尾，主要目的在于最后表明制文机关的意向、意志、态度、要求、希望，进一步强调主旨，使首尾呼应，浑然一体。在公文正文末尾，常用与文种相适应的相对稳定的简短规范用语或专用语,以结束全文。如"此令""切切此令""特此公告""特此通告,望周知并遵照执行""特此通知""以上各点,望认真贯彻执行""特此函达""特此批复""以上报告,请审阅""以上请示当否,请批示""以上意见,如无不当,请批转有关部门贯彻执行"等等。此外,在结尾还可以总结全文内容,或提出建议设想、号召、希望等。

(4)附件标注。附件是公文正件(主件)的附属材料,是对正件起补充说明、印证参考等辅助作用的书面材料或其他资料。如调查材料、统计表格、图片等。附件不能夹在正件之中,而是附在正件之后,其名称(标题)及件数标注在正文下发文机关名称上的左侧注明:1.×××/2.×××××/3.×××××……(每一附件的名称独占一行)。

(5)发文机关名称。即公文制文机关。位于正文或附件标注之后偏右处。发文机关名称要用全称或公认的规范化简称;有的要署机关领导人姓名,但必须同时冠其所任职务;联合行文要标出各个机关的名称,主办机关在前。

(6)发文时间。公文一般以成文时间为发文时间,也就是领导签发的时间,它通常就是公文的生效时间。凡会议文件,以会议通过的时间为成文时间;联合行文,以最后签发机关的签发时间为成文时间;法规性公文以批准的时间为成文时间。成文时间标注于发文机关下方,必须完整地写出:"×年×月×日",不可省略。

(7)机关印章。加盖机关公章,是公文制发机关对公文生效负责的凭证。机关公章要端正、清晰地盖在发文机关和发文时间上。联合行文加盖各行政机关公章,要注意留出空行。

3. 文尾部分

(1)注释。文中如有需要注释的地方,可在文字的右上角标明序码,然后在文尾对应注出(即使用尾注)。注释的位置在发文时间的左下方。

(2)发放范围。有的下行公文,属于密级范围,对行文对象有明确的限制,需要在注释下同用括号注明"此件发至××级"之类的字样。

(3)主题词。主题词是反映公文主题概念的词汇。它的主要作用是,在输入电脑系统的情况下,供检索使用。主题词由几个词或词组构成,一般情况下是3~5个。这些词或词组,多数为名词性的,有时也有动词性的。主题词原则上要标明文件的范围、事由和文种。它大致同标题的事由、文种对应。例如,《××省人民政府关于加强廉政建设的决定》主题词标为"廉政 建设 决定";《××大学关于部分学生考试作弊的通报》主题词标为"学生 考试作弊 通报"。主题词的位置放在抄送机关上面,先顶格书写"主题词"三字,后加冒号,再写出几个词或词组,词或词组之间突出一空格。

(4)抄报、抄送机关。除主体机关外,其他需要了解公文内容或协助输送有关事宜的单位,属于抄报或抄送的对象。送文对象是上级机关时,叫"抄报";是同级或不相隶属机关时,叫"抄送"。抄报、抄送的位置在主题词的左下方。

(5)版记。用以注明具体负责印制公文的机关以及时间、份数等。位置在文件末页下方。

二、行政机关公文写作

(一)命令(令)

适用于依照有关法律公布行政法规和规章;宣布施行重大强制性行政措施;嘉奖有关单位及人员。

1.命令的特点

第一,它是所有公文中最具有权威性和强制性的文种。命令一经发出,其下级机关必须坚决、无条件地遵照执行,绝无通融的余地。第二,制发机关的规定性。国家主席、全国人大常委会委员长、国务院总理、国务院所属各部部长、各委员会主任以及各级人民政府及其他法定机关和人员才有发布命令的职权。第三,它是所有公文中最简短的文体。全文有时常常只有一句话或一段文字。第四,有很强的时间性。一是公布性命令均标明实施时间;二是为某种特殊且重大事项而采取强制性行政措施时发布的命令,一旦完成任务就自动失效

2.命令的种类

命令按其性质和作用可分为公布令、行政令、任免令、嘉奖令、惩戒令、特赦令等。其中最常用的有以下几种:

(1)公布令。主要用于公布重要行政法规和规章,号令下级认真贯彻执行。法规和规章不是行政公文,它要公布于众,必须采用行政公文中最具权威性和强制性的命令发布,以显示法律、法规、规章的行政和法律约束力,使其成为国家的意志。如1989年第25号中华人民共和国主席令就是为公布《中华人民共和国行政诉讼法》而发布的命令。

(2)行政令。它是就重大紧急事项采取强制性措施而发布的命令。如《国务院关于在我国实行法定计量单位的命令》等。

(3)任免令。主要用于任命和免除有关人员的职务而发布的命令。如任命李鹏同志为国务院总理就是以《中华人民共和国主席令》发布的。地方行政机关、人事部门任免人员职务不用令,而常用"任免通知"或"任免决定"。

(4)嘉奖令。它是用于表彰在工作中有重大贡献或成绩突出的有功人员的令。如国务院1983年5月I8日发布的《国务院关于民航王仪轩机组的嘉奖令》。

3.命令的写作要求

命令的撰写必须严肃认真,言简意明:措辞准确,结构严谨,表达坚定有力,且便于执行。

从总体上看,不论哪种命令,其正文均由三部分组成。

一是命令的原因。说明为什么发布命令以及发令根据。常用"为……特命令",或"为此,发布命令如下",或"根据……为……特发布此令"。

二是命令的事项。这是正文的主体部分。不同类型的命令,主体有不同的内容。有的很简单,如公布令:"《中华人民共和国行政监察条例》已经1990年11月23日国务院第73次常委会议通过,现予发布实施"。有的较复杂的戒严令、嘉奖令的正文,可分条列项表述,如《国务院对胜利粉碎的劫机事件的民航杨继海机组的嘉奖令》的第一部分,先介绍嘉奖对象的有关事迹、情况,然后明确、具体写嘉奖的意见。

三是执行要求。即要求有关单位和人员在执行命令时必须遵守的规定。发布令常用"从××××年×月×日起施行"。行政令常用"以上各项,希遵照执行"。

(二)决定

适用于对重要事项或重大行动做出安排,奖惩有关单位及人员,变更或撤销下级机关不适当的决定事项。

1.决定的特点

一是事关重大。只有对"重大问题""重要事项""重大行动"做出安排时才可使用。二是事关决策。所决定的事项直接为决策服务。三是安排的具体性。对重大问题、重大行动和重要事项做出具体的、切实可行的决策性安排。

2.决定的具体适用范围

第一,法规性决定。它是为规范人们的社会行为和国家某一方面管理工作要求而制定的带有强制性的决定,《全国人民代表大会常委会关于严惩严重破坏经济罪犯的决定》。

第二,部署指挥性决定。用以对主要工作、重大活动做出安排、部署,其内容涉及国家行动方向和具体方针政策。直接服务于主要工作和重大行动,是指挥、协调工作的主要手段。

第三,宣传性决定。主要用于宣告某一问题的主张、态度和解决问题的结果。常用于人事安排,机构设置等。这种决定,内容只要求公众知晓,而无具体执行要求。

第四,奖惩性决定。某一机关按照有关政策、章程,奖励在社会主义建设事业中做出突出贡献的单位或个人所做出的决定,称为"嘉奖决定",如《国务院关于授予赵春娥罗健夫蒋筑英全国劳动模范称号的决定》。对惩戒违反政纪的单位和个人而作的决定,称为"处分决定",如《国务院关于大兴安岭特大森林火灾事故处理的决定》。

3.决定的写作要求

决定可采用分条列项式、篇段合一式或分段式的结构方法。无论采用哪种结构,都要写明两项内容,即决定的根据和内容。不同类型的决定,事项不同,写法也有差别。如法规性、部署指挥性的决定,内容一般都较复杂,文字也较长。可采用分条陈述式,突出每段主要决定事项。也可采用分列小标题式。奖惩性决定的写法与前两种写法差别较大。这种决定一般采用分自然段的方法。一是先介绍被表彰或被惩处的单位或个人的基本情况;二是叙写具体的先进事迹或错误事实;三是奖励或处分的依据;四是具体奖励或处分的决定。

4.撰写决定注意事项

一是撰写决定既要了解历史,掌握政策的连贯性,又要了解现实,抓住问题的实质和焦点,做出切合实际的判断和决策。二是要把握决定的结构形式,根据不同类型的决定,恰当地运用适宜的结构形式。三是要做到详略得当。宣告性决定,往往用较多的笔墨去决定的缘由、依据。而决定事项部分文字较少。法规性、部署性决定,缘由、依据用字较少,而具体事项用墨较多。奖惩性决定,主体部分因为要写出先进或错误事实,文字较多,而决定依据或决定事项文字较少。

(三)公告

适用于向国内外宣布重大事项或法定事项。

1.公告的特点

一是告知对象的广泛性。公告的行文方式不例行公文发送程序,而多通过报纸、电台、电视台公开宣布,直达社会和广大人民群众。

二是公告制发机关级别高。党和国家的最高权力机关才可制发。

三是宣布的事项比较重大。它涉及政治、经济、军事及国家领导人的行动等重要事项。四是公告宣布事项单一。

2.公告的具体适用范围

一是向国内外宣布重大事项;二是向国内外宣布有关政策;;是向国内外宣布人事任免;四是向国内外宣布应遵守和办理的重要事项。

3.公告的写作要求

一是采用直陈式,即起笔直接陈述公告的具体事项。开门见山,直陈其事,语言简练,层次清楚。二是采用三部分结构方式,即由缘由、事项和结语三部分组成。全文结构紧凑,语言简明、庄重、篇幅短小精悍。

4.撰写公告注意事项

一是公告是向国内外发布的,其内容必须是重大的,公开的。不能事无巨细,随意把公告当做广告、启事使用。二是要直陈事项,无须议论。语言要庄重简练,逻辑性强。篇幅力求简短,注重实效。

(四)通告

适用于公布社会各有关方面应当遵守或周知的事项。

1.通告的特点

一是从制发单位看,规定性通告由国家机关发布,而事项性通告可以由任何机关、团体、单位制发。二是从受文对象来看,即不可面对全国的方方面面群众,也不像通知那样只能针对特定的机关单位和人员。而是面对一定范围的所有机关和群众。三是从内容上看,通告既可宣布大家应该遵守的事项,也可向人们告知需要知道的事项。四是从作用上看,规定性通告对人们的行为具有法律约束作用,属于法规性公文,而事项性通告则接近于通知,具有传达与告知作用,属于知照性公文。

2.通告的具体适用范围

一是公布在一定范围内有关单位或人员应遵守的事项的通告。如《中华人民共和国公安部通告》。二是公布周知性事项的通告。如自来水降压、停电、临时施工封锁交通、更换自行车牌照等。

3.通告的写作要求

通告正文通常由开头、主体、结尾三部分构成。开头写通告依据,要阐明原因或目的、意义,是法规性的还要写清法律依据。身体部分是通告的具体事项,要清楚写明需要遵守或周知的事项。内容不复杂的可用篇段合一式,内容较复杂的可采用条款式。结尾一般写明对违反规定事项者的处置办法,也可对单位、集体和人民群众提出希望。有的强调执行要求;有的明确执行时间、执行范围、有效时限;有的以"特此通告"等习惯用语作结。

4,撰写通告注意事项

一是通告的事项是国家法律、法令、法规在某些事项上的具体体现。因此,撰写通告必须注意政策性、法规性,使每一项措施、规定和要求都符合法律、法规和政策。体现党和人民的利益。只有这样,才能保证通告的权威性。二是文字必须准确,切忌出现歧义或疏漏。有的通告可以使用专门术语,但要考虑被告知的对象和接受能力,必要时要做出注释,以使群众正确理解,有利于贯彻执行。篇幅要力求简短。

（五）通知

适用于批转下级机关的公文,转发上级机关和不相隶属机关的公文,传达要求下级机关办理和需要有关单位周知或执行的事项,任免人员职务。

1. 通知的写作要求

根据通知文种的实际使用情况,可将其分为批示性通知、发布性通知、批转性通知和知照性通知4类。其写作要求是:

(1) 批示性通知。此类通知是上级机关需要下级机关或所属单位就某一事项做出具体规定或就某一问题做出具体指示时使用的,它兼有"命令"和"指示"的双重特点。其主体部分包括:

通知缘由。这部分是通知正文的开头部分,应写得简明扼要,精练概括。一般应交待发通知的背景、目的、理由等,以便为下文进一步提出通知事项做好铺垫。用语简洁、明确,文字不宜过多,然后用过渡语"现通知如下""现将有关事项通知如下""为此,特作如下通知"等。

通知事项。这部分是通知撰写的主干。它是受文单位执行的依据,因此,要明确、具体地交代出应知和应办的事项,即工作的任务和要求,切忌含混,令人不得要领。在结构安排上,一般采用分条列项式写法,用序号标明层次;也可采用分列小标题式写法,将通知内容分作几个方面,分别进行阐述。无论采取哪种方式,都必须做到条理清晰、眉目清楚,便于领会、理解和执行。

(2) 发布性通知。此类通知是用以发布行政法规和规章的,发布条件必须是经某上级批准或经某会议讨论通过,用"通知"的名义发布或印发,要求有关单位予以贯彻执行。

发布性通知的正文部分较为简短,一般包括两层内容:一是用介词结构前置的形式(即"现将……")引出被发布的法规或规章名称;二是提出贯彻执行的希望或要求。此项内容通常使用习惯性语句,如"请认真贯彻执行","请照此执行"等,旨在强调通知的内容关系重大,必须令行禁止,照章办事,以充分体现其指挥效力。在结构安排上一般采用篇段合一式。

应当说明的是,由于发布性通知是将有关的法规或规章以通知的名义进行发布,因而就形成了"文件"(通知)——附件(法规或章)的外在结构模式,但这种模式之中,附件即被发布的法规或规章实质是主件,是行文的目的所在,而"通知"实质是附件,只起"文件头"作用,将有关法规或规章"运载"出来。

(3) 批转性通知。此类通知包括三种情形:其一,用于批转下级机关公文;其二,用于转发上级机关的公文;其三,印发有关的文件材料,如领导人讲话、本机关的工作计划、工作总结和工作方案等,通称"印发性通知"。此类通知与发布性通知相同,其后均有被批转、转发和印发的原文作为附件。

正文是批转性通知写作的主体,其篇幅也较简短,一般应写明三层内容:一是写明对被批转、转发或印发文件的评价性意见或态度,措辞要适度、中肯,语气要肯定;二是指明通知事项的意义,亦即阐述批转、转发或印发文件的必要性和重要性;三是指出贯彻执行的意见或要求,做到"有的放矢"。批转性通知的"执行要求"部分通常使用的习惯用语有"请遵照执行""请认真贯彻执行""请参照执行""请认真贯彻落实"等。具体如何使用,应视所批转、转发或印发文件的内容选定。

(4)知照性通知。此类通知是用于要求受文机关的知晓某一事项或办理某件事情的。如会议通知、人事任免通知、迁址办公通知、启用印章通知,成立、调整、撤销某机构的通知,均属知照性通知。该类通知内容一般较为简短。撰写时应当根据实际情况,准确、具体地予以阐明。

会议通知,应主要写明召开会议的缘由、目的、会议名称、主办单位、会议内容、起止时间、参加人员、会议地点、报到时间及地点,需要准备的材料、食宿安排和其他有关事项。同时,在发出通知时也应将与会人员的途中时间考虑进去。这里,要特别注意对有关事项的交代必须清楚明确,切忌含糊不清。

人事任免通知,应写明系哪级组织决定。任免何人何项职务,用语要简洁利落。对有关待遇和任职期限等,亦可写明。

启用印章通知,应写明系经由哪级组织批准,使用何种印章,成立何种机构,同时还应宣布原用印章即行作废。

设置某一机构通知,应写明设置该机构的目的、依据、名称、组成人员、办公地址及相关内容。

调整和撤销某一机构的通知,应写明调整或撤销的缘由、依据等。

2. 撰写通知注意事项

一要讲求实效,切不可滥发通知。由于通知是要求所属机关单位执行或周知的,其目的在于指导和推动工作的深入开展,因此,要特别注意发布的必要性,讲求实效,严禁随意滥发,严格控制发文的数量。二要注意通知内容的准确性。撰写通知,必须符合国家的方针政策及上级机关的文件精神,同时,要合乎本单位的实际情况。三要做到开门见山,直截了当,用语简洁干脆,意尽言止。对有关事实的陈述,一定要确凿无误,语言表达也要合乎语法、逻辑和修辞规律。

(六)通报

适用于表彰先进,批评错误,传达重要精神或情况。

1. 通报的作用

通报文种肩负着特殊的使命。它具有其他文种不能代替的功用。其一是提倡和褒奖作用。即通过表彰先进,弘扬正气,树立典型,使有关单位和广大干部群众见贤思齐,从而竭尽全力地做好本职工作。其二是告诫和教育作用。即通过批评错误行为或告知典型事故,使有关单位和人员吸取教训,引以为戒,从而尽力避免类似问题再次发生。其三是提醒和启示作用。即通过传达重要的精神或情况,使有关单位组织了解和把握工作的进程,工作的重点和必须予以关注的问题,从而树立整体观念和全局思想,妥善周密安排布置自己的工作。

2. 通报的种类

根据通报文种的实际使用情况,可从内容、性质和功用的角度将其划为三大类,即用以表扬好人好事,推广典型经验,树立先进典型的表彰性通报;用以批评错误行为和典型事故的批评性通报;用以传达上级机关的重要精神或重要情况的传达性通报。

3. 通报的写作要求

通报正文一般由以下几部分组成。

(1)通报缘由。这部分是通报正文写作的"引言",是全篇内容的总括。它要用简明扼要的语言"描述"出通报的核心内容,勾勒出一个总体轮廓,以便使受文单位和人员准确地了解和把握发文机关的行文意图以及通报内容的精神实质。具体而言,表彰性和批评性通报一般应写明时间、有关单位和人员、主要事项、结果等要素,同时还要表明发文机关的基本观点或态度。有些表彰性通报,往往省略这部分,即行文开始就进入通报事项的叙述,给人以单刀直入,简练明快的感觉。传达性通报,如果传达重要精神的,则应着重写明其来源和基本内容。时间是什么时间,由哪个上级机关下达了什么重要精神?对此均要准确、概括地予以阐明。如传达重要情况的,则应写明该情况发生的时间、地点,涉及的范围和问题的性质及影响等方面内容。这部分的结尾处,通常用"特通报如下""为此,特予通报表扬,望认真组织学习""因此,特通报全省,望从中吸取教训,引以为戒"等开启下文。

(2)通报事项。这部分是通报写作的主体和核心,也是发文机关赖以提出有关希望或要求的基础。因此,要写得准确、具体、完整,将通报的基本内容如实交代清楚。具体来讲表扬和批评性通报应主要阐明事件(事故)发生的时间、地点、涉及的单位和人员、大致过程、主要情节、结果及影响等诸项要素,要在通报缘由的基础上进一步展开,使之更加具体和深化。要特别注意反映事物的本质,对于那些与表达通报意图直接关系的过程和情节,应当详写;对于一般情况甚至无关紧要的内容事项即可略写甚至不写,以使行文简洁明快,详略得当,重点突出。

在结构安排上,可采用纵式和横式两种。所谓纵式结构,就是指按时间先后顺序或事物发生、发展的进程顺序来安排层次。所谓横式结构,就是按照事物的逻辑顺序来安排层次。如对于传达重要精神的通报,则一般将精神内容归结为几项,每一项即为一条;对于表彰性或批评性通报,如果主体行为不止一种,则分层叙写,将重要行为放在前面,次要行为置于后面;而且一种行为即为一个层次。

(3)处理意见。这部分是通报写作的精要之笔。它是指对有关单位或人员的具体表彰或处分意见,或对有关精神或情况的处理意见。这部分应紧随通报事项之后写出,要使二者之间形成因果关系,也就是前述通报事项为"因",由此而做出的处理意见是"果",前后承接,具有内在的必要联系。撰写时要特别注意与通报缘由部分的表态语相响应,严禁"各行其是"。以维护通报的严肃性。用语要简明精练。表彰性通报,一般应写明经哪级组织批准,决定授予什么荣誉称号,给予怎样的物质奖励;批评性通报,一般应写明给予何种惩处,是政纪处分,还是经济处罚,还是其他别的什么等等,都要具体写明。应当注意的是,传达性通报往往不单独写这部分,而与下文"希望或要求"合并,以归简洁、明确、集中。

4.撰写通报注意事项

一是客观性。必须做到从实际出发,实事求是。无论是对被表彰者先进事迹的叙写,还是对被批评者错误事实的记述,或是对有关精神或情况的传达,均应如此。要如实反映事物发生发展的本来面目和客观过程,有一说一,有二说二。否则就会有损通报内容的真实性,失去其应有的价值和效用。二是公正性。即指对被表彰或被批评事件或行为性质的认定,对于先进事迹行为不搞"笔下生花",对于错误事实,也不故意掩饰或夸大其词,否则都将直接影响通报的质量。三是典型性。写入通报中的内容,必须具有典型性和普遍意义,以确保其对工作的指导作用和对干部群众的教育作用。四是及时性。无论哪种类型的通报,其时限性都比较强。一旦时机成熟,就应予以制发。

(七)议案

适用于各级人民政府按照法律程序向同级人民代表大会或人民代表大会常委会提请审议的事项。

1.议案的具体适用范围

建议对某一法律、法规或法令进行修改;建议对某一事项做出重大决定;建议任命、罢免某人某项职务;建议设置某一机构;建议编制某项预算;对某一重大事项或重要问题提出质询等。

2.议案文种的表现形态

一是提请审议的说明,主要是协助大会考虑一些重大事宜,并提出一些较为成熟的建议,供大会直接审议。二是议案本身,此系实质性议案,是议案的重点所在,一般应当阐明这样几方面内容,首先是提请审议事项的意义、目的或缘由;其次是提请审议的事项,即提请大会解决什么问题;再次是提出审议申请,要表明提出议案机关的意见或态度,供大会参考,并提请审议。这三层内容,往往融于一起来写,中间不分段,其模式一般是:"为了××××(目的、意义、缘由)××××(议案事项)。××××(表明观点或态度,现提请审议。"

3.撰写议案注意事项

一要适时提交。即要在大会主席团宣布或决定的截止时间以内,将议案送交大会审查委员会(逾期再提议案,应属无效)。二要注意所提议案必须在认真进行调查研究,广泛听取人民群众意见和要求的基础上形成,这是保证议案正确性和合理性的前提。三要注意"议案"与"提案"的区别,不要混淆滥用。"议案"用于各级人民代表大会或人民代表大会常务委员会,而"提案"则用于各级政协会议和企业职工代表大会,且"议案"在提请大会审议通过后,具有较强的约束力和法律效力。四要注意用语的谦和、得体,要着重体现出一种"提请"的姿态,而决不可有命令或指示的意向流露。

(八)报告

适用于向上级机关汇报工作,反映情况,答复上级机关的询问。

1.报告的种类

报告可依据不同的标准进行多角度划分。按性质划分,有工作报告和情况报告;按内容划分,有综合报告和专题报告;按行文目的划分,有呈报性报告和呈转性报告。

2.报告的写作要求

(1)综合报告。综合报告是综合性工作报告和综合性情况报告的统称。它是下级机关将本机关(或本地区)在一定时期内(年度、季度、月份)各方面工作或事件的情况进行综合以后向上级机关所做的报告。其特点是内容丰富,信息量大,便于上级领导全面、系统地了解和掌握下情,从而统观全局,做出正确决策。因此在撰写时,它往往要汇总各方面的情况和材料,既有正面的,也有反面的;既有具体的,也有概括的:既有典型的,也有一般的。由于报告的篇幅极其有限,不可能将所有材料不加选择一律写入文中。"综合"绝不是搞材料堆积,这样就必须采取正确方法,对所获取的材料进行认真的整理和加工,从中选出恰切的、最能充分而有力地说明问题的材料,以便更好地表现和烘托全文的主旨。要做到这一点,并非轻而易举之事。一般来讲,必须认真处理好以下几种关系:

一是处理好"点"与"面"的关系。"点"是指反映局部问题、个别事例、特殊情况的材料;"面"是反映全局问题、整体概貌、一般情况的材料。正确处理好二者之间的关系撰写综合报告的关键所在。因为综合报告用于反映全面工作或事件的情况,涉及的方面或问题很多,所以在筛选和组织材料时,除运用必要的"面"上的概括材料外,还要"点"上的典型材料,二者相辅相成,互为补充。只有这样,才能使行文内容充实具体,说服力强。

二是处理好"详"与"略"的关系。如前所述,综合报告的内容极其丰富,它要涉及本机关或地区各方面的工作或情况。但由于报告篇幅所限,又不可能将所有材料都写进去,这就要求撰写时必须对材料进行合理安排和组织,做到重点突出,详略得当,主次分明。对于重点内容详写,使之居于主导、突出地位,反之则略写甚至不写。

三是处理好"事"与"理"的关系。"事"即有关的工作或情况,"理"即对工作或情况进行分析、议论。一篇优秀的综合报告还应是"事"与"理"的高度统一体。正确处理好二者之间的关系是写好综合报告的重要环节。撰写时既要将有关事实情况详尽、具体地加以叙述,又要对其进行必要的分析,提出问题的实质,说明本机关已经做的工作或拟采取的解决办法。

(2)专题报告。专题报告是下级机关将本机关或地区的某项工作、某个问题、某一事件或某一方面的情况向上级机关所做的报告。根据具体内容的不同,这类报告又包括建议性报告、答复性报告、检讨性报告。它的特点是内容集中、单一,篇幅较短,便于上级领导及时阅知和处理。在实际工作中,专题报告的使用频率极高,而综合报告则相对较少。要写好专题报告,需要认真把握以下几个问题。

一是迅速及时。专题报告应当就工作中发现的新情况、新问题及时向上级机关做出报告,此种报告迅速、灵便,切莫"贻误时机"。

二是内容要专。专题报告要"一事一报",这是它的最主要特性。否则,就会失去其存在的意义。讲求"一事一报",内容明确集中、单一,便于领导了解和掌握,从而有针对性地做出处理。

三是情况要实。专题报告中对工作过程和成绩的表述,对有关情况的叙写,必须做到从实际出发,实事求是。要如实反映事物发展的本来面目和客观过程,既要报喜也要报忧,有一说一,有二说二,不能任意夸大或缩小。

四是篇幅要短。专题报告用于反映本机关、本地区的某项专门工作或具体问题,或者对某项工作提出建议,或者答复上级机关的询问或要求,因此,在文字表述上应力求简洁,做到短小精悍。

无论综合报告还是专题报告,其写作模式基本相同。大体包括如下部分:

报告引据。这部分是报告正文的开头。要用简明扼要的语句交代出全文的主要内容或基本情况,也可陈述有关的背景或缘由,无论如何,都必须做到开门见山,落笔入题,然后用过渡语"现将有关情况报告如下","为此,特作如下报告"等开启下文。

报告事项。这部分是报告正文的主体和核心,它要准确简要地将有关工作或事件的情况表述清楚,并加以扼要分析,以便给人以全面、深刻的了解。撰写时紧紧围绕行文的目的和主旨进行陈述,如果是汇报工作,则应首先写明工作的基本情况,其次写主要做法和成绩,包括采取的办法、措施以及由此带来的直接效果等、最后写明还存在什么问题以及今后的工作设想。

与请示文种相同,报告正文的结尾一般也有较为固定的结语,常用的有"以上报告如无不妥,请批转全国(全省、全市、全县等)执行""特此报告"等。它应紧接正文之后单独一段写明。

(九)请示

适用于向上级机关请求指示、批准。

1.请示的具体适用范围

凡涉及有关方针政策界限、工作中的疑难问题、需要上级机关予以审核批准的事项(如财政支出、资产购置、人员定编、机构设置)等诸多方面的内容时,均应以"请示"行文。各机关都有自己的职权范围,对属超出职权范围的事项,即应向上级机关行文请示,获准后方可执行。

2.请示的种类

请示文种的分类比较。从不同的角度,依据不同的标准,可以将其分成不同的种类。为方便起见,我们从请示的内容,性质和功用的角度切入,将其分为两类,一是批准性请示,即下级机关就某项工作和或某一问题直接向上级机关请求指示和批准;二是批转性请示,此类请示通常是下级机关就某一方面的工作制定出办法或措施以后,因职权范围有限,无权要求有关单位和人员予以贯彻落实,遂向上级机关行文请示,要求批转给有关单位办理。这类请示被批转后,实质上即已成为上级机关的指令性公文。

3.请示的写作要求

主体部分是请示的核心内容,也是写作的重点和难点所在。必须写得充分、具体、明确。它要写明以下两方面事项:

(1)请示缘由。这是请示写作的关键环节,它直接关系到请示目的能否得以顺利实现。对此,必须严加注意。要用简明扼要的语言将请示原因和背景情况或者请示问题的依据、出发点及思想基础交代清楚。在写法上,一般采取叙事和说理相结合的表达方式,叙事要精练,说理要透辟。这部分写得好,就为下文进一步提出请示事项做出充分铺垫,请示的目的就容易实现。

(2)请示事项。要将请示上级机关给予指示、批准或批转的具体问题及事情全盘托出,请求上级机关做出答复。写好请示事项,关键在于两点:其一是明确,即要直截了当,明白显露。是请示上级机关对某项工作做出指示,还是对处理某一问题做出批准,还是请示批发资金或物资,等等,必须明确无误地予以表述,令人一目了然。其二是具体,即指对于请示事项的表述,一定要细致入微,清晰可鉴。

4. 撰写请示注意事项

首先,要选准角度。即请示理由的切入点,它的写作至关重要。从根本上讲,请示目的能否得以实现,关键取决于"请示理由"是否充分、有力、令人信服。而要写好请示理由,其要害又在角度的选择。同样的理由,角度选择失准,就是没有抓住问题的症结,没有抓住主要矛盾,因而也就缺乏足够的说服力。其次,要注意行文的逻辑性。即指对于请示理由的陈述,必须注意其内在的必然联系。哪些内容先说,哪些内容后说,都要精心设置,不可随意挥洒。请示的结尾一般载有较为固定的结语,以示对上级机关的尊重。要注意讲求规范,不能随意而写。通常写法是"妥否、请批示"或"以上请示如无不妥,请批转全国(省、市、县)执行"。要特意请示的结语中决不能出现"报告"字样,以免造成混乱,给工作带来不应有的麻烦。

(十)批复

适用于答复下级机关的请示事项。

1. 批复的特点

一是针对性(专一性)。它是专门针对下级机关"请示"这一文种使用的文体,回答的问题是请示中的具体事项,即先有请示,后有答复。不涉及请示以外的其他事项。它属被动行文,提出请示的下级机关就是批复的主送机关、批复的行文对象。二是指示性。批复要对下一级机关提出的具体问题进行答复,往往在要求下级机关遵照执行的同时,要求将执行情况上报,以便检查了解。因而,从行文效能上看,批复具有指示性。三是政策性。批复对于请示事项的答复,必须以一定的方针政策为依据,要坚持原则,照章办事,决不能随心所欲。

2. 批复的写作要求

批复是一种正式的文字,用于对下属或者申请者提交给上级的文件、请求和申请进行回应,传达对申请的批准或否决、意见或建议,以及可能涉及其他行动或事项。下面是批复的写作要求:

(1)突出正式性:批复是一种正式文件,必须保证其文字简明、明确、规范,避免使用口语化和非正式用语。

(2)保持客观:批复应客观中立,不带个人情绪和偏见。必要时,应提供事实依据支撑自己的观点。

(3)确定焦点:批复内容应精炼明了,突出概括性,准确定位申请的核心问题,不要偏离主题。

(4)把握节奏:批复应当合理安排,节奏分明,包括引言、主体段落、结尾等内容,使得整个文件符合逻辑性。

（5）遵循规范格式：批复应遵循一定格式,包括日期、编号、标题等信息。同时,必须注意应准确填写表头,包括收件人、机构、地址、联系方式等。

（6）注意语气和用词：批复内容应具有权威性和明确性,其用词需简练明了,语言精准有力。

最后,由于批复是一种正式文件,需要审慎编写和审查,以确保其有效性和合理性。

3. 撰写批复注意事项

一是批复是针对下级机关请示事项的。请示本身要求一文一事。所以,批复也要一请示一批复,突出针对性。不要在一份批复中答复几项请示事项,以免发生混淆造成误解。二是观点鲜明,态度肯定。"同意""不同意""不予批准"或"缓办",要明确表态,切忌含糊其词,模棱两可,或所答非所问,所复非所求。三是文字要简练,语义要清楚明白。

（十一）意见

适用于对重要问题提出见解和处理办法。

1. 意见的作用

主要是推动、指导有关工作,并为改进工作提出参考。正常情况下,没有指令性作用。不过,由于这一文件主要来自领导机关和机关领导人或代表大会,且对工作确有指导意义,所以,人们对它都很重视,对其中所提出的意见也是很尊重的。

2. 意见的写作要求

一是政治性要强,要掌握材料。撰写意见的执笔人必须全面深刻地领会和掌握党的有关方针、政策,以此作为提出意见的指导。二是意见要具体,要恰如其分。意见的提出既要根据实际需要,又要考虑可能。三是行文要及时。意见多属根据实际情况,为解决现实工作中亟待解决的问题而提出来的,因此,意见行文的及时性对意见的价值具有重要的影响。四是层次要清晰。要层层深入、环环相扣、脉络清晰、表达清楚。

意见正文一般包括情况、问题、具体意见。正文的主体是具体意见。具体意见方面的内容,可分条列项,内容较少的,也可采取一段式。

（十二）函

适用于不相隶属机关之间商洽工作、询问和答复问题,请求批准和答复审批事项。

1. 函的特点

内容简洁,使用灵活方便,格式简单,比较容易掌握。

2. 函的种类

按函的性质和作用可将其分为 5 种。

(1)商洽函。多用于平行或不相隶属机关之间,主要是请求、商洽解决问题。如商调干部。联系参观,邀请讲学,请求支援等。

(2)询问函。用于上行、平行、下行机关之间,询问情况,征询意见,核查问题,答复问题等。

(3)答复函。对下级机关或平级机关询问的事项或问题进行答复。

(4)告知函。即将需要知照对方的情况告知对方。

(5)请求批准函。主要指向平级主管部门请求批准时使用。

3. 函的写作要求

(1)商洽函。正文包括两部分内容:一是商洽缘由。主要写明为什么要提出商洽,一般都是以一定的事实作为理由。有的可依据上级指示精神作为商洽的原因。有时也可不写原因,直接提出商洽意见。二是商洽事项。这是函的主体,要写清楚商洽的具体事项,特别要写清向对方有什么要求。函的结尾应提出希望或要求,态度要谦和,语言要恳切,如"可否,盼函复",也可用"如果你们同意,请即复函"等惯用词语,作为函的结尾。

(2)询问函。询问函的正文包括两部分内容:一是询问的目的。即说明为什么要询问,也就是发函的理由,二是询问的内容。这一部分是主体,应明确而又具体,使对方一看便懂,以便回答。

(3)答复函。这类函件内容分为三部分:一是告知情况。说明对方函收悉,并简要复述对方所询问题或所提要求后,用"经……研究,现函复如下"作为承上启下的过渡。二是答复意见。针对来函的内容,给予明确具体的答复。三是结尾。以"此复""特此函复"或"谨作答复"等作结。有时也可不用结束语。

(4)告知函。与答复函接近。主要区别在于答复函是对方所询问题,而告知函却是告知对方有关情况。告知函的正文通常包括两项内容。一是告知缘由。说明制发本函的原因。二是告知事项。简明扼要叙述告知对方有关事项的具体内容及应注意问题。

(5)请求批准函。正文包括:请求批准的缘由和事项,结束语一般都用"可否,请函复"。

4. 撰写函注意事项

一是开头应见山,直接入题。二是要一函一事。三是语言要恳切、得体、简洁、质朴:

(十三) 会议纪要

适用于记载、传达会议情况和议定事项。

1. 会议纪要的作用

第一，它可以上呈，向上级汇报会议情况和结果，以便及时得到指导；第二，它可以平发或下发，以传达会议精神和议定事项，或要求与会单位共同执行、遵守；第三，会后，它是在相应的范围内指导工作、解决问题、检查贯彻落实会议精神的重要依据。

2. 会议纪要的特点

(1) 纪实性。会议纪要必须是会议宗旨、基本精神和议定事项的纪实。对会议的内容不能随意更改和增删，所记内容必须真实。

(2) 概括性。会议纪要应以极精练的文字高度概括会议的主要内容和精神。既要写出结论，又要有一定的分析、论述；既要讲明指导思想，又要有具体的方法、措施。

(3) 理论性。会议纪要的理论性是指对会议精神、讨论意见要给予理论上的概括，或分析总结出规律，或画龙点睛给人以启发和教育。

3. 会议纪要的种类

会议纪要按其内容和性质可分为行政例会纪要、工作会议纪要、座谈会纪要三类。

(1) 行政例会纪要，是政府机关召开办公室会议或行政例会时，根据会议研究决定的问题所形成的书面材料。

(2) 工作会议纪要，是召开专门性的工作会议，研究一些重大理论和实际问题所得到的共识，提出共同研究的意见、办法所形成的书面材料。

(3) 座谈会纪要，是为解决某个重要问题，召集某些有代表性的人员参加，通过座谈会讨论，形成比较一致的意见，然后将会议情况和讨论的问题加以概括、整理而形成的书面材料。

4. 会议纪要包含的内容

一是会议的中心、依据和背景。即写明会议研究和解决的中心议题；召开会议所依据的文件精神或上级指示；会议的宗旨、目的。二是会议的概况。即写明会议的名称、召开的时间、地点、主持人、参加人员，会议的经过，主要收获。三是会议研究讨论的问题及决定事项。包括会议的基本情况，对工作的分析，提出的问题、决定的事项以及会议提出的要求和希望。

5. 会议纪要的写作要求

会议纪要的正文,一般采用总分式的结构方法。就是将正文分成总述和分述两部分。

总述部分。这是全文的前言、导语,即会议概况。一般要简要地交代会议的时间、地点、主持人、参加人员、会议议题、会议情况、结果以及对会议的评价。但并不是所有的会议纪要都必须一项不漏地写出,有时可根据具体情况,省略某些内容。如有些内容广泛、复杂的大型会议纪要,要交代背景;而有些内容简单的例行性会议纪要,往往不写情况介绍和会议评价。

分述部分。这是会议纪要的重点、主体,主要应写出会议讨论情况和结果。一些简单的、小型的会议纪要,可不写讨论情况,直接写出决议事项。大型的会议纪要,一般均不应省去会议讨论情况。具体写法有以下几种:

分类式。即按其内容性质进行分类。每一类有一个小中心,以数字或小标题标明。较大型的会议多采用这种形式。

发言记录式。就是按在会议上的发言顺序,将每个发言人的主要意见归纳整理出来。这种写法能如实反映出会议的讨论情况和每个人的不同看法。一些讨论会、座谈会的纪要,常采用这一方法。但要注意,不可不加选择地将发言人的发言全部写出,要精选能代表发言人的观点的话语。此外,每次发言人的姓名都必须写出。第一次发言时要注明其职务,第二次发言时职务可省略。

综合式。就是将前两种形式综合在一起使用。这种形式不仅能用综合的方法反映出会议的重点,而且能如实反映在具体问题上每个人看法的异同。一般的座谈会、讨论会常用这样的方法。常用"会议认为""会议强调指出"等词语。

会议纪要的结尾一般要写明两方面的内容:其一,提出希望、号召。号召或希望有关单位和人员为实现会议的目标和任务而努力奋斗。其二,交代会议的有关事项。如要求对某些问题进行讨论,对什么文件进行修改或汇报某种情况。有的会议纪要可不用结尾。内容完结,纪要自然结束。

6. 撰写会议纪要注意事项

第一,会议纪要是对所有会议材料的概括、综合和提炼,所以,要写好纪要,必须做好材料工作。搜集、掌握会议情况,按会议精神和领导的意图对材料进行筛选,对选用的材料进行分析并围绕中心精心安排。第二,纪要篇幅不要过长,语言要简明。用第三人称,常用"会议认为""会议指出""会议强调""会议号召"之类的标志用语。第三,内容必须真实。要准确反映会议的真实情况和基本精神,不可将执笔者个人的见解掺杂进去。第四,要注意突出其理论性和条理性。

第二节 事务文书

一、事务文书概述

(一)事务文书的界说

事务文书,作为应用文的一大类别,指的是机关内部或机关之间,除了法定公文以外,处理一般日常公共事务工作所用的文书。它是党政机关、社会团体、企事业单位用来交流情况,处理事务的重要工具之一。它虽未被法定公文之列,但使用频率很高,它自身的特点也比较突出。

(二)事务文书的特点

1.应用的广泛性

与法定公文比较,事务文书处理的是机关一般日常公务,它的使用频率往往超过法定公文,涉及面很广泛。机关工作中,计划、总结等,都要用到事务文书。

2.格式的相对灵活性

由于事务文书的内容未被列入法定公文之列,因此格式上不具备严格、统一的标准。但是,各类文种根据自身特点而形成相对稳定的格式,同时具有灵活性,在谋篇布局上根据个体情况而定。针对不同种类的事务文书,除了必须反映实质的内容外,在文头标准、正文的分段、文尾的具体写法上,往往都具有相当的灵活性。

3.联系实际的针对性

事务文书是紧密联系实际的文书。首先是它的内容反映实际工作情况,其次是它要解决实际问题。例如,调查报告,即是对实际工作情况的反映,同时在文章中需提出解决问题的措施方法等。

4.较强的政策性

事务文书处理机关日常事务,反映在文书内容上,理论性和政策性都较强。文书的撰写过程,须把握有关的方针、政策,提出解决问题的方法,同时要与党和政府的大政方针及有关的政策界限吻合,否则,是不合要求的。

(三)事务文书的分类

按照通常的标准,事务文书可分为以下几类:1.简报、大事记;2.计划、总结;3.调查报告;4.章程、条例;5.会议记录;6.协定、公约;7.汇报提纲等。

二、几种常用事务文书的写作

(一)计划

1.计划的界说、作用及分类

(1)计划的界说。计划是为了更好地完成某段时间的工作或某项任务,为做出合理安排而预先写出的一种文书。常见的工作要点、安排、设想、打算,还有意见、方案等都属于计划的范畴。

(2)计划的作用。计划是对工作、学习和生产做出安排而形成的书面材料,既是对未来实践活动的预测,又是实现预期目的的行动依据和指南。提前做好计划,可以减少盲目性,有的放矢地开展工作。善于做好计划和努力实现计划,既有长打算,又有短安排,不仅是计划性的展示,也是领导管理艺术的重要体现。

(3)计划的分类。依据不同的标准,可以分成不同的计划种类。按范围可分为国际、国家、地区、省市、行业、系统、部门、单位个人计划等。按性质可分为工作、生产、学习、科研、教学、训练、会议计划等。按时间可分为年度、季度、月份计划等。按作用可分为指导性、指令性、一般性计划等。

2.计划的特点

制订计划是为了更有效、有序地开展工作,也是实施管理的重要手段和措施。作为预定拟定的日常工作中的事务文书,计划具有以下特点:

(1)明确的目的性。这是制定计划的基本出发点。没有明确目的的计划,就没有作为行动依据的价值。计划是为更好实施管理而制定的,具体要在工作、生产、学习上达到什么样的目的,是计划的出发点,也是工作的最终结果。

(2)科学的预见性。这是执行计划过程中的基本思路。对未来工作所做的安排与打算,一旦制定就成为实际行动的依据,必须有科学的预见性。

(3)可变的灵活性。这是执行计划过程中的基本态度。计划只是预测性的打算,应留有灵活性的余地,以便出现问题可根据客观实际情况进行变化、调整。

(4)切实的可行性。计划应该切实可行,否则便是一纸空文。计划本身既体现方针政策,又与本单位的实际相结合,因此,其目标、要求都很明确,通过努力可以实现;办法、措施具体得当,具有切实的可行性。

3.计划的写作

计划的写作格式可以根据不同的需要,选取不同的格式。但不论采用哪种格式,都应有以下内容:

(1)标题。计划的标题一般由单位、时限、内容、文种组成,如《××师范大学2004年党委工作计划要点》。省略式标题可省去单位名称或内容。计划的标题一般只写计划内容或明确目标。未定稿应用括号标注"草案""初稿"等字样。

（2）正文。一般由前言、计划事项、结尾组成。

前言。这是正文的开头部分，要以简明扼要的语言说明制订计划的指导思想、依据及目的。包括批示精神、政策法律依据、上级要求、基本情况、计划目的等。要统率全文。

计划事项。这是正文的主体与核心。主要写明在一定限期内做什么、怎么做、何时做，做到什么程度，即明确目标、措施、步骤，这也是计划的三要素。目标，即任务和要求，是计划所要完成的具体任务和要达到的基本要求。措施，即为完成计划达到目标而采取的具体做法。包括采用的手段，人力物力的安排使用，各部门的分工协作，如何保质保量，采取的奖惩办法等。应明确具体，切实可行。步骤，即计划的阶段性和连续性，做法的合理性和措施的可行性。明确分几个阶段，先干什么，后干什么，做到有序又有效。总之，要列清项目，突出重点，分清主次，要言不烦。

结尾。主要是表明对实现计划的基本态度，提出希望号召有关人员为完成计划而努力奋斗。

落款。一般包括制订计划的单位或部门名称，时间，有的需要加盖公章。若计划另有附件或报送有关部门，则应按机关公文制作及管理的相应要求办理。

（二）总结

1. 总结的界说

总结是单位或个人对过去一定时间内的工作、生产或学习情况进行回顾检查并做出评估，用以指导今后努力方向的一种事务性文书。

2. 总结的作用

第一，提供决策依据，便于指导工作。无论是经验还是教训，都可以成为正确决策的依据，以便于指导今后的计划制定和实践活动。

第二，找出经验规律，便于借鉴推广。总结可以将经验或教材上升到理性的高度，找出规律性的东西。成功的经验加以推广，失败的教训给人以借鉴。

第三，提高工作效益，推动事业发展。总结可以看到成绩，找出不足，发现困难，看到希望，其目的都是为了提高工作效益，推动事业的发展。

3. 总结的分类

总结的种类很多，有不同的分类标准。按内容分为工作、生产、学习、思想总结等；按范围分为地区、行业、系统、单位、个人总结等；按时间分为年度、季度、阶段、月份总结等；按性质可分为综合性总结和专题性总结，这是常用的分类法。综合性总结是单位或个人比较全面系统地对一定时间内的整个工作情况，包括成绩、经验、教训、存在的问题等做出较为全面的分析与评估。综合性总结反映面广，综合性强。写作时应注意突出重点,点面结合,全面反映实际情况。专题性总结是单位或个人对某一工作或工作中的某一方面所做的分析和概括。它涉及的问题单一,内容集中,写作时侧重于专题方面的成绩或经验,有的称之为经验总结。

4.总结的特点

(1)材料的真实性。总结的材料不但是自身的实践过程,而且应具有真实性,一是一,二是二,怎么做的就怎么写,以第一人称的方式写作。

(2)认识的理论性。总结在于把实践活动的感性认识上升到理性认识,从个人的实践中抽象概括出具有理论色彩的经验教训,得出规律性的认识。

(3)评估的辩证性。总结应当在全面回顾的基础上,对过去的工作既要充分肯定成绩,又要找出存在的具体问题。对经验教训,都应当坚持实事求是的态度,进行辩证的分析和概括。

(4)结论的客观性。总结的结论不是靠概念、判断,而是由自身实践活动抽象、归纳出来的,即由对事实的分析、综合找出规律性。

5.总结的写作

总结一般由标题、正文、落款三部分组成。

(1)标题。总结的标题应由单位、时间、内容和文种组成。也可以正副标题的形式出现。正标题概括揭示主题,副标题表述内容或文种。

(2)正文。总结正文包括:情况概述、成绩经验、存在问题、今后打算。其结构方式常见的有以下三种:一是小标题式,即将工作中的经验、体会、成绩、做法等,概括归纳成若干小标题,分别加以阐述;二是条文式,即用一、二、三等数码将总结分为条文形式,这样可以清楚地显示各部分内容间的相对独立性和衔接的递进关系;三是全文贯通式,即围绕主题,总结工作或学习的全过程,将其因果、做法、成绩、经验等糅合在一起,一气呵成。

这三种写法各有特点,采用哪一种写法,要根据总结的内容和要求,灵活掌握,但无论采用哪种结构形式,都要条理清楚,层次分明,一目了然。

(3)落款。如是单位总结,在标题中又没有标明,那么,在总结最后落款时一定要注明单位名称;如是个人总结,应署个人姓名。最后写明时间,包括年、月、日。

(三)简报

1.简报的界说

简报是政府机关、群众团体、企事业单位编发的反映情况、传播信息、交流经验、指导工作的一种摘要性的内部文件。也称"情况反映""情况交流""内部参考""情况简报""××动态""××简讯"等。

2. 简报的作用

（1）汇报工作。这是下级单位通过简报向上级单位汇报工作发挥的作用，它可以将工作进展情况以及工作中出现的新情况、新动向、新问题，及时向领导机关反映，便于领导及时了解下情，分析问题，掌握动态，指导工作，制定政策，做出决策。

（2）指导工作。简报体现了领导机关的一定意图，上级机关在简报中，或通过好的典型，好的经验推动下级工作，以带动全局；或通过反面典型，严重的教训来警诫下级；或传递新的情报信息，指出新生事物的苗头来启迪下级；或指出不良倾向来警醒下级。

（3）协调工作。这是简报在平级单位之间的作用。平级单位之间通过简报，可以沟通情况，传递信息，交流经验，相互协调，取长补短，增加合作，共同发展。

3. 简报的分类

按时间划分，有定期、不定期和临时性简报。按内容分，有会议简报、工作简报、动态简报等。按形式分，有专题性简报和综合性简报。下边从内容划分上介绍常见的几种：

会议简报，是在重要会议期间反映会议进程、与会者的相关情况或讲座、发言情况的简要报道。也包括发言摘要和会议中的突出问题等。工作简报，也称"情况简报"，主要反映工作中的情况、经验、教训等，可以是专题性的，也可以是综合性的，比较自由灵活。

动态简报，反映社会情况或各领域中的动态。常以"内部参考"的形式发文，是一种严肃慎重而又具有保密性的简报。

4. 简报的特点

简报具有真、新、快、简的特点。真，即内容真实、确凿，所反映的人或事不能虚构。新，即指材料新颖、典型，力求提供新情况、新问题、新经验、新动向。快，即反应迅速及时，讲究时效。

5. 简报的写作

（1）简报的格式。简报与其他机关应用文相比，一个显著不同点，就是有独特的报头。简报的格式由报头、标题、正文、报尾构成。

报头，包括编号、密级、简报名称，期数、编发单位、印发时间等。编号和密级均印在左上角，编号在上，密级在下。密级有以"内部文件、注意保存"代之。报头应占整个版面的三分之一。报头以套红印成，字体大而醒目。用红色分隔线将报头与标题正文分开。

（2）标题，是对正文的说明或概括。既通俗明白，又确切醒目。

（3）正文，包括开头、主体、结尾三部分。开头写明时间、地点、人物、事件等，并揭示全文的主要内容,给受文者一个大体印象。正文应让事实说话,或以事件的发展过程,或按事物的逻辑关系为序展开,也可按材料性质归类,应选取典型材料为突出主题服务,并做到条理清楚,层次分明。正文的写法很多,常见的有:新闻报道式、简要通报式、讲话摘要式、列小标题式、集锦式、动态式、数据式、图表式、经验总结式等。

(4)报尾,在正文结尾之下用分隔线隔开,分行与明报、送、发的单位和印发份数。

6. 简报的写作要求

一是,要选材典型、新颖。力求选择新鲜的、对全局有指导意义或参考价值的材料。二是,要编发简洁、迅速。及时抓住突出或有代表性的问题编写印发,真正发挥其作用。

(四)调查报告

1. 调查报告的界说

调查报告也称"调查"或"考察报告"。是对某一事物或某一问题进行调查研究后,将调查得到的材料和结果,以书面形式表达出来的报告。往往运用第三人称的写法,是常见于内部文件和报刊发表的一种实用性文体。它可以作为制定路线、方针、政策的依据;可以通过对典型的分析、报道推动工作;可以追踪回答重大的、人民普遍关心的社会问题。

2. 调查报告的作用

调查报告是沟通信息的重要途径,是上级机关处理问题、进行决策的重要依据和参照对象,是推广先进经验、扶植新生事物,揭露问题,及时纠正错误的主要方式,是进行现代化的管理和调控的一种必不可少的手段。所以,它是机关、团体、企事业单位、报刊上使用频率较高的一种文体。

3. 调查报告的分类

根据其内容划分,大体有如下几种:

(1)社会情况调查报告。主要用于向上级或读者反映某方面备受关注的情况。其适用范围广泛,政治、经济、文化、教育、社会生活等情况都可以反映。

(2)新生事物的调查报告。这是比较全面完整地反映社会生活中涌现出来的能体现新生事物的过程和成长规律,揭示其现实意义及社会意义的报告。

(3)典型经验调查报告。是以先进单位的典型经验为调查对象,以对全面工作起推动作用为目的的调查报告。

(4)揭露问题的调查报告。这是通过调查揭露事实真相,指出其严重性、危害性及问题产生的根源,指出解决问题的办法,让人们受到教育和警示。

（5）调查报告的特点

调查报告的内容、性质决定了它有如下特点：

真实性。调查的内容必须真实。写作时应力求客观公正,真实地反映情况。

针对性。调查报告的目的是为现实工作服务。调查情况,反映真相,目标明确,内容集中,为领导提供依据,针对性强。

新闻性。调查报告具有新闻性的特点,不仅体现在它可以作为新闻刊登于报纸上,还反映在其时效性上。它十分强调突出新和快,回答最迫切、最有现实意义的问题。

4.调查报告的写作

（1）调查报告的结构内容。调查报告的结构一般由标题、正文、结尾三部分组成。

标题。写法较灵活。常见的有正副式标题。

正文,一般由三部分构成:第一,导言,又称前言或引言。主要介绍调查基本情况,如调查目的、时间、地点、范围、对象、方式、参加的人员等,要简明扼要,高度概括。

第二,主体,这是调查报告的核心与重点,包括调查的基本情况,主要报告事实,并有分析、结论,提出建议、措施。主要运用叙述将事实讲清,要层次清楚,条理分明。

正文的结构方式有三种形式:一是纵式结构,以事件的发生、发展变化过程为序,使之脉络清楚。二是横式结构,以调查内容性质分类,使同类性质的问题集中在一个小标题之下。三是以调查行踪为序,组织安排材料。

第三,结尾,即结束语。概括全文,突出重点;提出问题,引人思考;也可以提出建议或补充说明。最后落款,注明时间。

（2）调查报告的写作要求。

首先,调查研究是基础。只有深入实际作大量细致深入的调查,充分掌握第一手资料,才能为写好报告打下坚实的基础。要做有心人,即眼看、口问、手记,搜集丰富的材料。

其次,分析归纳是核心。对调查获得的材料,进行分析研究,去粗取精,去伪存真,进一步归纳概括,将其间带有规律性、本质性的问题提炼出来,真正体现调查报告的价值。

第三,认真写作是关键。在进行分析研究之后,应认真构思,合理布局,将典型材料巧妙地进行组织安排,采用恰当的表达方式和最佳结构形式反映出调查研究的成果。

第十三章　电脑写作

随着信息时代的迅猛发展和网络的广泛普及,传统的写作观念和写作方式都有了很大的变化,电脑写作和网络写作的方兴未艾,正急剧、深刻地改变着现代写作的生存环境,并对写作产生着深刻的、具有划时代意义的影响。

对于电脑写作的含义,人们目前尚存在着不同的理解;对于电脑写作的前景,人们也正持着不同的观点和意见,有人乐观,有人悲观;对电脑写作对传统写作观念带来的挑战和冲击,人们所做出的反应也各不相同,有人积极应对,有人消极对待,有人茫然无措。对这些问题的认真关注与深入研究,已成为推动当代写作学发展的重要课题。

第一节　电脑写作的界定与特点

一、电脑写作的界定

电脑写作是写作的一种生存状态,是指作者借助电子计算机,主要使用文字符号来表情达意的一种写作方式。

有的认为电脑写作就是把文章输入到电脑当中,简单地认为就是电脑打字,也有人错误地认为是用电脑代替人脑进行构思,代替作者制作文章。但是,在写作过程中,电脑实际上仍是一种现代化的书写工具,即使电脑具有一定的人工智能,也只是模拟人的感觉和思维过程中的部分智能,而绝对不可能是人脑活动的全部机制,更不可能代替人脑进行创造性思维,不可能进行人类特有的思想和情感的表达。市场上出现的"作文克星""作文快手""作文魔术"等等号称"三分钟写出理想文章"的作文软件,实质不过是传统的剪刀加浆糊的现代版编辑方式而已。而"写作之星""作文宝典"和"文星写作超级助手"之类的软件,只是起到提供写作知识、写作素材、词语选择和格式编排的辅助工具,并不能真正地代替作者的写作。

电脑写作虽然只是改变了写作工具和写作方式,即改变了以传统意义上的笔和纸作为工具进行写作的方式,采用以电脑及其操作系统和中文输入法为工具进行写作的方式,却对写作主体、客体、受体、载体产生很大的影响并引发巨大的变化。由于电脑写作的兴起与发展,必然导致网络写作的勃兴。

电脑写作的高级形式是网络写作,如果把电脑写作比作单机版,那么网络写作就是网络版了,它是以网络为生存空间的一种写作方式。

网络写作依托互联网环境,借助电子化、数字化工具来完成,作为信息的承载体——作品,在网络写作中具体表现为电子文本。电子文本可集文字、图像、声音、动画等于一身,与传统写作截然不同;在作品传递过程中,网络提供了极其广阔和自由的空间,从而使写作主体扩大、写作客体丰富、写作受体增多、写作载体革新、写作反馈及时,至于语言、技法和文体特点等都出现了新的形态和特性。

二、电脑写作的特点

相对于传统写作,电脑写作具有自己鲜明的特点:

(一)写作工具的现代化

传统的写作工具是人们所熟悉的纸、墨、笔,而电脑写作则以键盘、扫描仪、电子笔、数据板等现代科技含量高的电子设备作为书写工具。通过这些现代化工具写出来的作品,作者可以随意地进行复制、增补、删除、润色等,还可以借助语音输入器点播所写作的文章,还可以自由地插配图片、动画、音乐等,使作品的内容更丰富,文本的表现力得到更大程度的强化,书写更自由、灵活、快捷。

传统写作的写作媒介是单一的文字,而电脑写作则呈现出写作媒介的多元化特征,电脑写作可以随意地在文本中加入声音、图形、图片、动画和视频手段,使表现手段和表现方式都得到极大扩展,极大地丰富了写作平台的表现力。在电子邮件中,人们还可以借助一些标点符号和一些约定俗成的"电脑词汇",创造一些生动活泼的脸谱等,进行思想沟通和情感交流,极大地增加了人们的写作情趣。

随着科技的不断发展和进步,写作工具也随之发生了现代化的变化。现代化写作工具具有以下几个特点:

1. 数字化:现代化的写作工具大多都数字化,大大提高了写作的效率和便利性。比如,文字处理软件可以自动保存和备份,让写作更加安全和简便。

2. 云化:云计算技术的应用,使得写作工具不再局限于本地电脑上,可以随时随地在云端进行操作和存储,方便快捷。

3. 交互化:现代化的写作工具往往具有交互性,可以和其他软件和平台进行互动,比如和搜索引擎联动,让写作更加高效和准确。

4. 多样化:现代化的写作工具种类繁多,涵盖了文字、音频、视频等多种形式,让写作更加多样化。

5. 智能化:人工智能技术的应用,可以使得写作工具具有更强的智能化和自动化特性,比如可以智能推荐词汇和语句,提升了写作的质量和效率。

总之,现代化的写作工具不仅让写作变得更加智能、便捷和高效,也丰富了写作方式和形式,让写作具有更多样化的风格。

(二)写作材料搜集的便利化

传统写作和电脑写作直接获取的写作材料,都需要写作者深入生活,深入实践,从现实生活中获取丰富的写作素材,但电脑写作在获取间接材料方面显示出自身特有的优势,不仅可以像传统写作那样,通过查阅书籍、报刊、影音等资料,还可以借助多媒体网络,登陆各个电子图书馆和各类网站,近乎随心所欲地寻找并快捷地下载所需的各类写作材料,还可以运用扫描仪对报刊进行扫描来存储材料,可以通过收发电子邮件或利用应用软件来索取和传送材料。利用电脑写作,材料搜集面无限扩大,搜集的速度极大加快,获取的途径大大增多,使作者可以在最短的时间内拥有最丰富的写作材料。

随着信息技术的不断发展,写作材料的搜集越来越便利化。下面列举几种常见的方便获取资料的方式:

1. 互联网搜索引擎:如百度、谷歌等,能够快速检索出海量的信息,包括新闻、学术论文、博客、网页等。

2. 数字图书馆:主要包括大学、公共和专业图书馆在线数字资源,这些资源包括电子书、期刊、报纸、数据库等。

3. 学术搜索引擎:如百度学术、Google 学术、知网等,提供大量的学术研究资料和论文。

4. 社交媒体:如微博、推特等,能够获取全球热点新闻和趋势,了解最新的社会事件和议题。

5. 国家机构的网站:如政府部门、协会、研究机构等,能够获取官方报告、统计数据和政策文件等信息。

总之,随着信息技术的不断更新,获取资讯的途径也在不断增加和完善,提高写作材料搜集效率的同时,也需要注意选择可靠的信息来源,避免问题和错误的信息。

(三)写作速度的快捷化

人们用笔写作,一般每分钟书写 20 到 50 个汉字,而运用电脑每分钟可达 100 多字,而借助现代语音录入设备,可以达到每分钟二三百字,并能够随时记录下思维的活动情况。

同时,运用电脑写作,无论是编辑还是修改都非常方便。如对文稿进行插入、修改、删除、查找、替换、移动等,只需使用电脑中一些文字编辑软件的编辑功能就可以很轻松地完成,而且书写工整,避免了对手写文稿修改时的查找费时费力、涂抹杂乱、粘贴麻烦等弊端。尤其是长篇文稿的修改、誊写中,运用电脑可以减少繁重的劳动量,大大地提高工作效率。运用电脑写作,除了可以方便、快捷地打印输出外,还可以对同一篇文章进行多次备份,保存在硬盘、软盘、随盘等工具中,可以随时调用。

在出版方面,电脑写作也具有突出优点,其一可以省却大量的录入和校对时间,其二可以借助编辑软件快速排版印刷。其三可以通过互联网及时地将文章在网络上发表。

（四）写作文本的规范化

为了实现写作文本的规范化,以下是几个建议：

1. 遵循语法、拼写和标点符号规则。在编写文章时,务必检查并遵循语法、拼写和标点符号的规则。这样可以确保文章的清晰度、可读性和准确性。

2. 表达清晰准确。文章应该尽可能地清晰、准确地表达,避免使用不必要的冗长、不合适的词汇或短语,因为这会导致文章难以理解。

3. 结构合理。一篇文章的结构应该合理,清晰地展现出作者的观点和论点,从开头到结尾应该有一定的逻辑性和连贯性。

4. 避免歧义。在编写文章时,应该避免使用歧义和模棱两可的词汇或表达方式,因为这可能会导致读者对文章产生误解

5. 参考文献标注。在引用别人的文章或研究成果时,必须正确标注参考文献,以避免抄袭或侵权的情况发生。

6. 注意排版格式。文章的排版格式应该符合常规的标准,包括字体、字号、行距、段落格式等。

总之,写作文本的规范化需要时刻保持清晰、准确、逻辑性强、避免歧义,以及严格遵循相关的语言和格式规则。

为了使写作文本更规范、更标准、更统一,现在电脑上所广泛使用的众多办公软件,如 Office2000、Excel2002、Word2002 等,都装载了一些标准文本模式的模板,装载了固定的表格模板,有的还设计了精美的封页,轻松地解决了传统写作中文字书写是否清晰、行款格式是否正确、文章是否整齐美观等问题。有的办公软件还装有自动校对系统,对英文拼写错误或中文词汇、语法运用不当之处,都可以得到软件的制动纠正,大大地降低了的差错率,加快了信息传递的速度和质量,避免了许多无效劳动。

第二节　电脑写作的要求与发展

一、电脑写作的要求

（一）更新写作观念

电脑、网络的普及和自动化技术的发展，传统的以笔为书写工具、以纸张、书籍为呈现载体的写作生存状态，转化为以电脑为写作硬件，以丰富而智能化的软件为写作平台，写作成果以电子比特的数字化呈现，并由传统的纸质媒介向现代以网络为传播媒介的出版、发行方式转变，大大地改变了写作的生存状态。这不仅带球了书写、呈现、传播工具的根本性变化，还影响到了写作习惯、写作思维、表现手段等的改变，而文章超文本状态的呈现，对以往的写作理论，如主题、题材、结构、语言等都产生了新的挑战。

面对这样的局面，不断强化电脑写作意识、不断更新写作观念就显得非常必要和重要。

（二）掌握一定的电脑知识

电脑写作应具备以下基本知识：

掌握一些基本的操作系统。操作系统是管理计算机硬件资源的重要工具，能够正确、熟练地了解和掌握操作系统的一些命令的特点和使用方法，比如文件系统的结构、拷贝、移动、删除、改名等等。目前的 Windows 操作系统采用了窗口对话式的，并可以提供了多种操作帮助，可是十分方便地学习和掌握。

能够熟练地使用文字编辑软件。电脑写作必须掌握一定的文字编辑软件的使用方法，如目前人们常用的 Word、WPS、CCED 等编辑软件，可以根据各人的喜好去选择，也可以使用 Windows 系统自带的"写字板"。

能够熟练地进行文字录入。如今文字录入的方法主要有三种：键盘录入、语音录入和语音识别，其中以键盘录入运用的最普遍。使用键盘录入就必须掌握至少一种文字输入法，像五笔输入法、智能 ABC、自然码、智能全拼、王码等常见的文字录入法，只要掌握其中一种，基本都可以满足文字录入需要。

具备必要的网络知识。如果能够掌握一定的网络知识，可以充分利用网络资源，获取大量的写作素材和写作资料，了解相关写作信息和写作动态等，还可以通过电子邮件和登录网站等方式，将电脑写作文本快捷地投递、传播出去。

二、电脑写作与网络写作的发展

20世纪90年代中期以来,随着电脑的普及,越来越多的写作者纷纷"换笔",电脑写作逐渐成为一种时尚的写作行为。而到了90年代末期,随着网络的普及,网络写作也被广为采纳,日渐成为新的时尚。电脑写作和网络写作的兴起,不仅悄然改变着写作的生存环境,而且也在改变着写作本身的状态。

(一) 电脑写作是信息时代人们的生存技能之一

电脑写作是一种技能,通过计算机工具在电脑上撰写文章、新闻、邮件等文字资料。在当前的信息时代中,电脑写作成为人们生存和工作中不可或缺的技能之一。它不仅能提高工作效率,同时还能提高写作质量和写作能力,使得信息传达更加清晰、简洁、精准。

电脑写作具有以下几个特点:

1.高效率:通过计算机上的输入法、拼音、语音等软件工具,大大提高了写作效率,特别是对于频繁使用的单词和惯用语的打字速度更快,让人们的时间利用更加灵活。

2.高质量:通过电脑写作,人们可以反复修改文稿,并更加注重文本的结构、内容的完整性和精准度,大大提高了文章的质量。

3.方便快捷:电脑写作具有种种便利性,可以随时修改、复制、保存、共享文本,同时还能通过网络进行即时交流,使得文章的传播更加快捷和广泛。

总之,电脑写作是一种必要的生存技能,可以提高人们的信息化素养和职业能力,帮助人们更好地适应当前的信息时代。

(二) 电脑写作是网络时代新型的写作生存方式

随着科技的发展,电脑写作已经成为越来越多人进行写作的首选方式。电脑写作不仅方便快捷,还可以实现文本的快速编辑、整合和共享。

与传统的手写、打字方式相比,电脑写作具有以下显著优势:

1.加快写作速度:利用电脑编辑软件,可以快速输入和修改文本,减少手写、打字的时间。

2.程序化处理:电脑写作可以借助各种软件进行程序化处理,如文本的排版和格式调整等。

3.方便管理:借助电脑存储程序,可以方便地管理各种文档和文件,免去了传统的手工整理和分类的烦琐。

4.高效共享:电脑写作可以实现文档的快速共享,分享思路和收集反馈意见,从而提高文档的质量和效率。

综上所述,电脑写作已经成为现代人进行写作的重要工具之一,是网络时代新型的写作生存方式。

(三)智能化写作将成为时代的潮流

随着人工智能技术的发展,智能化写作将成为时代的潮流。人工智能将能够更快、更准确地生成文本,帮助人们提高写作效率和质量。智能化写作也将为人们提供更多灵感和引导,可以根据不同的写作需求提供不同的辅助工具,例如针对新闻报道、科技论文、小说等不同类型文本的辅助功能。

智能化写作也将改变传统的写作方式,写作将不再是独自完成,而是和人工智能一起完成。人们将通过与人工智能的交互,获得更多的想象和创意,创造更加丰富和生动的作品。同时,人工智能也将成为不漏洞的校对工具,帮助人们避免常见的语法和拼写错误。

尽管智能化写作提供了诸多好处,但这也带来了一些新的问题。例如,智能化写作是否会对人们的写作能力产生负面影响? 将来人类的写作是否会被完全取代? 这是人们需要思考的问题。

总之,智能化写作是一项具有潜力的创新技术,它将在未来的发展中为人们提供更多可能性和优势。

参 考 文 献

[1] 曾祥芹,韩雪屏.阅读学原理[M].郑州:河南教育出版社,1992.

[2] 曹明海.文学解读学导论[M].北京:人民文学出版社,1997.

[3] 金振邦.阅读与写作[M].北京:中央广播电视大学出版社,2001.

[4] 潘意敏,潘峥嵘.快速阅读分析技巧[M].上海:华东理工大学出版社,2002.

[5] 童庆炳.文体与文体的创造[M].昆明:云南人民出版社,1999.

[6] 祝德纯.散文创作与鉴赏[M].北京:中国社会科学出版社,2002.

[7] 尹相如.写作教程[M].北京:高等教育出版社,2004.

[8] 董小玉,梁多亮,蒲永川.现代文学写作[M].重庆:西南师范大学出版社,2003.

[9] 林文和.文学鉴赏导读[M].北京:人民文学出版社,2004.

[10] 董小玉,梁多亮,蒲永川.现代基础写作[M].重庆:西南师范大学出版社,2003.

[11] 龙泉明.中国新诗名作导读[M].武汉:长江文艺出版社,2003.

[12] 周姬昌.写作学高级教程[M].武汉:武汉大学出版社,1989.

[13] 张蕾.写作心理学[M].济南:明天出版社,1989.

[14] 金长民,陈登报.写作感知学引论[M].西安:陕西人民教育出版社,1991.

[15] 洪威雷,毛正天.应用文写作学新编[M].北京:中华书局,2005.

[16] 徐振宗,李保初,桂青山.汉语写作学[M].北京:北京师范大学出版社,2016.

[17] 周剑,郭农声.写作教程[M].武汉:华中师范大学出版社,2000.

[18] 张寿康.文章学概论[M].济南:山东教育出版社,1983.

[19] 李扶九.古文笔法百篇[M].长沙:岳麓书社,1984.

[20] 吕福田,张建羽.文学技法论[M].哈尔滨:黑龙江教育出版社,2000.

[21] 许兆真.写作[M].郑州:河南大学出版社,2012.

[22] 陈家生.写作[M].北京:高等教育出版社,2010.

[23] 杨桂芬.记叙文写作技巧[M].北京:中国青年出版社,1999.

[24] 王光祖,杨荫浒.写作[M].上海:华东师范大学出版社,2000.

[25] 周胜林,尹德刚,梅懿.当代新闻写作[M].2版.上海:复旦大学出版

社,2013.

[26] 陈佳民.文体写作[M].广州:广东人民出版社,1997.

[27] 郭韧希,崔修建,吴井泉.阅读与写作专论[M].哈尔滨:黑龙江人民出版社,2004.

[28] 曾祥芹.阅读学新论[M].北京:语文出版社,1999.